JACQUES VINGTRAS

PREMIÈRE PARTIE

Les beaux jours de mon enfance

I

MA MÈRE

Ai-je été nourri par ma mère? est-ce une paysanne qui m'a donné son lait? Je n'en sais rien. Quelque soit le sein que j'ai mordu, je ne me rappelle pas une caresse du temps où j'étais tout petit; je n'ai pas été dorloté, tapoté, baisoté; j'ai été beaucoup fouetté.

Ma mère dit qu'il ne faut pas gâter les enfants, et elle me fouette tous les matins; quand elle n'a pas le temps le matin, c'est pour midi, rarement plus tard que quatre heures.

Mlle Balandreau m'y met du suif.

C'est une bonne vieille fille qui n'a qu'une dent. Elle demeure au-dessous de nous. D'abord elle était contente: comme elle n'a pas d'horloge, ça lui donnait l'heure. « Vlin! Vlan! zon! zon! — voilà le petit chose qu'on fouette; il est temps de faire mon café au lait. »

Mais un jour que j'avais levé mon pan, parce que ça me cuisait trop, et que je prenais l'air entre deux portes, elle m'a vu; mon derrière lui a fait pitié.

Elle voulait d'abord le montrer à tout le monde, ameuter les voisins autour; mais elle a pensé que ce n'était pas le moyen de le sauver, et elle a inventé autre chose.

Lorsqu'elle entend ma mère me dire « Jacques, je vais te fouetter! »

— Madame Vingtras, ne vous en donnez pas la peine, je vais faire ça pour vous.

— Oh! chère demoiselle, vous êtes trop bonne!

Mademoiselle Balandreau m'emmène; mais au lieu de me fouetter, elle frappe dans ses mains; moi, je crie. Ma mère remercie, le soir, mademoiselle.

— A votre service, répond la brave fille en me glissant un bonbon en cachette.

Mon premier souvenir date donc d'une fessée. Mon second est plein d'étonnement et de larmes.

C'est au coin d'un feu de fagots, sous le manteau d'une vieille cheminée; ma mère tricote dans un coin; une cousine à moi qui sert de bonne dans la maison pauvre, range sur des planches rongées, quelques assiettes de faïence bleue avec des coqs à crête rouge, et à queue bleue.

Mon père a un couteau à la main et taille un morceau de sapin, les copeaux tombent jaunes et soyeux comme des brins de rubans. Il me fait un chariot avec des languettes de bois frais. Les roues sont déjà taillées : ce sont des ronds de pommes de terre avec leur cercle de peau brune qui fait le fer... Le chariot va être fini : j'attends tout ému et les yeux grands ouverts, quand mon père pousse un cri et lève sa main pleine de sang. Il s'est enfoncé le couteau dans le doigt. Je deviens tout pâle et je m'avance vers lui; un coup violent m'arrête ; c'est ma mère qui me l'a donné, l'écume aux lèvres, les poings crispés.

— C'est ta faute si ton père s'est fait mal !

Et elle me chasse sur l'escalier noir, en me cognant encore le front contre la porte.

Je crie, je demande grâce, et j'appelle mon père : je vois, avec ma terreur d'enfant, sa main qui pend toute hachée; c'est moi qui en suis cause ! Pourquoi ne me laisse-t-on pas entrer pour savoir ? On me battra après si on veut. Je crie, on ne me répond pas. J'entends qu'on remue des carafes, qu'on ouvre un tiroir; on met des compresses.

— Ce n'est rien, vient me dire ma cousine, en pliant une bande de linge tachée de rouge.

Je sanglote, j'étouffe : ma mère reparaît et me pousse dans le cabinet où je couche, où j'ai peur tous les soirs.

Je puis avoir cinq ans et me crois un parricide.

Ce n'est pas ma faute, pourtant !

Est-ce que j'ai forcé mon père à faire ce chariot ? Est-ce que je n'aurais pas mieux aimé saigner, moi, et qu'il n'eût point mal !

Oui, et je m'égratigne les mains pour avoir mal aussi.

C'est que maman aime tant mon père ! Voilà pourquoi elle s'est emportée.

On me fait apprendre à lire dans un livre où il y a écrit en grosses lettres qu'il faut obéir à ses père et mère : Ma mère a bien fait de me battre.

La maison que nous habitons est dans une rue sale, pénible à gravir, du haut de laquelle on peut voir tout le pays, mais où les voitures ne passent pas. Il n'y a que les charrettes de bois qui y arrivent, traînées par des bœufs qu'on pique avec un aiguillon. Le front bas, le cou tendu, le pied glissant; leur langue pend et leur peau fume. Je m'arrête toujours à les voir quand ils portent des fagots et de la farine chez le boulanger qui est à mi-côte; je regarde en même temps les mitrons tout blancs et le grand four tout rouge, — on enfourne avec de grandes pelles, et ça sent la croûte et la braise !

La Prison est au bout de la rue, et les gendarmes conduisent souvent des prisonniers qui ont les menottes, et qui marchent sans regarder ni à droite ni à gauche, l'œil fixe, l'air malade.

Des femmes leur donnent des sous qu'ils serrent dans leurs mains, en inclinant la tête pour remercier.

Ils n'ont pas du tout l'air méchant.

Un jour, on en a emmené un sur une civière, avec un drap blanc qui le couvrait tout entier; il s'était mis le poignet sous une scie après avoir volé; il avait coulé tant de sang qu'on croyait qu'il allait mourir.

Le geôlier, en sa qualité de voisin, est un ami de la maison : il vient de temps en temps manger la soupe chez les gens d'en bas, et nous sommes camarades, son fils et moi. Il m'emmène quelquefois à la prison, parce que c'est plus gai; c'est plein d'arbres; on joue, on rit, et il y en a un tout vieux, qui vient du bagne et qui fait des cathédrales avec des bouchons et des noix.

A la maison on ne rit jamais, ma mère bougonne toujours. — Oh ! comme je m'amuse d'avantage avec ce vieux-là et le grand qu'on appelle le braconnier, et qui a tué le gendarme à la foire du Vivarais !

Puis ils reçoivent des bouquets qu'ils embrassent et cachent sur leur poitrine. J'ai vu en passant au parloir que c'étaient des femmes qui les leur donnaient.

D'autres ont des oranges et des gâteaux, que leurs mères leur portent comme s'ils étaient encore tout petits. Moi aussi je suis tout petit, et je n'ai jamais ni gâteaux ni oranges.

Je ne me rappelle pas avoir vu une fleur à la maison. Maman dit que ça gêne, et qu'au bout de deux jours ça sent mauvais ! Je m'étais piqué à une rose l'autre soir, elle m'a dit : Ça t'apprendra !

J'ai toujours envie de rire quand on dit la prière ! J'ai beau me retenir, je prie Dieu avant de me mettre à genoux, je lui jure bien que ce n'est pas de lui que je ris, mais dès que je suis à genoux, c'est plus fort que moi. Mon oncle a des verrues qui le démangent, et il les gratte, puis il les mord ; j'éclate. — Ma mère ne s'en aperçoit pas toujours, heureusement, mais Dieu, qui voit tout, qu'est-ce qu'il peut penser ?

Je n'ai pas ri pourtant, l'autre jour ! On avait dîné avec ma tante de Vourzac, et mes oncles de Farreyrolles, à la maison; on était en train de manger la *tourte*, quand tout à coup il a fait noir. On avait eu chaud tout le temps, on étouffait, et l'on avait ôté ses habits. Tout d'un coup le tonnerre a grondé. La pluie est tombée à torrents, de grosses gouttes faisaient *floc* dans la poussière. Il y avait une fraîcheur de cave, et aussi une odeur de poudre ; dans la rue le ruisseau bouillait comme une lessive, puis les vitres

A. VIALON DEL.   J. GUILLAUME SC

se sont mises à grincer : il tombait de la grêle.

Mes oncles et mes tantes se sont regardés, et l'un d'eux s'est levé, il a ôté son chapeau et s'est mis à dire une prière. Tous se tenaient debout et découverts, avec leurs fronts jeunes ou vieux pleins de tristesse. Ils priaient Dieu de n'être pas trop cruel pour leur champ, et de ne pas tuer avec son plomb blanc leurs moissons en fleur.

Un grêlon a passé par une fenêtre au moment où l'on disait *Amen*, et a sauté dans un verre.

Nous venons de la campagne :

Mon père est fils d'un paysan qui a eu de l'orgueil et a voulu que son fils étudiât *pour être prêtre*. On a mis ce fils chez un oncle curé pour apprendre le latin, puis on l'a envoyé au séminaire.

Mon père — celui qui devait être mon père — n'y est pas resté, a voulu être bachelier, arriver aux honneurs, et s'est installé dans une petite chambre au fond d'une rue noire, d'où il sort le jour pour donner quelques leçons à dix sous l'heure, et où il rentre le soir pour faire la cour à une paysanne que sera ma mère et qui accomplit pour le moment ses devoirs de nièce dévouée près d'une tante malade.

On se brouille pour cela avec l'oncle curé, on dit adieu à l'église, on s'aime, on « *s'accorde*, on s'épouse! On est aussi au plus mal avec les père et mère à qui l'on a fait des sommations pour arriver à ce mariage de la débine et de la misère.

Je suis le premier enfant de cette union bénie. Je viens au monde dans un lit de vieux bois qui a des punaises de village et des puces de séminaire.

La maison appartient à une dame de cinquante ans qui n'a que deux dents, l'une marron et l'autre bleue, et qui rit toujours : elle est bonne et tout le monde l'aime! Son mari s'est noyé en faisant le vin dans une cuve : ce qui me fait beaucoup rêver et me donne grand' peur des cuves mais grand amour du vin. Il faut que ce soit bien bon pour que M. Garnier — c'est son nom — en ait bu jusqu'à mourir. Mme Garnier boit tous les dimanches de ce vin qui sent l'homme qu'elle a aimé : les souliers du mort sont aussi sur une planche comme deux chopines vides.

On se grise pas mal dans la maison où je demeure.

Un abbé qui reste sur notre carré ne sort jamais de table sans avoir les yeux hors de la tête, les joues luisantes, l'oreille en feu. Sa bouche laisse passer un souffle qui sent le fût, et son nez a l'air d'une tomate écorchée. Son bréviaire sent la matelotte.

Il a une bonne : Mlle Henriette, qu'il regarde de côté quand il a bu. On parle quelquefois d'elle et de lui dans les coins.

Au second, M. Grélin. Il est lieutenant des pompiers, et, le jour de la Fête-Dieu, il commande sur la place. M. Grélin est architecte, mais on dit qu'il n'y entend rien, que c'est lui qui est cause que le Breuil est toujours plein d'eau, qu'il a coûté 50,000 fr. à la ville, et que, *sans sa femme...* » On dit je ne sais quoi de sa femme. Elle est gentille, avec de grands yeux noirs, de petites dents blanches, un peu de moustache sur la lèvre, et fait toujours bouffer son jupon et sonner ses talons quand elle marche.

Elle a l'accent du Midi, et nous nous amusons à l'imiter quelquefois.

On dit qu'elle a des « amants, » je ne sais pas ce que c'est, mais je sais bien qu'elle est bonne pour moi, qu'elle me donne en passant des tapes sur les joues et que j'aime à ce qu'elle m'embrasse parce qu'elle sent bon. Les gens de la maison ont l'air de l'éviter un peu, mais sans le lui montrer.

— Vous dites donc qu'elle est bien avec l'adjoint?

— Oui, oui, au mieux!

— Ah! ah! et ce pauvre Grélin?

J'entends cela de temps en temps, et ma mère ajoute des mots que je ne comprends pas.

« Nous autres, les honnêtes femmes, nous mourons de faim. Celles-là, on leur donne des places pour leurs maris, des robes pour leurs fêtes!...

Est-ce que Mme Grélin n'est pas honnête? Que fait-elle? Qu'y a-t-il? pauvre Grélin?

Mais Grélin a l'air content comme tout. Ils sont toujours à donner des caresses et des joujoux à leurs enfants; on ne me donne que des sermons, on ne me parle que de l'enfer, on me dit toujours que je crie trop.

Je serais bien plus heureux si j'étais le fils à Grélin : mais voilà, l'adjoint viendrait chez nous quand ma mère serait seule... Ça me serait bien égal, à moi!

Mme Roullier reste au troisième : voilà une femme honnête!

Mme Roullier vient à la maison avec son ouvrage, et ma mère et elle causent des gens d'en bas, des gens de dessus, et aussi des gens de Raphaël et d'Espailly. Mme Rohllier prise, a des poils plein les oreilles, des pieds avec des oignons; elle est plus honnête que Mme Grélin. Elle est plus bête et plus laide aussi.

Quels souvenirs ai-je encore de ma vie de tout petit enfant? Je me rappelle que devant la fenêtre les oiseaux viennent l'hiver

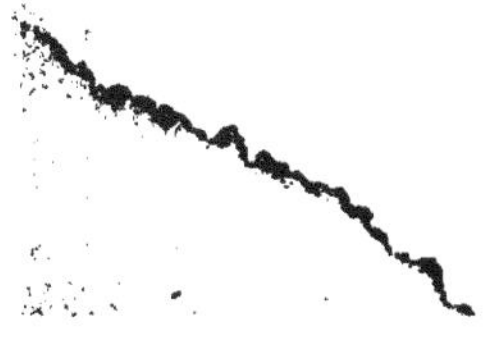

picorer dans la neige, que l'été, je salis mes culottes dans une cour qui sent mauvais, qu'au fond de la cave, un des locataires engraisse des dindes ; on me laisse pétrir des boulettes de son mouillé, avec lesquelles on les bourre, et elles étouffent. Ma grande joie est de les voir suffoquer, devenir bleues. Il paraît que j'aime le bleu !

Ma mère apparaît souvent pour me prendre par les oreilles et me calotter. C'est pour mon bien ; et plus elle m'arrache de cheveux, plus elle me donne de taloches, et plus je suis persuadé qu'elle est une bonne mère et que je suis un enfant ingrat.

Oui, ingrat ! car il m'est arrivé quelquefois le soir, en grattant mes bosses, de ne pas me mettre à la bénir, et c'est à la fin de mes prières tout à fait que je demande à Dieu de lui garder la santé pour veiller sur moi et me continuer ses bons soins.

Je suis grand, je vais à l'école.

Oh ! la belle petite école ! Oh ! la belle ruelle ! et si vivante, les jours de foire !

Les chevaux qui hennissent : les cochons qui se traînent en grognant, une corde à la patte : les poulets qui s'égosillent dans les cages : les paysannes en tablier vert, avec des jupons écarlates : les fromages bleus, les *tomes* fraîches, les paniers de fruits, les radis roses, les choux verts, les parapluies rouges !...

Il y avait une auberge tout près de l'école, et l'on y déchargeait souvent du foin.

Oh ! le foin, où l'on s'enfouissait jusqu'aux yeux, d'où l'on sortait hérissé et suant, avec des brins qui vous étaient restés dans le cou, le dos, les jambes, et vous piquaient comme des épingles !...

On perdait ses livres dans la meule, son petit panier, son ceinturon, une galoche parfois. Et que faire ?... Toutes les joies d'une fête, toutes les émotions d'un danger... Quelles minutes !

Quand il passe une voiture de foin, j'ôte mon chapeau et je la suis.

II

LA FAMILLE

Deux tantes du côté de ma mère, la tante Rosalie et la tatan Mariou. On appelle cette dernière *tatan* ; je ne sais pourquoi, parce qu'elle est plus caressante peut être. Je vois toujours son grand rire blanc et doux dans son visage brun : elle est maigre et assez gracieuse, elle est femme.

Ma tante Rosalie, son aînée, est énorme, un peu voûtée ; elle a l'air d'un chantre ;

elle ressemble au père Jauchard, le boulanger, qui entonne les vêpres le dimanche et qui commence les cantiques quand on fait le chemin de la croix. Elle est l'*homme* dans son ménage ; son mari, mon oncle Jean ne compte pas : il se contente de gratter une petite verrue qui joue le grain de beauté dans son visage fripé, tiré, ridé.—J'ai remarqué depuis que beaucoup de paysans ont de ces figures-là, rusées, vieillottes, pointues ; ils ont du sang de théâtre ou de cour qui s'est égaré un soir de fête ou de comédie dans la grange ou l'auberge, et ils sentent le cabotin, le cidevant, le noble usé, à travers les odeurs de l'étable à cochons et du fumier : ratatinés par leur origine, ils restent gringalets sous les grands soleils !

Le mari de la tatan Mariou, lui, est bien un bouvier, un beau laboureur blond, cinq pieds sept pouces, pas de barbe, mais des poils qui luisent sur son cou, un cou rond, gras, doré ; il a la peau couleur de paille, avec des yeux comme des bleuets et des lèvres comme des coquelicots ; il a toujours la chemise entr'ouverte, un gilet rayé jaune, et son grand chapeau à chenille tricolore ne le quitte jamais. J'ai vu comme cela des dieux des champs dans des paysages de peintres.

Deux tantes du côté de mon père.

Ma tante Mélie est muette, — avec cela bavarde, bavarde !

Ses yeux, son front, ses lèvres, ses mains, ses pieds, ses nerfs, ses muscles, sa chair, sa peau, tout chez elle remue, jase, interroge, répond ; elle vous harcèle de questions, elle demande des répliques ; ses prunelles se dilatent, s'éteignent ; ses joues se gonflent, se rentrent ; son nez saute ! elle vous touche ici, là, lentement, brusquement, pensivement, follement ; il n'y a pas moyen de finir la conversation : il faut y être, avoir un signe pour chaque signe, un geste pour chaque geste, des réparties, du trait, regarder tantôt dans le ciel, tantôt à la cave, attraper sa pensée comme on peut, par la tête ou par la queue, en un mot, se donner tout entier, tandis qu'avec les commères qui ont une langue, on ne fait que prêter l'oreille : rien n'est bavard comme un sourd et muet.

Pauvre fille ! elle n'a pas trouvé à se marier. C'était certain, et elle vit avec peine du produit de son travail manuel ; non qu'elle manque de rien, à vrai dire, mais elle est coquette, la tante Amélie !

Il faut entendre son petit grognement, voir son geste, suivre ses yeux, quand elle essaye une coiffe ou un fichu ; elle a du goût, elle sait planter une rose au coin de son oreille morte, et trouver la couleur du ruban qui ira le mieux à son corsage, près de son cœur qui veut parler.

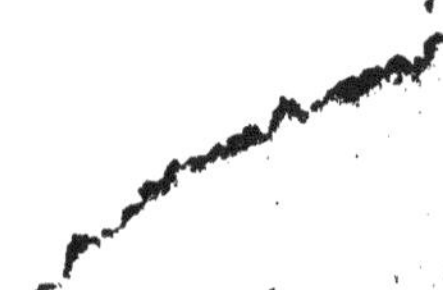

Grand'tante Agnès.

On l'appelle la « béate. »

Il y a tout un monde de vieilles filles qu'on appelle de ce nom-là.

— M'man, qu'est-ce que ça veut dire, une « béate ? »

Ma mère cherche une définition et n'en trouve pas; elle parle de consécration à la Vierge, de vœux d'innocence.

— L'innocence. Ma grand'tante Agnès représente l'innocence? C'est fait comme cela l'innocence?

Elle a bien soixante-dix ans, et elle doit avoir les cheveux blancs; je n'en sais rien, personne n'en sait rien, car elle a toujours un serre-tête noir qui lui colle comme du taffetas sur le crâne; elle a, par exemple, la barbe grise, un bouquet de poils ici, une petite mèche qui frisotte par là, et de tous côtés des poireaux comme des groseilles qui ont l'air de bouillir sur sa figure.

Pour mieux dire, sa tête ressemble à une pomme de terre brûlée par le haut, à cause du serre-tête noir, et par le bas, à une pomme de terre abandonnée; j'en ai trouvé une gonflée, violette, l'autre matin, sous le fourneau, qui ressemblait à grand'tante Agnès comme deux gouttes d'eau.

« Vœux d'innocence. »

Ma mère fait si bien, s'explique si mal, que je commence à croire que c'est malpropre d'être béate, et qu'il leur manque quelque chose, ou qu'elles ont quelque chose de trop.

Béate ! ! !

Elles sont quatre « béates » qui demeurent ensemble, pas toutes avec des poireaux couleur de feu sur une peau couleur de cendre, comme grand'tante Agnès, qui est une coquette, mais toutes avec un brin de moustache ou un bout de favoris, une noix de côtelette, et l'inévitable serre-tête, l'emplâtre noir

On m'y envoie de temps en temps.

C'est au fond d'une rue déserte, où l'herbe pousse.

Grand'tante Agnès est ma marraine et elle adore son filleul.

Elle veut me faire son héritier, me laisser ce qu'elle a, — pas son serre-tête, j'espère.

Il paraît qu'elle garde quelques vieux sous dans un vieux bas, et quand on parle d'une voisine chez qui l'on a trouvé un sac d'écus dans le fond d'un pot à beurre, elle rit dans sa barbe.

Je ne m'amuse pas fort chez elle, en attendant qu'on trouve son pot à beurre !

Il fait noir dans cette grande pièce, espèce de grenier soutenu par des poutres qui ont l'air en vieux bouchon, tant elles sont piquetées et moisies !

La fenêtre donne sur une cour, d'où monte une odeur de boue cuite.

Il n'y a que les rideaux de lit qui me plaisent, — ils suffisent à me distraire; on y voit des bonshommes, des chiens, des arbres, un cochon; ils sont peints en violet sur l'étoffe, c'est le même sujet répété cent fois.

— Mais je m'amuse à les regarder de tous les côtés, et je vois surtout toutes sortes de choses dans les rideaux de ma grand'tante, quand je mets ma tête entre mes jambes pour les regarder.

La chasse — c'est le sujet — me paraît de toutes les couleurs. Je crois bien ! Le sang me descend à la figure; j'ai le cerveau comme un fond de barrique : c'est l'apoplexie ! Je suis forcé de retirer ma tête par les cheveux pour me relever et de la replacer droit comme une bouteille en vidange.

On fait des prières à tout bout de champ ! Amen ! amen ! avant la rave et après l'œuf.

Les raves sont le fond du dîner qu'on m'offre quand je vais chez la béate; on m'en donne une crue et une cuite.

Je racle la crue, qui semble mousser sous le couteau, et a sur la langue un goût de noisette et un froid de neige.

Je mords avec moins de plaisir dans celle qui est cuite au feu de la chaufferette que la tante tient toujours entre les jambes et qui est le meuble indispensable des béates. — Huit jambes de béates ! Quatre chaufferettes, qui servent de boîte à fil en été et dont elles tournent la braise avec leur clef en hiver. Il y a de temps en temps un œuf.

On tire cet œuf d'un sac, comme un numéro de loterie et on le met à la coque, le malheureux ! C'est un véritable crime, un coquicide, car il y a toujours un petit poulet dedans.

Je mange ce fœtus avec reconnaissance, car on m'a dit que tout le monde n'en mange pas, que j'ai le bénéfice d'une rareté, mais sans goût, car je n'aime pas l'avorton en mouillettes et le poulet à la petite cuiller.

En hiver les béates travaillent à la boule : elles plantent une chandelle entre quatre globes pleins d'eau, ce qui donne une lueur blanche, courte, et dure, avec des reflets d'or.

En été, elles portent leurs chaises dans la rue sur le pas de la porte, et les carreaux vont leur train.

Avec ses bandeaux verts, ses rubans roses, ses épingles à tête de perle, avec les fils qui semblent des traînées de bave d'argent sur un bouquet, avec ses airs de corsage riche, ses fuseaux bavards, le carreau est un petit monde de vie et de gaieté.

Il faut l'entendre babiller sur les genoux des dentellières dans les rues de béates, les jours chauds, au seuil des maisons muettes.

Un tapage de ruche ou de ruisseau, dès qu'elles sont seulement cinq ou six à travailler, — puis quand midi sonne, le silence !...

Les doigts s'arrêtent, les lèvres bougent, on dit la courte prière de l'Angelus. Quand celle qui la dit a fini, tous répondent mélancoliquement, *Amen !* et les *carreaux* se remettent à bavarder...

Mon oncle Joseph, mon *tonton* comme je dis, est un paysan qui s'est fait ouvrier. Il a vingt-cinq ans, et il est fort comme un bœuf ; il ressemble à un joueur d'orgue ; la peau brune, de grands yeux, une bouche large, de belles dents ; la barbe très noire, un buisson de cheveux, un cou de matelot, des mains énormes toutes couvertes de verrues, — ces fameuses verrues qu'il gratte pendant la prière !

Il est *compagnon du devoir*, il a une grande canne avec de longs rubans, et il m'emmène quelquefois chez la mère des menuisiers. On boit, on chante, on fait des tours de force, il me prend par la ceinture, me jette en l'air, me rattrape, et me jette encore. J'ai plaisir et peur ! puis je grimpe sur les genoux des compagnons ; je touche à leurs mètres et à leurs compas, je goûte au vin qui me fait mal, je me cogne au *chef-d'œuvre*, je renverse des planches, et m'éborgne à leurs grands faux-cols, je m'égratigne à leurs pendants d'oreilles.

Ils ont des pendants d'oreilles !

— Jacques, est-ce que tu t'amuses mieux avec ces « messieurs de la bachellerie » qu'avec nous ?

— Oh ! mais non !

Il appelle « messieurs de la bachellerie », les instituteurs, professeurs, maîtres de latinage ou de dessin, qui viennent quelquefois à la maison et qui parlent du collège tout le temps ; on me dit de rester tranquille, on me défend de mettre mes coudes sur la table, je ne dois pas remuer les jambes, et je mange le gras de ceux qui ne l'aiment pas ! Je m'ennuie beaucoup avec ces messieurs de la bachellerie, et je suis si heureux avec les menuisiers !

Je couche à côté de Tonton Joseph, et il ne s'endort jamais sans m'avoir conté des histoires — il en sait tout plein, — puis il bat la retraite avec les mains sur son ventre. Le matin, il m'apprend à donner des coups de poing, et il se fait tout petit pour me présenter sa grosse poitrine à frapper ; j'essaie aussi le coup de pied, et je tombe.

Quand je me fais mal je ne pleure pas, ma mère viendrait.

Il part le matin et revient le soir.

Comme j'attends après lui ! Je compte les heures quand il est sur le point de rentrer.

Il m'emporte dans ses bras après la soupe, et il m'emmène jusqu'à ce qu'on se couche, dans son petit atelier, qu'il a en bas, où il travaille à son compte, le soir, en chantant des chansons qui m'amusent, et en me jetant tous les copeaux par la figure ; c'est moi qui mouche la chandelle, et il me laisse mettre les doigts dans son vernis !

Il vient quelquefois des camarades le voir et causer avec lui, les mains dans les poches, l'épaule contre la porte. Il me font des amitiés, et mon oncle est tout fier : « Il sait déjà toutes ses lettres. — Jacques, dis ton alphabet ! »

Un jour l'oncle Joseph partit.

Ce fut une triste histoire !

Mme Garnier, la veuve de l'ivrogne qui s'est noyé dans sa cuve, avait une nièce qu'elle fit venir de Bordeaux, lors de la catastrophe.

Une grande brune, avec des yeux énormes, des yeux noirs, tout noirs, et qui brûlent ; elle les fait aller comme je fais aller dans l'étude un miroir cassé pour jeter des éclairs ; ils roulent dans les coins, remontent au ciel et vous prennent avec eux.

Il paraît que j'en tombai amoureux fou. Je dis « il paraît, » car je ne me souviens que d'une scène d'amour, d'épouvantable jalousie.

Et contre qui ? Devinez !

Contre l'oncle Joseph lui-même, qui avait fait la cour à Mlle Célina Garnier, qui s'y était pris, je ne sais comment, mais qui avait fini par la demander en mariage et l'épouser.

L'aimait-elle ?

Je ne puis aujourd'hui répondre à cette question, aujourd'hui que la raison est revenue, que le temps a versé sa neige sur ces émotions profondes. — Mais alors, — au moment où Mlle Célina se maria, j'étais aveuglé par la passion.

Elle allait être la femme d'un autre ! Elle me refusait, moi si pur. Je ne savais pas encore la différence qu'il y avait entre une dame et un monsieur, et je croyais que les enfants naissaient sous les choux.

Quand j'étais dans un potager, il m'arrivait de regarder, je me promenais dans les légumes avec l'idée que moi aussi je pouvais être père...

Mais tout de même, je tressaillais quand ma tante me tapotait la joue et me parlait en bordelais. Quand elle me regardait d'une certaine façon, le cœur me tournait, comme le jour où, sur le Breuil, j'étais monté dans une balançoire de foire ; c'était douloureux et bon !

J'étais déjà grand : *dix ans*. C'est ce que je lui disais :

« N'épouse pas mon oncle Joseph ! Dans quelque temps, je serai un homme : attends-moi, jure-moi que tu m'attendras ! C'est pour de rire, n'est-ce pas, la noce d'aujourd'hui ? »

Ce n'était pas pour de rire du tout ; ils étaient mariés bel et bien, et ils s'en allèrent tous les deux.

Je les vis disparaître, ma jalousie veillait. J'entendis tourner la clef. Elle me tordit le cœur, cette clef ! J'écoutai, je fis le guet. Rien ! rien ! Je sentis que j'étais perdu. Je rentrai dans la salle du festin, et je bus pour oublier (1).

Je n'osai plus regarder l'oncle Joseph en face depuis ce temps-là. Cependant quand il vint nous voir la veille de son départ pour Bordeaux, il ne fit aucune allusion à notre rivalité, et me dit adieu avec la tendresse de l'oncle, et non la rancune du mari !

Il y a aussi ma cousine Apollonie ; on l'appelle la Polonie.

C'est comme ça qu'ils ont appelé leur fille, ces paysans !

Chère cousine ! grande et lente, avec des yeux bleus de pervenche, de longs cheveux châtains, des épaules de neige ; cou frais, que coupe de sa noirceur luisante un velours tenant une croix d'or ; le sourire tendre et la voix traînante, devenant rose dès qu'elle rit, rouge dès qu'on la regarde. Je la dévore des yeux quand elle s'habille, — je ne sais pas pourquoi, — je me sens tout chose en la regardant retenir avec ses dents et relever sur son épaule ronde sa chemise qui dégringole, les jours où elle couche dans notre petite chambre, pour être au marché la première, avec ses blocs de beurre fermes et blancs comme les moules de chair qu'elle a sur sa poitrine. On s'arrache le beurre de la Polonie.

Elle vient quelquefois m'agacer le cou ; me menacer les côtes de ses doigts longs. Elle rit, me caresse et m'embrasse ; je la serre en me défendant, et je l'ai mordue une fois, je ne voulais pas la mordre, mais je ne ne pouvais pas m'empêcher de serrer les dents, comme sa chair avait une odeur de framboise... Elle m'a crié : Petit méchant ! en me donnant une tape sur la joue un peu fort ; j'ai cru que j'allais m'évanouir et j'ai soupiré en lui répondant ; je me sentais la poitrine serrée et l'œil plus doux.

Elle m'a quitté pour se rejeter dans son lit, en disant qu'elle avait attrapé froid. Elle ressemble par derrière au poulain blanc que monte le petit du préfet.

J'ai pensé à elle tout le temps, en faisant mes devoirs.

Je reste quelquefois longtemps sans la voir, elle garde la maison au village, puis elle arrive tout d'un coup, un matin, comme une bouffée.

« C'est moi, dit-elle, je viens te chercher pour t'emmener chez nous ! Si tu veux venir !.. »

Elle m'embrasse ! Je frotte mon museau contre ses joues roses, et je le plonge dans son cou blanc, je le laisse traîner sur sa gorge veinée de b'eu !

Toujours cette odeur de framboise.

Elle me renvoie, et je cours ramasser mes hardes et changer de chemise !

Je mets une cravate verte et je vole à ma mère de la pommade pour sentir bon, moi aussi, et pour qu'elle mette sa tête sur mes cheveux !

Mon paquet est fait, je suis graissé et cravaté : mais je me trouve tout laid en me regardant dans le miroir, et je m'ébouriffe ! Je tasse ma cravate au fond de ma poche, et le col ouvert, la casquette tombante, je cours avoir un baiser encore. Ça me chatouillait, je ne lui disais pas.

Le garçon d'écurie a donné une tape sur la croupe du cheval, un cheval jaune avec des touffes de poils près du sabot ; c'est celui de ma tante Mariou, qu'on attelle quand il y a trop de beurre à porter, ou de fromages bleus à vendre. La bête va l'amble ta ta ta, ta ta ta ! toute raide ; on dirait que son cou va se casser et sa crinière couleur de mousse roule sur ses gros yeux qui ressemblent à des cœurs de moutons.

La tante ou la cousine montent dessus comme des hommes ; les mollets de ma tante sont maigres comme des fuseaux noirs, ceux de ma cousine paraissent gras et doux dans les bas de laine blanche.

Hue donc ! Ho, ho !

C'est Jean qui tire et fait virer le cheval, il a eu son picotin d'avoine et il hennit en retroussant ses lèvres et montrant ses dents jaunes.

Le voilà sellé.

— Passe-moi Jacquinou, dit la Polonie, qui est parvenue à abaisser sur ses genoux sa jupe de futaine et s'est installée à pleine chair sur le cuir luisant de la selle. Elle m'aide à m'asseoir sur la croupe.

J'y suis !

Mais on s'aperçoit que j'ai oublié mes habits roulés dans un torchon, sur la table

<hr>

(1) Un autre personnage célèbre s'en fait aussi la réputation d'avoir « bu pour oublier. »

Nous n'avons point le droit de fixer d'une manière précise la date à laquelle se passait cet événement, mais les « Nuits d'automne » n'étaient pas encore publiées. » Selon toute probabilité, Musset aurait rencontré la famille Vingtras dans un voyage au Puy. Lequel des deux a copié l'autre. Aux hommes de bonne foi à répondre,

(Note de l'éditeur.)

d'auberge pleine de ronds de vin cernés par les mouches.

On les apporte.

— Jean, attachez-les. Mon petit Jacquinou, passe tes bras autour de ma taille, serre-moi bien.

Le pauvre cheval a le tricotement sec et les os durs ; mais je m'aperçois à ce moment que ce que dit la fable qu'on nous fait réciter est vrai.

Dieu fait bien ce qu'il fait !

Ma mère en me fouettant m'a fait la peau dure.

—Serre, je te dis : « Serre-moi plus fort ! »

Et je la serre sous son fichu peint avec de petites fleurs comme des hannetons d'or, je sens la tiédeur de sa peau, je presse le doux de sa chair. Il me semble que cette chair se raffermit sous mes doigts qui s'appuient, et tout à l'heure, quand elle m'a regardé en tournant la tête, les lèvres ouvertes et le cou rengorgé, le sang m'est monté au crâne, a grillé mes cheveux.

J'ai un peu desserré les bras dans la rue Saint-Jean. C'est par là que passent les bestiaux, et nous allions au pas. J'étais tout fier. Je me figurais qu'on me regardait, et je faisais celui qui fait monter : je me retournais sur la croupe en m'appuyant du plat de la main, je donnais des coups de talons dans les cuisses et je disais hue ! comme un maquignon.

Nous avions traversé le faubourg, passé le dernier bourrelier.

Nous sommes à Expailly !

Plus de maisons ! excepté dans les champs quelques-unes ; des fleurs qui grimpent contre les murs, comme des boutons de rose le long d'une robe blanche ; un coteau de vigne et la rivière au bas qui s'étire comme un serpent sous les arbres, bordée d'une bande de sable jaune, fin comme de la crème, et piqué de cailloux qui flambent comme des diamants.

Là bas, des montagnes. Elles coupent de leur échine noire, verdie par le poil des sapins, le bleu du ciel où les nuages traînent en flocons de soie ; un oiseau, quelque aigle sans doute, avait donné un grand coup d'aile et il pendait dans l'air comme un boulet au bout du fil.

Je me rappellerai toujours ces bois sombres, la rivière frissonnante, l'air tiède, et le grand aigle...

J'avais oublié que j'étais le cœur battant contre le dos de la Polonie. Elle-même, ma cousine, semblait ne penser à rien, je ne me souviens avoir entendu que le pas du cheval et le beuglement d'une vache...

III

LE COLLÉGE

Le collége. — Il donnait, comme tous les colléges, comme toutes les prisons, sur une rue obscure, mais qui n'était pas loin du Martouret, le Martouret, notre grande place, où étaient la mairie, le marché aux fruits, le marché aux fleurs, le rendez-vous de tous les polissons, la gaieté de la ville. Puis le bout de cette rue était bruyant, il y avait des cabarets, « des bouchons, » comme on disait, avec un trognon d'arbre, un paquet de branches pour servir d'enseigne. Il sortait de ces bouchons un bruit de querelle, un goût de vin qui me montait au cerveau, m'irritait les sens et me faisait plus joyeux et plus fort.

Ce goût de vin ! —la bonne odeur des caves, j'en ai encore le nez qui bat et la poitrine qui se gonfle.

Les buveurs faisaient tapage, ils avaient l'air sans souci, bons vivants, avec des rubans à leur fouet et des agréments pleins leur blouse — ils criaient, *topaient* en jurant pour des ventes de cochons ou de vaches.

Encore un bouchon qui saute, un rire qui éclate, et les bouteilles trinquent du ventre dans les doigts du cabaretier ! Le soleil jette de l'or dans les verres, il allume un bouton sur cette veste, il cuit un tas de mouches dans ce coin. Le cabaret crie, embaume, empeste, fume et bourdonne.

A deux minutes de là, le collége moisit, sue l'ennui, et pue l'encre ; les gens qui entrent, ceux qui sortent éteignent leur regard, leur voix, leur pas, pour ne pas blesser la discipline, troubler le silence, déranger l'étude.

Quelle odeur de vieux !...

C'est Mlle Balandreau qui m'y conduit. — Ma mère est souffrante. — On me fait mon panier avant de partir et je vais m'enfermer là-dedans jusqu'à 8 heures du soir. A ce moment-là, Mlle Balandreau revient et me ramène. J'ai le cœur bien gros quelquefois et je lui conte mes peines en sanglotant.

Mon père fait la première étude, celle des élèves de mathématiques, de rhétorique et de philosophie Il n'est pas aimé, on dit qu'il est *chien.*

Il a obtenu du proviseur la permission de me garder dans son étude, près de sa chaire, et je suis là, faisant mes devoirs à ses côtés, tandis qu'il prépare son agrégation.

Il a eu tort de me prendre avec lui : les grands ne sont pas trop méchants pour moi ;

ils me voient timide, craintif, appliqué ; ils ne me disent rien qui me fasse de la peine, mais j'entends ce qu'ils disent de mon père, comment ils l'appellent, ils se moquent de son grand nez, de son vieux paletot, ils le rendent ridicule à mes yeux d'enfant et je souffre sans qu'il le sache.

Il me brutalise quelquefois dans ces moments-là. — « Qu'est-ce que tu as donc. — Comme il a l'air nigaud ! »

Je viens de l'entendre insulter et j'étais en train de dévorer un gros soupir, une vilaine larme.

Il m'envoie souvent pendant l'étude du soir, demander un livre, porter un mot à un des autres pions qui est au bout de la cour, tout là-bas... il fait noir, le vent souffle ; de temps en temps, il y a des étages à monter, un long corridor, un escalier obscur, c'est tout un voyage : on se cache dans les coins pour me faire peur. Je joue au brave, mais je ne me sens bien à l'aise que quand je suis rentré dans l'étude où l'on étouffe, et qui sent mauvais.

J'y reste quelquefois tout seul, quand Mlle Balandreau est en retard. Les élèves sont allés souper conduits par mon père.

Comme le temps me semble long! C'est vide, muet et s'il vient quelqu'un, c'est le lampiste qui n'aime pas mon père non plus, je ne sais pourquoi : un vieux qui a une loupe, une casquette de peau de bête et une veste grise comme celle des prisonniers; il sent l'huile, marmotte toujours entre ses dents, me regarde d'un œil dur et m'ôte brutalement ma chaise de dessous moi, sans m'avertir, met le quinquet sur mes cahiers, jette à terre mon petit paletot, me pousse de côté comme un chien et sort sans dire un mot. Je ne dis rien non plus, et ne parle pas davantage quand mon père revient. On m'a appris qu'il ne fallait pas « rapporter. » Je ne le fais point, je ne le ferai jamais dans le cours de mon existence de collégien, ce qui me vaudra bien des tortures de la part des maîtres.

Puis, je ne veux pas que parce qu'on m'a fait mal, il puisse arriver du mal à mon père. et je lui cache qu'on me maltraite pour qu'il ne se dispute pas à propos de moi. Tout petit, je sens que j'ai déjà un devoir à remplir, ma sensibilité comprend que je suis un fils de galérien, pis que cela de garde-chiourme, et je supporte la brutalité du lampiste.

J'écoute, sans paraître les avoir entendues les moqueries qui atteignent mon père, c'est dur pour un enfant de neuf ans.

Il est arrivé que j'ai eu très-faim; quelques-uns de ces soirs-là, quand on tardait trop à venir. Le réfectoire lançait des odeurs de grillé, j'entendais le cliquetis des fourchettes à travers la cour.

Comme je maudissais Mlle Balandreau qui, n'arrivait pas !

J'ai su depuis qu'on la retenait exprès; ma mère avait soutenu à mon père que s'il n'était pas une poule mouillée, il pourrait me fournir mon souper avec les restes du sien, ou avec le supplément qu'il demanderait au réfectoire. *Si c'était elle, il y a longtemps que ce serait fait. Il n'aurait qu'à mettre cela dans du papier. Elle lui donnerait une petite boîte, s'il voulait.*

Mon père avait toujours résisté — le pauvre homme. La peur d'être vu ! le ridicule s'il était surpris — la honte ! Ma mère tâchait de lui forcer la main de temps en temps, en me laissant affamé, dans son étude, à l'heure du souper. Il ne cédait pas, il préférait que je souffrisse un peu et il avait raison.

Je me souviens pourtant d'une fois où il s'échappa du réfectoire pour venir me porter une petite côtelette panée qu'il tira d'un cahier de thèmes où il l'avait cachée : il avait l'air si troublé et il repartit si ému Je vois encore la place, je me rappelle la couleur du cahier, et j'ai pardonné bien des torts plus tard à mon père en souvenir de cette côtelette chipée pour son fils, un soir, au lycée du Puy....

Le proviseur s'appelle Hennequin, — il paraît qu'il a eu une place plus belle, mais qu'on l'a dégommé pour dettes et envoyé en disgrâce dans ce trou du Puy.

Il a écrit un livre : *les Vacances d'Oscar.*

On les donne en prix, et après ce que j'ai entendu dire, ce que j'ai lu à propos des gens qui étaient auteurs, je suis pris d'une vénération profonde, d'une admiration muette pour l'auteur des *Vacances d'Oscar,* qui daigne être proviseur dans notre petite ville, proviseur de mon père et qui salue ma mère quand il la rencontre.

J'ai dévoré les *Vacances d'Oscar.*

Je vois encore le volume cartonné de vert, d'un vert marbré qui blanchissait sous le pouce et poissait les mains, avec un dos de peau blanche, s'ouvrant mal, imprimé sur papier à chandelle. Eh bien ! il tombe de ces pages, de ce malheureux livre, dans mon souvenir, il tombe une impression de fraîcheur chaque fois que j'y songe !

Il y a une histoire de pêche que je n'ai point oubliée.

Un grand filet luit au soleil, les gouttes d'eau roulent comme des perles, les poissons remuent dans les mailles, deux pêcheurs sont dans l'eau jusqu'à la ceinture, c'est le frisson de la rivière.

Il avait eu, cet Hennequin, ce proviseur

dégommé, ce chantre du petit Oscar, traîner ce grand filet le long d'une page et faire passer cette rivière dans un coin de chapitre.

Le professeur de philosophie — M. Bébillin — petit, fluet, une tête comme le poing, trois cheveux et un filet de vinaigre dans la voix.

Il aimait à prouver l'existence de Dieu, mais si quelqu'un glissait un argument, même dans son sens, il indiquait qu'on le dérangeait, il lui fallait toute la table, comme pour une réussite.

Il prouvait l'existence de Dieu avec des petits morceaux de bois, des haricots.

Nous plaçons ici un haricot, bon! — là, une allumette. — Madame Vingtras, une allumette? Et maintenant que j'ai rangé, ici les vices de l'homme, là les vertus, j'arrive avec les FACULTÉS DE L'ÂME.

Ceux qui n'étaient pas au courant, regardaient du côté de la porte s'il entrait quelqu'un, ou du côté de sa poche pour voir s'il allait sortir quelque chose. Les facultés de l'âme, c'était de la haute, du chenu! Ma mère était flattée.

— Les voici!

On se tournait encore, malgré soi, pour saluer ces dames, mais Bebillin vous reprenait par le bouton du paletot et tapait avec impatience sur la table. Il lui fallait de l'attention. Que diable! voulait-on qu'il prouve l'existence de Dieu, oui ou non!

— Moi, ça m'est égal, et vous? disait mon oncle Joseph à son voisin, qui faisait chut, et allongeait le cou pour mieux voir.

Mon oncle remettait nonchalamment ses mains dans ses poches et regardait voler les mouches.

Mais le professeur du bon Dieu tenait à avoir mon oncle pour lui et le ramenait à son sujet, l'agrippant par son amour-propre et s'accrochant à son métier.

— Chadenas, vous qui êtes menuisier, vous savez qu'avec les compas.....

Il fallait aller jusqu'au bout! à la fin le petit homme écartait sa chaise, tendait une main, montrait un coin de la table et disait: — DIEU EST LA.

On regardait encore; tout le monde se pressait pour voir, tous les haricots étaient dans un coin avec les allumettes, les bouts de bouchons et quelques autres saletés, qui avaient servi à la démonstration de l'*Être suprême*.

Il paraît que les vertus, les vices, les facultés de l'âme venaient toutes *fa—ta—le—ment* aboutir à ce tas-là. Tous les haricots y sont. Donc Dieu existe. C. Q. F. D.

IV

LA PETITE VILLE

La porte de Pannessac.

Elle est en pierres, cette porte, et mon père me dit même que je puis me faire une idée des monuments romains en la regardant.

J'ai d'abord une espèce de vénération, puis ça m'ennuie; je commence à prendre le dégoût des monuments romains.

Mais la rue!... Elle sent la graine et le grain.

Les culasses de blé s'affaissent et se tassent comme des endormis, le long des murs. Il y a dans l'air la poussière blanche de la farine et le tapage des marchés bruyants.

C'est ici que les boulangers ou les meuniers, ceux qui font le pain, viennent s'approvisionner.

J'ai le respect du pain.

Un jour je jetais une croûte, mon père est allé la ramasser. Il ne m'a pas parlé durement comme il le fait toujours.

— Mon enfant, m'a-t-il dit, il ne faut pas jeter le pain; c'est dur à gagner. Nous n'en avons pas trop pour nous, mais si nous en avions trop, il faudrait le donner aux pauvres. Tu en manqueras peut-être un jour, et tu verras ce qu'il vaut. Rappelle-toi ce que je te dis là, mon enfant!

Je ne l'ai jamais oublié.

Cette observation, qui pour la première fois peut-être, dans ma vie de jeunesse, me fut faite sans colère mais avec dignité, me pénétra jusqu'au fond de l'âme; et j'ai eu le respect du pain depuis ce jour-là.

Les moissons m'ont été sacrées, je n'ai jamais écrasé une gerbe, pour aller cueillir un coquelicot ou un bluet; jamais je n'ai tué sur sa tige la fleur du pain!

Ce qu'il me dit des pauvres me saisit aussi et je dois peut-être, à ces paroles prononcées simplement ce jour-là... d'avoir eu toujours le respect, et toujours pris la défense de ceux qui ont faim.

« Tu verras ce qu'il vaut. »

Je l'ai vu.

Aux portes des allées sont des mitrons en jupes comme des femmes, jambes nues, petite camisole bleue sur les épaules.

Ils ont les joues blanches comme de la farine et la barbiche blonde comme de la croûte.

Ils traversent la rue pour aller boire une goutte, et blanchissent en passant une main d'ami qu'ils rencontrent, ou une épaule de monsieur qu'ils frôlent.

Les patrons sont au comptoir, où ils pèsent les miches, et eux aussi ont des habits avec des tons blanchâtres, ou couleur de seigle. Il y a des gâteaux, outre les miches, derrière les vitres, des brioches comme des nez pleins, et des tartelettes comme du papier mou.

A côté des haricots secs et des graines charnues comme des fruits verts ou luisants comme des cailloux de rivière, les marchands avaient du plomb dans des écuelles de bois.

C'était donc là ce qu'on mettait dans un fusil ? ce qui tuait les lièvres et traversait les cœurs d'oiseaux ? On disait même que les charges parfois faisaient balle et pouvaient casser un bras ou une mâchoire d'homme.

Je plongeais mes doigts là-dedans, comme tout à l'heure j'avais plongé mon poing dans les sacs de grain, et je sentais le plomb qui roulait et filait entre les jointures comme des gouttes d'eau. Je ramassais comme des reliques ce qui était tombé des écuelles ou des sacs.

Les articles de pêche aussi se vendaient à Pannesac.

Tout ce qui avait des tons vifs ou des couleurs fauves, gros comme un pois ou comme une orange, tout ce qui était une tache de couleur vigoureuse ou gaie, tout cela faisait marque dans mon œil d'enfant triste, et je vois encore les bouchons vernis de rouge et les belles lignes luisantes comme du satin jaune.

Avoir une ligne, la jeter dans le frais des rivières, ramener un poisson qui luirait au soleil comme une feuille de zinc et deviendrait d'or dans le beurre !

Un goujon pris par moi !

Il portait toute mon imagination sur ses nageoires !

J'allais donc vivre du produit de ma pêche ; comme les insulaires dont j'avais l'histoire dans les voyages du capitaine Cook.

J'avais lu aussi qu'ils faisaient des vitres à leurs huttes avec de la colle de poisson, et je voyais le jour où je placerais les carreaux à toutes les fenêtres de ma famille ; je me proposais de gratter tout ce qui « mordrait » et de mettre ce résidu d'écaille et de fiente dans ma grande poche.

Je le fis plus tard, mais la fermentation au fond de la poche, produisit des résultats inattendus, à la suite desquels je fus un objet de défiance pour mes voisins.

Cela ébranla ma confiance dans les récits des voyageurs et le doute s'éleva dans mon esprit.

Il y avait une épicerie dans le fond de

Pannesac, qui ajoutait aux odeurs tranquilles du marché, une odeur étouffée, chaude, violente, qu'exhalaient les morues salées, les fromages bleus, le suif, la graisse et le poivre.

C'était la morue qui dominait, en me rappelant plus que jamais les insulaires, les huttes, la colle et les phoques fumés.

Je jetais encore un dernier regard sur Pannesac et près de la porte de pierre.

Je me jetais de côté pour laisser passer les grands chariots qui portaient tous ces fonds de campagne, ces jardins en panier, ces moissons en sac. Ces chariots avaient l'air des grands chars de fête dans les mascarades italiennes, avec leur monde d'enfarinés et de pierrots à dos d'Hercule !

Là-haut, tout là-haut, il y a l'école normale !

Le fils du directeur vient me prendre quelquefois pour jouer.

Il y a un jardin derrière l'école, avec une balançoire et un trapèze.

Je regarde avec admiration ce trapèze et cette balançoire ; seulement il m'est défendu d'y monter.

C'est ma mère qui a recommandé aux parents du petit garçon de ne pas me laisser me balancer ou me pendre.

Mme Haussard, la directrice, ne se soucie pas d'être toujours là à nous surveiller, mais elle m'a fait promettre d'obéir à ma mère. J'obéis.

Mme Haussard aime bien son fils, autant que ma mère m'aime ; et elle lui permet ce qu'on me défend !

J'en vois d'autres, pas plus grands que moi, qui se balancent aussi.

Ils se casseront donc les reins ?

Oui, sans doute ; et je me demande tout bas si ces parents qui laissent ainsi leurs enfants jouer à ces jeux-là ne sont pas tout simplement des gens qui veulent que leurs enfants se tuent. Des assassins sans courage ! des monstres ! qui n'osant pas noyer leurs petits, les envoient au trapèze — et à la balançoire !

Car enfin, pourquoi ma mère m'aurait-elle condamné à ne point faire ce que font les autres !

Pourquoi me priver d'une joie ?

Suis-je donc plus cassant que mes camarades ?

Ai-je été recollé comme un saladier ?

Y a-t-il un mystère dans mon organisation ?

J'ai peut-être le derrière plus lourd que la tête !

Je ne peux pas le peser à part pour être sûr.

En attendant je rôde, le museau en l'air, sous le petit gymnase, que je touche du doigt en sautant, comme un chien après un morceau de sucre placé trop haut.

Mais que je voudrais donc avoir la tête en bas !

Oh ! ma mère ! ma mère !

Pourquoi ne me laissez-vous pas monter sur le trapèze et me mettre la tête en bas ?

Rien qu'une fois !

Vous me fouetterez après si vous voulez !

Mais cette mélancolie même vient à mon secours et me fait trouver les soirées plus belles et plus douces, sur la grande place qui est devant l'école, et où je vais quand je suis trop triste d'avoir vu le trapèze et la balançoire me tendre inutilement les bras dans le jardin !

La brise secoue mes cheveux sur mon front, et emporte avec elle ma bouderie et mon chagrin.

Je reste silencieux, assis quelquefois comme un ancien sur un banc, en remuant la terre devant moi avec un bout de branche, ou relevant tout d'un coup ma tête pour regarder l'incendie qui s'éteint dans le ciel !

— Tu ne dis rien, me fait le petit de l'École normale, à quoi penses-tu ?

— A quoi je pense ? Je ne sais pas.

Je ne pense pas à ma mère, ni au bon Dieu, ni à ma classe ; je me fais l'effet d'un animal dans un champ, qui aurait cassé sa corde ; et je grogne, et je caracole comme un cabri, au grand étonnement de mon petit camarade, qui me regarde gambader, et s'attend à me voir brouter.

J'en ai presque envie.

V

LA TOILETTE

Un jour un homme qui voyageait m'a pris pour une curiosité du pays, et m'ayant vu de loin, est accouru au galop de son cheval. Son étonnement a été extrême quand il a reconnu que j'étais vivant. Il a mis pied à terre, et s'adressant à ma mère, lui a demandé respectueusement si elle voulait bien lui indiquer l'adresse du tailleur qui avait combiné mon vêtement.

— C'est moi, a-t-elle répondu, rougissant d'orgueil !

Le cavalier est reparti et on ne l'a plus revu.

Ma mère m'a parlé souvent de cette apparition, de cet homme qui se détournait de son chemin pour savoir qui m'habillait.

Je suis en noir souvent « rien n'habille comme le noir » et en habit, en frac avec un chapeau haut de forme ; j'ai l'air d'un poêle.

Comme on dit que j'use beaucoup, on m'a acheté, dans la campagne, une étoffe jaune et velue, dont je suis enveloppé. J'ai l'air d'un ambassadeur japon. Les étrangers me saluent ; les savants me regardent.

Mais l'étoffe dans laquelle on a taillé mon pantalon se sèche et se racornit, m'écorche et m'ensanglante.

Hélas ! je vais non plus vivre mais me traîner.

Tous les jeux de mon enfance me sont interdits. Je ne puis jouer aux barres, sauter, courir, me battre. Je rampe seul, calomnié des uns, plaint par les autres, inutile ! Et il m'est donné, au sein même de ma ville natale, à douze ans, de connaître, isolé dans ce pantalon, les douleurs sourdes de l'exil.

Ma mère y met quelquefois de l'espièglerie.

On m'avait invité pendant le carnaval à un bal d'enfants. Ma mère m'a vêtu en charbonnier. Au moment de me conduire, elle a été forcée d'aller ailleurs ; mais elle m'a mené jusqu'à la porte de M. Puissegat, chez qui se donnait le bal.

Je ne savais pas bien le chemin et je me suis perdu dans le jardin ; j'ai appelé.

Une servante est venue et m'a dit :

— C'est vous le petit Choufloux qui venez pour aider à la cuisine ?

Je n'ai pas osé dire que non, et on m'a fait laver la vaisselle toute la nuit.

Quand le matin ma mère est venue me chercher j'achevais de rincer les verres ; on lui avait dit qu'on ne m'avait pas aperçu, on avait fouillé partout.

Je suis entré dans la salle pour me jeter dans ses bras : mais, à ma vue, les petites filles ont poussé des cris, des femmes se sont évanouies, l'apparition de ce nain, qui roulait à travers ces robes fraîches, parut singulière à tout le monde.

Ma mère ne voulait plus me reconnaître ; je commençais à croire que j'étais orphelin.

Je n'avais cependant qu'à l'entraîner et à lui montrer, dans un coin, certaine place couturée et violacée, pour qu'elle criât à l'instant : « C'est mon fils ! » Un reste de pudeur me retenait. Je me contentai de faire des signes, et je parvins à me faire comprendre.

On m'emporta comme on tire le rideau sur une curiosité.

La distribution des prix est dans trois jours.

Mon père, qui est dans le secret des dieux, sait que j'aurai des prix, qu'on appellera son fils sur l'estrade, qu'on lui mettra sur la tête une couronne trop grande, qu'il ne pourra ôter qu'en s'écorchant et qu'il sera embrassé sur les deux joues par quelque autorité.

Mme Vingtras est avertie, et elle songe.

Comment habillera-t-elle son fruit, son enfant, son Jacques ? Il faut qu'il brille, qu'on le remarque, — on est pauvre, mais on a du goût.

— Moi d'abord, je veux que mon enfant soit bien mis.

On cherche dans la grande armoire où est la robe de noce, où sont les fourreaux de parapluie, les restes de jupe, les coupons de soie.

Elle s'égratigne à une étoffe criante, luisante, — qui a reflets de tigre au soleil ; — une étoffe comme une lime, qui exaspère les doigts quand on la touche, et qui flambe au grand air comme une casserole ! Une belle étoffe, vraiment, et qui vient de la grand'-mère, et qu'on a payée à prix d'or. « Oui, mon enfant, à prix d'or, dans l'ancien temps. »

— Jacques, je vais te faire une redingote avec ça, m'en priver pour toi !... et ma mère ravie me regarde du coin de l'œil, hoche la tête, sourit du sourire des sacrifiées heureuses.

« J'espère qu'on vous gâte, monsieur, » et elle sourit encore, et elle dodeline de la tête, et ses yeux sont noyés de tendresse.

« C'est une folie ! tant pis ! on fera une redingote à Jacques avec ça. »

On m'a essayé la redingote hier soir, et mes oreilles saignent, mes ongles sont usés. Cette étoffe crève la vue et chatouille si douloureusement la peau !

— Seigneur ! délivrez-moi de ce vêtement !

Le ciel ne m'entend pas ! La redingote est prête.

Non, Jacques, elle n'est pas prête. Ta mère est fière de toi ; ta mère t'aime.

Te figures-tu qu'elle te laissera entrer dans ta redingote comme ça, sans ajouter un grain de beauté, une mouche, un pompon, un rien, sur les revers, dans le dos, au bout des manches ! Tu ne connais pas ta mère, Jacques !

Et ne la vois-tu pas qui joue, à la fois orgueilleuse et modeste, avec des noyaux verts !

La mère de Jacques lui fait kiki dans le cou.

Il ne rit pas. — Ces noyaux lui font peur !...

Ces noyaux sont des boutons, vert vif, vert gai, en forme d'olives, qu'on va, — voyez si cette mère épargne rien ! — qu'on va coudre tout le long, à la *polonaise* ! À la polonaise, Jacques !

Ah ! quand, plus tard, il fut dur pour les Polonais, quoi d'étonnant ! Le nom de cette nation, voyez-vous, resta chez lui cousu à un souvenir terrible.... la redingote de la distribution des prix, la redingote à noyaux, aux boutons ovales comme des olives et verts comme des cornichons.

Joignez à cela qu'on m'avait affublé d'un chapeau haut de forme que j'avais brossé à rebrousse-poil et qui se dressait comme une menace sur ma tête.

Des gens croyaient que c'étaient mes cheveux et se demandaient quelle fureur les avait fait se dresser ainsi. — Il a vu le diable, murmuraient les béates en se signant...

J'avais un pantalon blanc. Ma mère s'était saignée aux quatre veines.

Un pantalon blanc à sous-pieds !

Des sous-pieds qui avaient l'air d'instruments pour un pied-bot et qui tendaient la culotte à la faire craquer.

Il avait plu, et, comme on était venu vite, j'avais des plaques de boue dans les mollets, et mon pantalon blanc trempé par endroits, collé sur mes cuisses.

— Mon fils, dit ma mère, rougissante d'orgueil, en arrivant à la porte d'entrée et en me poussant devant elle.

Celui qui recevait les cartes faillit tomber de son haut et me chercha sous mon chapeau, interrogea ma redingote, leva les mains au ciel.

J'entrai dans la salle.

J'avais ôté mon chapeau, en le prenant par les poils ; j'étais reconnaissable, c'était bien moi, il n'y avait pas à s'y tromper, et je ne pus jamais dans la suite invoquer un alibi.

Mais, en voulant monter par-dessus un banc pour arriver du côté de ma classe, voilà un des sous-pieds qui craque, et la jambe du pantalon qui remonte comme une élastique ! Mon tibia se voit, — j'ai l'air d'être en caleçon, cette fois ; — les dames que mon cynisme outrage, se cachent derrière leur éventail.

Du haut de l'estrade, on a remarqué un tumulte dans le fond de la salle.

Les autorités se parlent à l'oreille, le général se lève et regarde ou se demande le secret de ce tapage.

— Jacques, baisse ta culotte, dit ma mère à ce moment, d'une voix qui me fusille et part comme une décharge dans le silence.

Tous les regards se tournant vers elle s'abaissent sur moi.

Il faut cependant que ce scandale cesse. Un officier plus énergique que les autres donne un ordre :

— Enlevez l'enfant aux cornichons !

L'ordre s'exécute discrètement ; on me tire

de dessous la banquette où je me tapis désespéré, et la femme du censeur, qui se trouve là, m'emmène, avec ma mère, hors de la salle jusqu'à la lingerie, où on me déshabille.

Ma mère me regarde avec plus de pitié que de colère.

— Tu n'es pas fait pour porter la toilette, mon pauvre garçon !

Elle en parle comme d'une infirmité et elle a l'air d'un médecin qui abandonne un malade.

Je me laisse faire. On me loge dans la défroque d'un petit, et ce petit est encore trop grand, car je danse dans ses habits. Quand je rentre dans la salle, on commence à croire à une mystification.

Tout à l'heure j'avais l'air d'un léopard, j'ai l'air d'un vieillard maintenant. Il y a quelque chose là-dessous.

Le bruit se répand, chez ceux qui ne me connaissent pas, que je suis le fils de l'escamoteur qui vient d'arriver dans la ville et qui veut se faire remarquer par un tour nouveau. Cette version gagne du terrain ; heureusement on me connaît ; on connaît ma mère, il faut bien se rendre à l'évidence, ces bruits tombent d'eux-mêmes et l'on finit par m'oublier.

J'écoute les discours en silence et en me fourrant les doigts dans le nez, avec peine, car les manches sont trop longues.

A cause de l'orage, la distribution a lieu dans un dortoir, — un dortoir dont on a enlevé les lits en les entassant avec leurs accessoires dans une salle voisine. On voyait dans cette salle par une porte vitrée, qui aurait dû avoir un rideau, mais n'en avait pas ; on distinguait des vases en piles, des vases qui pendant l'année servaient, mais qu'on retirait de dessous les lits pendant les vacances. On en avait fait une pyramide blanche.

C'était le coin le plus gai ; un malin petit rayon de soleil avait choisi le ventre d'un de ces vases pour y faire des siennes, s'y mirer, coqueter, danser, le mutin, et il s'en donne à cœur joie !

Adossée à cette salle était l'estrade, avec le personnel de la baraque, je veux dire du collège : — Monseigneur au centre, le préfet à gauche, le général à droite, galonnés, teintés de violet, panachés de blanc, cuirassés d'or comme les écuyers du cirque Boutor. Il n'y avait pas de chameau, malheureusement.

Je crus voir un éléphant ; c'était un haut fonctionnaire qui avait la tête, la poitrine, le ventre et les pieds couleur d'éléphant, mais qui était douanier de son état, ou capitaine de gendarmerie, j'ai oublié. Il était gros comme une barrique et essoufflé comme un phoque : il avait beaucoup du phoque.

C'est lui qui me couronne pour le prix d'Histoire sainte. Il me dit : « C'est bien, mon enfant ! » Je croyais qu'il allait dire « papa » et replonger dans son baquet.

VI

VACANCES

Je m'amuse un peu pendant les vacances avec Soubyrou et à Farreyroles.

M. Soubeyrou est un maraîcher des environs.

Trois fois par semaine, mon père donne quelques leçons au fils de ce jardinier, et comme l'enfant est maladif, fort peu, on a demandé que je vinsse lui tenir compagnie de temps en temps.

Je prends le plus long pour arriver.

Je suis donc libre !

Ce n'est pas pour faire une commission, avec l'ordre de revenir tout de suite et de ne rien casser ; ce n'est pas accompagné, surveillé, pressé, que je descends la rue en me laissant glisser sur la rampe de fer.

Non. J'ai mon temps, une après-midi, toute une après-midi !

— Cela t'amuse d'aller chez M. Soubyrou ? demande ma mère.

— Oui, m'man.

Mais un oui lent, un oui avec une moue.

Tiens ! si je disais que je m'amuse, elle serait capable de m'empêcher d'y aller.

Si une chose me chagrine bien, me répugne, peut me faire pleurer, ma mère me l'impose sur-le-champ.

« Il ne faut pas que les enfants aient de volonté ; ils doivent s'habituer à tout. — Ah ! les enfants gâtés ! Les parents sont bien coupables qui les laissent faire tous leurs caprices... »

Je dis : « Oui, m'man, » de façon à ce qu'elle croie que c'est non, et je me laisse habiller et sermonner en rechignant.

Je descends dans la ville.

Je ne m'arrête pas au Martouret, parce que ma mère peut me voir des fenêtres de notre appartement, perché là-haut au dernier étage d'une maison, qui est la plus haute de la ville.

Je fais le sage et le pressé en passant sur le marché ; mais, dans la rue Porte Aiguière, je me glisse entre des gens qui passent ; je m'abrite derrière le premier gros homme qui passe et j'entre dans la cour de l'auberge du *Cheval-Blanc.*

De cette cour, je vois la rue en biais, et puis dévorer des yeux la devanture du bourrelier, où il y a des tas de houppes et de grelots, des pompons bleus, de grands fouets couleur de cigare et des harnais qui brillent comme de l'or.

Je reste caché le temps qu'il faut pour voir si ma mère est à la fenêtre et me surveille encore; puis, quand je me sens libre, je sors de la cour du Cheval-Blanc et je me mets à regarder les boutiques à loisir.

Il y a un chaudronnier qui tape tout le temps sur du beau cuivre rouge, que le marteau marque comme une croupe de jument pommelée et qui fait « dzine, dzine », sur le carreau; chaque coup me fait froncer la peau et cligner des yeux.

Puis c'est la boutique d'Arnaud, le cordonnier, avec sa botte verte pour enseigne, une grande botte cambrée, avec un éperon et un gland d'or; à la vitrine s'étalent des bottines de satin bleu, de soie rose, couleur de prune, avec des nœuds comme des bouquets, et qui ont l'air vivantes.

A côté, les pantoufles qui ressemblent à des souliers de Noël.

Mais le fils du jardinier attend.

Je m'arrache à ces parfums de cirage et à ces flamboiements de vernis.

Je prends Le Breuil...

Il y a un décrotteur qui est populaire, qu'on appelle Moustache.

Mon rêve est de me faire décrotter un jour par Moustache, de venir là comme un homme, de lui donner mon pied, — sans trembler, si je puis, — et de paraître habitué à ce luxe, de tirer négligemment mon argent de ma poche en disant, comme font les messieurs qui lui donnent leurs deux sous:

Pour la goutte, Moustache!

Je n'y arriverai jamais; je m'exerce pourtant!

Pour la goutte, Moustache!

J'ai essayé toutes les inflexions de voix; je me suis écouté, j'ai prêté l'oreille, travaillé devant la glace, fait le geste.

Pour la goutte...

Non, je ne puis!

Mais chaque fois que je passe devant Moustache, je m'arrête à le regarder; je m'habitue au feu, je tourne et retourne autour de sa boîte à décrotter; il m'a même crié une fois:

— *Cirer vos bottes, m'sieu?*

J'ai failli m'évanouir.

Je n'avais pas deux sous, — je n'ai pu les réunir que plus tard dans une autre ville, —

et je dus secouer la tête, répondre par un signe, avec un sourire pâle comme celui d'une femme qui voudrait dire : « Il m'est défendu d'aimer! »

Au fond du Breuil est la tannerie avec ses pains de tourbe, ses peaux qui sèchent, son odeur aigre!

Je l'adore, cette odeur montante, moutardeuse, verte, — si l'on peut peut dire verte, — comme les cuirs qui faisandent dans l'humidité ou qui font sécher leur sueur au soleil.

Du plus loin que j'arrivais dans la ville du Puy, quand j'y revins plus tard, je devinai et je sentis la tannerie du Breuil. — Chaque fois qu'une de ces fabriques s'est trouvée sur mon chemin, à deux lieues à la ronde, je l'ai flairée et j'ai tourné de ce côté mon nez reconnaissant...

Je ne me souviens plus du chemin, je ne sais par où je passais, comment finissait la ville.

Je me rappelle seulement que je me trouvais le long d'un fossé qui sentait mauvais, et que je marchais à travers un tas d'herbes et de plantes qui ne sentaient pas bon.

J'arrivais dans le pays des jardiniers. Que c'est vilain, le pays des maraîchers!

Autant j'aimais les prairies vertes, l'eau vive, la verdure des haies; autant j'avais le dégoût de cette campagne à arbres courts, à plantes pâles, qui poussent, comme de la barbe de vieux, dans un terrain de sable ou de boue sur le bord de la ville.

Quelques feuilles jaunâtres, desséchées, galeuses, pendaient avec des teintes d'oreilles de pèlerinaires.

On avait déshonoré toutes les places, et l'on dérangeait à chaque instant un tourbillon d'insectes qui se régalaient d'un chien crevé.

Pas d'ombre!

Des melons qui ont l'air de boulets chauffés à blanc; des choux rouges, violets, — on dirait des apoplexies, — une odeur de poireau et d'oignons!

J'arrive chez M. Souboyrou.

Je reste, avec le petit malade, dans un coin de la maison.

Il est tout pâle, avec un grand sourire et de longues dents, le blanc des yeux taché de jaune; il me montre un tas de livres qu'on lui a achetés pour qu'il ne s'ennuie pas trop.

Un *Ésope* avec des gravures coloriées.

Je me rappelle encore une de ces gravures qui représente Borée, le Soleil et un voyageur.

Le voyageur avait la sueur chocolat qui

lui coulait sur le front et un énorme manteau lie de vin.

On voyait Borée qui soufflait d'un côté, comme on jette de l'eau quand on fait la planche ; de l'autre, le soleil avec une collerette de rayons jaunes, qui lançait des effluves comme le zouave Jacob et transpirait comme un gruyère.

Il y avait aussi l'envieux, — autre apologue.

— Que veux-tu? demanda Jupiter à l'envieux. Je ferai à ton voisin le double de mal ou de bien que je vais te faire.

— Crève-moi un œil, répond l'envieux.

Il fallait voir cet œil !

L'envieux était vert naturellement, vert comme l'*Envie* dans les poésies, vert comme les laitues dans les champs.

— Veux-tu t'amuser, m'aider à arroser les choux ? me dit le père Soubyrou, qui tient un arrosoir de chaque main et qui marche le pantalon retroussé, les jambes et les pieds nus, depuis le matin.

Son mollet ressemble, velu et cuit par la chaleur, à une patte de cochon grillé ; il a sa chemise trempée, et des gouttes d'eau roulent sur le poil de son poitrail.

Non, je ne veux pas m'amuser, aider à arroser les choux !

Si ça l'amuse, lui, tant mieux !

Je ne veux pas priver M. Soubyrou d'un plaisir, et je lui réponds par un mensonge.

— Je suis tombé hier, et je me suis fait mal au reins.

J'aime les choux... mais cuits.

Je ne fuis pas le baquet maternel, la vaisselle de mes pères, pour venir tirer de l'eau chez des étrangers.

Je tire assez d'eau comme cela dans la semaine, et je sens assez l'oignon.

Non, monsieur Soubyrou, je ne vous suivrai pas à ce puits, là-bas ; je ne tournerai pas la manivelle, je ne ferai pas venir le sceau, je ne me livrerai pas au travail honnête des jardins.

Je suis corrompu, malsain, que voulez-vous !

Mais je ne veux pas tirer d'eau !

Devant les Messageries.

En revenant, je fais le grand tour et je passe devant le café des *Messageries*.

L'enseigne est en lettres qui forment chacune une figure, une bonne femme, un paysan, un soldat, un singe.

C'est peint avec une couleur de jus de tabac, sur un fond gris, et c'est une histoire qui se suit depuis le *C* de Café jusqu'à l'*S* de Messageries.

Je n'ai jamais eu le temps de comprendre.

Il fallait rentrer.

Puis, tandis que je regardais l'enseigne, que ma curiosité saisissait le cotillon de la bonne femme, le grand faux-col du paysan, la giberne du soldat, la queue du singe, autour de moi on attelait les chevaux, on lavait les voitures ; les palefreniers, le postillon et le conducteur faisaient leur métier, donnaient de la brosse, du fouet ou de la trompe.

Les voyageurs venaient prendre leurs places, retenir un coin.

J'étais là quelquefois à l'arrivée : la diligence traversait Le Breuil avec un bruit d'enfer, en soulevant des flots de poussière ou en envoyant des étoiles de boue.

Elle était reçue par un troupeau de portefaix qui se disputaient les bagages, et vomissait de ses flancs jaunes des gens engourdis qui s'étiraient les jambes sur le pavé.

Ils tombaient dans les bras d'un parent, d'un ami ; on se serrait la main, on s'embrassait ; c'étaient des adieux, des au revoir à n'en plus finir.

On avait fait connaissance en route ; les messieurs saluaient avec regret des dames, qui répondaient avec réserve :

« — Où aurai-je le plaisir de vous retrouver ? »

« — Nous nous rencontrerons peut-être. Ah ! voici maman. »

« — Voici mon mari.

« — Je vois mon frère qui arrive avec sa femme. »

Il y avait des Anglais qui ne disaient rien et des commis-voyageurs qui parlaient beaucoup.

Tout le monde remuait, courait, s'échappait comme les insectes quand je soulevais une pierre au bord d'un champ.

J'en ai vu pourtant qui restaient là, à la même place, fouillant le boulevard et Le Breuil du regard, attendant quelqu'un qui ne venait pas.

Il y en avait qui juraient, d'autres qui pleuraient.

Je me rappelle une jeune femme qui avait une tête fine, longue et pâle.

Elle attendit longtemps...

Quand je partis, elle attendait encore. Ce n'était pas son mari, car sur la petite malle qu'elle avait à ses pieds, il y avait écrit : « Mademoiselle. »

Je la rencontrai quelques jours plus tard devant la poste ; les fleurs de son chapeau étaient fanées, sa robe de mérinos noir avait des reflets roux, ses gants étaient blanchis au bout des doigts. Elle demandait s'il n'était pas venu de lettre à telle adresse : poste restante.

— Je vous ai dit que non.

— Il n'y a plus de courrier aujour-d'hui ?

— Non.

Elle salua, quoiqu'on fût grossier, poussa un soupir et s'éloigna pour aller s'asseoir sur un banc du fer-à-cheval, où elle resta jusqu'à ce que des officiers qui passaient l'obligèrent, par leurs regards et leurs sourires, à se lever et à partir.

Farreyrol

Je vais chez mes tantes à Farreyrol.

J'arrive souvent au moment où l'on se met à table.

Une grosse table, avec deux tiroirs de chaque bout et deux grands bancs de chaque côté.

Dans ces tiroirs il traîne des couteaux, de vieux oignons, du pain. Il y a des taches bleues au bord des croûtes comme du vert-de-gris sur de vieux sous.

Sur les deux bancs s'asseyent la famille et les domestiques.

On mange entre deux prières.

C'est l'oncle Jean qui dit le bénédicité.

Tout le monde se tient debout, tête nue, et se rassoit en disant « *Amen !* »

Amen ! est le mot que j'ai entendu le plus grogner quand j'étais petit.

Amen ! et le bruit des cuillers de bois commence ; un bruit mou, tout bête.

Viennent les grandes taillades de pain, comme des coups de faucille. Les couteaux ont des manches de corne, avec de petits clous à cercle jaune, comme les yeux d'or des grenouilles.

Ils mangent en bavant, ouvrent la bouche en long ; ils se mouchent avec leurs doigts, et s'essuient le nez sur leurs manches.

Ils se donnent des coups de coude dans les côtes, en manière de chatouillade.

Ils rient comme de gros bébés ; quand ils éclatent, ils renâclent comme des ânes, ou beuglent comme des bœufs.

C'est fini, — ils remettent le couteau à œil de grenouille dans la grande poche qui va jusqu'aux genoux, se passent le dos de la main sur la bouche, se balaient les lèvres, et retirent leurs grosses jambes de dessous la table.

Ils vont flâner dans la cour, s'il fait soleil, bavarder sous le porche de l'écurie, s'il pleut ; soulevant à peine leurs sabots qui ont l'air de souches, où se sont enfoncés leurs pieds.

Je les aime bien avec leur grand chapeau à larges ailes et leur long tablier de cuir ; ils ont de la terre aux mains, dans la barbe, et jusque dans le poil de leur poitrail ; ils ont la peau comme de l'écorce, et des veines comme des racines d'arbres.

Quelquefois, quand leur grand tablier est à bas, le vent entr'ouvre leur chemise toute grande, et en dessous du triangle brun qui fait pointe au creux de l'estomac, on voit de la chair blanche, tendre comme un dos de brebis tondue ou de cochon jeune.

Je les approche et je les touche comme on tâte une bête ; ils me regardent comme un animal de luxe, une bête de foire, moi de la ville !!! quelques-uns me comparent à un écureuil, mais presque tous à un singe.

Je n'en suis pas plus fier, et je les accompagne dans les champs, en leur empruntant l'aiguillon pour piquer les bœufs.

J'entre jusqu'au genou dans les sillons à la saison du labourage, je me roule dans l'herbe au moment où l'on fait les foins, je piaule comme les cailles qui s'envolent, je fais des culbutes comme les petits qui tombent des nids quand la charrue passe.

Oh ! quels bons moments j'ai eus dans une prairie, sur le bord d'un ruisseau bordé de fleurs jaunes, dont la queue tremblait dans l'eau, avec des cailloux blancs dans le fond, et qui emportait les bouquets de feuilles et les branches de sureau doré que je jetais dans le courant !

Ma mère n'aime pas que je reste ainsi, muet, la bouche béante, à regarder couler l'eau.

Elle a raison, je perds mon temps.

« Vous croyez qu'il pense à quelque chose, dit-elle, il ne pense à rien, ma chère, à rien ! » Et se tournant vers moi : « Au lieu d'apporter ta grammaire latine pour apprendre tes leçons ! »

Puis, faisant l'émue, affichant la sollicitude :

« Si c'est permis, tout taché de vert, des talons pleins de boue...

» On t'en achètera des souliers neufs pour les arranger comme cela !

» Allons, rentre à la maison, et tu ne sortiras pas ce soir ! »

Je sais bien que les souliers s'abîment dans les champs et qu'il faut mettre des sabots, mais ma mère ne veut pas ! ma mère me fait donner de l'éducation, elle ne veut pas que je sois un campagnard comme elle ! ma mère est fière de son fils !

Ma mère veut que son Jacques soit un *Monsieur.*

Lui a-t-elle fait des redingotes avec olives, acheté un tuyau de poêle, mis des sous-pieds pour qu'il retombe dans le fumier, retourne à l'écurie mettre des sabots !

« Cet enfant n'a pas d'amour-propre : tel que vous le voyez, il préférerait garder les vaches plutôt que d'aller au collège. »

Ah oui ! je préférerais garder les vaches ; j'aime encore mieux l'odeur de Florimond le valet que celle de M. Sother, le professeur de huitième ; j'aime mieux faire des paquets de foin que lire ma grammaire, et me mettre de la terre aux pieds que de la pommade dans les cheveux.

Oh oui ! je voudrais garder les vaches !

J'ai honte, je suis un voyou, je ne me plais qu'à nouer des gerbes, à soulever des pierres, à lier des fagots, à porter du bois !

Je suis peut-être né pour être domestique !

C'est affreux ! oui, je suis né pour être domestique ! je le vois ! je le sens ! ! !

Mon Dieu ! Faites que ma mère n'en sache rien !

J'accepterais d'être Pierrouni le petit vacher, et d'aller une branche à la main, une pomme verte aux dents, conduire les bêtes dans le pâturage, près des mûres, pas loin du verger.

Il y a des églantiers rouges dans les buissons, et là-haut un point barbu, qui est un nid ; il y a des bêtes du bon Dieu, comme des petits haricots qui volent, et dans les fleurs, des mouches vertes qui ont l'air saoules.

On laisse Pierrouni ouvrir sa chemise, quand il a chaud, et se dépeigner quand il en a envie.

On n'est pas toujours à lui dire :

« Laisse tes mains tranquilles, qu'est-ce que tu as donc fait à ta cravate ? — Tiens-toi droit. — Est-ce que tu es bossu ? — Il est bossu ! — Boutonne ton gilet. — Retrousse ton pantalon. — Qu'est-ce que tu as fait de l'olive ? L'olive là, à gauche, la plus verte ! Ah ! cet enfant me fera mourir de chagrin ! »

Mais les grands domestiques aussi sont plus heureux que mon père !

Ils n'ont pas besoin de porter des gilets boutonnés jusqu'en haut pour cacher une chemise de trois jours ! Ils n'ont pas peur de mon oncle Jean comme mon père a peur du proviseur, ils ne se cachent pas pour rire et boire un verre de vin quand ils ont des sous ; et ils chantent de bon cœur, à pleine voix, dans les champs ! Quand ils travaillent le dimanche, ils font tapage à l'auberge.

Ils ont au derrière de leur culotte, une pièce qui a l'air d'un emplâtre ; verte, jaune, mais c'est la couleur de la terre, la couleur des feuilles, des branches et des choux.

Mon père, qui n'est pas domestique, ménage avec des frissonnements qui font mal, un pantalon de casimir noir, qui a avalé déjà dix écheveaux de fil, tué vingt aiguilles, mais qui reste grêlé, fragile et mou !

À peine il peut se baisser, à peine pourrat-il saluer demain...

S'il ne salue pas, celui-ci... celui-là... (il y a à donner des coups de chapeau à tout le monde, au censeur, etc.), s'il ne salue pas en faisant des grâces, dont la derrière du pantalon ne veut pas, mais alors on l'appelle chez le proviseur.

Et il faudra s'expliquer ! — pas comme un domestique, — non ! — comme un professeur. Il faudra qu'il demande pardon.

On en parle, on en rit, les élèves se moquent, les collègues aussi. On lui paie ses gages (ma mère nomme ça « les appointements ») et on l'envoie en disgrâce quelque part faire mieux raccommoder ses culottes, avec sa femme, qui a toujours l'horreur des paysans ; avec son fils... qui les aime encore...

Je me suis battu une fois avec le petit Villare, le fils du professeur de septième.

C'a été toute une affaire !...

On a fait comparaître mon père, ma mère ; la femme du proviseur s'en est mêlée ; il a fallu apaiser Mme Villare qui criait :

— Si maintenant les fils de pion assassinent les fils de professeur !

Le petit Villare m'avait jeté de l'encre sur mon pantalon et mis du bitume dans le cou ; je ne l'ai pas assassiné, mais je lui ai donné un coup de poing et un croc en jambe... il est tombé et s'est fait une bosse.

On a amené cette bosse chez le proviseur (qui s'en moque comme de *Colin Tampon*, qui se fiche de M. Villare comme de M. Vingtras), mais qui doit « surveiller la discipline et faire respecter la hiérarchie ; » je les entends toujours dire ça. Il m'a fait venir, et j'ai dû demander pardon à M. Villare, à Mme Villare, puis embrasser le petit Villare, et enfin rentrer à la maison pour me faire fouetter.

Ma mère m'avait dit d'être là au quart avant cinq heures.

Je me suis battu avec le petit porcher à Farreyrolles, nous nous sommes roulés dans le champ, arraché les cheveux, cognés, et recognés, il m'a poché un œil, je lui ai engourdi une oreille, nous nous sommes relevés, pour nous retomber encore dessus !

Et après ?

Après ! — nous avons rentré nos tignasses, lui, sous son chapeau, moi sous ma casquette, et on nous a fait nous toper dans la main. — On en a ri tout le soir devant le chaudron entre le Bénédicité et les Grâces, et au lieu de me cacher de mon oncle, je lui ai montré que j'avais du sang à mon mouchoir.

C'est le jour du reinage.

On appelle ainsi la fête du village ; on choisit un roi, une reine.

Ils arrivent couverts de rubans, des rubans au chapeau du roi, des rubans au chapeau de la reine; cela flotte et luit...

Ils sont à cheval tous deux, et suivis des beaux gars du pays, des fils de fermiers, qui ont rempli leurs bourses ce jour-là, pour faire des cadeaux aux filles.

On tire des coups de fusil, on crie hourrah! on caracole devant la mairie, qui a l'air d'avoir un drapeau vert: c'est une branche d'un grand arbre.

Les gendarmes sont en grand uniforme, le fusil en bandoulière, et mon oncle dit qu'ils ont leurs gibernes pleines; ils sont pâles, et pas un ne sait si, le soir, il n'aura pas la tête fendue ou les côtes brisées.

Il y en a un qui est la bête noire du pays et qui ne reviendrait pas vivant s'il passait seul dans un chemin où serait le fils du braconnier Souliot ou celui de la mère Souchet, qu'on a condamnée à la prison parce qu'elle a mordu et déchiré ceux qui venaient l'arrêter pour avoir ramassé du bois mort.

En revenant de l'église, on se met à table.

Le plus pauvre a son litre de vin et sa terrine de riz sucré, même Jean le Maigre qui demeure dans cette vilaine hutte, là-bas.

On a du lard et du pain blanc, — du pain blanc!..

On remplit jusqu'au bord les verres; quand les verres manquent, on prend des écuelles et on boit du vivarais comme du lait,—un vivarais qu'on va traire tout mousseux à une barrique qui est près des vaches...

Les veines se gonflent, les boutons sautent!

On est tous mêlés; maîtres et valets, la fermière et les domestiques, le premier garçon de ferme et le petit gardeur de porcs, l'oncle Jean, Florimond le laboureur, Pierrouni le vacher, Jeanneton la trayeuse, et toutes les cousines qui ont mis leur plus large coiffe et d'énormes ceintures vertes.

Après le repas, la danse autour du grand arbre et dans la grange.

Gare aux filles!

Les gars les poursuivent et les bousculent sur le foin ou viennent s'asseoir de force près d'elles sur le chêne mort qui est devant la ferme et sert de banc.

Elles relèvent toujours leur coude assez à temps pour qu'on les embrasse à pleines joues.

Je danse la bourrée aussi, et j'embrasse tant que je peux.

Un bruit de chevaux! — Les gendarmes passent au galop!...

C'est à la maison de Destougnac dans le fond du village; ceux de Sansac sont venus, et il y a eu bataille.

On se tue dans le cabaret:

— *Aning! les gars!* — ceux de Farreyrolle en avant!

On franchit les fossés, en se baissant dans la course pour ramasser des pierres; en cassant, dans les buissons qu'on saute, une branche à nœuds ; j'en vois même un qui a un vieux fusil! ils ne crient pas, ils vont essoufflés et pâles...

Voilà le cabaret!

On entend des bouteilles qui se brisent des cris de douleur.—A moi les gars! — Comme un sanglot.

C'est Bugnon *le Velu* qui crie!

Ils se sont jetés sur ce cabaret comme des mouches sur un tas d'ordures; comme j'ai vu un taureau se jeter sur un tablier rouge, un soir dans le pré.

Du rouge! Il y en a plein les vitres du cabaret et plein les bouches des paysans...

Est-ce du vin de Vivarais ou du sang de Farreyrolles qui coule!

J'ai la tête en feu, car j'ai du sang de Farreyrolles aussi dans mes veines d'enfant!

Je veux y être comme les autres, et taper dans le cabaret!

Je me sens pris par un pan de ma veste, arrêté brusquement, et je tombe, en me retournant, dans les bras de ma tante, qui n'a pas empêché ses fils d'aller au cabaret de Destougnac; mais qui ne veut pas que son petit neveu soit dans cette tuerie!·

Ça ne fait rien! Si je peux de derrière un arbre lancer une pierre aux gendarmes, je n'y manquerai pas! Comme j'aimerais cette vie de labour, de reinage et de bataille!...

VII

1er janvier.

Les collègues de mon père, quelques parents d'élèves, viennent faire visite, on m'apporte des bouts d'étrennes.

— Remercie donc, Jacques, tu es là comme un imbécile.

Quand la visite est finie, j'ai plaisir à prendre le jouet ou la friandise, la boîte à diable ou le sac à pralines;—je bats du tambour et je sonne de la trompette, je joue d'une musique qu'on se met entre les dents et qui les fait grincer, c'est à en devenir fou!

Mais ma mère ne veut pas que je devienne fou, elle me prend la trompette et le tambour.

Je me rejette sur les bonbons et je les lèche. Mais ma mère ne veut pas que j'aie des manières de courtisan : « On commence par lécher le ventre *des* bonbons, on finit par lécher... » Elle s'arrête, et se tourne vers mon père pour voir s'il pense comme elle, et s'il sait de quoi elle veut parler ; — en effet, il se penche et montre qu'il comprend.

Je n'ai plus rien à faire siffler, tambouriner, grincer, et l'on m'a permis seulement de traîner un petit bout de langue sur les bonbons fins : et on m'a dit de la faire pointue encore ! Il y avait Eugénie et Louise Rayau qui étaient là, et qui riaient en rougissant un peu.

Plus de gros vernis bleu qui colle aux doigts et les embaume, plus le goût du bois blanc des trompettes !...

On m'arrache tout et l'on enferme les étrennes sous clef.

— Rien qu'aujourd'hui, maman, laisse-moi jouer avec, j'irai dans la cour, tu ne m'entendras pas ! rien qu'aujourd'hui, jusqu'à ce soir, et demain je serai bien sage !

— J'espère que tu seras bien sage demain ; si tu n'es pas sage, je te fouetterai. Donnez donc de jolies choses à ce saligot pour qu'il les abîme.

Ces points vifs, ces taches de couleur joyeuse, ces bruits de jouet, ces trompettes d'un sou, ces bonbons à corset de dentelle, ces pralines comme des nez d'ivrognes, ces tons crus et ces goûts fins, ce soldat qui coule, ce sucre qui fond, ces gloutonneries de l'œil, ces gourmandises de la langue, ces odeurs de colle, ces parfums de vanille, ce libertinage du nez et cette audace du tympan, ce brin de folie, ce petit coup de fièvre, ah ! comme c'est bon, une fois l'an ! — Quel malheur que ma mère ne soit pas sourde !

Ce qui me fait mal, c'est que tous les autres sont si contents. Par le coin de la fenêtre, je vois dans la maison des autres, chez les gens d'en face, des tambours crevés, des chevaux qui n'ont qu'une jambe, des polichinelles cassés ! Puis ils sucent, tous, leurs doigts ; on les a laissés casser leurs jouets et ils ont dévoré leurs bonbons.

Et quel tapage ils font !

Je me suis mis à pleurer. — Pourquoi donc ?

C'est qu'il m'est égal de regarder des jouets, si je n'ai pas le droit de les prendre et d'en faire ce que je veux ; de les découdre et de les casser, de souffler dedans et de marcher dessus, si ça m'amuse...

Je ne les aime que s'ils sont à moi, et je ne les aime pas s'ils sont à ma mère. C'est parce ce qu'ils font du bruit et qu'ils agacent les oreilles qu'ils me plaisent ; si on les pose sur la table comme des têtes de mort, je n'en veux pas. Les bonbons, je m'en moque, si on m'en donne un par an comme une exemption, quand j'aurai été sage. Je les aime quand j'en ai trop.

— Tu as un coup de marteau, mon garçon ! m'a dit ma mère un jour que je lui contais cela, et elle m'a cependant donné une praline.

— Tiens, mange-la avec du pain.

On nous parle en classe des philosophes qui font tenir une leçon dans un mot. Ma mère a de ces bonheurs-là, et elle sait me rappeler par une fantaisie, un rien, ce qui doit être la loi d'une vie bien conduite et d'un esprit bien réglé.

— Mange-la avec du pain !

Cela veut dire : Jeune fou, tu allais la croquer bêtement, cette praline. Oublie-tu donc que tu es pauvre ! A quoi cela t'aura-t-il profité ! Dis-moi ! Au lieu de cela, tu en fais un plat utile, une portion, tu la manges avec du pain.

J'aime mieux le pain tout seul.

Saint-Antoine.

— C'est samedi prochain la fête de mon père.

Ma mère me l'a dit soixante fois depuis quinze jours.

— C'est la fête—*de—ton—père.*

Elle me le répète d'un ton un peu irrité, je n'ai pas l'air assez remué, paraît-il.

— Ton père s'appelle Antoine.

Je le sais, et je n'éprouve pas de frisson ; il n'y a pas là le mystérieux et l'empoignant d'une révélation. Il s'appelle Antoine, voilà tout.

Je suis sans doute un mauvais fils.

Si j'avais du cœur, si j'aimais bien mon père, ce qu'elle dit, ça me ferait bien plus d'effet. Je me tords la cervelle, je me frappe le cœur, je me tâte et me gratte ; mais je ne me sens pas changé du tout, je me reconnais dans la glace, je suis aussi laid et aussi malpropre. C'est pourtant sa fête samedi.

— As-tu appris ton compliment ?

Je me trouve un peu grand pour apprendre un compliment — je ne sais pas comment j'oserai entrer dans la chambre, ce qu'il faudra dire, s'il faudra rire, s'il faudra pleurer, si je devrai me jeter sur la barbe de mon père et la frotter en y enfonçant mon nez — bien rapproprié, par exemple, — s'il sera filial que j'appuie, que j'y reste un moment, ou s'il vaudra mieux le débarrasser tout de suite, et m'en aller à reculons, avec des signes d'émotion, en murmurant : « Quel

beau jour! » A ce moment-là, je commen-
cerai :

— Oui, cher papa...

J'en tremble d'avance. J'ai peur d'avoir
l'air si bête... — Non, j'ai peur qu'on devine
que j'aimerais mieux que ce ne fût point sa
fête...

La fête de mon père !

Mes inquiétudes redoublent, quand ma
mère m'annonce que je devrai offrir un pot
de fleurs.

Comme ce sera difficile !

Mais ma mère sait comment on exprime
l'émotion et la joie d'avoir à féliciter son père
de ce qu'il s'appelle Antoine !

Nous faisons des répétitions.

D'abord, je gâche trois feuilles de papier à
compliments : j'ai beau tirer la langue, et la
remuer, et la crisper en faisant mes majuscules, j'éborgne les *o*, j'emplis d'encre la
queue des *g*, et je fais chaque fois un pâté
sur le mot « allégresse. » J'en suis pour une
série de taloches. Ah! elle me coûte gros, la
fête de mon père !

Enfin, je parviens à faire tenir entre les
filets d'or teintés de violet et tenus par les
colombes, quelques phrases qui ont l'air
d'ivrognes, tant les mots diffèrent d'attitu-
des, grâce aux haltes que j'ai faites à chaque syllabe pour les *flaner!*

Ma mère se résigne et décide qu'on ne peut
pas se ruiner en mains de papier; je signe—
encore un pâté — encore une claque. C'est
fini!

Reste à régler la cérémonie.

— Le papier comme ceci, le pot de fleur
comme cela, tu t'avances...

Je m'avance et je casse deux vases qui
figurent le pot de fleur; — c'est quatre
gifles, deux par vase.

Il est temps que le beau jour arrive : la
nuit je rêve que je marche pieds nus sur des
tessons et qu'on m'empale avec des rouleaux
de papier à compliments, ce qui me fait mal !

L'achat du pot provoque un grand désor-
dre sur la place du marché ! Ma mère prend
les pots et les flaire comme du gibier; elle
en remue bien une centaine avant de se
décider, et voilà que les jardiniers commencent à se fâcher ! — elle a dérangé les éta-
lages, troublé les classifications, brouillé les
familles : un botaniste s'y perdrait !

On l'insulte, on a des mots grossiers pour
elle — et même pour son fils, — qu'on ne
craint pas d'appeler astèque et avorton. Il est
temps de fuir.

De ce tas de résédas s'échappent des allusions qui ont l'air de venir de Pantin, et nous
nous éloignons chargés de malédictions.

Au bout de la place, ma mère s'arrête, et
me dit :

— Jacques, va-t'en demander au gros —
celui qui est au bout, tu sais, — s'il veut te
donner le géranium pour onze sous.

Il faut que je retourne dans cette bagarre, vers ce gros-là ; c'est justement celui qui
m'a appelé « avorton. »

J'en ai la chair de poule. J'y vais tout
de même ; j'ai l'air de chercher une épingle par terre; je marche les yeux baissés, les
cuisses serrées comme un ressort rouillé qui
se déroule mal et j'offre mes onze sous.

Il a pitié, ce gros, et il me donne le géranium sans trop se moquer de moi. Les autres
ne sont pas trop cruels non plus, et je puis
rejoindre ma mère avec cette fleur, emblème
de notre allégresse :

Accepte cette fleur...
Qui poussa dans mon cœur.

Vendredi soir.

Vendredi soir, répétition générale, dans le
mystère et l'ombre.

Mon père — Antoine — est censé ne plus
savoir ce qui se passe. Il sait tout; il a
même hier soir renversé le géranium mal
caché, et je l'ai vu qui le relevait à la sour-
dine et le refrisait d'un geste furtif.

Il a failli marcher sur le compliment raide,
gommé, et qui en gardera la cassure. Je
l'avais pourtant caché dans la table de nuit.

Il sait tout, mais il feint, naïf comme un
enfant et bon comme un patriarche, de
tout ignorer. Il faut que ce soit une surprise.

Le matin du jour solennel j'arrive ; il est
dans son lit.

— Comment c'est ma fête?

Avec un sourire, tournant un œil d'époux
vers ma mère :

— Déjà si vieux ! Allons que je vous embrasse !

Il embrasse ma mère, qui me tient par la
main comme Cornélie amenant les Gracques,
comme Marie-Antoinette traînant son fils.
Elle me lâche pour tomber dans les bras de
son époux.

C'est mon tour ; je croyais que je devais
dire le compliment d'abord et qu'on n'embrassait qu'après le pot de fleurs. Il paraît
qu'on embrasse avant.

Je m'avance.

Je tiens le géranium de onze sous et le
rouleau, ce qui me gêne pour grimper.

Mon père m'aide, il me trouve lourd ; je
monte une jambe, je glisse. Mon père me rat-
trappe, il est forcé de me saisir par le fond
de la culotte, et je tourne un peu dans l'espace.

Ce n'est pas ma figure qu'il a devant les
yeux; moi-même je ne trouve pas son visage.
Quelle position !

Puis je sens le géranium qui file ; il a filé, et tout le terreau tombe dans le lit. La couverture était un peu soulevée.

On me chasse de la chambre à coups de pieds, et je n'ai pas la joie pure d'embrasser mon père, d'être embrassé par lui le jour de sa fête ; mais je n'ai pas non plus à lire le compliment. C'est entendu bâclé, fini. Il y a un peu de fumier dans le lit. Fasse le ciel que je m'en tire toujours à si bon compte, et que ce soit toujours comme cela à la fête de mon père !

La fête de ma mère ne me produit pas les mêmes émotions : c'est plus carré.

Elle a déclaré nettement, il y a de longues années déjà, qu'elle ne voulait pas qu'on fît des dépenses pour elle. « Vingt sous sont vingt sous. Avec l'argent d'un pot de fleurs, elle peut acheter un saucisson. Ajoutez ce que coûterait le papier d'un compliment ! Pourquoi ces frais inutiles ? Vous direz, ce n'est rien. C'est bon pour ceux qui ne tiennent pas la queue de la poêle de dire ça ; mais elle, qui la tient, qui fricote, qui dirige le ménage, elle sait que c'est quelque chose. Ajoutez quatre sous à un franc, ça fait vingt-quatre sous partout. »

Quoique je ne songe pas à la contredire, mais pas du tout (je pense à autre chose, et j'ai justement mal au ventre), elle me regarde en parlant, et elle est énergique, très-énergique.

— Puis les plantes, ça crève quand on ne les soigne pas.

Elle a l'air de dire : On ne peut pas les fouetter !

Bref, elle est carrément contre le pot de fleurs, emblème de l'allégresse.

La grande distraction qu'elle m'offre est la messe de minuit !

La messe de minuit !

De la neige sur les toits et la crête des murs.

Elle a fondu sous les pieds des passants dans la rue, et l'on patauge dans la boue.

C'est triste en haut, sale en bas !

Il y a un monde fou chez les charcutiers.

On commande du boudin pour la nuit ; et notre épicier a tué un cochon exprès l'autre soir.

L'odeur vive et crue des salaisons domine mes souvenirs de Noël,

Une satanée petite queue de cochon m'apparaît partout, même dans l'Eglise !

Le cordon de cire au bout de la perche de l'allumeur, le ruban rose, qui sert à faire des signets dans les livres, et jusqu'à une mèche d'un vicaire qui tirbouchonne, isolée et fadasse au coin d'une oreille violette ; la flam-

me même des cierges, la fumée qui monte en se tortillant des trous des encensoirs ; sont autant de petites queues de cochon que j'ai envie de tirer, de pincer ou de dénouer ; que je visse par la pensée à un petit porc gras, rose et grognon, et qui me fait oublier la résurrection du Christ.

J'aspire une odeur de sel comme au bord de la mer, et je gratte la cire jaune, par la pensée, pour en faire de la chapelure ou de la moutarde !

Je lâche ma mère pour aller avec les voisins à l'épicerie qui est à côté de chez nous.

Les acheteurs chez notre épicière sont des impies.

Ils ont attaqué un saucisson sur le comptoir en buvant une bouteille de vin blanc. J'en ai eu une goutte, et le piquant du vin, la saveur de la charcuterie m'ont agaillardi.

Leur conversation est poivrée comme le reste.

Ils se sont moqués du Paradis, ça me fait monter la chaleur au nez.

Je n'y comprends rien, mais je vois qu'ils disent du mal du ciel et de l'Eglise, et qu'ils sont tout de même pleins d'appétit et de gaieté.

« — Encore une rondelle. —Versez toujours, Mme Potin ! »

VIII

LES JOIES DU DEHORS

Il y a des coins que j'aime dans ma petite ville : le Fer-à-Cheval, le Plot, la promenade d'Aiguille, le Breuil...

Le Fer-à-Cheval !

J'y vais avec ma cousine Henriette.

C'est pour voir Pierre André, le sellier du faubourg, qu'elle y vient.

Il est de Farreyrolles comme elle et elle doit lui donner des nouvelles de sa famille, des nouvelles intimes et que je ne dois point connaître ; — ils s'écartent pour se les confier, et elle les lui dit même à l'oreille.

Je le vois là-bas qui se penche ; et il lui en conte gros, car il reste longtemps.

Quand Henriette revient, elle est toute rongeuse, et ne parle pas.

Il y a aussi la promenade d'Aiguille, toute bordée de grands peupliers. De loin ils font du bruit comme une fontaine.

C'est l'automne ; — ils laissent tomber des feuilles d'or, qui ont encore la queue vivante et la peau tendre comme des poires.

Je m'amuse à bouleverser ces tas de feuilles sous mes pieds.

Plus loin, de hauts marronniers, avec les marrons tombés.

J'en ramasse plein mes poches pour en faire des chapelets; mais je ne pensais pas au bon Dieu en les enfilant !

Je me figure que je troue des rognons, de ces beaux rognons frais, violets, luisants que j'entrevois chez les bouchers...

Ce que j'aime, c'est le soleil qui passe à travers les branches et fait des plaques claires, qui s'étalent comme des taches jaunes sur un tapis; puis les oiseaux qui ont des pattes élastiques comme des fils de fer, avec une tête qui remue toujours; — et surtout cet air frais, ce silence !

On ne distingue que la cloche du couvent de Sainte-Marie, et le bruit que fait un attelage à grelots dans la route blanche, là-bas.

— Ecoute, Mlle Balandreau, on n'entend que moi...

Et je jette un cri, ou je lance une pierre bien haut, qui emplit tout l'horizon et retombe.

C'est comme un coup sur la poitrine.

Quelquefois sur les bancs du fond un monsieur et une dame s'asseyent et causent tout bas.

Mlle Roux m'éloigne, mais je me retourne Comme ils s'embrassent.

Le Plot !

Mes tantes y arrivent le samedi, pour vendre du fromage, des poulets et du beurre.

Je vais les y voir, et c'est une fête chaque fois.

C'est qu'on y entend des cris, du bruit, des rires.

Il y a des embrassades et des querelles.

Il y a des engueulades qui rougissent les yeux, bleuissent les joues, crispent les poings, arrachent les cheveux, cassent les œufs, renversent les éventaires, dépoitraillent les matrones et me remplissent d'une joie pure.

Je nage dans la vie familière, grasse, plantureuse et saine.

J'aspire à plein nez des odeurs de nature : la marée, l'étable, les vergers, les bois...

Il y a des parfums âcres et des parfums doux, qui viennent des paniers de poissons ou des paniers de fruits, qui s'échappent des tas de pommes ou des tas de fleurs, de la motte de beurre ou du pot de miel.

Et comme les habits sont bien des habits de campagne !

Il y a des vestes d'hommes qui se redressent comme des queues d'oiseaux, il y a des cotillons de femmes qui se tiennent en l'air comme s'il y avait un champignon dessous, et des chapeaux à longs poils qui écrasent des moutards du quatre ans !

Des cols de chemise comme des oreillettes de cheval, des pantalons à ponts couleur de vache avec des boutons larges comme des lunes, des chemises pelucheuses et jaunes comme de peaux de cochons, des souliers comme des troncs d'arbre.

Les parapluies énormes, couleur sang de bœuf, les longs bâtons qui ont le bout comme un oignon, les petites poules noires qui se cognent contre les cages, les coqs fiers, à la queue en cercles et aux pattes à la hussarde.

C'est l'arche de Noé en plein vent, déballée sur un lit de fumier, de paille et de feuillage.

La fontaine claire vomit par la gueule de ses lions des nappes de fraîcheur.

Un homme qui a une tête de belette, la mine triste, qui n'a pas l'air d'un paysan, ni d'un ouvrier, mais d'un mendiant endimanché ou d'un prisonnier libéré de la veille, montre dans un panier des petits loups vivants.

Prisonnier ! Mendiant !

Il appartient, bien sûr, à cette race.

On ne veut pas de lui dans les fermes, parce qu'il y a quelque histoire dans sa vie.

Il est le fils d'un guillotiné ou d'un galérien; ou bien il a lui-même eu affaire aux gendarmes.

Il rôde sur la marge des bois, sur le bord des rivières, dans la montagne.

Quand il peut attraper un renard, un loup — quelquefois il blesse un aigle, — il montre sa bête ou sa nichée pour deux sous à la ville; pour un morceau de lard dans les villages.

J'ai eu peur de lui jusqu'au jour où mon oncle Joseph lui a donné dix sous en lui disant :

— Comment ça va-t-il, eh ! le Désossé ?

Et en s'en allant il a dit : « Pauvre bougre ! »

J'ai eu bien des émotions au Breuil.

On a planté une tente de toile au milieu comme une grosse toupie renversée, et, en allant faire une commission, j'ai vu par là un grand nègre.

C'est le cirque Boutor, qui vient s'installer dans la ville.

Ils ont un éléphant et un chameau, une bande de musiciens à schakos et à tuniques rouges, avec des parements d'or et des épaulettes comme des pâtés.

Ils ont fait le tour de la ville en battant de la grosse caisse; les écuyères sont en amazones et les écuyers en généraux.

Les paysans regardaient, la bouche ouverte; les gamins suivaient en trottant.

Une écuyère a laissé tomber sa cravache.

Nous nous sommes jetés dix pour la ramasser, et on s'est battu à qui la rendrait.

L'écuyère riait; son œil a rencontré le mien ; et j'ai senti comme quand ma tante de Bordeaux m'embrassait......

Je veux *la* revoir, *cette femme* !

Puis je reverrai aussi le chameau et l'éléphant.

Sur l'affiche on les montre qui se mettent à genoux, dansent sur deux jambes, débouchent des bouteilles — avec un clown bariolé qui fait le saut périlleux par-dessus.

Je les ai revus, tous ; et même le clown m'a donné, en se jetant, par farce, sur le parterre, un coup de tête dans l'estomac.

— C'est sur moi qu'il est tombé !

— Pas vrai, sur moi !

— À preuve qu'il m'a laissé du blanc sur ma veste !

— Il ne t'a pas écorché, toi, — j'ai du rouge à la joue, c'est lui qui m'a fait ça !

Et de là, dispute à qui a été bousculé, blanchi, ensanglanté par le clown !

Au tour de l'écuyère !

Elle arrive ! — Je ne vois plus rien ! il me semble qu'elle me regarde,..

Elle saute dans les cerceaux, elle dit : Hop ! hop !

Elle encadre sa tête dans une écharpe rose, elle tord ses reins, elle cambre sa hanche, fait des poses ; sa poitrine saute dans son corsage, et mon cœur ba.... mesure sous mon gilet.

L'oncle Joseph, qui m'a payé l'entrée, mais qui m'a quitté pour aller serrer la main à Jouvion le bourrellier, revient au moment où elle est descendue de cheval et où je tends le cou pour la suivre jusque dans l'écurie, où elle se jette en faisant des entrechats.

— Qu'est-ce que tu as donc, Jacques, tu es pâle comme le clown !

Oui, je suis amoureux de Paola ! — C'est le nom de l'écuyère.

Je n'en dis rien, mais dès que je puis m'échapper, je viens rôder autour du cirque. Seulement, dès que quelqu'un sort, je m'enfuis, ce qui n'est pas le moyen de la rencontrer ; mais il me semble qu'on lirait mon secret dans mes yeux, et j'aurais même bien peur si Paola se trouvait là tout d'un coup en face de moi...

On m'a payé le cirque une fois. C'est assez. Mais je rêve à elle toute la journée. Je dors la nuit, et j'ai envie de la voir encore. Il le faut !

Je me fais beau, je prends en cachette dans l'armoire mon gilet des dimanches, je mets des manchettes de ma mère et je pars pour le Breuil, en disant que je vais jouer chez le petit Grélu.

Il fait nuit : je traverse la place toute noire jusqu'à ce que j'aperçoive les lampions qui brûlent rouge dans la brume. La musique est rentrée dans l'intérieur ; on a commencé. J'entends claquer la chambrière à travers la toile qui sert de mur. *Elle* est là !

Je n'ai pas dix sous, prix des troisièmes, je n'ai rien, rien !... que mon amour !

Je fais le tour du manège, je colle mon œil à des fentes, je me dresse sur les orteils à m'en casser les ongles ; pas un trou pour mon regard de flamme !

Puis des valets font la ronde. — Je ne la verrai pas !

Par ici...

Par ici la toile est plus courte. Elle est déchirée près du poteau, et en déchirant encore un peu...

Que vais-je faire? Ne suis-je pas sur la pente du crime? Ne suis-je pas sur le point de déshonorer le nom que je tiens de mon père ?

Jacques ! Jacques ! Il est temps encore !...

Non, non, il n'est plus temps ! ...

J'ai élargi la déchirure, mis le pied — je veux dire passé la tête — dans le chemin qui conduit à l'écurie d'abord, puis Dieu sait où !...

Je suis à plein ventre par terre, dans la boue, et je me glisse comme un voleur, comme un assassin, la nuit, dans un cirque habité !

M'y voici, je rampe sous les planches, je me racle au poteau, je me fais des écorchures aux mains ; mon nez, qui s'est aplati contre un madrier, ne donne plus signe de vie, je ne le sens plus, j'ai peur de l'avoir perdu en route, ce que je tiens n'y ressemble guère ; mais encore un effort, encore une blessure, et je pourrais *la* voir en passant derrière cette grosse bonne.

Je vais grimper !... Je grimpe, — un point d'appui me manque, je me raccroche à ce que je trouve.

Un cri !... tumulte !

Une femme serre ses jupes, appelle au secours !

On croit que le cirque s'écroule !

J'ai pris la bonne à plein corps ; elle a cru que c'était le singe ou la trompe égarée de l'éléphant.

On me prend par la peau de ce qu'on peut, on me pousse comme du crotin dans l'écurie, on m'interroge, je ne réponds pas !

On m'entoure. ELLE est là près de moi. ELLE ! Je l'entends, mais je ne peux pas la voir à cause de mon nez qui gonfle.

Je me retrouve à temps à la maison pour m'entendre avec Mme Grélu, qui m'empêchera d'être fouetté — (oh Paola !) et à qui je dis tout — tout, moins le secret de mon amour ! Compromettre une femme ! J'ai tout mis sur le compte du chameau qui a bon dos, et de l'éléphant dont on a soupçonné la trompe.

Et quand quelquefois je tâche de me rappeler le Breuil, c'est toujours Paola et la taille de la bonne que ma mémoire empoigne. Le Breuil tient dans ce cirque, sous ce maillot et cette jupe...

IX

SAINT-ETIENNE.

Mon père a été appelé comme professeur de septième à Saint-Etienne, par la protection d'un ami. Il a dû partir *dare-dare*.

Ma mère et moi nous sommes restés en arrière, pour arranger les affaires, emballer, etc., etc.

Enfin nous partons. Adieu le Puy !

Nous sommes dans la diligence, il fait froid, c'est en décembre. Nous avons pour compagnons de route un commis-voyageur, une grosse femme et un petit vieux.

La grosse femme a une poitrine comme un ballon, avec une échancrure dans la robe qui laisse voir un V de chair blanche, douce à l'œil et qui semble croquante comme une cuisse de noix. Elle a des yeux dans le genre de ceux de ma tante avec des cils très-longs.

Une plaisanterie — à laquelle je ne comprends rien — dite par le commis-voyageur, lui écarte les lèvres et lui arrache un bon gros rire. A partir de ce moment-là ils ne font plus que rigoler et ils se donnent même des tapes, au grand scandale de ma mère, qui s'écarte et manque de m'écraser dans mon coin; à la grande joie du petit vieux qui se frotte les mains et cligne de l'œil, en branlant la tête.

Quand on arrive aux relais, ils descendent ensemble et je les vois à travers les fenêtres de l'auberge qui se passent les radis — toujours en riant — et se donnent des coups de coude.

Le commis-voyageur lui offre un bouquet qu'un mendiant lui a vendu et demande qu'elle le fourre dans son corsage; elle finit par mettre le bouquet où il veut.

Comme elle est plus gaie que ma mère, celle-là !

Que viens-je de dire ?... Ma mère est une sainte femme qui ne rit pas, qui n'aime pas les fleurs, qui a son rang à garder, — son honneur, Jacques !

Celle-ci est une femme du peuple, une marchande (elle vient de le dire en remontant dans sa voiture), elle va à Beaucaire pour vendre de la toile et avoir une boutique à la foire. Et tu la compares à ta mère, jeune Vingtras !

Nous arrivons à Saint-Etienne.

Il fait nuit : mon père n'est pas là pour nous recevoir.

Nous attendons debout entre les malles. Il y a de la neige plein les rues et je regarde l'ombre des réverbères se détacher sur ce blanc cru. Ma mère fouille la place d'un œil qui lance des éclairs, elle va et vient, se mord les lèvres, se tord les mains, fatigue les employés de questions aigres, aiguës, éternelles.

On lui demande si elle veut entrer ou sortir, se tenir dans le bureau ou sur le pavé, si elle restera longtemps avec ses malles à encombrer la porte.

— J'attends mon mari qui est professeur au lycée.

Ils ont l'air de s'en moquer un peu !

Je voudrais bien entrer dans le bureau, j'ai les pieds gelés, les doigts engourdis, le nez qui me cuit : J'en fais part à ma mère.

— Jacques !

Un « Jacques » qui inaugure mal notre entrée dans cette ville et elle marmotte entre ses dents qui claquent :

— Il laisserait sa mère crever de froid, tenez, tandis qu'il se rôtirait les cuisses !

Mais, elle peut se rôtir les jambes aussi ! Rien ne l'empêche, puisqu'on lui a demandé si elle voulait se mettre près du feu.

Mon père arrive tout essoufflé.

— Je suis en retard... (Il s'essuie le front). Vous avez fait un bon voyage (il tend les bras vers ma mère et la manque).

Il se retourne vers moi.

— Te voilà, Jacques !

— Crois-tu pas que je t'en aurai amené un autre ! dit ma mère.

Mon père dit : Non, non ! — c'est-à-dire — il ne sait plus trop.

Il va pour m'embrasser à mon tour : il me rate, comme il a raté ma mère. Pas de chance pour les embrassades, pas de veine pour les baisers.

— J'étais avec l'économe, M. Laurier, tu sais, je croyais que la diligence...

On ne lui répond rien, rien, rien.

On prend un fiacre pour se rendre à la maison.

Du silence tout le long de la route, du silence et de la neige. Mon père regarde à la portière, ma mère s'est accroupie dans un coin, je suis au milieu, n'osant bouger de crainte qu'on n'entende tourner mes os, virer ma tête. Je tourmente du bout du doigt un gland de parapluie; à ce moment le parapluie m'échappe, — je me penche pour le rattraper; mon père se tournait, — pan! — Nous nous cognons : nous nous relevons comme deux Guignols! Encore un faux mouvement. — Pan, pan! — c'est en mesure.

Le sourire jaune reparaît sur la face de mon père ; des changements visibles s'opèrent sur la mienne. C'était la lutte de l'œuf dur contre l'œuf mollet. Mon père a pu supporter le choc et il sourit. — Bonne nature! Mais moi j'ai une bosse qui enfle, c'est pesant comme une maison. Mon père étend sa main dans l'obscurité, pour tâter, et aussi parce que mon front a l'air d'avancer et va le gêner tout à l'heure : il étend la main, c'est mon nez qu'il attrape; il croit de son devoir, plus paternel ou plus gracieux, plus conforme à sa dignité ou meilleur à ma santé, de rester un instant sur ce nez qu'il a l'air de bénir ou de consulter.

Quelle place occupe ma mère dans le tableau? On ne voit rien d'elle, on n'entend rien qu'un grincement de soie ; ce sont ses ongles qui en veulent à sa ceinture ou à quelque ruban.

Ce grincement dans le silence a quelque chose de terrible. Pour des augures, c'eût été un présage; pour mon pauvre père, c'en était un aussi, il annonçait des malheurs. Il devait nous en arriver quelques-uns en effet dans cette ville que traversait, neigeuse et triste, notre fiacre muet.

La maison où la voiture nous descend fait le coin de la rue.

L'entrée est misérable avec des pierres qui branlent sur le seuil, un escalier vermoulu et une galerie en bois moisi à laquelle il manque des membres.

Nous faisons trembler ce bois sous nos mains, ces pierres sous nos pieds, ce qui gêne tout le monde. Il semblait qu'on devait rester muet jusqu'à la fin des siècles. Mon père fait l'affairé.

— Passe devant, dit-il, il y a une marche ici. Prends garde, un trou là. Tiens-toi à la rampe.

Il a passé l'œil de la clef dans son petit doigt et joue avec; le geste est isolé et saugrenu comme un geste de bébé.

Je traînais le parapluie.

Ordinairement, quand je laisse ce parapluie piquer la robe ou cogner le flanc de ma mère, c'est du « maladroit » par-ci, du « nigaud » par-là; elle crie : je reçois une gifle.

Je donnerais beaucoup pour recevoir une gifle, ma mère est contente quand elle me donne une gifle, — cela l'émoustille, c'est le frétillement du hochequeue, le plongeon du canard, elle s'étire et rencontre la joue de son fils — quelle joie pour une mère de le sentir là à sa portée et de se dire : — c'est lui, c'est mon enfant, mon fruit, cette joue est à moi, — clac!

Mais non.

Elle a les bras croisés et les garde cachés sous son châle... Allons! Elle n'est pas disposée à la bonne humeur.

Mon père use un tas d'allumettes ; elles se cassent et font un petit bruit sec qui est tout ce qu'on entend devant cette porte fermée, dans le corridor que glace le vent, avec ma mère et moi contre le mur comme des habits de la Morgue.

Jamais moment ne m'a paru plus long.

Enfin une des chimiques prend, et mon père peut introduire la clef dans la serrure...

Nous entrons dans une pièce immense où arrive, par des croisées énormes, la lumière d'un réverbère qui clignote dans la rue.

Elle tombe en plein sur ma mère, qui se tient immobile et muette, avec la rigidité d'une morte, l'insensibilité d'un mannequin et la solennité d'un revenant.

....

Mais je sauve toujours les situations avec quelque chose de désagréable et de biscornu, avec ma tête ou mon derrière, mes oreilles qu'on tire, ou mes cheveux qu'on arrache, en glissant, m'accroupissant ou roulant. Je suis l'ahuri des pantomimes, l'*innocent* des escamoteurs.

Je me sens tout d'un coup dégringoler, je tombe!

Il y avait une pelure d'orange sous mon talon : c'est dont on s'aperçoit en se penchant vers moi, comme sur un problème. Je déconcerte les mathématiciens par l'imprévu de mes opérations. — C'est ma mère tout d'un coup rappelée à l'amour de son fils, par cette chute à tournure de mystification, qui remarque cette peau d'orange.

Elle croise ses bras et avance sur mon père :

— On mange des oranges ici, on mange des oranges!...

Et elle trépigne, trépigne... Je ne sais ce que cela veut dire.

Notez que je suis à terre, et que je suis forcé de lever la tête pour voir tout ce qui se passe, et ma situation d'historiographe ressemble à celle d'un cul-de-jatte qu'on a porté là et laissé tomber comme un sac trop lourd.

Je ne veux pourtant pas mourir à cette place! puis je ne peux pas écouter ma mère qui est debout, dans cette position indifférente, m'isolant d'elle avec l'apparence du mépris; je ne le peux pas, je ne le dois point. Jacques, tu as trop tardé déjà!

Relève-toi, et mets-toi entre le discours de

ta mère et l'effroi de ton père. — Relève-toi, fils ingrat.

Mais non, non! J'ai porté la main à mon front; que dis-je, j'ai appuyé une main à terre, et je jette un cri. Je me retourne, encore un cri!

Je me sens cousu au bois du plancher, et il me semble même qu'on a oublié l'aiguille : on s'est trompé de pelote, c'est moi qu'on a cru plein de son. C'est que, malheureusement, je suis tombé sur une gravure et j'ai cassé le verre.

On est forcé de reconnaître des lésions affligeantes et quelques gouttes de sang qui traînent sur le plancher servent de prétexte à mon père — et à ma mère aussi — pour entrer dans des mouvements nouveaux. J'en tressaille d'aise (autant que je puis tressaillir sans trop de souffrance, entendons-nous!) Mais je suis bien content tout de même d'avoir dérangé ce silence, cassé la glace, et ma famille en arrache les morceaux.

On me lave comme une pépite; on me sarcle comme un champ.

L'opération est minutieuse et faite avec conscience; dans le hasard de l'échenillage, les mains se rencontrent, les paroles s'appellent; on se raccommode sournoisement sur ma blessure, et je crois même que mon père fait traîner le sarclage pour laisser à la colère de sa femme le temps de tomber tout à fait. Je saigne bien un peu; je suis tantôt à quatre pattes, tantôt sur le ventre, suivant qu'ils l'ordonnent et que les piquants se présentent; mais je sens que j'ai rendu service à ma famille, et cela est une consolation, n'est-ce pas?

Au lieu de pousser tant de haricots dans les coins, pourquoi M. Beliben ne dirait-il pas: « Voyez si Dieu est fin et s'il est bon! que lui a-t-il fallu pour raccommoder l'époux et l'épouse qui se fâchaient? Il a pris le petit Vingtras, et en a fait la cause du raccommodement. »

On pouvait me montrer dans les cours de philosophie ou de catéchisme.

J'en fus malade à mourir, avec la fièvre. Mais l'orage avait été apaisé : on s'expliqua sur la peau d'orange, avec calme; on donna la raison de l'arrivée tardive à la diligence; on mit des compresses sur la colère; on m'en mit aussi ailleurs.

« On » s'expliqua sur la peau d'orange, mais il paraît qu'il y avait un mystère. Cette peau d'orange était criminelle.

La peau d'orange était criminelle! L'arrivée tardive à la diligence était le fait d'une faute. Mon père avait menti en mettant les compresses.

Il avait menti en disant que M. Laurier l'avait retenu; je le sus en l'entendant causer avec un collègue, qui vint le voir, à un moment où ma mère, fatiguée par le voyage, l'attente, l'orage et surtout l'échenillage, faisait un somme.

« Vous direz ceci, je dirai cela. Nous préviendrons Chose. — Pourvu qu'*elles* ne s'avisent pas de nous reconnaître dans la rue. — Il n'y a pas de danger, au moins? »

J'entendais cela de mon lit, où je reposais à plat ventre, un peu de côté, par instants, et je me demandais ce que ce *elles* voulaient dire.

X

BRAVES GENS

Je pourrais à peine dire comment était fait l'appartement dans lequel nous entrâmes comme je l'ai conté, avec bris de cadre, clignotement de réverbère et raccommodement posthume, — est-ce posthume qu'il faut dire?

A peine étions-nous installés, qu'un grand événement arriva.

Ma mère dut repartir pour recueillir ou soigner une succession, — celle de la tante Agnès peut-être, et je restai seul avec mon père.

C'est une vie nouvelle, — il n'est jamais là, je suis libre, et je vis au rez-de-chaussée avec les petits du cordonnier et ceux de l'épicière.

J'adore la poix, la colle, le tire-fil : j'aime à entendre le tranchet passer dans le gras du cuir et le marteau tinter sur le veau neuf et la pierre bleue.

Ils chantent toujours, ces cordonniers!

On s'amuse dans ce tas de savates, et le grand frère ressemble à mon oncle Joseph. Il est compagnon du Devoir aussi, il a un grade, et quelquefois c'est moi qui attache les rubans à sa canne et brosse sa redingote de cérémonie. Les jours ordinaires, il me laisse planter des clous et prendre des coins de maroquin rouge.

Je suis presque de la famille. Mon père m'a mis en pension chez eux : il dîne je ne sais où, au collège sans doute avec les professeurs d'élémentaires. Moi j'avale des soupes énormes, dans des écuelles ébréchées, et j'ai ma goutte de vin dans un gros verre, quand on mange le *chevreton*.

Ils sont heureux dans cette famille, — c'est cordial, bavard, bon enfant : tout ça travaille, mais en jacassant; tout ça se dispute, mais en s'aimant.

On les appelle les Fabre.

L'autre famille du rez-de-chaussée, les Vincent, sont épiciers.

Mme Vincent est une rieuse. Je remarque qu'ils sont tous gais, les gens que je vois et que ma mère méprise parce qu'ils sont paysans, savetiers ou poseurs de sucre.

Mme Vincent n'est pas avec son mari. On ne l'a vu qu'une fois, vêtu en Arabe, avec un burnous blanc. Vous pensez s'il a fait sensation, mais il n'est resté que deux heures, et est reparti.

Il paraît qu'ils sont séparés — judiciairement — je ne sais pas ce que c'est, et il vit en Afrique, en Algérie, dit Fabre. Il était venu pour chercher un de ses fils. Mme Vincent, qui rit toujours, ne riait pas ce jour-là ! Il s'en fallait du tout : on l'entendait qui disait : « Non; non, » d'une voix dure, à travers la porte — et le petit Vincent qui pleurait :

« Je veux rester avec maman ! »

— Je te donnerai un cheval, avec un pistolet — comme celui-là.

Un pistolet : un cheval ! — Si mon père m'avait promis cela, et en plus de m'emmener loin de ma mère ! s'il m'avais pris avec lui, sans la redingote à olives et le chapeau tuyau de poêle, quel soupir de joie j'aurais poussé ! — à la porte seulement — de peur que ma mère ne m'entendît et ne voulût me reprendre !... Oh ! oui, je serais parti !

Le petit Vincent, au contraire, pleurait et s'accrochait aux jupes.

Il y eut encore du bruit... le père qui se fâchait, la mère qui parlait plus haut et l'enfant qui sanglotait... puis la porte s'ouvrit, le burnous blanc passa. Il ne reparut plus.

Il me fit de la peine tout de même. Je le vis qui se cachait au coin de la rue; il regardait la maison d'où il sortait, où était sa femme, son enfant; il resta un long moment, l'air triste, et je crus m'apercevoir qu'il pleurait.

Je trouve des pères qui pleurent, des mères qui rient; chez moi, je n'ai jamais vu pleurer, jamais rire ; on geint, on crie. C'est qu'aussi mon père est un professeur, un homme du monde, c'est que ma mère est une mère courageuse et ferme qui veut m'élever comme un Romain.

Les Vincent, les Fabre et le petit Vingtras forment une colonie criarde, joueuse, insupportable.

— Vous êtes insupportables, « Jacques; » Ernest...

C'est la mère Vincent qui veut faire la méchante et qui ne peut pas ; c'est le père Fabre qui le dit faiblement, avec un doux sourire de vieux.

— Insupportables ! Si je vous y reprends !

On nous y reprend sans cesse, et on nous supporte toujours.

Braves gens, ils juraient, sacraient, en lâchaient de salées; mais on disait d'eux : « Bons comme le bon pain, honnêtes comme l'or. » Je respirais dans cette atmosphère de poivre et de poix, une odeur de joie et de santé, ils avaient la main noire, mais le cœur dessus ; ils balançaient les hanches et tenaient les doigts écarquillés, parlaient avec des velours et des cuirs ; — c'est le métier qui veut ça, disait le grand Fabre. Ils me donnaient l'envie d'être ouvrier aussi et de vivre cette bonne vie où l'on n'avait peur ni de sa mère, ni des riches, où l'on n'avait qu'à se lever de grand matin, pour chanter et taper tout le jour.

Puis, on avait de belles alènes pointues. On voyait venir sous la main le museau allongé d'une bottine, le talon cambré d'une botte, et l'on tripotait un cirage qui sentait un peu le vinaigre et piquait le nez.

Braves gens !

Ils ne battaient pas leurs enfants — et ils faisaient l'aumône. Ce n'était pas comme chez nous.

Pendant toute mon enfance, j'ai entendu ma mère dire qu'il ne fallait pas donner aux pauvres, que l'argent qu'ils recevaient ils l'allaient boire, que mieux valait jeter un sou dans la rivière; qu'au moins il ne roulait pas au cabaret. Je n'ai jamais pu cependant voir un homme demander un sou pour acheter du pain, sans qu'il me tombât du chagrin sur le cœur, comme un poids.

Mais comment cela se fait-il cependant ?

Mme Vincent était contente quand son fils tirait un des sous de sa petite bourse pour le mettre dans la main d'un malheureux. Elle embrassait Ernest et disait : « Il a bon cœur ! »

Mme Vincent voulait donc le malheur de son fils ! Elle l'aimait pourtant, sans cela elle l'aurait donné à l'homme au burnous blanc.

Ah ! elles me troublaient un peu les braves femmes : la mère Vincent et la mère Fabre ! Heureusement cela ne durait pas et ne tenait pas une minute quand j'y réfléchissais.

Elles n'osaient pas battre leur enfant, parce qu'elles auraient souffert de le voir pleurer ! Elles leur laissaient faire l'aumône, parce que cela faisait plaisir à leur petit cœur.

Ma mère avait plus de courage. Elle se sacrifiait, elle étouffait ses faiblesses, elle tordait le cou au premier mouvement pour se livrer au second. Au lieu de m'embrasser, elle me pinçait, — vous croyez que cela ne lui coûtait pas ! — Il lui arriva même de se casser les ongles ! Elle me battait pour mon bien, voyez-vous. Sa main hésita plus d'une fois; elle dut prendre son pied.

Plus d'une fois aussi elle recula à l'idée de

meurtrir sa chair avec la mienne ; elle prit un bâton, un balai, quelque chose qui l'empêchait d'être en contact avec la peau de son enfant, son enfant adoré.

Je sentais si bien l'excellence des raisons et l'héroïsme des sentiments qui guidaient ma mère que je m'accusais devant Dieu de ma désobéissance, et je disais bien vite deux ou trois prières pour m'en disculper. Malheureusement j'avais très-peu de temps à moi et mes *mea-culpa* restaient en l'air parce que Ernest, Charles ou Barnabé, un Vincent ou un Fabre, m'appelait pour une glissade, une promenade ou une bourrade, à propos de bottes ou de marmelade ; il y avait toujours quelque tonneau, quelque baquet, quelque querelle ou quelque pot à vider pour aider la boutique ou l'échoppe, — le travail ou la rigolade.

Nous allions au second faire enrager la femme du plâtrier.

La plâtrière était une grande blonde, à l'air très-doux, fort propre, — un peu languissante ; — elle nous laissait nous engouffrer quelquefois dans sa chambre au milieu de nos jeux, quand son mari n'était pas là ; mais dès qu'elle l'entendait il fallait descendre ; elle fermait sa porte et ne reparaissait que pour montrer une figure plus lasse et des hanches plus languissantes encore. Elle parlait toujours à Mme Vincent d'avoir un enfant, « qu'elle avait peur que ce ne fût pas encore pour cette fois, que cela désespérait son mari. »

Si un des Fabre, celui de dix-huit ans, ou celui de vingt-trois, passait à ce moment, elle se taisait, mais lui, en manière de farce, jetait un mot qui la faisait rougir jusqu'à la racine de ses cheveux blonds ; elle essayait de sourire tout de même, mais elle semblait doucement gênée.

— Vous avez du plâtre ici (il montrait une place blanche) et de l'édredon là — (il enlevait une petite plume de l'édredon, et hochait la tête en rigolant, — ce M. Fabre !

— Mais dame ! dit-il un jour, on ne les trouve pas sous les choux.

J'étais là, quand il dit ce mot :

« On ne les trouve pas sous les choux. » Le mot m'entra dans l'oreille, comme une alène et s'y attacha comme de la poix.

M'a-t-on égaré ?

Ma mère est revenue. L'affaire d'héritage s'est arrangée, je ne sais trop comment ! Je suis retombé sous le fouet et je ne suis plus libre que les jours où elle est absente par hasard. Le mardi gras, la femme d'un collègue est venue la prendre à l'improviste pour la consulter sur une toilette, — elle a tant de goût, — et en même temps pour passer la journée. Ma mère n'a pas eu le temps de m'enfermer. Je suis mon maître un mardi gras !

Ce jour-là c'est la coutume que dans chaque rue on élève une pyramide de charbon, un bûcher en forme de meule, comme un gros bonnet de coton noir avec une mèche à laquelle on met le feu le matin.

On avait dit que ceux de la rue à côté devaient venir nous démolir l'édifice ; il y avait haine depuis longtemps entre les deux rues. Un polisson, le fils de l'aubergiste du Lion-d'Or, propose de faire sentinelle avec des pierres et une fronde dans la poche, avec ordre de lancer la fronde si l'ennemi s'avance en masse et de loin, de cogner avec la pierre dans sa main si l'on est surpris et saisi.

Je suis de garde un des premiers.

Voilà que je crois reconnaître le petit Somonat, un de la rue Marescaut, qui passe son nez derrière la porte de l'église.

Il me semble qu'il fait des signes, ils vont arriver en masse : je serai débordé, tourné, — Que dira le fils de l'aubergiste, et toute ma rue ? Oserai-je y repasser si je ne me défends pas en héros ?

Mon parti est pris : j'ai mon tas de pierres, je charge ma fronde et je la fais claquer, en lançant au hasard du côté des Marescauts une mitraille de cailloux qui sifflent dans l'air et dont j'entends le bruit contre les portes de bois, dans les volets fermés ! Je fouille à l'aventure, comme on fouille avec le canon. — Je me figure que je suis au siége d'Arbelles, ou à Mazagran, — Si j'avais un drapeau tricolore, je le planterais. — Cette histoire d'Arbelles, nous l'avons traduite hier dans *Quinte-Curce*. Celle de Mazagran est toute fraîche. On ne parle que de cela et du capitaine Lelièvre.

Ah ! l'on parlera de moi aussi, — nom de nom !

Je bombarde de pierres tout un quartier, au risque de tuer les gens et d'interrompre l'existence normale d'une ville.

On sort des maisons et l'on regarde — pas trop — car je manie toujours ma fronde, mais je commence à me demander comment finira le siége.

J'ai entendu des carreaux tomber, j'ai vu un caillou entrer dans une chambre ; j'ai peut-être tué quelqu'un. On ne riposte pas ! Je me suis donc trompé : on n'attaquait point. — Je vais être pris, jugé, mon père perdra sa place.

Que faire ?

J'ai entendu dire que pour les cessations de feu on arborait le drapeau blanc : j'ai mon mouchoir, — il est bleu. — Se retirer ? Je le puis peut-être, la place est déserte, en filant à gauche.

Je prends ma course.

Qu'ai-je donc? Je suis à terre. On m'entoure, j'ai le bras cassé. La pierre d'un Marescaut m'a atteint.

Quel bonheur!

On m'aurait tué sans cela, je crois, car il arrive, de tous les coins de tout le quartier, des gens qui crient et me montrent du doigt!

Heureusement que mon bras pèse cent livres.

M. Dopral, le médecin passe, on l'arrête. Que va-t-il dire?

Si par hasard ce n'était rien! que deviendrais-je? Comment oser rentrer devant ma mère? Et les lapidés que me feront-ils?

Il hoche la tête avec un ah! qui est triste. Je fais l'évanoui pour mieux entendre.

— C'est grave, c'est grave!

Dieu soit loué! Qu'on aille vite dire à ma mère que c'est grave, pour la rassurer.

C'était grave; je ne pouvais pas dire un mot. Plus de chance que je ne méritais: on dit que j'ai la langue coupée! Comme c'est commode! pas d'explications à donner; je serai malade pendant longtemps probablement, et tout sera apaisé quand je serai guéri.

Et quand je serais un peu estropié. Les estropiés de bataille, les poëtes les chantent, le sénat les remercie.

Quel plus beau sort pour un nez souvent enrhumé et une main qui avait deux petites verrues!

Je restai longtemps sans pouvoir parler, mais je ne parlai point dès que je le pus.

Je voyais bien qu'à mesure que je guérissais, ma mère était furieuse.

Je l'entendais qui disait:

— Déjà pour deux francs de diachylon, trente-deux sous de bouillon.

Elle faisait des comptes: brave femme qui voulait l'économie dans son ménage, et n'oubliait jamais les lois d'ordre, qui sont seules le salut des familles, et sans lesquelles on finit par l'hôpital ou l'échafaud.

Moi je me désolais à l'idée que le moment de me fouetter approchait. Car maintenant que j'étais guéri, il fallait m'apprendre à ne pas recommencer.

Aussi j'appréhendais le moment où je serais à point pour être corrigé, quoique je n'eusse pas besoin d'une roulée pour n'avoir pas envie de recommencer; je ne me sentais pas la moindre inclination pour un nouveau siège, une nouvelle chute, un flot si terrible d'émotions. J'aurais voulu que ma mère le sût, que mon père le comprît, et on ne m'aurait peut-être pas fouetté!

On ne me fouetta pas — on fit pire.

On savait que je m'amusais chez les Fabre, on me défendit d'y aller.

Au surplus, il y avait longtemps que ma mère était jalouse et honteuse; elle souffrait de me voir traîner ainsi dans un monde de cordonniers, et depuis quelques semaines elle nourrissait le projet de m'en détacher.

Seulement elle était bavarde, la mère Vingtras, et on l'écoutait chez les Fabre. Avec leur bonhomie, ils croyaient peut-être qu'elle leur était supérieure, cette dame à chapeau : en tous cas ils lui prêtaient une oreille complaisante, et l'on écartait la poix et la colle avec politesse quand elle venait me chercher.

Elle voulait que son Jacques ne frayât plus avec les savetiers, mais elle ne voulait pas perdre un auditoire.

Mon aventure de mardi gras lui permit de basculer la situation, de ménager la chèvre et le chou.

Elle m'infligea comme punition de ne plus aller là, elle ne se brouilla point pourtant.

— Il faut punir Jacques, n'est-ce pas? Il faut le punir, mais il a déjà assez souffert, le pauvre enfant.

— Oh oui, dit la mère Fabre qui pensait qu'une approbation même de savetière ferait pencher la balance du côté du pardon.

— Aussi je ne veux pas le battre.

J'entendais la conversation, non pas que je l'écoutasse, mais j'étais derrière la porte, ma mère le savait et voulait peut-être que je l'entendisse.

C'était ma première sortie : j'étais encore assez faible, mal recousu, nourri depuis quinze jours de bouillon un peu pâle ; ma mère savait que trop de suc fait plus de mal que de bien, et qu'on grise les veines avec du jus de vache comme avec du jus de raisin — car c'était de la vache : — « C'est plus tendre, disait-elle; la vache pour les enfants, le bœuf pour les grandes personnes »

J'étais donc soutenu seulement par un peu de vache détrempée, j'avais encore le détraquement de la chute, et ma tête me semblait vide comme un globe : il me restait peu de sang, ce qui en restait fit un tour, monta vers les joues creuses, et je les sentais qui brûlaient.

« On ne voulait pas me battre! »

On voulait faire plus.

— Je ne veux pas le battre, reprit ma mère, mais comme je sais qu'il se plaît bien avec vos fils, je l'empêcherai de les voir pendant quinze jours, ce sera une bonne correction.

Les Fabre ne répondaient rien, — les pauvres gens ne se croyaient pas le droit de discuter les résolutions de la femme d'un professeur de collége, et ils étaient au contraire tout confus de l'honneur qu'on faisait à leurs gamins en ayant l'air de dire qu'ils étaient la compagnie que Jacques, qui apprenait le latin, préférait.

Je compris leur silence, et je compris aussi que ma mère avait deviné où il fallait me frapper, ce qui faisait mal à mon âme. J'ai beaucoup pleuré étant petit ; on a rencontré, on rencontrera des larmes sur plus d'une page, mais je ne sais pourquoi je me souviens avec une particulière amertume du chagrin que j'eus ce jour-là. Il me sembla que ma mère commettait une cruauté, était méchante.

Tout malade encore, presque estropié, enfermé depuis des semaines dans une chambre avec la souffrance et la fièvre, j'avais besoin de causer avec des enfants comme moi, de leur demander des nouvelles, et de leur raconter mon histoire.

Ils avaient eu l'air bon comme tout, en venant à moi dans l'escalier, et m'avaient dit avec affection « Comme tu es pâle !... » Il y avait dans leur voix de l'émotion, presque de l'amitié. Braves petits garçons, saine nichée de savetiers, marmaille au bon cœur ! Je les aimais bien. Ma mère aurait mieux fait de me battre et de me laisser les revoir quand mon bras est guéri.

XI

LE LYCÉE.

Mon père était donc professeur de septième, professeur élémentaire comme on disait alors.

J'étais dans sa classe.

Jamais je n'ai senti une infection pareille. Cette classe était près des latrines, et ces latrines étaient les latrines des petits.

Pendant une année j'ai avalé cet air empesté. On m'avait mis près de la porte parce que c'était la plus mauvaise place, et en ma qualité de fils de professeur, je devais être à l'avant-garde, au poste du sacrifice, au lieu du danger...

A côté de moi, un petit bonhomme qui est devenu un personnage, un grand préfet, et qui à cette époque-là était un affreux garnement, fort drôle du reste, et pas mauvais compagnon.

Il faut bien qu'il ait été vraiment un bon garçon, pour que je ne lui aie pas gardé rancune de deux ou trois brûlées que mon père m'administra parce qu'on avait entendu de notre côté un bruit comique, ou qu'il était parti d'entre nos souliers une fusée d'encre. C'était mon voisin qui s'en donnait.

Chaque fois que je le voyais préparer une farce, je tremblais, car s'il ne se dénonçait pas lui-même par quelque imprudence, et si sa culpabilité ne sautait pas aux yeux, c'était moi qui la gobais ; c'est-à-dire que mon père descendait tranquillement de sa chaire et venait me tirer les oreilles, et me donner un ou deux coups de pied, quelquefois trois.

Il fallait qu'il prouvât qu'il ne favorisait pas son fils, qu'il n'avait pas de préférence. Il me favorisait de roulées magistrales, et il m'accordait la préférence pour les coups de pied au derrière.

Souffrait-il d'être obligé de taper ainsi sur son rejeton ?

— Je ne pense pas et je vais vous dire pourquoi.

Mon voisin, le farceur, était fils d'une autorité. — L'accabler de pensums, lui tirer les oreilles, c'était se mettre mal avec la maman, une grande coquette qui arrivait au parloir avec une longue robe de soie qui criait et des gants à trois boutons, frais comme du beurre.

Pour se mettre à l'aise, mon père feignait de croire que j'étais le coupable, quand il savait bien que c'était l'autre.

Je n'en voulais pas à mon père, ma foi non ! je croyais, je sentais que ma peau lui était utile pour son commerce, son genre d'exercice, sa situation, — et j'offrais ma peau. — Vas-y, papa !

Je tenais tant bien que mal ma place (empoisonnée) dans ce milieu de moutards malins tout disposés à faire souffrir le fils du professeur de la haine qu'ils portent à son père.

Ces roulées publiques me rendaient service : on ne me regardait pas comme un ennemi, on m'aurait plaint plutôt, si les enfants savaient plaindre !

Mon apparence d'insensibilité d'ailleurs ne portait pas à la pitié : je me garais des horions tant bien que mal, et pour la forme, mais quand c'était fini, on ne voyait pas trace de peur ou de douleur sur ma figure. Je n'étais de la sorte ni un patiras, ni un pestiféré ; on ne me fuyait pas, on me traitait comme un camarade moins chançard qu'un autre et meilleur que beaucoup, puisque jamais je ne répondais « Ça n'est pas moi. » Puis j'étais fort, les luttes avec Pierrouni m'avaient aguerri, j'avais du *mognon*, comme on disait en raidissant son bras et faisant gonfler son bout de biceps. Je m'étais battu, — j'y avais fait avec Rosée, qui était le fils d'un cabaretier, le plus fort de la *cour* des petits. On appelait cela y faire « Veux-tu y faire, en sortant de classe ? »

Cela voulait dire qu'à dix heures cinq ou

à quatre heures cinq, on se proposait de se flanquer une trépignée dans la cour du *Lion Rouge*, une auberge où il y avait un coin dans lequel on pouvait se battre sans être vu.

J'avais infligé à Rosée quelques atouts qui avaient fait du bruit — sur son nez et au collège. — Songez donc, j'avais l'autorisation de mon père.

Il avait eu vent de la querelle — pour une plume volée — et vent de la provocation.

Rosée ne tenait par aucun fil à l'autorité. Il y avait plus ; son oncle, conseiller municipal, avait eu maille à partir avec l'administration. — Vas-y, avait dit mon père. — J'y vais, papa.

Et à chaque coup de poing que je lui portais, à ce malheureux, je me figurais que je semais une graine, que je plantais une espérance dans le champ de l'avancement paternel.

Grâce à cette bonne aventure, j'échappai au plus épouvantable des dangers, celui d'être, — comme fils de professeur, — persécuté, isolé, cogné. J'en ai vu d'autres si malheureux !

Si cependant mon père m'avait défendu de me battre ; si Rosée eût été le fils du maire ; s'il avait fallu au contraire être battu !...

On doit faire ce que les parents ordonnent ; puis c'est leur pain qui est sur le tapis. Laisse-toi moquer et frapper, souffre et pleure, pauvre enfant, qui es le fils d'un pauvre !

Puis les principes !

« — Que deviendrait une société, disait M. Beliben, une société qui... que... Il faut des principes !.. J'ai encore besoin d'un haricot... »

J'eus la chance de tomber sur Rosée.

Où qu'il soit dans le monde, s'il est encore vivant, qu'il reçoive mes sincères remerciments.

J'espère que le nez ne lui fait plus mal ; si, par hasard, il l'avait perdu par maladie ou accidents, sous les dents d'Alphonse ou sous la morsure d'un boule-dogue, qu'il le ramasse et me fasse savoir par la voie des journaux où je puis le rejoindre. Le nez de Rosée ! mais je le payerais au prix de mon sang. Il a été mon sauveur, mon christ : Je le vois encore là, devant moi, et l'on ne pourrait pas m'égarer sur la qualité, me tromper sur la quantité : il était rond, avec deux grandes narines qui vous regardaient, il suait du bout. Quelque répugnance que j'éprouve d'habitude à embrasser ce qui transpire, je donne l'accolade à ce nez en sueur, et je bénis, à de longues années de distance, le hasard qui me le mit dans la main.

Il m'a sauvé de bien des dangers, évité bien des histoires ; il a volé au-devant de mon enfance, en annonçant que j'étais un fort boxeur devant l'Eternel, et les petites gouttes de sang qu'il laissait tomber — grâce au dernier et formidable coup de poing — m'ont fait un bien que je ne saurais oublier.

Calice à narines, sang de mon sauveur,
Salutaris nazus, encore un baiser !

..... J'ai été puni un jour : c'est, je crois, pour avoir roulé sous la poussée d'un grand, entre les jambes d'un petit pion qui passait par là, et qui est tombé derrière par-dessus tête ! Il s'est fait une bosse affreuse, et il a cassé une fiole qui était dans sa poche de côté ; c'est une topette de cognac dont il boit — en cachette, à petits coups, en tournant les yeux, on l'a vu : il semblait faire une prière, et il se frottait délicieusement l'estomac. — Je suis cause de la topette cassée, de la bosse qui gonfle... Le pion s'est fâché.

Il m'a mis aux arrêts ; — il m'a enfermé lui-même dans une étude vide, a tourné la clef, et me voilà seul entre les murailles sales, devant une carte de géographie qui a la jaunisse, et un grand tableau noir où il y a des ronds blancs et une binette de pion.

Je vais d'un pupitre à l'autre : ils sont vides — on doit nettoyer la place, et les élèves ont déménagé.

Rien, une règle, des plumes rouillées, un bout de ficelle, un petit jeu de dames, le cadavre d'un lézard, une agate perdue.

Dans une fente, un livre : j'en vois le dos, je m'écorche les ongles à essayer de le retirer, je trime, je sue — comme le nez de Rosée ! — Enfin, avec l'aide de la règle, en cassant un pupitre, j'y arrive, je tiens le volume et je regarde le titre :

Robinson Crusoé.

Il est nuit,

Je m'en aperçois tout d'un coup : combien y a-t-il de temps que je suis dans ce livre — quelle heure est-il ?

Je ne sais pas, mais voyons si je puis lire encore ! Je frotte mes yeux, je *tends* mon regard, les lettres s'effacent ; les lignes se mêlent, je saisis encore le coin d'un mot, puis plus rien.

J'ai le cou brisé, la nuque qui me fait mal, la poitrine creuse, je suis resté penché sur les chapitres sans lever la tête, sans entendre rien, dévoré par la curiosité, collé aux flancs de Robinson, pris d'une émotion immense, remué jusqu'au fond de la cervelle, et jusqu'au fond du cœur, et en ce moment où la lune montre là-bas un bout de corne, je fais passer dans le ciel tous les oiseaux de l'île, et je vois se profiler la tête longue d'un peuplier comme le mât du navire de Crusoé !

Je peuple l'espace vide de mes pensées, tout comme il peuplait l'horizon de ses craintes : debout contre cette fenêtre, je rêve à l'éternelle solitude et je me demande où je ferai pousser du pain...

Allons ! j'ai fait naufrage. Comment m'installer. Il me manque un fusil et de la poudre ; il manque aussi les bêtes féroces, c'est vrai.

Je m'étends sur deux bancs mis à côté l'un de l'autre avec un pupitre noir pour oreiller, et j'attends qu'une voile passe, c'est-à-dire que le petit pion pense à moi, et je repasse dans ma tête tous les épisodes de ce livre qui m'est comme entré dans les veines.

La faim s'en mêle ; j'ai très-faim.

Vais-je être réduit à manger ces rats que j'entends dans la cale de l'étude ? Comment faire du feu ? J'ai soif aussi. Pas de bananes ! Ah ! lui, il avait des limons frais ! Justement j'adore la limonade !

Clic, clac ! on farfouille dans la serrure.

Est-ce Vendredi ? Sont-ce des sauvages ? *Ous qu'est mon fusil ?*

C'est le petit pion qui s'est souvenu, en se levant, qu'il m'avait *oublié* et qui vient voir si j'ai été dévoré par les rats, ou si c'est moi qui les ai mangés.

Il a l'air un peu embarrassé, le pauvre homme, — il me trouve gelé, moulu, les cheveux secs, la main fiévreuse ; il s'excuse de son mieux et m'entraîne dans sa chambre, où il me dit d'allumer un bon feu et de me réchauffer.

Il a du thon mariné dans une timbale « et peut-être bien une goutte de je ne sais quoi par là dans un coin, qu'un ami a laissée il y a deux mois. »

C'est une topette d'eau-de-vie, — son péché mignon, — sa marotte humide, — son dada jaune.

Il est forcé de repartir, de rejoindre sa division. Il me laisse seul, seul avec du thon, — poisson d'Océan — la goutte, — salut du matelot, — et du feu, — phare des naufragés.

Je me rejette dans le livre que j'avais caché entre ma chemise et ma peau, et je le dévore, — avec un peu de thon, des larmes de cognac, devant la flamme de la cheminée.

Il me semble que je suis dans une cabine ou une cabane, et qu'il y a dix ans que j'ai quitté le collége ; j'ai peut-être les cheveux gris, en tout cas le teint hâlé, — Que sont devenus mes vieux parents ? Ils sont morts sans avoir eu la joie d'embrasser leur enfant perdu ? (C'était l'occasion pourtant, puisqu'ils ne l'embrassaient jamais auparavant.) Oh ! ma mère ! ma mère !

Je dis : « oh ! ma mère, » sans y penser

beaucoup, c'est pour faire comme dans les livres.

Et j'ajoute : « Quand vous reverrai-je ! Vous revoir et mourir. »

C'est encore un mensonge ! c'est de la récitation pure, je ne tiens pas à revoir ma mère, et je tiens encore moins à mourir.

Que dira-t-elle si elle me revoit ?... Et elle me reverra, je commence à le craindre.

Il est huit heures ; le petit pion va avertir mon père de ce qui s'est passé. Il ira pendant la classe rassurer celle qui m'a donné le jour et ne sait pas ce que j'ai fait de la nuit.

Quand je reparaîtrai devant elle, comment serai-je reçu ? Me reconnaîtra-t-elle ?

Si elle allait ne pas me reconnaître !

N'être pas reconnu par celle qui vous a entouré de son affection, qui vous a enveloppé de sa tendresse, une mère enfin : qui remplace une mère ?

Mon Dieu ! une trique remplacerait assez bien la mienne !

Ne pas me reconnaître ! mais elle sait bien qu'il me manque derrière l'oreille une mèche de cheveux, puisque c'est elle qui me l'a arrachée un jour ; ne pas me reconnaître ? mais j'ai toujours la cicatrice de la blessure que je me suis faite en tombant, et pour laquelle on m'a empêché de voir les Fabre. Toutes les traces de sa tutelle, de sa sollicitude, se lisent en raies blanches, en petites places bleues. Elle me reconnaîtra ; il me sera donné d'être encore aimé, battu, fouetté, pas gâté !

Il ne faut pas gâter les enfants.

Elle m'a reconnu ! merci : mon Dieu ! Elle m'a reconnu ! et s'est écriée :

— Te voilà donc ! s'il t'arrive de me faire encore t'attendre jusqu'à deux heures du matin, à brûler la bougie, à tenir la porte ouverte, c'est moi qui te corrigerai ! Et il bâille encore ! devant sa mère !

— J'ai sommeil.

— On aurait sommeil à moins.

— J'ai froid.

— On va faire du feu exprès pour lui, — brûler un fagot de bois !

— Mais c'est M. Doizy qui...

— C'est M. Doizy qui t'a oublié, n'est-ce pas ! Si tu ne l'avais pas fait tomber, il n'aurait pas eu à te punir, et il ne t'aurait pas oublié. Il voudrait encore s'excuser, voyez-vous ! Tiens ! voilà ce qui me reste d'une bougie que j'ai commencée hier. Tout ça pour veiller en se demandant ce qu'était devenu monsieur ! Allons ne faisons pas le gelé, — n'ayons pas l'air d'avoir la fièvre.... Veux-tu bien ne pas claquer des dents comme cela ! Je voudrais que tu fusses bien malade une bonne fois, ça te guérirait peut-être...

Je ne croyais pas être autant dans mon tort : en effet, c'est ma faute ; mais je ne puis pas m'empêcher de claquer des dents, j'ai les mains qui me brûlent, et des frissons qui me passent dans le dos. J'ai attrappé froid cette nuit sur ces bancs, le crâne contre le pupitre : cette lecture aussi m'a remué.

Oh ! je voudrais dormir ! je vais faire un somme sur la chaise.

— Ote-toi de là me dit ma mère en retirant la chaise. On ne dort pas à midi. Qu'est-ce que c'est que ces habitudes maintenant ?

— Ce ne sont pas des habitudes. Je me sens fatigué, parce que je n'ai pas reposé dans mon lit.

— Tu trouveras ton lit ce soir, si toutefois tu ne t'amuses pas à *vagabonder*.

— Je n'ai pas vagabondé.

— Comment ça s'appelle-t-il, coucher dehors ? Il va donner tort à sa mère à présent ! Allons, prends tes livres. Sais-tu tes leçons pour ce soir ?

Oh ! l'île déserte, les bêtes féroces, les pluies éternelles, les tremblements de terre, la peau de bête, le parasol, le pas du sauvage, tous les naufrages, toutes les tempêtes, des cannibales, — et pas ma mère !

Je grelottai tout le jour, mais je n'étais plus seul avec ma mère ; j'avais pour amis Crusoé et Vendredi. A partir de ce moment, il y eut dans mon imagination un coin bleu, dans la prose de ma vie d'enfant battu la poésie des rêves, et mon cœur mit à la voile pour les pays où l'on souffre, où l'on travaille, mais où l'on est libre.

Que de fois j'ai lu et relu ce *Robinson* !
Je m'occupai de savoir à qui il appartenait : à un élève de quatrième qui en cachait bien d'autres dans son pupitre ; il avait le *Robinson suisse*, les contes du *Chanoine Schmidt*, la *Vie de Cartouche*, avec des gravures.

Ici se place un acte de ma vie que je pourrais cacher ; mais non ! je livre aujourd'hui, aujourd'hui seulement mon secret, comme un mourant fait appeler le procureur général et lui confie l'histoire d'un crime : il m'est pénible de faire cette confession, mais je le dois à l'honneur de ma famille, au respect de la vérité, à la Banque de France, à moi-même.

J'ai été *faussaire* ! la peur du bagne, la crainte de désespérer des parents qui m'adoraient, on le sait, mirent sur mon front de faussaire un masque impénétrable et que nulle main n'a réussi à arracher.

Je me dénonce moi-même, et je vais dire dans quelle circonstance je commis ce faux

comment je fus amené à cette honte, et avec quel cynisme j'entrai dans la voie du déshonneur.

Des gravures ! — la *Vie de Cartouche*, les *Contes du Chanoine Schmidt*, les *Aventures de Robinson suisse* !... un de mes camarades, — treize ans et les cheveux rouges, — était là qui les possédait.

Il mit à s'en dessaisir des conditions infâmes ; je les acceptai... Je me rappelle même que je n'hésitai pas.

Voici quelles furent les bases de cet odieux marché :

On donnait au collège de Saint-Etienne, comme partout, des exemptions. Mon père avait le droit d'en distribuer ailleurs que dans sa classe, parce qu'il faisait tous les quinze jours une surveillance dans quelque étude ; il allait dans chacune à tour de rôle, et il pouvait infliger des punitions ou délivrer des récompenses. Le garçon qui avait les livres à gravures consentit à me les prêter, si je voulais lui procurer des exemptions.

Mes cheveux ne se dressèrent pas sur ma tête.

— Tu sais faire le paraphe de ton père ?

Mes mains ne me tombèrent pas des bras, ma langue ne se sécha pas dans ma bouche.

— Fais-moi une exemption de deux cents vers et je te prête la *Vie de Cartouche*.

— Jamais, non, jamais !
Mon cœur battait à se rompre.

— Je te la donne ! Je ne te la *prête* pas, je te la *donne*.

Le coup était porté, l'abîme creusé ; je jetai mon honneur par-dessus les moulins, je dis adieu à la vie de société, je me réfugiai dans le faussariat.

J'ai ainsi fourni d'exemptions pendant un temps que je n'ose mesurer, j'ai bourré de signatures contrefaites ce garçon qui avait, il est vrai, conçu le premier l'idée de cette criminelle combinaison, mais dont je me fis, tête baissée, l'infernal complice.

A ce prix-là, j'eus des livres, — tous ceux qu'il avait lui-même ; — il recevait beaucoup d'argent de sa famille, et pouvait même entretenir des grenouilles derrière des dictionnaires. J'aurais pu avoir des grenouilles aussi, — il m'en a offert, — mais si j'étais capable de déshonorer le nom de mon père pour pouvoir lire, parce que j'avais la passion des voyages et des aventures, si je n'avais pu résister à cette tentation-là, je m'étais juré de résister aux autres, et je ne touchai jamais la queue d'une grenouille, qu'on me croie sur parole ! Je ne ferai pas des moitiés d'aveux.

Et n'est-ce point assez d'avoir trompé la confiance publique, *imité* une signature honorable et honorée pendant deux ans ! Cela dura deux ans : nous nous arrêtâmes las du crime ou parce que cela ne servait plus a rien, j'ai oublié, et nul ne sut jamais que nous avions été des faussaires. Je le fus et je ne m'en portais pas plus mal. On pourrait croire que le sentiment du crime enfièvre, que le remords pâlit; il est des criminels malheureusement sur qui rien ne mord et que leur infamie n'empêche pas de jouer à la toupie et de mettre insouciamment des queues de papier au derrière des hannetons.

Ce fut mon cas : beaucoup de queues de papier, force toupies. C'est peut-être un remède, et je n'ai jamais eu le teint si frais, l'air si ouvert, que pendant cette période du faussariat.

Ce n'est qu'aujourd'hui que la honte me prend et que je me confesse en rougissant. On commence par contrefaire des exemptions; on finit par contrefaire des billets. Je n'ai jamais pensé aux billets : c'est peut-être que j'avais autre chose à faire, que je suis paresseux ou que je n'avais pas d'encre chez moi ; mais si la contrefaçon des exemptions mène au bagne, je devrais y être.

Et qui dit que je n'irai pas !

Les élèves de septième de cette année-là n'avaient pas grande physionomie.

Je m'en souviens de deux pourtant, les deux forts, — l'un, qui s'appelait Estaffier ; l'autre, Tardy.

Tardy était le plus vieux — il était vieux comme tout : il avait des moustaches, — en septième ! Il était petit, maigre, avec des yeux noirs comme des boutons de bottines, et un *mognon*, — nous avons déjà vu le mot — un *mognon* sans pareil. Avec cela, des haussements d'épaules, comme les lutteurs : il posait pour la vigueur, et il avait les prix de gymnase.

Il avait quinze ans — quand la plupart n'en avaient que douze; mais il paraît qu'il avait été en nourrice jusqu'à huit ans ; il avait tété jusqu'à six, — c'était, lui du moins qui s'en vantait, car il s'en vantait, — et ceux qui n'avaient pas de mognon regrettèrent bien de ne pas avoir tété aussi longtemps que lui. Il paraît que j'avais tété pas mal, puisqu'après lui j'étais un des plus solides.

Il travaillait dur, ce Tardy ; il eût été le dernier, s'il n'avait pas bâché comme un sourd, car il mettait trois fois plus de temps que tout le monde à finir ses devoirs et à apprendre ses leçons : il avait même, quand il étudiait, un mouvement des lèvres qui donnait du crédit à la légende du long tétage ; il avait l'air de chercher le sein.

Quand il n'était que second, il roulait des yeux tristes; troisième, des yeux féroces, quatrième, des yeux sanglants. Un jour qu'il était cinquième, il prit un canif et en porta un coup à Estaffier.

Estaffier était son rival, un molasson avec de grosses joues, des grosses lèvres, bavard, musard, mangeant toujours des bonbons, de la confiture, se léchant les mains quand il y était resté de la mélasse, ayant une bedaine, une petite bedaine, très aimé à cause des miettes de patisserie qu'il laissait tomber sur son passage. Il travaillait pour du sucre, comme les chiens de foire. Aux environs du prix d'excellence et aux compositions de prix, ses parents le gorgeaient, et il piochait pour avoir une bonne place, une poire tapée ou un nougat blanc, un fruit confit...

Il mourut en troisième du diabète... sucré.

Tardy mourut d'ivrognerie. Je n'assistai pas à la mort d'Estaffier, mais j'assistai à la longue agonie de Tardy, dix ans plus tard. Il était devenu un poivrot de la pire espèce, un mendiant, un lâche. Il avait eu le prix de bonne conduite et d'instruction religieuse tout le long de sa vie de collége ; il avait été reçu bachelier avec deux blanches et des rouges à Clermont. C'était enfin le modèle de la ville.

« Pas brillant, disait-on derrière lui ; mais si travailleur et si rangé ! »

Il entra dans l'Université, se crut poète, parce qu'il avait un jour traduit en vers l'*Amour mouillé*, et mis en vers grecs une ode de Jean-Baptiste Rousseau. Grisé de latin, de grec, d'orgueil classique, il se grisa aussi d'eau-de-vie et d'absinthe ; il but comme Horace, comme Ovide, comme Anacréon, comme Paragot. Il était fidèle à ses souvenirs de classe, ce bûcheur, et il voulut entretenir sa muse. Il est crevé de combustion spontanée au fond d'un cabaret, un jour dans la rue Saint-Jacques.

J'ai oublié de dire que le jour où il avait donné le coup de canif à Estaffier (un canif qui dut avoir goût de sucre pendant huit jours), ce jour où il avait fait couler le sang, il s'était écrié en frappant : Porsenna ! Porsenna !

Il croyait au *De viris*, celui-là !

J'y croyais aussi, mais je n'y comprenais rien, rien de rien.

Cette louve qui était la mère de Romulus et de Remus, l'affaire de Lucrèce et de Collatin, la nymphe Égérie, qu'était-ce que tout cela? qu'avait donc fait Tarquin !

Et comme on se tuait là-dedans ! on buvait le sang à la régalade, et on invoquait les dieux.

Les dieux ? Mais depuis le christianisme, c'est fini d'eux.

Ils ne sont plus bons maintenant. Alors pourquoi s'en occuper? Celui que j'adorais avec une grande barbe comme un paquet d'escargots, on m'avait dit que celui-là avait été de toute éternité, même avant qu'il y eut des haricots pour prouver son existence.

Toutes ces hésitations fermentaient dans ma tête. Avec cela cette odeur de latrines! Mon *De viris* s'en ressentait — littéralement. Je faisais mes traductions consciencieusement,—oh! je travaillais bien,—mais j'aurais voulu qu'on m'expliquât l'affaire de Lucrèce et que l'on vidât la fosse d'aisance.

Lafontaine m'intriguait aussi.

J'ai cru longtemps que les bêtes avaient parlé. Pourquoi leur faisait-on tenir des conversations, si elles avaient toujours été comme celles que je rencontrais dans les rues, et qui ne disaient rien? J'en voulais jusqu'à la fureur au bon Dieu, — le vieux, celui à la barbe d'escargots — qui leur avait ôté la parole.

Par méchanceté?

Parce qu'il avait mal aux oreilles?

Pourquoi?

On parvint à grand'peine à me faire comprendre que c'était de l'allégorie— une supposition.

Un mensonge, alors!

Depuis, je me tins en garde vis-à-vis de l'apologue et je regardai tous les fabulistes comme des blagueurs.

XII

FROTTAGE — GOURMANDISE — PROPRETÉ

On me charge des soins du ménage. « Un homme doit savoir tout faire! »

Ce n'est pas grand embarras: quelques assiettes à laver, un coup de balai à donner, du plumeau et du torchon: mais j'ai la main malheureuse, je casse de temps en temps une écuelle, un verre.

Ma mère crie que je l'ai fait exprès, et que nous serons bientôt sur la paille, si ce *brise-tout* ne se corrige pas.

Une fois je me suis coupé le doigt,—jusqu'à l'os.

— Et encore il se coupe! fait-elle avec fureur!

Le malheur est qu'elle a une méthode... comme Descartes, dont M. Béliben parlait quelquefois: il faudrait que je fisse des bouquets avec des épluchures.

— Pas pour deux liards d'idée.

Et prenant l'arrosoir ou le balai, elle fait des dessins sur le plancher avec l'eau ou la poussière, en se balançant un peu, minaudière et souriante.

Ah! je n'ai pas cette grâce, certainement.

Quelquefois c'est le coup de la vigueur: elle prend une peau avec du tripoli ou une brosse à gros poils, et elle attaque un luisant de cuivre ou un coin de meuble.

Elle fait: Hein! comme un mitron; elle geint à faire pousser des pains sur le parquet! J'en ai la sueur dans le dos!

Mais je suis vigoureux, j'ai du moignon, et je lui prends le torchon des mains pour continuer la lutte. Je me jette sur le meuble ou je me précipite contre la rampe, et je mange le bois, je dévore le vernis.

— Jacques, Jacques! tu es donc fou!

En effet, l'enthousiasme me monte au cerveau, j'ai la monomanie frottante...

— Jacques, veux-tu bien finir! Il nous démolirait la maison, ce brutal, si on le laissait faire!

Je suis fort embarrassé, — ou l'on m'accuse de paresse parce que je n'appuie pas assez, ou l'on m'appelle brutal parce que j'appuie trop.

Je n'ai pas deux liards d'idée. C'est vrai, je le sens. Pas même capable de faire la vaisselle avec grâce. Que deviendrai-je plus tard? Je ne mangerai que de la charcuterie, — du lard sur du pain et du jambon dans le papier. J'irai dîner à la campagne pour laisser les restes dans l'herbe.

Serais-je poëte? J'aime à dîner dans la prairie!

C'est que je n'aurai pas à laver d'assiettes, et Dieu me permettra de ne pas enlever les crottes des petits oiseaux.

Le plus terrible dans cette histoire de vaisselle, c'est qu'on me met un tablier comme à une bonne. Mon père reçoit quelquefois des visites de parents, de mères d'élèves, et l'on m'aperçoit à travers une porte, frottant, essuyant et lavant dans mon costume de Cendrillon: on me reconnaît et on ne sait à quoi s'en tenir, on ne sait pas si je suis un garçon ou une fille.

Je maudis l'oignon...

Tous les mardis et vendredis, on mange du hachis aux oignons, et pendant sept ans je n'ai pas pu manger de hachis aux oignons sans être malade.

J'ai le dégoût de l'oignon.

Comme un riche! mon Dieu, oui! Espèce de petit orgueilleux, je me permettais de ne pas aimer ceci, cela, de vomir quand on me donnait quelque chose qui ne me plaisait pas. Je m'écoutais, je me sentais surtout, et l'odeur de l'oignon me soulevait le cœur, — ce que j'appelais mon cœur, comprenons-nous bien : car je ne sais pas si les pauvres ont le droit d'avoir un cœur.

— Il faut *se forcer*, criait ma mère. Tu le

fais exprès, ajoutait-elle comme toujours.

C'était le grand mot. « Tu le fais exprès! »

Elle fut courageuse, heureusement, elle tint bon, et au bout de cinq ans, quand j'entrai en troisième, je pouvais manger du hachis aux oignons. Elle m'avait montré par là qu'on vient à bout de tout, que la volonté est la grande maîtresse.

Dès que je pus manger du hachis aux oignons sans être malade elle n'en fit plus : à quoi bon ? c'était aussi cher qu'autre chose et ça empoisonnait. Il suffisait que sa méthode eût triomphé, — et plus tard, dans la vie, quand une difficulté se levait devant moi, elle disait :

— Jacques, souviens-toi du hachis aux oignons. Pendant cinq ans tu l'as vomi et au bout de cinq ans tu pouvais le garder. Souviens-toi, Jacques !

Et je me souvenais trop.

J'aimais les poireaux.

Que voulez-vous ? — Je haïssais l'oignon, j'aimais le poireau. On me les arrachait de la bouche, comme on arrache un pistolet des mains d'un criminel, comme on enlève la coupe de poison à un malheureux qui veut se suicider.

— Pourquoi ne pourrais-je pas en manger ? demandai-je en pleurant !

— Parce que tu les aimes, répondait cette femme pleine de bon sens, et qui ne voulait pas que son fils eût de passion.

Tu mangeras de l'oignon, parce qu'il te fait vomir, tu ne mangeras pas de poireaux, parce que tu les adores !

— Aimes-tu les lentilles ?

— Je ne sais pas !

Il était dangereux de s'engager, et je ne me prononçais plus qu'après réflexion, en ayant tout balancé.

Jacques, tu mens !

Tu dis que ta mère t'oblige à ne pas manger ce que tu aimes.

Tu aimes le gigot, Jacques.

Est-ce que ta mère t'en prive ?

Ta mère en fait cuire un le dimanche. — On t'en donne.

Elle en mange froid le lundi. — T'en refuse-t-on ?

On le fait revenir aux oignons le mardi,— le jour des oignons, c'est sacré, — tu en as deux portions au lieu d'une.

Et le mercredi, Jacques ! qui est-ce qui se sacrifie, le mercredi, pour son fils ? Le jeudi, qui est-ce qui laisse tout le gigot à son enfant ? Qui ? parle !

C'est ta mère — comme un pélican blanc ! Tu le finis le gigot, — à toi l'honneur !

— Décrotte l'os! ce n'est pas moi qui t'empêcherai de manger, va !

Entends-tu, c'est ta mère qui te crie de ne pas avoir de scrupules, d'en prendre à ta faim, elle ne veut pas borner ton appétit,....

— Tu es libre, il en reste encore, ne te gêne pas !

Mais Dieu se reposa le septième jour ! voilà huit fois que j'en mange! J'ai un mouton qui bêle dans l'estomac : grâce, pitié !

Non, pas de grâce, pas de pitié. Tu aimes le gigot, tu en mangeras.

— As-tu dit que tu l'aimais ?

— Je l'ai dit, lundi......

— Et tu te contredis samedi ! mets du vinaigre, — allons, la dernière bouchée ! J'espère que tu t'es régalé !....

C'est que c'est vrai. On achetait un gigot au commencement du mois, quand mon père touchait ses appointements. Ils en mangeaient deux fois ; je devais finir le reste — en salade, à la sauce, en hachis, en boulettes ; on fait tout pour masquer cette lugubre monotonie, mais à la fin, je me sentais devenir brebis, j'avais des bêlements et je pétaradais quand on faisait : prou, prou.

J'étais le démon du saute-mouton. Ce jeu qui me rappelait le gigot me donnait la fièvre.

Je m'y livrais avec frénésie, fureur : prou, prou ! — et je tombais, et je me faisais des bosses.

Heureusement ma mère ne m'emmenait avec elle au bain que tous les trois mois.

Le bain ! Ma mère en avait fait un supplice.

Elle me frottait à outrance, me faisait avaler par tous les pores, de la soude et du suif, que pleurait un savon de Marseille à deux sous le morceau, qui empestait comme une fabrique de chandelles. Elle m'en fourrait partout, les yeux m'en piquaient pendant une semaine, et ma bouche en bavait...

J'ai bien détesté la propreté, grâce à ce savon de Marseille!

On me nettoyait hebdomadairement à la maison.

Tous les dimanches matin j'avais l'air d'un veau. On m'avait fourbi le samedi ; le dimanche on me passait à la détrempe ; ma mère me jetait des seaux d'eau, en me poursuivant comme Galatée, et je devais comme Galatée fuir pour être attrapé, mon beau Jacques. Je me vois encore dans le miroir de l'armoire, pudique dans mon impudeur, courant sur le carreau qu'on lavait du même coup, nu comme un amour, cul-de-lampe léger, ange du décrotté.

Il me manquait un citron entre les dents,

et du persil dans les narines, comme aux têtes de veau. J'avais leur reflet bleuâtre, fade et mollasse, mais j'étais propre par exemple !

Et les oreilles ! ah ! les oreilles ! On tortillait un bout de serviette et on l'entrait dans l'oreille jusqu'au fond comme on enfonce un foret, comme on plante un tire-bouchon, et on faisait des fouilles !...

Le petit tortillon me descendait jusque dans la gorge, j'en avais les amygdales qui se gonflaient; le tympan en saignait, j'étais sourd pour dix minutes, on aurait pu me mettre une pancarte.

La propreté avant tout, mon garçon !

Être propre et se tenir droit, tout est là.

Je suis propre comme une casserole réétamée. Oui, mais je ne me tiens pas droit.

C'est-à-dire que pendant que j'apprends mes leçons, je m'endors souvent, et je me cache la tête dans les bras, le dos en rond.

Ma mère veut que je me tienne droit.

—Personne n'a encore été bossu dans notre famille, ce n'est pas toi qui vas commencer, j'espère !

Elle dit cela d'un ton de menace, et si j'avais l'intention d'être bossu, elle m'en ôterait du coup l'envie.

XIII

L'ARGENT.

— M'man ! j'ai mal.

— Ce sont les vers, mon enfant !

— Je sens bien que j'ai mal.

— Douillet, va! Ah! si tu avais dix mille livres de rentes... Si tu as mal au ventre, fais comme faisait mon père, fais la culbute par terre!

Et elle m'oblige à faire la culbute, sur un signe; j'ai l'air des grenouilles en bois qui ont un peu de colle-forte sous la queue, avec un petit ressort que la chaleur détache, et qui font des pirouettes : —Saute crapaud ! Je saute; j'obéis à ma mère; c'est mon bien qu'elle veut. Il me faut des remèdes simples, —pas même de la colle et un ressort : je suis pauvre.

— Saute donc!

Ma mère salue les *riches* jusqu'à terre, comme elle salue les prêtres. Elle dit : C'est un propriétaire, comme elle dirait : c'est un saint. Elle est fière d'avoir eu une parole de M. Bazin, le receveur général, un jour qu'il la reconnut pour la sœur de son fermier de Farreyrolles

Elle me reproche toujours ma conduite en face de M. Joannin.

— Jacques, voici M. Joannin qui passe.

M. Joannin est un millionnaire qui nous connaît un peu. Son fils a été, je crois, dans l'étude de mon père.

— Jacques, fais un salut.

C'est bon à dire, mais est-ce que ma mère croit qu'on peut comme cela, garder sa raison devant un pareil événement. M. Joannin qui passe! Un riche! — moi je n'en puis plus, c'est trop pour mon âge, et j'en ai une secousse! — il va même peut-être arriver un malheur!

— Maman ! — et je lui adresse un regard inquiet, — maman !

— Quoi, qu'il y a-t-il?

Je lui dis à l'oreille ce qu'il y a, ce qu'il peut y avoir, ce qui menace.

Si j'avais su que M. Joannin passerait, j'aurais pris mes précautions; mais je suis sorti innocemment, ne m'attendant pas à croiser un millionnaire.

Maintenant qui sait?

— Maman ! maman !

Elle m'emporte, et M. Joannin passe.

Que dira-t-il de ce que nous ne l'avons pas salué? Voilà l'effet que me produisent les riches.

— Est-ce qu'ils sont nés sous un chou, maman?

Ma mère hésite un instant, mais à la fin elle se rappelle et dit :

— Sous un chou, mon fils !

— Maman! en quoi ont-ils leur tricot de laine et la doublure de leur habit? Qu'est-ce qu'ils mangent !

Je sais ce qu'ils boivent. Nous demeurons à côté d'un liquoriste. Bon liquoriste, je le sens encore! il faisait la boule de gomme en gros, et vendait la chartreuse en détail. C'était des rangées de fioles avec des lettres bleues, roses, vertes, comme des colliers de perles; un moine ici, une bergère là, des médailles sur l'oreille.

Un jour on vint m'avertir qu'il y avait une bouteille pleine d'or chez ce liquoriste, nous y allâmes en procession : c'était de l'eau-de-vie de Dantzig qui roulait ses paillettes et entremêlait ses étoiles !

Je ne dormis pas de cette nuit-là, et je m'attendais à chaque minute à entendre arriver les voleurs; ils avaient dû savoir, comme nous, qu'il y avait un trésor en bouteille au coin de la rue.

C'est cela que doivent boire les riches.

On me promet, comme à tous les gamins, des récompenses, un gros sou, si je suis sage, et chaque fois que je suis premier, une petite piécette blanche.

Croyez vous qu'on me la donne ? Non, ma mère m'aime trop pour cela.

Elle ne me privait pourtant pas pour s'enrichir.

Les dix sous ne rentraient pas dans la famille, — ils allaient se coucher dans une tire-lire dont la gueule me riait au nez.

— C'est pour toi, disait ma mère en me faisant voir la pièce et avant de la glisser dans le trou !

Je ne la revoyais plus !

— Ce sera, ajoutait-elle pour t'acheter un homme !

C'est le remplaçant caché dans cette tire-lire qui absorbe toutes les petites pièces et les gros sous que d'autres, mes copains, dépensent le dimanche et les jours de foire, en entrées aux baraques, cigare à paille, canons en cuivre.

Toujours sage, donnant la leçon sans pédantisme, ma mère qui marchait avec son siècle, me donnait ainsi la haine des armées permanentes, et me faisait réfléchir sur l'impôt du sang. » Je me regimbais quelquefois et je citais mes camarades qui dépensaient leur argent au lieu de le garder pour acheter un homme,

— C'est que sans doute ils sont infirmes, vois-tu !

Elle avait même une parole de tristesse et un accent de compassion, à l'égard de ces pauvres enfants qui faisaient bien de se consoler en dépensant leurs sous, eux que le ciel avait tordus ou embossés sans que cela parût.

— Et pourquoi ! disait-elle en se parlant à elle-même et arrivant jusqu'à l'impiété.

C'est un crime de la nature, presque une injustice de Dieu. — Il t'a épargné, toi, reprenait-elle en me tapant sur le dos, pour me montrer qu'il n'y avait pas de gibbosité et qu'elle pouvait, qu'elle devait, — c'était son rôle de mère, — continuer à nourrir le remplaçant dans le fond de la tire-lire.....

Et moi, défiant, ingrat, désirant monter sur les chevaux de bois, je regrettais souvent de n'être pas bossu et je priais Dieu de commettre quelque injustice que je cacherais sous ma chemise, et qui, me sauvant du tirage au sort, me donnerait le droit de prendre ce qu'on avait mis et de ne plus mettre rien dans cette satanée tirelire !

Les inspecteurs généraux vont arriver dans quelque temps.

Mon père éreinte les élèves et convoque les forts pour préparer l'inspection. Il leur distribue les rôles. Il demandera à celui-ci ce passage, à celui-là cet autre.

— Tribouillard, vous avez le *que* retranché. — Caillotin, l'Histoire sainte. Piochez les prophètes.

— M'sieu, dit Caillotin, comment faut-il prononcer Ézéchiel ?

Ma mère dit que je dois être aussi sous les armes, que Jacques doit se distinguer. Elle va me faire une lévite. Elle est pour les vêtements longs,... toujours.

— Je n'aime pas les rondins, moi. D'ailleurs Jacques est mal fait de par là, et elle montre une place qu'elle connaît bien.

Ma mère ajoute :

— Parlez-moi d'un vêtement cossu, qu'on n'ait pas l'air d'avoir mendié pour l'avoir. Jacques est fier et doit rester fier. Tu ne voudrais pas d'un habit long comme ça ; tu n'en voudrais pas !

Je te ferai quelque chose d'étoffé qui descendra jusque-là !

Elle a l'air de dire : Hein ! c'est du nanan... jusque là !

C'est une soutane alors, un frac, une douillette. On veut flatter les jésuites !

Mais ce n'est pas tout.

Ma mère se frappe le front, comme André Chénier.

— Jacques, si tu es dans les trois premiers d'ici à ce que l'inspecteur vienne, je te donnerai... Regarde ! Pour toi, pour toi tout seul ; tu en feras ce qu'il te plaira.

Elle m'a montré de l'or ; c'est une pièce de vingt sous. Oh ! pourquoi me donner la soif des richesses ? Est-ce bien de la part d'une mère ?

Il se livre un combat en moi-même — pas très-long.

— Pour moi tout seul ! J'achèterai ce qu'il me plaira avec. Je le donnerai à un pauvre, si je veux.

Les donner à un pauvre ! Ma mère chancelle ; ma folle l'épouvante, et pourtant elle répond à la face du ciel :

— Oui, elle sera à toi. J'espère bien que tu ne la donneras pas à un pauvre !

Mais c'est une révolution alors. Jusqu'ici je n'ai rien eu qui fût à moi, pas même ma peau.

Je lui fais répéter.

Minuit.

Il s'agit de bien apprendre mon histoire pour être premier, — et je pioche, je pioche !

Les Seldjoucides n'ont plus de secrets pour moi ! Voilà deux soirs que penché sur les annales des peuples j'étudie la famille des Omar.

Ah ! je m'instruis.

Qui est-ce qui sait en quelle année Soliman est né et qu'il fut le successeur de Cantacuzène ? Personne. C'est Jacques Vingtras qui le sait. Il n'y a que lui qui puisse le dire ! Croyez-vous que c'est assez flatteur ? Seul dans la société, il connaît cette chose qui ne sert à personne. C'est son luxe à Jacques. Il a reçu une brillante éducation, il a meublé son cerveau.

J'ai *emménagé* jusqu'à ce que je tombe de sommeil. Il faut s'aller coucher ; c'est demain la composition. Je m'endors et je vois en rêve les Seldjoucides qui s'accroupissent sur mon estomac et me regardent avec des yeux ronds.

Samedi, 4 heures et demie.

On a donné les places : je suis premier.

Samedi, 5 heures.

— Montre-moi les vingt sous, maman ?

Elle cherche une pièce quelque part dans son tablier ou dans son tiroir.

Ce n'est pas la même.

Je veux la même. On me répond que toutes les pièces de vingt sous se valent. J'ai entendu dire, moi, qu'il y en avait de fausses. Je suis très-inquiet pour mes vingt sous.

Il faut que je sois premier dans deux compositions de suite.

Il s'agit de thème grec, maintenant.

J'ai beaucoup négligé le grec depuis que ce n'est plus de l'Ésope qu'on traduit : *O muthos déloy oti*. Saint-Jean Chrysostome m'ennuie, mais m'ennuie... *Mathatotès, mathatotétôn, kai panta mathatotès*.

Le ciel qui a sans doute son but, m'envoie une chance à laquelle je m'accroche de mes ongles rongés ! J'ai l'habitude de les manger quand je travaille sérieusement ; les Seldjoucides sont cause que je ne pourrai pas saisir une épingle avant un mois.

La chance que le ciel m'envoie est celle-ci : la prochaine composition en thème grec roulera sur l'accentuation. Il y a quelques semaines seulement que l'accentuation est entrée en classe. L'accentuation sert à désigner des sons et à donner le *la* sur la tête des mots, comme une cloche sur un bateau.

Je n'ai qu'à me jeter à corps perdu dans les accents. Je m'y plonge, et j'y pense le jour, et j'en rêve la nuit. Les accents grouillent comme des vers et sautent comme des puces dans mes songes.

Mardi.

Je viens de livrer ma copie barbouillée de barytons et de périspomènes.

Je suis sur des charbons ardents, je ne vis pas ; j'ai entendu dire par hasard dans un groupe que la Bourse avait baissé, que la maison X... et C⁰ avait suspendu ses paiements. Ma mère peut-elle s'autoriser de ces précédents, ou même être réduite par ces événements de force majeure, et que la loi reconnaît, à se déclarer en faillite ? Suis-je à la veille d'une catastrophe ?

J'ai de sinistres pressentiments.

La peur de n'être pas dans les trois premiers est pour peu dans mon émotion ; je sens que je tiens la victoire. C'est plutôt la peur de remplir le programme, d'atteindre le but, de gagner le prix et de ne pas toucher le montant, qui me ronge et me fait claquer des dents la nuit. Je regarde ma mère de travers, d'un air soupçonneux, avec la défiance d'un détective. Quelque chose me dit : « Tu n'auras pas tes vingt sous ! »

Je ne saurais dire combien je suis ému le samedi soir, jour où on donne les places, quand je me dirige vers le collège. Je viens de quitter ma mère qui ne m'a pas parlé de nos conditions, qui a évité, — il m'a semblé, — de répondre, quand j'ai abordé ce sujet brûlant.

Le proviseur entre ; les élèves se lèvent. Le professeur lit :

— Thème grec.

Premier : Jacques Vingtras.

— Eh bien ? dit ma mère en arrivant.

— Je suis premier.

— Ah ! c'est bien. Tu vois quand tu travailles, comme tu peux avoir de bonnes places ! Demain je te ferai une bonne *pachade*.

La pachade est une espèce de pâte pétrie avec des pommes de terre, un mortier jaune, sans beurre, que ma mère m'a présenté comme un plat de luxe. Mais il n'est pas question de pachade. C'est une pièce de vingt sous que je veux. On n'en parle pas. La question est si grave, que je n'ose pas l'attaquer. Ma mère fait l'affairée pour la pachade et me montre un œuf tout crotté en me disant : « J'espère qu'il est gros ! »

Des farces, tout cela. Et mes vingt sous, les ai-je gagnés, oui ou non ? Est-ce qu'on me les a promis ? Il faut peut-être que je les lui demande. Pourquoi donc ? Est-ce qu'elle a oublié ?

Je vois bien à un peu de gêne, à cette coquetterie de l'œuf, à la contrainte du sourire, je vois bien qu'elle se souvient. Elle tient peut-être à garder son rang. C'est le fils qui doit rappeler à la mère ce qu'elle a promis.

— Maman, et mes vingt sous ?

Elle ne me répond pas de suite ; mais, venant à moi tout d'un coup, d'une voix qui n'est plus celle qu'elle avait, espiègle et charmante, en montrant le gros œuf crotté :

— Jacques, veux-tu faire crédit à ta mère ?...

Il y a dans l'accent toute la dignité d'une

vaincue qui accepte son sort d'avance, mais demande une grâce au vainqueur. Elle ne défend pas sa vie : la voilà ! — Les vingt sous sont sur la table, — mais elle prie qu'on lui laisse du temps.

Oui, ma mère, je vous fais crédit. Oh ! gardez, gardez ces vingt sous, soit qu'ils doivent servir à reparer une brèche, soit que vous vouliez les engager pour moi dans une entreprise où il y a de l'or à gagner, — et sans me rien dire, en ayant l'air plutôt de mendier un pardon, vous joignez mon capital au vôtre, vous m'intéressez dans les affaires, vous me faites l'associé de la maison ! Merci !

Et elle s'entend en affaires, ma mère ; Elle sait comment on fait rapporter à l'argent ; car elle m'a raconté, i'en souvent, qu'à quatre ans elle pouvait déjà gagner sa vie.

Elle a commencé par acheter un pigeon avec sept sous qu'on lui avait donnés, parce qu'elle avait gardé les oies. Elle a engraissé le pigeon et l'a revendu pour acheter un agneau qui sortait du ventre de la mère.

Elle a revendu cet agneau et s'est procuré un veau toujours du même âge.

Dès qu'il y avait dans une écurie, une étable, un chenil, quelque bête en travail, on voyait accourir ma mère qui attendait, curieuse des phénomènes de la nature, avec son argent tout prêt à déposer, écus sur bout, monnaie sous ventre.

Je n'ai pas sa force, moi ! J'aurais trois sous, je les entamerais et je ne penserais pas à acheter un lapereau à la mamelle pour acheter avec l'argent un veau au débarqué.

Je crus bien une fois que j'allais avoir quarante sous à refuser au remplaçant et à donner aux chevaux de bois. Il s'agissait encore d'être premier deux ou trois fois avant le bal du proviseur.

Je décrochai de nouveau la timbale.

J'avais bien fait mes conditions, cette fois. J'avais bien demandé : « *Elle sera pour moi; je la garderai.* » J'avais indiqué que je ne voulais pas joindre cette somme à celle que j'avais déjà dans les affaires. On met cinq francs dans une entreprise, on n'en met pas sept.

— *Je la gar de rai ?*

— *Tu la gar de ras.*

Ma mère ne manqua pas à sa promesse. On me remit les quarante sous ; je les serrai dans mon gousset ; mais quand je parlai d'aller sur les chevaux de bois, ma mère me rappela le contrat :

— Tu m'as dit que tu les garderais !

Et elle ajouta que, si je m'avisais de changer la pièce, j'aurais affaire à elle. Comme je protestais :

— Tu es devenu menteur maintenant ; il ne te manquait plus que ça, mon garçon !

Je ne pouvais pas le nier ; j'étais écrasé par moi-même. Je m'étais suicidé avec ma propre langue.

J'en fus réduit à traîner ces quarante sous comme une plaque d'aveugle.

Tous les soirs, ma mère demandait à les voir.

Un jour, je ne pus les lui montrer.

J'étais allé sur la place Marengo, et, devant un bazar à treize, *tout à treize !* j'avais été fasciné, devinez par quoi ? Oh ! l'amour du luxe me dévorait; j'avais la furie de la fantaisie, la passion de l'élastique me dévorait le cœur.

J'achetai une paire de bretelles à pattes. Elles étaient rose tendre !

A peine eus-je commis cette faute que j'en compris l'étendue. La pièce était entamée, j'avais treize sous de bretelles. Il ne restait que vingt-sept sous ! Qu'allait dire ma mère ? — Perdu pour perdu, je me dis qu'il fallait aller jusqu'au bout.

Jouir..., — après moi le déluge !

Je commençai par m'enfoncer dans une allée où je me deshabillai pour mettre mes bretelles. Après quelques tentatives inutiles, toujours dérangé et regardé de travers par des gens étonnés de me voir me glisser sur le pas de leurs portes, je crus plus prudent quoiqu'un peu moins noble, d'entrer dans un lieu retiré, le premier que je trouverais.

Il me restait vingt-sept sous, en sous, — jamais je n'avais eu une si grosse somme à ma disposition. Elle gonflait et crevait mes poches. — Patatras ! les sous roulent à terre, — même ailleurs !

Ce fut horrible.

Je n'ai retrouvé que un franc deux sous.

Je m'approche d'un des jeux qui sont installés place Marengo.

« Trois balles pour un sou ! On gagne un lapin. »

Je prends la carabine, j'épaule et je tire... Je tire les yeux fermés, comme un banquier se brûle la cervelle.

« Il a gagné le lapin ! »

C'est un bruit qui monte, la foule me regarde, on me prend pour un Suisse ; quelqu'un dit que dans ce pays-là, les enfants apprennent à tirer à trois ans et qu'à dix ans il y en a qui cassent des noisettes à vingt pas.

Il faut lui donner le lapin !

Le marchand n'avait pas l'air de se presser en effet, mais la foule approche, avance et va faire une gibelotte avec l'homme s'il ne me donne pas le lapin qui est là et qui broute.

Je l'ai, je le tiens par les oreilles et je l'emporte.

Il faut voir le monde qu'il y a. Le lapin fait des sauts terribles. Il va m'échapper tout à l'heure.

Comme dans toutes les luttes, chaque côté a ses partisans. Les uns tiennent pour le lapin, les autres pour le Suisse, — c'est moi, le Suisse, — et je sens toute la responsabilité qui pèse sur ma tête. Quelquefois le lapin fait un bond qui épouvante les miens, — je voudrais changer de main, le prendre par la queue de temps en temps. Je n'ose pas devant cette foule.

Je n'ai pas le courage de tourner la tête, mais je devine que les rangs se sont grossis. — On marche au pas, — et comme il s'élève toujours des foules une pensée grave, voilà qu'une voix entonne une chanson. C'est la *Marseillaise*.

Je suis toujours en tête, à quelque pas de la colonne, seul comme un prophète ou un chef de bande.

On se demande sur la route ce que nous voulons, si c'est une idée religieuse ou une pensée sociale qui me pousse.

Si elle est pratique, on verra ; — mais que je laisse là le lapin! — Est-ce un drapeau ? Il faut le dire, alors — ou le planter sur une barricade — ou le faire cuire.

Mes doigts sont crispés, les oreilles vont me rester dans la main, — J'ai une idée ; si je lui liais les pattes avec mes bretelles ! je glisse la main libre sous mon gilet.

Les boucles filent. — Elles filent trop. Que faut-il retenir mon pantalon ou mon drapeau ?

Dans le trouble, le lapin s'échappe, mais il tombe en aveugle dans ma culotte, — une culotte de mon père, mal retapée, large du fond, étroite des jambes. — Il y reste.

On s'inquiète, on demande.

Les foules n'aiment pas qu'on se joue d'elles. On n'escamote pas ainsi son drapeau !

— Où est le lapin ?

— *Le La-pin ! Le La-pin !* sur l'air des *Lampions*.

Des gens se mettent aux fenêtres; les curieux arrivent.

Le lapin est toujours entre chair et étoffe, je le sens.

Oh ! si je pouvais fuir ! Je vais essayer. Un passage est là — je l'enfile. On me cherche mais je connais les coins.

Où aller ? Je tombe sur M. Laurier, l'économe. Je lui ai fait des commissions, porté des lettres à une dame. J'ai son secret, je suis prêt au chantage. — Il faut qu'il me sauve ! Je lui dis tout.

— Tiens, voilà tes quarante sous. Je vais te reconduire et dire que c'est moi qui t'ai gardé.

Ma mère croit à notre mensonge.

— Bien, bien, monsieur Laurier, — du moment qu'il était avec vous... Savez-vous ce qu'il y a dans les rues, ce soir ? On dit que les mineurs ont voulu se révolter et ont mis le feu à un couvent.

Le lendemain.

— Mange donc, Jacques, mange ! Tu n'aimes donc plus le lapin maintenant ? Elle a acheté un lapin ce matin à bas prix, parce qu'il est un peu écrasé, et qu'on lui a trouvé des bouts de chemise dans les dents.

Où est la peau ?...

Je vais à la cuisine.

C'est lui !....

XIV

VOYAGE AU PAYS.

Jacques ira passer ses vacances au pays.

C'est ma mère qui m'annonce cette nouvelle.

— Tu vois, on te pardonne tes farces de cette année, nous t'envoyons chez ton oncle ; tu monteras à cheval, tu pêcheras des truites, tu mangeras du saucisson de campagne. Voilà trois francs pour tes frais de voyage.

La vérité est que mon oncle le curé qui va sur soixante-dix, a parlé de me faire son héritier et il demande à m'avoir près de lui pendant les vacances.

Le vieux prêtre, qui économise, a pour notaire un bonhomme qui en a touché deux mots à mon père dans une lettre qu'on a oubliée sur la table et que j'ai lue. Je suis au courant. On me laisserait une somme de... payable à ma majorité : c'est l'idée du testament.

J'ai mon paletot sur le bras, une casquette sans visière et une gourde.

« Il a l'air d'un Anglais. »

Ce mot me remplit d'orgueil.

Mon père (il me gâte!) m'emmène au café pour lamper le coup de l'étrier.

— Allons, bois cela, ça te fera du bien.

J'avale l'eau-de-vie tout d'un trait, ce qui me fait éternuer pendant cinq minutes et me mouille les yeux, comme si j'avais pleuré toute la nuit. La langue me cuit à vouloir la tremper dans le ruisseau.

— Sois aimable avec ton oncle !

C'est la dernière recommandation de mon père.

— Aie bien soin de ta veste neuve.

C'est le cri suprême de ma mère.

En route, fouette cocher.

Les adieux ont été simples. Il faut que j'arrive au plus vite chez le grand oncle.

On n'a pas fait du sentiment.

Et je n'attendais, moi, que le moment où les chevaux fileraient.

J'ai passé une nuit à savourer ma joie. J'ai
bu, dormi, rêvé, j'ai pris des sirops au buffet, j'ai soulevé les vasistas, je suis descendu
aux *côtes*, *j'ai fait l'homme*.

A six heures du matin, je me suis trouvé en
plein Puy, devant le café des Messageries.

Je laisse mon bagage au bureau et je grimpe vers notre ancienne maison, où Mlle Balandreau doit m'attendre. On lui a écrit que
j'arriverais sans fixer le jour.

Je frappe.

Ah ! ce n'est pas long ! La bonne vieille
fille m'arrive ébouriffée et émue ! et m'embrasse, m'embrasse — comme jamais ne m'a
embrassé ma mère.

Elle s'occupe de me débarrasser, et elle a
peur que je sois las, et que j'aie eu froid....

Je viens d'arriver.

— Tu dois être fatigué. Ote-moi ce paletot-
là. Ce n'est pas possible, ce n'est pas toi !
— Comme tu es grand ! — Toute la nuit en
voiture, pauvre petit, — tu dois avoir sommeil. As-tu dormi ?

— Pas fermé l'œil.

Je mens comme un arracheur de dents,
mais cela la flattera que son favori n'ait
pas fermé l'œil et paraisse si frais, si fort...
C'est un grand garçon qui peut passer les
nuits.

— Veux-tu te coucher ? — Tiens couche
toi. — Tu ne veux pas ? — Tu vas prendre
une tasse de café au moins? — Tu sais, comme je t'en donnais en cachette de ta mère
avec du lait. Tu l'écrémais toujours, — tu
disais « donne-moi *la peau*. »

Comme elle m'aime !

Nous faisons le café ensemble! Elle a l'air
d'une sorcière, et moi d'un diablotin ; elle,
avec ses coques en l'air, tournant le moulin;
moi, dans les cendres, soufflant le feu...

Comme toutes les vieilles filles — qui ont
une gourmandise — elle aime son café au
lait à l'adoration, — et il est bon, ma foi! J'en
ai les lèvres toutes grasses, et les joues toutes chaudes. C'est le même bol que celui où
je trempais autrefois mon museau, en buvant
des gorgées doubles parce que ma mère pouvait arriver et que ma mère ne voulait pas
qu'on me gâtât en dehors d'elle ; — puis le
café au lait, c'est mauvais pour les enfants
« ça donne des glaires. »

— Mais venez donc le voir !

Elle est allée chercher les voisins, elle a
ramené les commères. Il y a une petite
demoiselle dans un coin.

— Tu ne reconnais pas Mlle Perrinet ?

Quoi, cette petite fille qui avait toujours
un pantalon de velours, ses cheveux défaits,
avec qui je me battais, qui m'égratignait ; je
crois que j'en ai encore la marque ; elle était
méchante comme la gale ; c'est elle qui est

là avec une belle natte retenue, par un peigne d'écaille, un nœud bleu au corsage, une
petite fraise droite qui entoure son cou doré,
une fumée brune sur les joues et la lèvre ?

— Embrassez-vous donc !

Je n'ose pas, elle attend. On me pousse
elle avance. Pas trop !

Je suis rouge, elle l'est bien un peu aussi !
Nous avions joué au petit mari et à la petite
femme, dans le temps ; nous avions fait la
dinette ensemble, et la grande égratignure,
celle qui me reste comme un bout de fil blanc,
avait été faite, je crois, à la suite d'une scène
de jalousie.

Je m'en souviens, elle ne l'a peut être pas
oublié.

— Ma malle est aux messageries.

Je dis cela avec un revenez-y de vanité ;
il est entendu que j'irai avec un petit voisin
la chercher.

— C'est bien lourd pour toi, dit mademoiselle Balandreau.

Lourd ? — Il y a mon trousseau, quelques
chemises, ma veste neuve, un paquet pour
la tante Rosalie, un paquet pour le vieil oncle et une pierre pour un monsieur.

Ce monsieur est un personnage qui fait
une collection de cailloux et a cherché partout un *rognon*.

J'ai entendu parler de ce rognon pendant six mois, toujours avec le même étonnement ; à la fin on a trouvé une chose couleur de fer, que mon père a empaquetée avec
soin et que je dois porter au collectionneur ;
il est parent de je ne sais plus qui dans la
haute Université, et la fortune profession-
nelle de mon père peut s'accrocher à ce rognon.

Ce mot de rognon me gêne tout de même,
et quand une dame qui se trouve là au moment où je débouclе ma malle, demande ce
que c'est que ce caillou bleu, je ne lui dis
pas comment on l'appelle.

J'emporte vite cette pierre chez le destinataire qui la tourne, retourne et la regarde
comme on mire un œuf. Il me ramène et
me met cinq francs dans la main en me
reconduisant à la porte.

— C'est pour toi, fait-il.

— Pas pour mes parents ? ai-je dit tout
bouleversé.

— Pour toi, pour t'amuser en vacances.

Je viens de faire le tour de la ville, j'ai
longé la rivière, j'ai cherché des endroits dé-
serts, j'avais besoin d'être seul.

A la tête d'une fortune ! — Si jeune, à mon
âge, sans que j'aie besoin d'en rendre compte
à mes parents, avec le droit d'en disposer
comme je l'entendrai, de faire des folies ou
d'économiser, de mettre cet argent dans un
pot ou de le jeter par les fenêtres !

Il y a peut-être un crime là-dessous. — Ce rognon !

Non. M. Buzon le destinataire est un honnête homme, il a une bonne figure, — même l'air un peu bête ; — j'ai entendu dire que les criminels n'ont jamais l'air bête. M. Buzon a une situation à l'abri du soupçon.

Cependant ! — Je ne sais pas, moi, si je dois garder l'argent de ce monsieur !...

Oh ! j'ai eu tort. Je suis un petit mendiant, un pauvre !

— Dis, mademoiselle Balandreau, tu le lui rapporteras, je t'en prie ! tu diras que je l'ai pris sans savoir...

Et je n'ai pas de cesse que je ne l'aie entraînée par sa robe jusque devant la porte du monsieur « au rognon. »

Je suis caché dans un coin et je regarde si elle entre.

Quand elle sort, elle me dit : « C'est fait », et elle m'embrasse en se frottant le nez plusieurs fois.

— Mais tu pleures !

— Cher petit ! fait-elle en ne cachant plus ses larmes, et en s'essuyant les yeux, cette fois. Il ne voulait pas reprendre la pièce. Je lui ai dit qu'il le fallait. Je pleure. Est-ce que je pleure ?... C'est de voir que tu as fait cela, toi, tout petit ! Déjà si fier...

Elle s'éponge encore le nez et les cils.

Moi, j'ai envie de jeter des pierres dans les carreaux en m'en allant ; un peu plus je lui en casserais pour ses cinq francs.

A cheval !

Mon oncle m'attend demain. Quelques-uns de ses paroissiens venus pour la foire doivent repartir en bande ; ils m'emmèneront. L'un d'eux a justement acheté un cheval. Je le monterai et nous irons en caravane à Chaudeyrol.

Le rendez-vous est chez Marcelin.

Marcelin tient une auberge dans une rue du faubourg. Il a la réputation à dix lieues à la ronde pour le vin blanc et les grillades de cochon.

Il y a quand on entre une odeur chaude de fumier et de bêtes en sueur, qui avance, comme une buée, de l'écurie. Dans la salle où l'on boit, on sent le piquant du vinaigre cuit, versé sur la grillade, et qui mord les feuilles de persil.

Il y a aussi les émanations fortes du fromage bleu.

C'est vigoureux à respirer, et c'est plein de montant, plein de bruit, plein de vie.

On dit des bêtises en patois, et l'on se verse le vin à rasades.

Je joue avec une paire de vieux éperons qui rôdent sur la table, et je soupèse de gros bâtons cravatés de cuir : quelques-uns ont une histoire qu'on raconte. — Il y a après le bout de la peau d'huissier.

— Anyal... Il faut partir.

Le bruit que font les étriers en se cognant au moment où l'on apporte les selles, le clic-clac des courroies, le rongement du mors, j'ai encore cela dans l'oreille, avec le nom de Baptiste, le garçon d'écurie.

Je suis trop petit : on me plante et on raccourcit les étriers.

— Encore, encore, j'ai les jambes si courtes. M'y voilà ! on me met rênes en mains.

— Tu feras comme ceci, comme cela. As-tu monté quelquefois ?

— Non.

— Ça ne fait rien. As pas peur !

Tout le monde est à cheval. Nous sommes cinq en me comptant. On s'occupe à peine de moi. On me trouve assez grand, on me croit assez au courant, pour me laisser seul. J'en suis si fier !

Chaudeyrol.

Je suis arrivé bien moulu et bien écorché, mon cheval avait le trot d'un dur !

Les premiers moments ont été bien tristes.

Le cimetière est près de l'église, et il n'y a pas d'enfants pour jouer avec moi ; il souffle un vent dur qui rase la terre avec colère, parce qu'il ne trouve pas à se loger dans le feuillage des grands arbres. Il n'y a que des sapins maigres, longs comme des mâts, et a montagne apparaît là-bas, nue, pelée comme le dos décharné d'un éléphant.

C'est vide, vide, avec seulement des bœufs couchés, ou des chevaux plantés debout dans les prairies !

Il y a des chemins aux pierres grises comme des coquilles de pèlerins, et des rivières qui ont les bords rougeâtres ; l'herbe est sombre.

Mais peu à peu, cet air cru des montagnes fouette mon sang et me fait passer des frissons sur la peau.

J'ouvre la bouche toute grande pour le boire, j'écarte ma chemise pour qu'il me batte la poitrine.

Est-ce drôle ? Je me sens, quand il m'a baigné, le regard si pur et la tête si claire !...

C'est que je sors du pays du charbon avec ses usines aux pieds sales, ses fourneaux au dos triste, les rouleaux de fumée, la crasse des mines, un horizon à couper au couteau, à nettoyer à coups de balai...

Ici le ciel est clair, et s'il monte un peu de fumée, c'est une gaieté dans l'espace, — elle monte, comme un encens, du feu de bois mort allumé là-bas par un berger, ou du feu de sarment frais sur lequel un petit vacher souffle dans cette hutte, près de ce bouquet de sapins...

Il y a le vivier, où toute l'eau de la montagne court en moussant, et si froide qu'elle brûle les doigts. Quelques poissons s'y jouent. On a fait un petit grillage pour empêcher qu'ils ne passent. Et je dépense des quarts d'heure à voir bouillonner cette eau, à l'écouter venir, à la regarder s'en aller en s'écartant comme une jupe blanche sur les pierres !

La rivière est pleine de truites. J'y suis entré une fois jusqu'aux cuisses; j'ai cru que j'avais les jambes coupées avec une scie de glace. Cette sensation m'a plu et j'y suis retourné, c'est ma joie maintenant d'éprouver ce premier frisson. Puis j'enfonce mes mains dans tous les trous, et je les fouille. Les truites glissent entre mes doigts; mais le père Regis est là, qui sait les prendre et les jette sur l'herbe, où elles ont l'air de lames d'argent avec des piqûres d'or et de petites taches de sang.

Mon oncle a une vache dans son écurie; c'est moi qui coupe son herbe à coups de faulx. Comme elle siffle dans le gras du pré, cette faulx, quand j'en ai aiguisé le fil contre la pierre bleue trempée dans l'eau fraîche !

Quelquefois je sabre un nid ou un nœud de couleuvres.

Je porte moi-même le fourrage à la bête, et elle me salue de la tête quand elle entend mon pas. C'est moi qui vais la conduire dans le pâturage et qui la ramène le soir. Les bonnes gens du pays me saluent comme un personnage, et les petits bergers m'aiment comme un camarade.

Je suis heureux !

Si je restais, si je me faisais paysan !

J'en parle courageusement à mon oncle, un soir qu'il avait fait servir le dîner sous le manteau de la cheminée, et qu'il avait bu de son vin pelure d'oignon.

— Plus tard, quand je serai mort. Tu pourras acheter un domaine, mais tu ne voudrais pas être valet de ferme ?

Je n'en sais trop rien.

Quand il pleut et qu'il n'y a pas moyen de pêcher ni d'aller chercher des groseilles sauvages là-bas, au pied de la montagne, entre les pierres galeuses,—ou bien quand le soleil brûle comme une plaque de tôle bleue au feu et grille le pays sans ombre,— ces jours-là je m'enferme dans la bibliothèque de mon oncle et je lis, je lis. Il y a la biographie des hommes illustres de l'abbé de Feletz. Je cours aux passages qui parlent de Napoléon, et je fais tout éveillé des rêves pleins de Sainte-Hélène. Je regarde par la fenêtre la campagne déserte, l'horizon vide, et je cherche Hudson Lowe. Si je le tenais !

Mon oncle attend les curés du voisinage pour la *conférence*.

Ils viennent. Je les entends à table qui disent du mal du vicaire de Saint-Partier, du curé de Solignac; ils ne paraissent pas plus penser au bon Dieu qu'à l'an quarante !

Mon oncle se mêle peu aux conversations. Son âge l'en dispense; il se fait même plus vieux qu'il n'est, contrefait le sourd et un peu l'aveugle; mais le vin a délié la langue des autres. Un gros qui a l'air ivrogne fait sauter les boutons de sa robe crasseuse tachée de vin, et dérange son rabat jaune de café. Un maigre, à tête de serpent, ne boit que de l'eau, mais il jette de côté et d'autre des regards qui me font peur. J'ai vu au théâtre de Saint-Étienne, une fois, le traître qui servait du poison dans les verres; il a cet air-là.

Les autres mangent, boivent comme des goinfres, et quand ils ont une prière à dire, ils ont encore la bouche pleine.

Ils ont l'air de garçons de charrue en soutane; on voit leur culotte sous leur robe seule, *tandis que la tête de serpent* a des souliers à boucles et des bas noirs.

Le crasseux, le gros, se tourne de mon côté.

— C'est votre neveu, monsieur le curé ? Il a bon appétit au moins, ce gaillard-là; est-il rablé !

Et il me passe la main sur le dos, ce qui me dégoûte et me gêne.

— Et Maclou le protestant, qu'est-ce que vous en faites ? dit une voix.

— Il est maintenant au lac de Saint-Front.

— Avec le tas ! C'est là qu'ils ont fait leur nid.

— Nid de vipères, siffle la *tête de serpent*.

Il y a donc des protestants ! J'ai lu ce qu'on en dit dans la bibliothèque de Chaudeyrol, et les protestants qu'on a brûlés, qu'on envoie en enfer me semblent une race de damnés.

Je veux en voir.

Je vais, un jour, jusqu'au lac Saint-Front, tout seul. C'est un grand voyage. Je pense tout le long du chemin à la Saint-Barthélemy, et je vois des croix rouges sur le ciel bleu.

Voilà le lac avec une ou deux barques dans les roseaux, des cabanes perdues dans des champs tout autour.

On m'a dit d'aller vers la hutte à gauche, chez Jean Robanès ; je n'ai qu'à dire que je suis le neveu du curé, on m'offrira du lait et on me montrera les protestants.

On m'accueille bien ; — et quant aux protestants, me dit l'homme, il y en a un qui est justement là bas, debout dans le sillon.

Il a l'air dur et triste, — maigre, jaune, le menton pointu, — et raide comme une épée.

Est-ce que les gendarmes ne le surveillent pas ? lui parle-t-on ? A-t-il un boulet ? Il appartient à l'enfer, il faut le tuer. Je me rappelle bien que l'on tue tous les impies dans la Bible, et les livres de la bibliothèque les appellent des scélérats ! J'en touche un mot à mon oncle, le soir ; il me répond mal, et je commence à croire qu'il en est des protestants infâmes comme des bêtes qui parlent.

Il faut partir.

Mon oncle a un voyage à faire, et je dois d'ailleurs bientôt rentrer à Saint-Étienne pour le collège.

Nous partons par le chemin que j'ai pris pour venir, mais j'ai cette fois un cheval doux, on m'a caleçonné, ouaté, et je me suis sulfé d'avance. D'ailleurs, j'ai monté à cheval huit ou dix fois depuis que je suis là, je suis aguerri, et je trouve une joie bien vive à me retourner sur la selle pour dire adieu au paysage. Je donne un coup de talon pour avoir un temps de galop, je flatte la bête comme un vieil ami ..

Mon oncle me quitte à la Croix de la Mission. Il me parle avec bonté.

— Travaille bien, dit-il.

— Vous écrirez à papa de me faire revenir l'année prochaine.

— Ton père ! ce n'est pas ton père qui t'empêchera, mais peut-être la mère ; je ne suis pas bien avec ta mère, vois-tu !

— Je le sais.

Dans les premiers jours de mon arrivée j'ai entendu la servante parler dans la chambre.

— C'est le fils de Mme Vingtras ?

— Oui.

— A celle qui disait tant de mal de vous.

— C'est fini maintenant, je lui ai pardonné, — et j'aime cet enfant.

Il n'était pas beau, mon oncle, il avait les yeux petits, le nez gros, des poils un peu partout, mais il était bon.

Je savais qu'il sentait que j'étais malheureux chez nous et qu'en le quittant je perdais de la liberté et du bonheur. Il était aussi triste que moi.

—Adieu, me dit-il, en m'embrassant et en me donnant une poignée de main qui me fit encore plus de plaisir que son embrassade.

Tu trouveras quelque chose au fond de ta valise, n'en dis rien à ta mère.

Il me donna encore une poignée de main, fit un mouvement de tête et partit.

Oh ! s'il eût été mon père, cet oncle au bon cœur !

Mais les prêtres ne peuvent être les pères de personne, il paraît : pourquoi donc ?

J'avais envoyé une lettre à Mlle Balandreau lui annonçant mon arrivée, une lettre qu'elle a montrée à tout le monde.

— Comme il écrit bien, voyez ces majuscules !

Elle m'a préparé un lit dans un petit cabinet qui est à côté de sa chambre. C'est grand comme une carafe, mais j'ai le droit de fermer ma porte, de jeter ma casquette sur mon lit et de planter mon paletot en disant ouf ! Je fais des gestes de célibataire, je range des papiers, je fredonne.

Qu'y a-t-il donc dans ma valise, dont m'a parlé mon oncle ?

Dix francs !

Je puis les accepter de lui...

Me voilà riche tout d'un coup.

Le temps est superbe, et je descends dès neuf heures en ville, libre, et craquant du bonheur d'être libre, je me sens gai, je me sens fort, je marche en battant la terre de mes talons et en avalant des yeux tout ce qui passe : la nue dans le ciel, le soldat dans la rue ; je rôde à travers le marché, je longe la mairie, je vais au Breuil flâner, les mains derrière le dos, en chassant quelque caillou du bout de mon soulier, comme le receveur particulier qui marche devant moi et que j'imite un peu.

Il n'y a pas de devoirs, pas de pensums, ni père ni mère, personne, rien !

Il y a le tambour de ville qui s'arrête au coin du carrefour et amasse les gens, il y a les officiers à épaulettes d'or que je frôle ; j'ai le droit d'aller à tous les rassemblements, d'écouter et de voir si quelqu'un fait une farce.

Je me fais cirer mes souliers tous les matins par Moustache. Ah ! mais !

Il m'a fallu seulement un mois de vacances avec la vache à conduire, les courses dans les champs, les promenades seul, pour m'ouvrir les idées et le cœur !

Nous allons le soir au café ; on est trois ou quatre anciens camarades ; on joue sa demitasse, son petit verre et l'on fait brûler son eau-de-vie ! Cette fumée, cette odeur d'alcool, le bruit des billes, le saut des bouchons, les gros rires, tout cela double mes sens et il me semble qu'il m'est poussé des moustaches et que je soulèverais le billard !

On va en sortant au Fer-à-Cheval faire un tour — comme des rentiers ! On s'arrête en rond aux moments intéressants, je marche quelquefois à reculons devant la bande pour tout entendre et tout voir.

Puis l'âge reprend le dessus.

« C'est toi qui l'es ! Sauterais-tu ce banc à pieds joints ? Lèverais-tu cette pierre à bras tendu ? Je parie que je renverse Michelon. »

Je ne sais si je suis le plus fort, mais on le croit, tant j'y mets de volonté ! J'ai cru que mes veines en craqueraient. J'aurais préféré vomir le sang par la bouche que lâcher la pierre ou demander grâce à Michelon.

Je suis *mon maître*; je fais ce que je veux et même je suis un peu le chef, celui qu'on écoute et qui a dit l'autre jour, quand un voyou nous a jeté une pierre : « Ne bougez pas vous autres. » — J'ai attrapé le voyou et je l'ai ramené en le tenant par la ceinture, et en le calottant jusque devant la bande. — « Demande pardon ! » Il était plus grand que moi.

Nous avons fait une partie de bateau ; personne ne sait ramer, et nous avons failli nous noyer dix fois. Ah ! nous nous sommes bien amusés !

On m'avait voulu nommer capitaine.

— Des blagues ! nommez Michelon ; moi, je me couche.

Et je me suis étendu dans le bateau, regardant le soleil qui me faisait cligner les yeux, et trempant mes mains dans l'eau bleue.

Un oncle de je ne sais quelle branche court après moi dans le Marlouret et ne prend que le temps d'aller avertir Mlle Balandreau qu'il m'emmène dans sa carriole voir sa famille ; il me renverra après-demain.

— Filons, mon neveu. Hue ! la Grise.

C'est moi qui tiens les rênes en passant dans le faubourg. Je donne de temps en temps un coup de fouet inutile et j'ai l'air de jurer en frappant avec le manche : Ah ! carcan !

Nous nous arrêtons au Cheval-Blanc pour le picotin à la Grise. Je saute de la carriole comme un clown et je donne un clic-clac en l'air comme un maquignon.

L'oncle de je ne sais quelle branche est fier comme tout.

— C'est mon neveu ! dit-il à tout le monde dans l'hôtel.

Nous dînons les coudes sur la table, il me raconte (tout en mangeant des œufs au vin puis des œufs au lard, pour finir par une salade aux œufs durs) il me raconte l'histoire de sa branche. Il a épousé ci, ça, il est issu de germain, etc.

— Tu verras tes cousines, elles sont jolies.

Oui, elles le sont, et comme elles ont l'air déluré, mâtin !

C'est moi qui suis *la fille*, je redeviens gauche, je me sens bête. Elles parlent très-bien français pour des paysannes. Elles ont été à l'école au bourg voisin.

— Un verre de vin ! me disent-elles.

— Oui, un verre de vin.

Je n'en bois que pour trinquer dans les cabarets ou dans les auberges, parce que c'est gai les verres qui se choquent, comme je ne bois de cognac que pour faire des brûlots : c'est joli, les flammes bleues. Mais, ma foi, je me trouve dépassé tout d'un coup par ces cousines à l'air hardi, à la voix tintante, et je vais boire — boire du bleu et du courage.

— A votre santé ! font-elles après avoir versé une goutte, une toute petite goutte au fond de leurs verres.

Elles ont rempli le mien jusqu'au bord.

Je crois que je suis un peu gris. — Gare à vous ! cousines.

C'est qu'en effet j'ai un toupet du diable, une audace d'enfer !

Elles ont voulu me faire voir le verger. Va pour le verger ! et j'y entre en sautant par-dessus la barrière à pieds joints.

Voilà comme je suis, moi !

Mes cousines me regardent ébahies, je ris en revenant à elles pour leur tendre la main et les aider à enjamber. Une, deux voyons !

Elles poussent de petits cris et me retombent dans les bras en mettant pied à terre ; elles s'appuient et s'accrochent et nous allons dégringoler ! Nous dégringolons, ma foi, on perd tous l'équilibre, et nous tombons sur le gazon.

Comme il fait beau ! un soleil d'or ! De belles gouttes de sueur me tombent des tempes et elles ont aussi des perles qui roulent sur leurs joues roses. Le bourdonnement des abeilles qui ronflent autour des ruches, derrière ces groseilliers, fait une musique monotone dans l'air...

— Qu'est-ce que vous faites donc là-bas, crie une voix du seuil de la maison ?

Ce que nous faisons ?... Nous sommes heureux, heureux comme je ne l'ai jamais été, comme je ne le serai jamais ! J'enfonce jusqu'aux chevilles dans les fleurs et je viens d'embrasser des joues qui sentaient la fraise.

Il faut rentrer, on nous appelle ! Nous revenons comme des gens sages, et ces demoiselles m'ont pris chacune par un bras, elles s'appuient un peu en croisant les mains et me secouant le coude, chaque fois qu'elles veulent m'apprendre quelque chose, ou me demander si je le sais.

On me gronde déjà, remarquez ! On prétend que je ne réponds pas ou que je réponds mal. « On ne me dira plus rien si je
me moque comme ça... Voulez-vous bien ! »

On me donne des tapes, on me fait des reproches.

C'est que j'ai adopté un système pour être
à l'aise : je les embrasse quand elles me po-
sent une question que je trouve trop difficile.

Ah ! que j'ai bien fait de boire du vin !

C'est qu'elles veulent me rouler, les mâ-
tines !

— Vous savez la géographie ?

— Pas trop.

— Vous savez bien quel est le chef-lieu
de ..

Je l'ignore absolument et, pour m'en tirer, j'embrasse, j'embrasse ; j'en perds mon
assurance, malgré le verre de vin, et si elles
ne faisaient pas des petites mines pour se
cacher, elles me verraient rougir comme une
pivoine.

Nous arrivons à table. Il est midi. Les
sabots des garçons de ferme battent l'heure
du dîner dans la cour, et tout le monde
rentre, même les poules, qui viennent attendre leur grain et se pressent contre la porte.
Un poussin estropié se dépêche en tirant la
patte ; les abords de la maison sont vides,
je vois dans les champs s'arrêter les charrues
et les laboureurs s'asseoir pour manger la
soupe que vient d'apporter la servante dans
son tablier vert.

C'est le grand calme de midi et son grand
silence.

A notre place (on a servi le dîner à part
pour le neveu), il y a une nappe blanche,
des fruits dressés dans des soucoupes et une
branche d'églantier, qui est là toute frissonnante dans l'eau, fraîche comme un pa-
nache vert, avec des grelots rouges.

Il vient je ne sais quelle odeur de sureau.
—Ah ! j'ai le cœur qui s'en va, tant cette
odeur est douce !

Après le dîner.

— Si nous allions faire un tour en carriole avec notre cousin ?

— La Grise est trop fatiguée, dit le père.

— C'est vrai. Où irons-nous alors ?

J'offre d'aller du côté des sureaux, et nous
voilà au bout d'un moment occupés à vider
la moelle de ces sureaux et à faire des sif-
flets luisants comme des cuivres ; la cousine
Marguerite se coupe le doigt et laisse tomber
de grosses gouttes de sang sur le blanc des
feuilles.

On arrache une herbe pour la panser, et
l'on va loin des vilains arbres qui sentent si
bon , mais qui sont cause qu'on s'est coupé.

On va vers la mare où les canards barbot-
tent, on va dans la grange où les *fléaux*
s'arrêtent quand les demoiselles et le cousin entrent ! Puis ils repartent décrivant
un grand cercle, et battent en mesure les
gerbes sur le plancher sonore. J'en attrape
un pour essayer ; je sens tourner le battant
qui part comme une fronde, et qui revient
comme un marteau, qui prend de l'air et fait
du vent... S'il touchait une tête, il la casse-
rait comme du verre.

Au fond du clos il y a un trou plein d'eau
et de branches mortes, avec des petites grenouilles vertes qui luisent au soleil ; je fais
une ligne avec un bâton que je ramasse à
terre, un bout de ficelle que je trouve dans
mes poches, et une épingle que fournit Marguerite. Sa sœur donne un morceau de ruban
écarlate, et la pêche commence.

Quels cris quand la première rainette mord !
Mais il faut l'arracher à l'hameçon, personne
n'ose, la grenouille s'échappe et les jeunes
filles s'enfuient.

Je les suis ! Nous passons une journée délicieuse à battre les champs, à entrer jusqu'au genou dans la rivière ! Je cours après
elles en sautant sur les pierres, que polit le
courant.

A un moment le pied me glisse et je
tombe en plein dans l'eau.

Je sors ruisselant, et je m'en vais le
pantalon tout collé et pesant, m'étendre au
soleil ; je fume comme une soupe !

— Si nous le tordions, dit une cousine, en
faisant un geste de lessive.

Elles vont de leur côté derrière une pierre
qui les cache mal, ôter leurs bas ; elles ont
les jambes trempées quoi qu'elles en disent...

Enfin nous voilà séchés, et nous repartons
tout joyeux.

Nous avons les yeux clairs, la peau brillante et nous prenons des chemins bordés
de mûres, et pleins de petites prunes violettes qui sont aigres comme du vinaigre, et
que nous mangeons à poignées,— j'avale les
noyaux pour faire l'homme.

On se fâche, on se perd ! mais on se retrouve toujours bras dessus, bras dessous,
raccommodés et curieux, moi racontant ce
que je fais à Saint-Etienne, les farces de collége, les *Pilules du Diable*, les histoires de
lutteurs ; elles disant des gaietés de pension,
ceci, cela, et finissant par crier :

— Laquelle aimez-vous le mieux de nous
deux ?

— Laquelle aimes-tu mieux ? dit carrément Marguerite qui jette le *vous* par-dessus
les moulins et se plante devant moi.

Ne sachant que répondre, je les embrasse
toutes deux.

On me fouette la figure avec une fleur et on s'écarte pour me bombarder de petites prunes vertes.

Le soir nous trouve un peu las, et nous causons sur la pierre usée devant la maison, comme des petits vieux à la porte d'une auberge.

Ah ! c'est Marguerite que je préfère décidément ; elle me prend la main toujours à la fin de ses phrases, elle me dit, ébouriffant ma crinière de ses doigts :

— Rejette donc tes cheveux en arrière, tu n'es pas beau comme ça !

On me conduit à ma chambre, qui est près du grenier, — le grenier où l'on a, l'hiver dernier, pendu des raisins, entassé les pommes, avec des bouquets de fenouil et des touffes sèches de lavande. Il en est resté une odeur et je laisse la porte ouverte pour qu'elle entre *chez moi*, — encore un *chez moi* d'un soir !

Je me mets à la fenêtre et regarde au loin s'éteindre les hameaux. Un rossignol frou-froute dans un tas de fagots et se met à chanter. Il y a le coucou qui fait hou-hou ! dans les arbres du grand bois, et les grenouillent jacassent comme des écoliers.

J'écoute et finis par ne rien entendre.

Le coq me réveille en sursaut, je me suis endormi le front dans mes mains, et je me déshabille avec un frisson pour dormir d'un sommeil sans rêve, étourdi de parfums, écrasé de bonheur.

Deux jours comme cela, avec des disputes et des raccommodailles près des buissons, dans les fleurs, dans le foin ; le grand jeu du fléau, le chant doux des rivières et l'odeur du sureau !

Il faut partir !

— Tu m'écriras, dit Marguerite, me disant adieu. Tiens, tu garderas ce petit bouquet comme souvenir. Bonsoir, Jacques.

Elle me donne son front à embrasser, rien que son front. Ces deux jours-ci elle se laissait embrasser sur les lèvres ; elle a l'air toute sérieuse, et je la vois de loin debout qui agite son mouchoir, comme font les châtelaines dans les livres, quand leur fiancé s'en va ; je tâte le bouquet qu'elle a fourré dans ma poitrine et je me pique le doigt à ses épines. J'ai sucé ce doigt-là.

Nous le retrouverons ce bouquet, avec des larmes dans les fleurs sèches...

XV

PROJETS D'ÉVASION

J'entre en quatrième, Professeur Turfin.

Il a été reçu le second à l'agrégation ; il est le neveu d'un chef de division, il porte de grands faux-cols, des redingotes longues, il a la lèvre d'en bas grosse et humide, des yeux bleu de faïence, des cheveux longs et plats.

Il a du mépris pour les pions, du mépris pour les pauvres, maltraite les boursiers, et se moque des mal vêtus.

Il fait rire les autres à mes dépens ; je crois qu'il veut faire rire de ma mère aussi.

Je le hais......

On m'accorde des faveurs en ma qualité de fils de professeur.

Externe, je suis puni comme un interne. Toujours en retenue. Je ne rentre presque jamais à la maison. On m'apporte du réfectoire un morceau de pain sec.

— De cette façon, on lui donne à déjeuner pour rien ; je sauve encore une ratatouille à la mère Vingtras.

C'est Turfin qui parle ainsi à quelque collègue qui sourit ; il le dit assez loin de moi à demi-voix, mais il veut, je crois, que je l'entende.

Je me contente d'enfoncer mes mains dans mes poches, et j'ai l'air de rire ! Je pleure. Que de sanglots j'ai étouffés pendant qu'on ne me voyait pas !

Je ne suis plus qu'une bête à pensums !

Des lignes, des lignes ! — des arrêts et des retenues, du cachot !

Je préfère le cachot à la retenue.

Je suis libre entre mes quatre murs, je siffle, je fais des boulettes, je dessine des bonshommes, je joue aux billes tout seul.

Avec des morceaux de bois et des bouts de ficelle je monte des potences auxquelles je pends Turfin, je me remets à la besogne vers le soir et je fais mon pensum.

On me renvoie vers neuf heures à la maison.

Le cachot ne m'épouvante pas ; il y a plus j'éprouve un petit orgueil à revenir le soir par les cours désertes, en rencontrant au passage quelques élèves qui me regardent comme un révolté !

Nous nous croisons souvent avec Malatestat, qui sort d'un autre cachot. C'est le chef des chahuteurs dans l'étude des grands.

Il va entrer en élémentaire.

C'est lui qui doit être reçu à Saint-Cyr l'an prochain. C'est le champion de Saint-Étienne !

on ne le renverrait pas pour un empire.

Il porte un képi à galons d'or et il *prend des leçons d'armes.*

Malatestat me fait des signes de tête en passant et me dit : « Salut, Vingtras ! » Salut, comme en latin, — « Vingtras, » comme à un homme.

C'est la retenue qui m'ennuie le plus.

J'y gobe encore des pensums, — Je suis si maladroit. — C'est mon encrier que je renverse, c'est mon porte-plume qui tombe, mes papiers qui s'envolent, mon pupitre que je démanche.

— Vingtras, cent lignes !

Patatras ! — mon paquet de livres qui dégringole et fait un tapage d'enfer.

— Cent lignes de plus.

— M'sieu !

— Vous répliquez ? Cinq pages de grammaire grecque.

Encore ! Toujours !

Ils veulent me faire mourir sous le pensum, ces gens-là !

C'est à peine si je vois le soleil !

Le dimanche, comme les autres jours, j'arrive pour la grande retenue — de deux à six ; dans cette salle vraiment lugubre ce jour-là, à cause du silence écrasant, du bruit mélancolique que fait un soulier qui passe, une porte qui tombe, un fredon solitaire, un cri de marchand bien loin, bien loin !

Nous sommes là une vingtaine.

Une plume grince, quelqu'un tousse, le pion fait deux ou trois tours en regardant le ciel à travers les croisées.

— M'sieu,...... sortir !

Il fait oui de la tête, et sous prétexte d'aller là-bas, je traîne un peu dans les longs corridors, je fourre le nez dans des salles vides, je jette par une fenêtre une bille, j'envoie une boulette de pain à un moineau, je regarde l'infirmière et je tâche d'aller chiper des fruits au réfectoire, puis je reviens à cloche-pied, dans l'étude.

Je me replonge la tête dans ce qui me reste de papier que je barbouille avec ce qui me reste d'encre, je pense à toute autre chose qu'à ce que j'écris — et il se trouve qu'il y a quelquefois dans mes pensums des « Turfin pignouf, Turfin crétin. » Je m'en aperçois au dernier moment, et j'efface vite avec un pâté.

Bon ! un autre ! — Je bois l'encre avec ma langue, je mêle les ratures et les taches, je trace des sillons immondes, et je livre au pion une copie répugnante. J'ai une réputation de malpropreté bien établie.

Quelquefois tout le monde se met à rire, je cherche pourquoi — on rit davantage — J'ai le bout du nez cravaté de noir, et je lève ce nez avec espièglerie, il frétille sur un sou-

rire d'imbécile qui veut faire comme les autres et paraître être au courant de ce qui amuse l'étude. Je me sens loucher !

C'est la petite cravate nasale qui me tire l'œil. Je devine ! et je m'éponge avec la main. Je n'ai réussi qu'à faire une immense traînée.

Turfin rage de voir que le pensum me laisse indécrottable ; il bisque de voir que j'ai pris mon parti.

Il voudrait bien me voir pleurer.

Mardi matin.

Je pleure...

C'est composition en version latine.

Je cherchais un mot, dans un dictionnaire tout petit que mon père m'a donné à la place de Quicherat.

Turfin croit que c'est une traduction.

Il s'avance et me demande le livre que je cachais tout à l'heure.

Je lui montre le petit dictionnaire.

— Ce n'est pas celui-là.

— Si, m'sieu !

— Vous copiez votre version.

— Ce n'est pas vrai !

Je n'ai pas fini le mot qu'il me soufflète.

Est-ce que je suis méchant ?

J'ai cherché mon couteau dans ma poche, — il n'y était pas, heureusement pour Turfin.

Mon père et ma mère me battent, mais eux seuls dans le monde ont le droit de me frapper. Celui-là me bat parce qu'il déteste les pauvres.

Il me bat pour indiquer qu'il est l'ami du sous-préfet, qu'il a été reçu second à l'agrégation.

Oh ! si mes parents étaient comme d'autres, comme ceux de Destrème qui sont venus se plaindre parce qu'un des maîtres avait donné une petite claque à leur fils !

Mais mon père, au lieu de se fâcher contre Turfin, s'est tourné contre moi, parce que Turfin est son collègue, parce que Turfin est influent dans le lycée, parce qu'il pense avec raison que quelques coups de plus ou de moins ne feront pas grand'chose sur ma caboche. Non, mais ils font marque dans mon cœur.

J'ai eu un mouvement de colère sourde contre mon père.

Je n'y puis plus tenir : il faut que je m'échappe de la maison et du collège.

Où irai-je ? A Toulon.

Je m'embarquerai comme mousse sur un navire et je ferai le tour du monde.

Si l'on me donne des coups de pied ou des coups de corde, ce sera un étranger qui me les donnera. Si l'on me bat trop fort, je m'enfuirai à la nage dans quelque île déserte, où l'on n'aura pas de leçons à apprendre ni du grec à traduire.

Il y a encore une consolation, même si l'on est attaché au grand mât ou enchaîné à fond de cale ; il y a l'espérance d'arriver à être officier à son tour, et l'on a le droit de souffleter, capitaine.

Turfin peut me tourmenter tant qu'il voudra.

Mon père, lui, peut me faire pleurer et saigner pendant toute ma jeunesse ; je lui dois l'obéissance et le respect.

Les règles de la vie de famille lui donnent droit de vie et de mort sur moi. Je ne puis pas le souffleter.

Je suis peut-être un mauvais sujet, après tout !

On mérite d'avoir la tête cognée et les côtes cassées, quand au lieu d'apprendre les verbes grecs, on regarde passer les nuages ou voler les mouches.

On est un fainéant et un drôle, quand on veut être cordonnier, vivre dans la poix et la colle, tirer le fil, manier le tranchet, au lieu de rêver une *toge* de professeur, avec une toque et de l'hermine.

On est un insolent vis-à-vis de son père, quand on pense qu'avec la *toge*, on est pauvre, qu'avec le tablier de cuir, on est libre !

C'est moi qui ai tort, il a raison de me battre.

Je le déshonore avec mes goûts vulgaires, mes instincts d'apprenti, mes manies d'ouvrier.

Ils m'ont donné de l'éducation et je n'en veux plus !

Je me plais mieux avec les laboureurs et les savetiers qu'avec les agrégés ; et j'ai toujours trouvé mon oncle Joseph moins bête que M. Beliben !...

« Fort comme il est, et si fainéant ! » disent-ils toujours. C'est justement parce que je suis fort que je m'ennuie dans ces classes et ces études où l'on me garde tout le jour. Les jambes me démangent, la nuque me fait mal.

Je suis gai malgré moi ! j'aime à rire et j'ai la rate qui m'en fait mal quelquefois ! Quand je peux échapper à leurs pensums, éviter le séquestre, être loin du pion ou du professeur, je saute comme un gros chien, j'ai des gaîtés de nègre.

Être nègre !

Oh ! comme j'ai désiré longtemps être nègre !

D'abord, les négresses aiment leurs petits. — J'aurais eu une mère pour m'aimer.

Puis quand la journée est finie, ils font des paniers pour s'amuser, ils tressent des lianes, cisèlent du coco, et ils dansent en rond !

Zizi, bamboula ! Dansez Canada !

Ah ! oui ! j'aurais bien voulu être nègre. Je ne le suis pas, je n'ai pas de veine !

Faute de cela, je me ferai matelot.

Tout le monde s'en trouvera bien.

« Je les fais périr de chagrin ? » ils me l'ont assez dit, n'est-ce pas ?

Ils vont revivre, ressusciter.

Je leur laisse ma part de haricots, ma tranche de pain ; mais ils devront finir le gigot !

Finir le gigot ?

Je suis une triste nature, décidément ! Je ne songe pas seulement au plaisir d'échapper à ce gigot, mais dévoré d'une idée de vengeance, je me dis, comme un petit jésuite, que c'est eux qui auront à le manger, rôti, revenu, en vinaigrette, à la sauce noire, en émincés et en boulettes, — comme je faisais.

Je vais plus loin, lâche que je suis !

Je me dis qu'il faut m'exercer, me tâter, m'endurcir et je cherche tous les prétextes possibles pour qu'on me *rosse*.

J'en verrai de dures sur le navire. Il faut que je me rompe d'avance, ou plutôt qu'on me rompe au métier ; et me voilà pendant des semaines, disant que j'ai cassé des écuelles, perdu des bouteilles d'encre, mangé tout le papier ! — Il faut dire que je mange toujours du papier et que je bois toujours de l'encre, je ne peux pas m'en empêcher.

Mon père ne se doute de rien et se laisse prendre au piège, le malheureux !...

Je lui use trois règles et une paire de bottes en quinze jours, il me casse les règles sur les doigts, et m'enfonce ses bottes dans les reins.

Je lui coûte les yeux de la tête. Je le ruine cet homme !

Je pense qu'il me pardonnera plus tard en faveur de l'intention ; et d'ailleurs il me semble que cela ne l'ennuie pas trop, tant il y met de complaisance et d'entrain.

Un peu fatigué seulement quand il m'a rossé trop longtemps, — il a chaud !

Je me traîne alors jusqu'à la fenêtre, et je la ferme pour qu'il n'attrape pas de courants d'air.

La nuit, je me couche dans une malle, — en chemise !

> Cette sainte entreprise !
> Je me couche en chemise !
> Dieu puissant favorise !

Ce sont des vers que je chante dans la malle, mon Dieu, oui !

Je m'y couche dans cette malle pour y geler, comme quand nous serons en mer et qu'il soufflera un vent de glace.

N'irons-nous pas aussi sous les tropiques ? Je mets la malle sur moi au lieu de me mettre dedans.

J'ajoute tout ce que je trouve : des gros livres, des vieux chiffons, un tapis croûté ; et je m'apprends à vivre dans cette température de serpent.

Je pense à ceux que j'ai vus dans une baraque, qui avalaient un lapin, puis la couverture. Je rêve que j'avale la mienne, et quand je me réveille il me semble qu'il me trotte une gibelotte pollue dans l'estomac!

Je m'exerce au biscuit aussi.

On m'a dit que c'était du pain sans goût et dur comme la pierre. J'attends que les croûtes se soient ennuyées pendant huit jours derrière la malle (elle me rend bien des services, cette malle!) et quand elles sont bien grises et bien sèches, je les époussette et je les croque. Ma mère, qui est dans l'autre chambre, croit que je ne me contente pas de casser les carreaux, mais que je les mange!

Il me reste une épreuve terrible à tenter : L'ascension du grand mât!

Je suis nerveux comme un chat et j'ai le vertige comme une fille!

Comment ferai-je le jour où le capitaine me dira :

« Monte là-haut et va toucher le pavillon!... »

Je grimpe sur les toits par une lucarne et je m'accroupis devant la gouttière.

C'est affreux!

Je suis à la hauteur des cloches et je vois au-dessous de moi l'espace qui m'attire et me demande; la rue est là-bas qui fait une grande raie blanche, avec des hommes comme des mouches tombées dans une assiette !

Une tuile crie, un chat passe, la tête me tourne.

Je sens mes doigts qui lâchent, mes pieds qui glissent et j'ai envie de me jeter en bas.

Partirai-je seul ?

C'est bien ennuyeux! Et puis à plusieurs on peut s'emparer d'un navire, faire le corsaire, au besoin mener les révoltés, et quand on est fatigué, fonder une colonie.

Qui entraînerai-je dans cette expédition ?

Oh! pourquoi Malatesta! est-il si grand ? Je lui aurais cédé le commandement, et j'aurais pris la lieutenance, l'épaulette à gauche : c'est encore joli. Si je lui disais ce que je vais faire ? Il ne viendrait pas, mais me donnerait un conseil, des armes peut-être !

Où le trouverai-je ? Il faut me faire mettre au cachot.

Mais je n'ai pas de chance.

Malatesta! est justement parti d'hier.

Sa mère est tout d'un coup tombée malade, et il est allé la voir.

Il adore sa mère, une mauvaise mère, cependant !

Elle lui envoie toujours des pasti…nes, des dattes et des oranges ; elle lui fait passer de l'argent en cachette.

— Elle est donc bien riche, ta mère ? lui demandai-je un jour.

— Non, mais elle est si bonne !

— Tu l'aimes bien !

— Si je l'aime !

Il me dit cela avec une petite larme dans les yeux.

Lui, qui doit être soldat !

Avoir une si mauvaise mère et l'aimer tant! Une mère qui le console quand il est puni, qui mange peut-être moins de pain pour que son enfant ait plus d'oranges !

— Que fait-elle, ta mère ?

— Elle est charcutière à Modène.

Et il n'a pas l'air de rougir !

Charcutière! Tout s'explique. C'est une femme *du commun*.

Ma mère n'aurait jamais été charcutière. Jamais!

Ah! elle est fière, ma mère, il faut lui donner cela.

Si ce n'avait pas été pour elle, c'eût été pour son fils qu'elle n'eût pas voulu vendre du jambon.

Elle préférait crever la misère, conseiller à mon père d'être lâche !...

Elle préférait vivre d'une vie sourde, bête et vile; mais elle était la femme d'un fonctionnaire, une dame, et son enfant dirait un jour :

— Mon père était dans l'Université.

Ah! cela me fera une belle jambe, et on a l'air de les estimer drôlement ces messieurs de l'Université !

Si elle entendait ce que j'entends, moi, non pas seulement ce que les élèves marmottent, — ce n'est rien; — mais ce que les parents disent, elle verrait ce qu'on pense des professeurs ! si elle savait comme ils sont méprisés par les chefs même : le proviseur, l'inspecteur, le censeur, qui, quand une mère riche se plaint, répondent :

— N'ayez peur ; je lui laverai la tête !

Du petit cabinet où l'on m'enferme d'habitude avant de me mener au cachot, je puis saisir ce qu'on dit dans le salon du proviseur, et je n'ai pas manqué d'appliquer mes oreilles contre le mur, chaque fois que j'ai pu.

Un jour, un des maîtres est venu se plaindre qu'un domestique l'avait insulté. Le proviseur n'a fait ni une ni deux : il fait venir le pion Souillard, qui lui sert de secrétaire.

— Monsieur Souillard, il y a M. Pichon qui se plaint de ce que Jean lui ait parlé insolemment devant les élèves ; — il faut que l'un des deux file. Je tiens à Jean : il nettoie bien les lieux. M. Pichon est un imbécile, qui n'a pas de protections, qui achète 100 fr de bouquins pour faire son livre d'étymologie et qui porte des habits qui nous déshonorent.

Ecrivez en marge à son dossier :

PICHON. Se commet avec les domestiques, — a des habitudes de saleté, — sait ses classiques. Rendrait de grands services dans une autre localité.

Ah ! vivent les charcutiers, nom d'une pipe !

Et les cordonniers aussi ! vivent les épiciers et les bouviers !

Vivent les nègres !...

Moi, plutôt que d'être professeur, je ferai tout, tout, tout !...

Il n'y a donc pas à compter sur Malatestat qui est à la charcuterie de Modène et il a même laissé intacte dans son pupitre une boîte de fruits confits qu'on a chipés, bien entendu.

J'en ai refusé, parce que je dois m'habituer aux secs et aux amers maintenant.

Le régime que je suis est épouvantable ! — Il faudra que je boive dans les tavernes où l'on défend la France à coups de couteau, quand l'équipage descend à terre, et je m'exerce à boire.

Pour me faire au tafia, je verse du poivre dans le marc, qui reste comme de la boue au fond de la Dubelloy—c'est le nom de notre cafetière, — J'ai le feu dans le corps, le palais qui me gratte, la gorge qui se tord ; s'il y avait des allumettes trop près de moi elles s'allumeraient toutes seules.

Je suis forcé de jeter des seaux d'eau sur le brasier, ce qui me gonfle sans m'éteindre.

Il est temps de partir ; je tomberais un jour du haut d'une gouttière, sans gloire, comme un chat ; je prendrais feu sans profit, on me retrouverait sous la malle pleine, dans le lit trempé, en bouillie !

Je cherche de tous côtés des compagnons ; je jette sur la foule des camarades le regard creux du capitaine. Je fais des ouvertures à plusieurs : ils hésitent. Les uns disent qu'ils ne s'ennuient pas à la maison, qu'ils s'y amusent beaucoup, au contraire, que leur père rigole avec eux, que leur mère a les mêmes défauts que celle de Malatestat.

— On ne te bat donc pas ?

— Si, quelquefois, mais je suis content ces jours-là ; je suis sûr que le soir on me mènera au spectacle ou bien qu'on me donnera une pièce de dix sous. Mon père en est tout embêté, et ils se cherchent des raisons avec ma mère. — C'est toi qui en est cause. — Je te dis que c'est toi. — Tu ne lui as pas fait de mal au moins ! — J'ai bien tapé un peu fort, quel brutal je suis !

—Tu lui as fait du mal au moins, demande ma mère à mon père, à l'envers de ces parents imbéciles, j'espère qu'il l'a senti cette fois !

Et il faut bien avouer que ma mère est logique. Si on bat les enfants, c'est pour leur bien, pour qu'ils se souviennent, au moment de faire une faute, qu'ils auront les cheveux tirés, les oreilles en sang, qu'ils souffriront, quoi !... Elle a un système, elle l'applique.

Elle est plus raisonnable que les parents de ce petit à qui on donne dix sous quand on lui a envoyé une taloche, qui tapent sans savoir pourquoi, et qui regrettent d'avoir fait mal.

Je ne comprends pas comment mon camarade aime tant ses parents, qui sont si bêtes, et ont si peu d'énergie.

Je suis tombé sur une mère qui a du bon sens, de la méthode, l'esprit de suite.

Je ne trouverai donc personne qui veuille s'enfuir avec moi.

Picard ?

Ils sont neuf enfants.

On les fouette à outrance, — Quel bonheur !

Je tâte Picard ; — quand je dis je tâte, je parle au figuré : il me défend de le tâter (il a trop mal aux côtes), — il est sale comme un peigne ; il m'explique que c'est parce qu'ils sont sales que leur mère les bat ; mais elle est diablement sale aussi, elle !

Elle les rosse encore parce qu'ils disent des gros mots ; ils jurent comme des charretiers ; il y a le petit de cinq ans qui crie toujours : Crotte pour toi !

Quand elle est en colère, elle en dit bien d'autres.

Il n'y en a qu'un dans la famille qui est bien sage et qui ne jure pas. C'est celui qui est en classe avec moi.

On le bat tout de même. Pourquoi donc !

Parce qu'il ne faut pas faire de préférences dans les familles, c'est toujours d'un mauvais effet. Les autres pourraient s'en plaindre.

Puis, « *il est là comme une oie,* »

Il est là comme une oie. — Voilà pourquoi on le bat.

On fouette les autres parce qu'ils font du bruit et qu'ils jurent et sont grossiers ; on le fouette, lui, parce qu'il ne dit rien et se tient tranquille.

Il est là comme une oie.

Il a encore une faiblesse, — (qui n'a pas les siennes !)

Voilà le secret de sa misère, pourquoi il est triste, pourquoi sa mère crie toujours qu'elle va lui enlever la peau de ceci, la peau de cela !

Et ses parents ont l'air de croire que c'est pour s'amuser, parce qu'il y trouve du plaisir, que c'est par coquetterie ou défi, un jeu ou une menace, une fantaisie de talon rouge, un mouvement de désœuvré..... Le malheureux môme fait pourtant ce qu'il peut, — ce qu'il fait ne sert à rien, — Il se réveille dans le crime, et on est obligé de mettre ses draps à la fenêtre.

On lui procure cette honte. — Tout le monde sait sa faute; comme on sait que le roi est aux Tuileries, quand le drapeau flotte au-dessus du château!....

Il en pleure de douleur, le pauvre môme, ce n'est pas sa faute; il se prive de tout, exprès, quand il soupe le soir.

C'est en vain qu'il prie Dieu, la Sainte-Vierge et cherche s'il y a un saint spécialement affecté à ce genre de péché; il retombe désespéré sous le coup de torchon de sa mère, qui a une drôle d'expression pour annoncer que la danse commence. Elle dit de sa grosse voix, et en levant le fouet:

— Ah! nous allons faire pleurer le lapin!

Allusion, sans doute (ironique et cruelle), à l'opération que le chasseur fait subir au lapin atteint par son plomb meurtrier.

Je le décide. Il fera son hamac lui-même à bord du navire, et personne ne saura que le lapin a pleuré!

Si je parlais à Vidaljan. C'est le fils d'un rat-de-cave; il reçoit, lui aussi, des roulées à tout casser.

Encore un qui voudrait être ce que son père ne voudrait pas qu'il fût: Il voudrait être escamoteur.

Il est venu un escamoteur au collége. Les élèves payaient vingt sous. Vidaljan a eu le malheur d'être choisi pour monter sur l'estrade et tenir le paquet de cartes; il a vu couper le cou à la tourterelle, brûler le mouchoir; il a frôlé Domingo, le compère.

— Pardon, mon ami, qu'avez-vous là dans votre poche?

Et on a retiré de sa poche une perruque.

— Vous avez donc vos économies dans vos cheveux?

Et on râfle sur sa tête une pièce de cinq francs.

— Maintenant, mon ami, je vous remercie.

Il est descendu à sa place devant tout le collége, entouré, questionné, envié, sa classe crève de jalousie.

Pourquoi est-ce lui qu'on a pris? Qui l'a fait choisir?

— Il a de la chance, a dit Picard aîné, qui oublie que la nuit prochaine...

Depuis cette soirée où il a eu son rôle, éclairé par toutes les bougies du sorcier, ob-jet de l'attention de la foule, dévoré par les regards des *grands* et des *moyens*, depuis ce jour-là, la résolution de Vidaljan est prise, sa vocation est décidée: il va se mettre au travail tout de suite. Il a toujours eu un penchant pour l'escamotage!

C'est le plus grand chippeur du collége; il aimait déjà à fouiller dans les pupitres, et il savait retirer un crayon de dessus l'oreille d'un camarade, sans que le camarade s'en doutât. Il savait couper une orange en huit et cacher une pièce dans le coin d'un mouchoir.

Il escamotait déjà la toupie, l'agate et la plume à tête de mort. Il avait une collection de petits dessins cueillis à l'aide de fausses-clefs dans les boîtes des copains.

Non qu'il aimât les arts, mais il se plaisait à faire de la serrurerie sournoise et à passer sa main entre les fentes. Il volait les cahiers de punition et les listes de places dans la poche des maîtres. Il avait une fois subtilisé le portefeuille d'un professeur, et les secrets de M. Boquin avaient été à la merci des moutards pendant huit jours.

Le pauvre Boquin en avait manqué un mariage et failli perdre sa place.

Vidaljan avait apporté aussi des améliorations dans la plume à *pensums*: il était parvenu à ficeler quatre becs ensemble, ce qui ne s'était jamais vu encore, de l'aveu même de Gravier, qui avait été trois mois en pension à Paris.

Déjà porté à l'escamotage, il eut la tête tournée par la magie blanche.

Il acheta les *Secrets du petit Albert*. Nous le vîmes avec des gobelets et des muscades, avec des crapauds séchés et des coquilles d'œufs vides.

Il fabriquait de la poudre.

C'est ce qui me décida à m'adresser à lui, — malgré l'espèce de défiance que m'inspiraient ses habitudes de filou; quoi qu'il m'eût volé une fois une grenouille à queue collée, et un diable de quatre sous dont on m'avait fait cadeau en cachette de mes parents.

Mais cela rentrait dans son département, touchait à la mécanique; c'était l'instrument naturel de l'inventeur et du savant. Je lui pardonnai et ne vis en lui que l'*homme* capable de rendre service à bord d'une flotte ou de tirer parti de la nature dans une île déserte.

Il avait, deux jours auparavant, failli être assommé par l'auteur de ses jours, qui avait appris qu'au lieu de faire ses devoirs, son fils se livrait à la mécanique; et, en retournant le lit de son enfant, la mère avait trouvé des peaux de serpents et des punaises de cuivre mêlées aux punaises de famille.

Je lui offris d'être mon lieutenant.
Il accepta. — Picard aussi.

Mais au jour fixé le drapeau flotte à la fenêtre de Picard, et il me jette par cette fenêtre un papier, un peu humide, qui me donne de douloureux détails. Il a été criminel plus que de coutume et on l'a battu plus que jamais; il ne peut pas se traîner.

Et Vidaljan? Il n'est pas au rendez-vous.
— Les élèves arrivent l'un après l'autre, la cloche sonne, on entre, il n'est pas là. Que s'est-il passé?

Je vais du côté de sa maison en me cachant; je rencontre des commères qui racontent que le quartier a failli sauter, et le fils Vidaljan avec. « Il a laissé tomber une » allumette sur une écuelle où il faisait de la » poudre. C'est un petit vaurien qui lui » avait mis ça dans la tête, le petit de cette » dame qui marchande toujours, vous savez, » et qui a son châle collé sur le dos comme » une limande: Vingtrou, Vingtras... On » doit être en train de le chercher. J'espère » qu'on le fichera en prison. »
— Mais le voilà, je le reconnais, crie une commère, qui m'aperçoit tout d'un coup dans le coin où j'étais courbé, et d'où j'essayais de filer.

On s'empare de moi. — On me mène chez le commissaire. Je ne disais pas non! — le commissaire m'effrayait moins que ma mère.

Il ne m'aurait pas fait le mal qu'elle me fit.
Ma mère m'en donna une volée!
Elle ne s'arrêta que quand j'eus promis sur tous les saints du paradis de ne plus m'échapper.

Et Vidaljan? — Il guérit et ne fit plus de poudre.

Et Picard aîné? — La peur qu'il eut en apprenant l'accident de Vidaljan lui fit une révolution et il cessa d'être un criminel involontaire.

C'est toujours ça.

XVI

UN DRAME

Mme Bouteiller, une voisine, est devenue une amie de la maison.

C'est une petite créature potelée, vive, aux yeux pleins de flamme; elle est gaie comme tout, et c'est plaisir de la voir trottiner, rigoler, coqueter, se pencher en arrière pour rire, tout en lissant ses cheveux d'un geste un peu long et qui a l'air d'une caresse; et elle vous a des façons de se trémousser qui paraissent singulières à mon père lui-même, car il rougit, pâlit, perd la voix, et renverse les chaises.

Drôle de petite femme!
Elle a trois enfants.

Elle conduit et élève tout cela avec une activité fiévreuse, elle ne fait qu'aller, venir; habillant l'un, savonnant l'autre, plantant une casquette sur cette binette, un bonnet sur ce petit crâne, recousant les culottes, repassant les robes, mouchant celui-ci, nettoyant celle-là. Toujours en l'air!

Le soir elle sort un peignoir frais, et fait un bout de musique, devant un vieux piano duquel, à la fin de chaque morceau, elle arrache un *boum* grave du côté des notes graves et un *hi* flûté du côté des notes minces; *Boum, boum, hi hi...*

— Monsieur Vingtras, vous êtes triste comme un bonnet de nuit, c'est que vous ne vous êtes pas fait raser, voyez-vous! Revenez demain en sortant de chez le coiffeur. Je vous embrasserai; vous me donnerez l'étrenne de votre barbe.

Et en même temps elle passe près de lui, met sa main sur sa main, le frôle avec sa jupe. Elle lui prend le bras même, et lui donne sa ceinture à presser.

— Valsons, dit-elle.

Et avançant, d'un air joyeux, ses petits pieds hardis, le buste un peu rejeté en arrière, les cheveux flottants, elle entraîne son cavalier; un ou deux tours dans la chambre trop étroite, — et elle va retomber, en riant, sur une chaise qui crie, devant mon père bouleversé qui ne dit rien.

Puis elle file du côté de la cuisine où l'on a entendu du bruit.

C'est Louisette qui est à terre; c'est le gamin qui a cassé une cruche; elle roule comme un tourbillon de mousseline, s'engouffre, disparaît, revient, tapageuse et folle, serrant ses deux mains à plat penchée pour mieux rire, et secouant sa jolie tête, en racontant quelque aventure salée arrivée à un de ses rejetons.

Elle trouve encore moyen d'effleurer et de bousculer M. Vingtras en passant.

M. Bouteiller est rarement là; c'est un savant. Il est associé dans une fabrique de produits chimiques, et il a déjà inventé un tas de choses qui font bouillir ses fourneaux et sa marmite; il est toujours dans les cornues, et j'ai même remarqué que l'on riait quand on disait ce mot-là.

Il y a une cousine dans la maison! Mlle Miolan.

Elle a vingt ans: douce, complaisante et pâle, très-pâle, comme la cire, et j'entends dire tout bas qu'elle va bientôt mourir.

Mme Bouteiller est pleine de bonté pour elle, nous l'aimons tous; nous jouons aux cartes et aux dés sur ses genoux, elle nous fait des cocardes avec des bouts de rubans, et elle est très-habile de ses doigts maigres; elle a dans une poche un portefeuille à coins de nacre, la seule chose qu'elle nous empêche de toucher: « c'est là qu'est son cœur, » a-t-elle dit un jour, et l'on raconte qu'elle meurt d'un amour perdu.

Le jour où Mme Boutellier contait cela, mon père était près d'elle. Ma mère était absente. Je tournai la tête; j'entendis un soupir, et, quand je regardai, je vis Mme Boutellier qui avait les mains sur celles de mon père et les yeux dans ses yeux ! Il avait l'air gêné lui; elle souriait doucement, et elle lui dit :

— Grand bête !

Je vis que je les embarrassais et ils jetèrent sur moi, tous les deux en même temps, un regard qui voulait dire : « Pas devant lui » ou « Pourquoi est-il là ? » Je le devinais bien. Je n'ai jamais oublié ce « grand bête ! » si tendre et ce geste si doux.

Pour mademoiselle Miolan, on a loué un bout de campagne, où l'on va passer deux ou trois heures le soir, après le collége; où l'on dépense, quand il fait beau, toute la journée du dimanche.

Quelles belles heures pour les petits Boutellier et moi !

Les environs de la maison de plaisance ne sont pas beaux, — c'est au bout d'un chemin désert, noir de charbon, jaune de sable, gris de poussière; qui sent le brûlé, a des odeurs de cendre, sur lequel les souliers s'écorchent et les voitures crient. Il y a une mine là-bas, et deux briquetteries qui montrent leurs toits plats dans le vide des champs;— l'herbe est maigre et roussie, elle traîne par places comme des restes de poil sur un dos de chameau; il y a des débris de coke et de briques, rougeâtres et ternes comme des grumeaux de sang caillé; mais nous entassons tout cela en forme de portiques et de cabanes, et nous faisons des trous dans la terre; on y allume du feu, l'on souffle, et la flamme brille, la fumée tourne dans le vent. Cela sent le travail, rappelle Robinson, on est seul dans cette vaste plaine — comme si l'on devait vivre sans le secours des villes : on parle comme des hommes, et comme des hommes on a l'émotion que donne toujours le silence.

Quand on est las de cette nature muette et vide, quand le froid de la nuit descend, quand les bruits tombent un à un comme des pierres dans un gouffre, on revient vers la petite maison qui est coiffée de rouge, et chaussée de vert.

Il y a un jardinet, deux arbres, des carrés de pensées, un *soleil*.

Ces pensées, je les vois encore, avec leurs prunelles d'or, et leurs paupières bleues, je sens le velours de leurs feuilles, et je me rappelle qu'il y avait une touffe dont je prenais soin; il en reste encore des pétales dans le vieux livre où je les ai logées.

Quelquefois la maison s'allume, et nous voyons de loin la lampe qui luit comme une étoile.

Ces dames et mon père, improvisent un souper de fruits, avec du lait et du pain noir. On est allé chercher tout cela dans le fond du village, — Quel calme ! J'en ai des larmes de félicité dans les yeux.

Le dimanche, c'est un brouhaha ! Nous portons les provisions Mme Boutellier met un tablier blanc, ma mère retrousse sa robe, et mon père aide à éplucher les légumes. — On nous jette à nous, quelques carottes crues à grignoter, et nous aidons pour la cuisine, nous faisons tourner le poulet devant le feu de braise (en arrêtant en route les larmes de jus); nous embrouillons tout, nous troublons tout, nous cassons tout, personne ne s'en plaint.

C'est un bruit de casseroles et d'assiettes, puis un bruit de mâchoires, puis un bruit de bouchons ! — Au dessert on goûte au vin blanc mousseux.

On trinque, on retrinque.

C'est toujours à la santé de Mme Vingtras qu'on boit d'abord !

Elle répond toute rouge de joie : son sang de paysanne coule plus libre dans cette atmosphère de campagne, avec ces petites odeurs de cabaret et ces vues de fermes dans le lointain!

A peine elle pense à mon pantalon que je dois retrousser, à mes chaussures neuves qui ont des boulets de boue. Mme Boutellier d'ailleurs, l'en empêche.

— Il faut que tout le monde s'amuse, dit-elle en lui fermant la bouche et en lui passant le bras pour l'entraîner à la promenade ou au jardin !

C'est mon père qui paraît heureux !

Il joue comme un enfant; c'est lui qui fait e *pot aux quatre coins*, qui pousse la balançoire — on en a planté une, — quand on est las de jouer, il chante (il a un filet de voix,) Mme Boutellier chante après lui des chansons du Midi.

Ma mère — paysanne — dit : « Ça, c'est des airs de freluquets »; et elle entonne en auvergnat :

> Digue D'janette,
> Te volo marigua
> Laya !
> Volo prendre un homme !
> Que saba trabailla,
> Laya !

— Laya ! reprend la petite femme en esquissant à son tour une pose de danse—rien qu'un geste, la tête renversée en arrière, le buste pliant, et puis tout d'un coup un ramassis de jupes, un rejeté de hanche. Elle tape du pied, fait claquer ses doigts, et elle a l'air enfin de s'évanouir avec les lèvres entr'ouvertes, par où passe un souffle qui soulève sa poitrine ; elle est restée un moment sans rire, mais elle repart bien vite dans un accès de gaieté qui mêle la cachucha et la bourrée, l'espagnol et l'auvergnat.

La madona et la fouchtra,
Laya!

—Qu'est-ce que cela veut dire, demande M. Boutellier, un positif, qui vient de temps en temps pour le malheur des sauces.

Il essaie des jus concentrés basés sur la chimie, qui sentent le savant et gâtent le dîner.

On joue, — il embrouille les jeux, — ne devine jamais !

Il *l'est* toujours.

—C'est lui qui *l'est* !

Mme Boutellier dit cela d'une drôle de façon et presque toujours en regardant mon père ; puis elle ajoute en secouant son mari :

— Allons, tu n'es bon qu'à donner le bras ; prends le bras de Mme Vingtras. — Monsieur Vingtras, voulez-vous me donner le vôtre ? — Jacques, toi tu seras avec Mlle Miolan.

Pauvre fille ! Tandis que nous jouons et faisons tapage, elle est souvent prise d'un serrement de cœur ou d'une quinte de toux qui la fait rougir un moment, puis la laisse retomber sur l'oreiller qui rembourre sa chaise longue ; — elle sourit tout de même et elle se fâche quand nous voulons nous taire à cause d'elle.

— Non, non, amusez-vous, je vous en prie. Cela me fait plaisir, cela me fait du bien, amusez-vous.

Sa voix s'arrête, mais son geste continue et nous dit :

— Amusez-vous !

Chômage.

La vie change tout d'un coup :

J'ai été jusqu'ici le tambour sur lequel ma mère a battu des *rrra* et des *fla*, elle a essayé sur moi des roulées et des étoffes, elle m'a travaillé dans tous les sens, pincé, balafré, tamponné, bourré, souffleté, frotté, cardé et tanné, sans que je sois devenu idiot, contrefait, bossu ou bancal, sans qu'il m'ait poussé des oignons dans l'estomac ni de la laine de mouton sur le dos—après tant de gigots pourtant !

À un moment, son affection se détourne.

Elle se relâche de sa surveillance ; je n'ai plu la peau caressée par ses taloches ou son balai, elle ne me peigne plus « aux enfants d'Edouard, » ne me conduit plus au bain et ne court plus après moi.

On ne m'emprisonne plus dans des vêtements de forme hardie et de couleur menaçante qui étonnent les élèves, font rêver les teinturiers et rendent fous les tailleurs.

On n'entendait jadis que pif, paf, v'lan, v'lan et allez donc ! — On m'appelait bandit, *sapré* gredin ! — *Sapré* pour *sacré* ; — elle disait aussi, *bouffre* pour *bougre*.

Depuis treize ans, je n'avais pas pu me trouver devant elle cinq minutes — non, pas cinq minutes sans la pousser à bout, sans exaspérer son amour, sans la faire périr de chagrin !

Qu'est devenu ce mouvement, ce bruit, le train-train des calottes ?

Je ne détestais pas qu'on m'appelât bandit, gredin ; j'y étais fait, — même cela me flattait un peu.

Bandit ! — comme dans le roman à gravures. — Puis je sentais bien que cela faisait plaisir à ma mère de me faire du mal ; qu'elle avait besoin de mouvement et pouvait se payer de la gymnastique sans aller au gymnase, où il aurait fallu qu'elle mit un pantalon et une petite blouse. — Je ne la voyais pas bien en petite blouse et en pantalon.

Avec moi, elle tirait au mur ; elle faisait envoler le pigeon, elle gagnait le lapin, elle amenait le grenadier.

Je vis donc depuis quelque temps, sans rien qui me rafraîchisse ou me réchauffe, comme la gerbe qui moisit dans un coin, au lieu de palpiter sous le fléau ; comme l'oie qui, clouée par les pattes, gonfle devant le feu.

Je n'ai plus à me lever pour aller—cible résignée—vers ma mère ; je puis rester assis tout le temps !

Ce chômage m'inquiète.

Rester assis, c'est bien, — mais quand on retournera aux habitudes passées, quand l'heure du fouet sonnera de nouveau, où en serai-je ? Les délices de Capoue m'auront perdu ; je n'aurai plus la cuirasse de l'habitude, le caleçon de l'exercice, l'indifférence du cuir battu !

C'est triste, bien triste !

Que se passe-t-il donc ?

Je ne comprends guère, mais il me semble que Mme Boutellier est pour quelque chose dans cette tristesse noire de la maison, dans cette colère blanche de ma mère.

Ma mère reste de longues soirées sans rien dire, les yeux fixes et les lèvres pincées. Elle se cache derrière la fenêtre et soulève le coin du rideau, elle a l'air de guetter une proie.

— Vous ne voyez plus Mme Boutellier? demande un jour une voisine.

— Si, si !

— Il y a eu un peu de froid ?

— Non, non !... nous allons même à la campagne ensemble, dimanche prochain.

En effet, j'ai entendu parler d'une partie qui est comme une réconciliation après quelques semaines de froideur ; j'ai aussi distingué quelques mots que ma mère a prononcés tout bas : « N'avoir l'air de rien, les laisser seuls, venir à pas de loup... »

On se fait de nouveau des amitiés, on se voit le jeudi et l'on combine tout pour le dimanche !...

J'avais justement gobé une *retenue* !

J'avais laissé tomber un morceau de charbon en pleine classe — du charbon ramassé près de la maison de campagne. J'avais entendu M. Boutellier dire qu'il y avait du diamant dans les éclats de mine ; et depuis ce jour-là, je ramassais tous les morceaux qui avaient une veine luisante, un point jaune.

Le professeur crut à une farce, — me voilà pincé ! forcé de rester en ville ce dimanche-là, pour aller à une heure faire ma retenue —dans l'étude des internes, au lycée même, comme cela m'était arrivé si souvent sous Turfin !

Adieu la maison de campagne ! Mme Boutellier ne put que me glisser en cachette un coin de pâté, que j'ajoutai à ce que m'avait laissé ma mère.

Je les vis partir avec les paniers de provisions.

Les dames avaient mis ce jour-là des robes neuves.

Mme Boutellier était charmante ; un peu décolletée, avec une écharpe à raies bleues, des bottines prunelle, et elle sentait bon — mais bon !

Ma mère étrennait une laitue, une immense laitue ; un châle vert qui criait comme un damné à côté de la robe de mousseline fraîche à pois roses qui faisait brouillard autour de Mme Boutellier.

On m'avait fait mon programme. Je devais déjeuner avec des haricots à l'huile, aller en retenue — puis me rendre chez l'économe, M. Laurier, qui me ferait dîner à sa table.

— C'est plus que tu ne mérites, m'avait dit ma mère.

Cette perspective était assez flatteuse pour que le regret de ne point aller à la maison de campagne ne fût point trop grand ; et j'acceptai mon sort de bon cœur.

Je mangeai les haricots à l'huile, — j'allai jouer aux billes avec des petits ramoneurs que je connaissais. — J'arrivai à la retenue en retard et couvert de suie, — je trouvai moyen sous prétexte de besoins urgents, d'aller flâner dans le gymnase, où je décrochai un trapèze et faillis me casser les reins ; je bâclai mon pensum, bus un peu d'encre, et six heures arrivèrent.

La retenue était finie on nous lâcha, je montai chez M. Laurier.

— Te voilà, gamin ?

— Oui M'sieu.

— Toujours en retenue, donc !

— Non, m'sieu !

— Tu as faim ?

— Oui, m'sieu !

— Tu veux manger ?

— Non, m'sieu !

Je croyais plus poli de dire non : ma mère m'avait bien recommandé de ne pas accepter tout de suite, ça ne se faisait pas dans le monde. On ne va pas se jeter sur l'invitation comme un goulu, « tu entends » ; et elle prêchait d'exemple.

Nous avons dîné quelquefois chez des parents d'élèves.

— Voulez-vous de la soupe, madame ?

— Non, si, comme cela, très-peu...

— Vous n'aimez pas le potage ?

— Oh ! si, je l'aime bien, mais je n'ai pas faim...

— Diable ! pas faim, déjà !

« Tu dois toujours en laisser un peu dans le fond. » Encore une recommandation qu'elle m'avait faite.

En laisser un peu dans le fond.

C'est ce que je fis pour le potage, au grand étonnement de l'économe, qui avait déjà trouvé que j'étais très-bête en disant que j'avais faim, mais que je ne voulais pas manger.

Mais, moi, je sais qu'on doit obéir à sa mère — elle connaît les belles manières, ma mère, — j'en laisse dans le fond, et je me fais prier.

L'économe m'offre du poisson.—Ah ! mais non !

Je ne mange pas du poisson comme cela du premier coup, comme un paysan.

— Tu veux de la carpe ?

— Non, m'sieu !

— Tu ne l'aimes pas ?

— Si, m'sieu !

Ma mère m'avait bien recommandé de tout aimer chez les autres ; on avait l'air de faire fi des gens qui vous invitent, si on n'aimait pas ce qu'ils vous servaient.

— Tu l'aimes ? eh bien !

Je me tortillais sur ma chaise ; j'étais stupide, je crevais d'appétit); ça vous avait une odeur!...

L'économe me jette de la carpe comme à un idiot, qui y goûtera s'il veut, qui la laissera s'il ne veut pas.

Je mange ma carpe — difficilement.

Ma mère m'avait dit encore : « Il faut se tenir écarté de la table; il ne faut pas avoir l'air d'être chez soi, de prendre ses aises. » Je m'arrangeais le plus mal possible, — ma chaise à une lieue de mon assiette; je faillis tomber deux ou trois fois.

J'ai fini mon pain !

Ma mère m'a dit qu'il ne fallait jamais « demander, » les enfants doivent attendre qu'on les serve.

J'attends! mais M. Laurier ne s'occupe plus de moi — il m'a lâché: et il mange, la tête dans un journal.

Je fais des petits bruits de fourchette, et je heurte mes dents comme une tête mécanique. Ce cliquetis à la Galopeau, à la Fattet, le décide en effet à jeter un regard, à couler un œil par-dessous le *Censeur de Lyon*, mais il voit encore de la carpe dans mon assiette, avec beaucoup de sauce.

J'ai le cœur qui se soulève, de manger cela sans pain mais je n'ose pas en demander !

Du pain, du pain !

J'ai les mains comme un allumeur de réverbères; je n'ose pas m'essuyer trop souvent à la serviette.—On a l'air d'avoir les doigts trop sales, m'a dit ma mère, et cela ferait mauvais effet de voir une serviette toute tachée quand on desservira la table. Je m'essuie sur mon pantalon par derrière, — geste qui déconcerte l'économe quand il le surprend du coin de l'œil. — Il ne sait que penser !

— Ça te démange?

— Non, m'sieu !

— Pourquoi te grattes-tu?

— Je ne sais pas !

Cette insouciance, ces réponses de rêveur et ce fatalisme mystique, finissent, je le vois bien, par lui inspirer une insurmontable répulsion.

— Tu as fini ton poisson ?

— Oui, m'sieu !

M. Laurier m'ôte mon assiette et m'en glisse une autre avec du riz de veau et de la sauce aux champignons.

—Mange, voyons, ne te gêne pas, mange à ta faim.

Ah ! puisque le maître de la maison me le recommande ! et je me jette sur le riz de veau.

Pas de pain ! pas de pain !

Le veau et le poisson se rencontrent dans mon estomac sur une mer de sauce et se livrent un combat acharné.

— Il me semble que j'ai un navire dans l'in-térieur, un navire de beurre qui fond, et j'ai la bouche comme si j'avais mangé un pot de pommade à six sous la livre !

Le dîner est fini : il était temps ! M. Laurier me renvoie, non sans mettre son binocle pour regarder les dessins dont j'ai tigré mon pantalon bleu; le repas finit en queue de léopard.

J'ai eu une indigestion.

Je suis étendu tout habillé sur mon lit; un bout de lune perce les vitres; pas un bruit !

J'ai la tête qui me brûle, et il me semble qu'on m'a cassé le crâne d'un côté.

Je me souviens de tout : du pain qui manquait, du poisson qui nageait, du veau qui tétait...

Ça ne fait rien maintenant que c'est fini, moins la douleur dans le crâne et un bouillonnement dans le ventre; je puis me rendre cette justice, que j'ai au moins conservé les belles manières. J'ai souffert, mais je suis resté loin de la table, je n'ai pas eu l'air de mendier mon pain; j'ai été fidèle aux leçons de ma mère.

9 heures.

Deux heures de sommeil; le mal de tête est parti. Si je voyais un veau dans la chambre, je sauterais par la fenêtre; mais ce n'est pas probable, et je rêvasse en me déshabillant.

10 heures.

J'avais allumé la chandelle, et je lisais; mais la chandelle va finir, il n'en reste plus qu'un bout pour mes parents quand ils rentreront.

Je monte dans ma soupente. Je couchais dans une soupente à laquelle on arrivait par une petite échelle; on y étouffait en été, on y gelait en hiver; mais j'y étais libre, tout seul, et je l'aimais, ce cabinet suspendu, où je pouvais m'isoler, dont les murs de bois avaient entendu tous les murmures de mes colères et de mes douleurs.

11 heures.

Le battant de l'horloge troue le silence. Je regarde le ciel qui me semble une plaque d'acier, avec les bavures d'argent des nuages, et les étoiles comme des clous.

Je m'étais assoupi !—Je me suis réveillé brusquement !

Un bruit confus, des cris déchirants,— un surtout qui m'entre au cœur et me le fend comme un coup de couteau. C'est la voix de ma mère...

Je saute au bas de l'échelle, en chemise, elle n'était pas accrochée et je tombe avec fracas. Je me suis presque fendu le genou sur le carreau.

C'est dans l'escalier que le drame se passe; entre ma mère qui s'est accrochée à la rampe, les yeux hagards ; et mon père qui la tire à lui, pâle, échevelé.

Je me jette en pleurant au milieu d'eux. Qu'y a-t-il ?

— Maman, maman !

Je vois bien que c'est elle qui est la victime. — Est-ce qu'elle est devenue folle ! — Elle se trouve mal ! Est-ce qu'elle a voulu tuer mon père ! Cette lutte ! ce sang ! — Je veux crier !

— Non, non ! fait mon père en me fermant la bouche, non ! Il me brise presque les dents sous son poing. — Non, non ! te dis-je ! Il y a autant de colère que de terreur dans sa voix.

Je me penche sur ma mère évanouie ; j'inonde sa face de mes larmes. C'est bon, il paraît, des larmes d'enfant qui tombent sur les fronts des mères ! La mienne ouvre tout d'un coup les yeux, et me reconnaît, elle dit : « Jacques ! Jacques ! » — Elle prend ma main dans sa main, et elle la presse. C'est la première fois de sa vie.

Je ne connaissais que le calus de ses doigts, l'acier de ses yeux et le vinaigre de sa voix ; en ce moment, elle eut une minute d'abandon, un accès de tendresse, une faiblesse d'âme, elle laissa aller doucement sa main et son cœur.

Je sentis, à ce mouvement de bonté que lui arrachait l'effroi dans cet instant suprême, je sentis que tous les gestes bons auraient eu raison de moi dans la vie.

— Retourne te coucher, m'a dit mon père.

J'y retourne glacé ; j'ai attrapé froid sur les dalles de l'escalier, puis dans la grande chambre, — avec les fenêtres ouvertes, pour que la malade eût de l'air !

Que se passe-t-il dans la chambre où ils sont restés tous deux ; mon père a poussé la porte, et rien ne traverse les murs !

On a mal refermé une fenêtre en bas, elle s'est ouverte sous le vent, et laisse passer de grandes traînées de lune ; elle bat contre la muraille. — Je n'ose pas aller la refermer, — Mon père doit l'entendre, pourtant ! Le lit touche justement à ce coin de muraille.

Qu'est-il donc arrivé ?

Mon cœur aussi a son orage, et je ne puis assembler deux pensées, réfléchir dans ma fièvre ! Les heures tombent une à une, la fenêtre bat toujours !

Je vois s'en aller la nuit, arriver le matin ; une espèce de fumée blanche monte sur la plaque d'acier du ciel.

J'ai vu, comme un assassin, passer seuls en face de moi les heures sombres ; j'ai tenu les yeux ouverts quand les fleurs referment leurs pétales et que les autres enfants dorment ; j'ai regardé en face la lune ronde et sans regard comme une tête de fou ; j'ai entendu mon cœur d'innocent qui battait au-dessus de cette chambre pleine des sanglots de ma mère. Il a passé un courant de vieillesse sur ma vie, il a neigé sur moi. Je sens qu'il est tombé du malheur sur ma tête !

Qu'est-il arrivé ? Je voudrais le savoir.

J'ai vu souvent de près des situations douloureuses, mais je n'ai jamais tremblé comme je tremblais ce jour-là, quand je me demandais comment on allait m'accueillir, de quel œil me regarderait mon père qui avait dit si pâle : « Non, non, n'appelle pas ! »

J'avais peur qu'ils eussent honte devant moi.

Je cherchais quel visage il fallait qu'eût leur fils, quels mots je devais dire, s'il ne serait pas bon d'aller les embrasser. — Mais par qui commencer ?

Et je frissonnais de tous mes membres... chose bizarre, — plus effrayé d'être gauche, d'avancer, ou de pleurer à faux, qu'effrayé du drame inconnu je ne savais pas le secret.

C'est ainsi quand on n'est point sûr du cœur des siens et qu'on craint de les irriter par les explosions de sa tendresse ; instinctivement on sent qu'il ne faut pas à ces douleurs un accueil cruel ; le cœur ne saurait l'oublier et il resterait, noire ou rouge, une tache ou une plaie, une tristesse ou une colère.

Aussi on hésite, on recule !

Ne rien dire ? — Mais ils peuvent vous accuser d'être un sans cœur, puisque vous ne semblez pas ému de leur douleur ! — Parler ? Mais ils vous en voudront de ce que vous avez souligné leur faute ou leur crime, de ce que vous avez le matin, réveillé par vos larmes, — vos *simagrées* — des fantômes qui devaient mourir avec le dernier cri, le premier soleil !

Et je ne savais que faire !

Il y avait longtemps que c'était le matin. — Mon père se levait d'ordinaire à sept heures pour être prêt pour la classe de huit heures. Je me levais aussi.

Je fis comme toujours ; je m'habillai, lentement, et ne mis pas mes souliers ; j'attendis assis sur mon lit.

Il ne venait aucun bruit de leur chambre ; un silence de mort.

Enfin, au quart avant huit heures mon père m'appela.

Il ne parut point étonné de me trouver tout prêt ; il me demanda à travers la porte du papier et de l'encre ; écrivit une lettre au censeur et une autre à un médecin, et me chargea de les porter.

— Tu reviendras dès que tu les auras remises.

— Je n'irai pas en classe ?

— Non, il faut soigner ta mère malade. Si le censeur te demande ce qu'elle a, tu lui diras qu'elle a été prise de frayeur dans la campagne, et qu'elle est au lit avec la fièvre...

Il disait cela sans paraître trop ému, avec un peu de vulgarité dans la tournure, — il traînait ses pantoufles sur le parquet, et rajustait son pantalon.

Que s'était-il passé ?

Je ne l'ai jamais bien su. A des cris qui échappèrent dans des orages, à des éclats de querelles que mes oreilles recueillirent, je crus comprendre que ma mère s'était mise en embuscade et avait surpris Mme Bouteiller causant bas avec mon père au détour du jardin, dans ce dimanche de malheur !

Il s'en était suivi une scène de jalousie, il paraît, et qui s'était continuée jusqu'au milieu de la nuit, jusqu'à l'heure où je les avais vus revenir !

Je ne pouvais questionner personne ; d'ailleurs, le souvenir seul de ce moment noir m'obsédait comme un mal, et je le chassais au lieu d'essayer de le savoir !

Savoir quoi ? Ce qui était fait était fait !

Je suis peut-être le plus atteint, moi, l'innocent, le jeune, l'enfant !

Mon père, depuis ce jour-là (est-ce la fièvre ou le remords, la honte ou le regret ?) mon père a changé pour moi. Il avait jusqu'ici vécu en dehors du foyer, par la raison ou sous le prétexte qu'il avait à donner des répétitions au collège, ou à assister à quelques conférences que faisait le professeur de rhétorique, pour les maîtres qui n'étaient pas agrégés.

Il reste à la maison, maintenant, quatre fois sur six ; il y reste le sourcil froncé, le regard noir, les lèvres serrées, morne et pâle, et un rien le fait éclater et devenir cruel.

Il parle à ma mère d'une voix blanche, qui soupire ou qui siffle ; on sent qu'il cherche à paraître bon et qu'il en souffre ; il lui montre une politesse qui fait mal et une tendresse fausse qui fait pitié.

Il a le cœur ulcéré, je le vois.

Oh ! la maison est horrible ! Il semble toujours qu'il y a un malade couché dans un coin, un agonisant sous un drap, qu'il ne faut pas réveiller parce qu'il hurlerait, et l'on marche à pas lents, et l'on parle à voix basse.

Je vis dans ce silence et je respire cet air chargé de douleur.

Quelquefois, je trouble cette paix de mes cris.

Mon père a besoin de rejeter sur quelqu'un sa peine, et il fait passer sur moi son chagrin, sa colère.

Il me sangle à coups de cravache, il me rosse à coups de canne sous le moindre prétexte, sans que je m'y attende, bien souvent, je le jure, sans que je le mérite.

Oh ! ces coups de cravache ! si vous saviez comme cela fait mal !

Ces coups de canne, si vous saviez comme cela fait honte !

Je me rappelle des cinglures qui me firent des raies sur les reins et m'ont laissé des marques sur le cœur.

J'ai gardé longtemps un bout de jonc qu'on me cassa sur les côtes et auquel j'avais machinalement emmanché une lame, je m'étais dit que si jamais je me tuais, je me tuerais avec cela. — Et j'ai eu l'idée de me tuer une fois !

Voici à quelle occasion.

Mon père rentre brusque et pâle, et me prenant par le bras qu'il faillit casser :

— Gredin ! dit-il entre ses dents, je vais te laisser pour mort sur le carreau !

J'entrevis un supplice — et justement, j'étais à peine guéri d'une dernière correction qui m'avait rompu les membres.

Il prétendit que chez le proviseur, au moment où l'on traitait la question des boursiers et des non-payants, quand on était arrivé à mon nom, le proviseur, s'avançant, lui avait dit :

— Monsieur Vingtras, votre fils pourrait tenir dans la classe un autre rang que celui qu'il tient, s'il travaillait. Nous vous conseillons de vous occuper de lui... entendez-vous ?

— C'est toi misérable, qui me fais avoir des reproches du proviseur ? et il se jeta sur moi avec fureur.

Ce furent de véritables souffrances, — mais mon chagrin était bien plus grand que mon mal !

Quoi ! j'étais pour quelque chose dans son avenir, et j'étais cause qu'on l'humiliait, j'allais être cause qu'on le déplacerait par disgrâce, ou peut-être qu'on le destituerait ! Je me donnai sur la poitrine, en *med culpâ* des coups plus forts que ceux de son poing fermé, et je me serais peut-être tué, tant j'étais désespéré, si je n'avais pensé à réparer le mal que mon père m'accusait d'avoir fait.

Je me mis à travailler bien fort, mais bien fort ; on ne me punissait plus au collège, mais à la maison, on me battait tout de même.

J'aurais été un ange qu'on m'aurait rossé aussi bien en m'arrachant les plumes des ailes, car j'avais résolu de me raidir contre le supplice, et comme je dévorais mes larmes et cachais mes douleurs, la fureur de mon père allait jusqu'à l'écume.

Deux ou trois fois, je dus pousser des cris comme en poussent ceux qu'on tue en leur arrachant l'âme : il en fut épouvanté lui-même ! mais il recommençait toujours, tant il avait la pensée malade, l'esprit noir. — Il croyait vraiment que j'étais un gredin, je le pense. — Il voyait tout à travers le dégoût ou la colère !

Quelquefois, c'est plus affreux encore,— Ma mère intervient ; — et elle qui m'a calotté à outrance, accuse mon père de barbarie !

— Tu ne toucheras pas cet enfant !

J'entends des mots qui me font peur : suicide, trahison, misère et mort ! Ils se disputent leur enfant. Quelquefois ils se raccommodent et me battent tous deux à la fois ; Mais les raccommodements durent peu.

Je suis bien malheureux, mais j'ai toujours à cœur le reproche sanglant de mon père, et je me dis que je dois expier ma faute, en courbant la tête sous les coups et en *bûchant* peur que la situation universitaire déjà compromise ne souffre pas encore de ma paresse !

Je fais tout ce que je peux ; je me couche quelquefois à minuit, et même ma mère, qui jadis m'accusait de dormir trop tôt, m'accuse maintenant de brûler trop de chandelle : «Et pourquoi faire ? Des singeries, tout ça. »

Mon père prétend que je lis des romans en cachette, on ne me sait pas gré du mal que je me donne, et c'est à peine si on paraît content de ce que j'ai de bonnes places, — car j'ai repris la tête et je suis le premier de la classe.

Pour arriver à cela, quelles heures ennuyeuses j'ai passées !

Ce *Gradus ad Parnassum* où je cherche les épithètes de qualité, et les brèves et les lngues, ce sale bouquin me fait horreur !

Mon *Alexandre* a les coins mangés ; c'est moi qui les ai mordus de rage et j'ai de son cuir dans l'estomac.

Tout ce latin, ce grec, me paraît baroque et barbare ; je m'en bourre, je l'avale comme de la boue.

Je ne cause pas, je ne bavarde plus ; on m'aimait d'avantage avant, et j'entends qu'on dit par derrière :

— C'est parce que son père lui donne des danses.

On dit aussi :

— Ne trouvez-vous pas qu'il est devenu sournois et qu'il a l'air sainte-nitouche !

J'ai été premier en je ne sais plus quoi, et le premier porte les composition au proviseur, mais il est en conversation particulière avec quelqu'un et l'on me dit d'attendre dans le cabinet voisin — celui d'où l'on entend tout.

On parlait de nous.

— Nous ne disons rien de l'affaire Vingtras, c'est entendu.

— Non, rien, ce serait lui faire du tort pour toute sa vie dans l'Université, et puis vous savez, j'aurais été à sa place, avec une femme comme celle qu'il a...

— Il est de fait ! et toujours à vous parler des cochons qu'elle a gardés, des bourrées qu'elle a dansées. — Youp, la, la! tandis que Mme Boutellier, eh! eh!

— Plus bas, dit le proviseur, si ma femme entendait !

J'eus peur dans mon cabinet. Je me les figurais allant à la porte, l'entrouvrant pour voir s'il y avait des oreilles.

C'était le proviseur et l'inspecteur d'académie ; j'avais reconnu leurs voix. Ils reprirent :

— Je me suis contenté de lui donner un avertissement une fois. J'ai pris le prétexte de son fils.

— Qu'est-ce que c'est que ce garçon-là ?

— Un pauvre petit malheureux qu'on habille comme un singe, qu'on bat comme un tapis, pas bête, bon cœur. Il a plu beaucoup à l'inspecteur, la dernière fois.. Je l'ai donc pris pour prétexte. « Occupez-vous plus de votre fils, » cela voulait dire : — Restez un peu plus avec votre femme, — et il a tenu compte de l'observation.

Je restai rêveur toute la journée du lendemain... Mon père s'en fâcha, et me bousculant avec un geste de colère :

— Vas-tu retomber dans tes rêvasseries, redevenir fainéant ? L'inspecteur doit arriver dans quelque temps, il ne s'agit pas de me faire honte, comme l'an passé, et de nous faire souffrir tous de ta paresse !

Quelle honte ? quelle paresse ?

Mon père ne dit pas la vérité.

XVII

SOUVENIRS.

M. Laurier, l'économe, qui a passé dans un collège de première classe du côté de l'Ouest, a entendu dire qu'une place est vacante à Nantes. La chaire d'un professeur de grammaire est vide. Il s'est démené pour que mon père l'obtint.

La nomination arrive.

Nous allons quitter Saint-Etienne. Je viens de ranger les cahiers d'agrégation de mon père : les thèmes grecs ici ; les versions latines par là ; il y en a des tas.

Mes parents vont faire leurs adieux.

Ils sortent, je les vois qui descendent la rue sans se parler.

Instinctivement, près du passage Kléber, ils se détournent et prennent la gauche du chemin : c'est là que Mme Bouteillier demeure.

J'enfile du regard cette rue qui d'un côté mène au collège, de l'autre à la place Marengo, qui me rappelle le plaisir, la peine, les longues heures d'ennui et les minutes de bonheur.

Ah! j'ai grandi maintenant; je ne suis plus l'enfant qui arrivait du Puy tout craintif et tout simple. Je n'avais lu que le catéchisme et je croyais aux revenants. Je n'avais peur que de ce que je ne voyais pas, du bon Dieu, du diable; j'ai peur aujourd'hui de ce que je vois; peur des maîtres méchants, des mères jalouses et des pères désespérés. J'ai touché la vie de mes doigts pleins d'encre. J'ai eu à pleurer sous des coups injustes et à rire des sottises et des mensonges que les grandes personnes disaient.

Je n'ai plus l'innocence d'autrefois. Je doute de la bonté de Dieu et des commandements de l'Eglise. Je sais que les mères promettent et ne tiennent pas toujours.

Et tenez, à l'instant, en rôdant dans cet appartement où traînent les meubles comme les décors d'un drame qu'on démonte, je vois les débris de la tire-lire où ma mère mettait l'argent pour m'acheter un homme et qu'elle vient de casser. Je vois bien des choses encore.

Est-ce le silence, l'effet de la tristesse qui m'envahira toujours plus tard, quand j'aurai quitté un lieu où j'avais vécu, même un coin de prison?

Est-ce l'odeur qui monte de toutes ces choses entassées? Je l'ignore—mais tous mes souvenirs se ramassent.

Voici, dans ce coin, un bout de ruban bleu.

C'était à ma cousine Marianne. On l'avait fait venir de Farreyolles sous prétexte qu'elle était née avec des manières de dame, et qu'un séjour de quelque temps dans notre famille, chez son oncle Vingtras, le professeur, avec sa tante pour la guider, ne pouvait manquer de lui donner le vernis et la tournure qu'on gagne dans la compagnie des gens d'éducation et de goût.

Pauvre cousine Marianne!

On en fit une domestique, qu'on maltraitait tout comme moi, — moins les coups.

Nous étions ensemble dans la cuisine, — je faisais le gros—un homme doit savoir tout faire. Je grattais le fond des chaudrons, elle en faisait reluire le ventre. Pour les assiettes, c'est moi qui raclais le ventre, c'est elle qui essuyait le fond; c'était la consigne. Ma mère avait fait remarquer avec conviction que ce qui est sale dans les chaudrons, c'est le dessous; que ce qui est sale dans les assiettes,

c'est le dessus. Et voilà pourquoi je faisais le gros.

On l'a obligée aussi à garder son petit bonnet de campagne. Elle en était toute fière à Farreyolles et savait que les gars disaient qu'elle le portait bien. Mais elle sentait qu'à Saint-Etienne cela faisait rire. On détournait la tête, on la regardait avec curiosité.

Ma mère de dire:

— C'est que je l'aime comme mon fils, voyez-vous! Je ne fais pas de différence entre eux deux. Et elle ajoutait: Jacques pourrait presque s'en fâcher.

Oui, je me fâche, et je voudrais qu'on fît une différence; c'est bien assez qu'on m'ait ennuyé comme on l'a fait, sans qu'on l'ennuie aussi.

M. Laurier lui-même a fait observer que ce n'était point de mise à la ville; ma mère a répondu:

— Croyez-vous donc que je rougisse de mon origine? J'ai gardé les vaches, moi; j'ai gardé les oies, j'ai gardé les cochons. Voulez-vous que j'aie l'air d'être honteuse de mes sœurs et de ne pas oser sortir avec ma nièce parce qu'elle a un bonnet de campagne?... Ah! vous me connaissez mal, monsieur Laurier!

Un jour cependant elle crut avoir assez brisé la volonté de sa nièce, et, assez prouvé qu'elle ne rougissait pas de son origine; elle supprima la coiffe; mais elle *dicta* un bonnet, coupa elle-même une robe.

— Je ne sortirai jamais fagotée comme ça, dit Marianne le jour où on les essaya.

— Tu entends par là que ta tante n'a pas de goût, que ta tante est une bête, qui ne sait pas comment on s'habille, qui souillonne ce qu'elle touche. Ah! je souillonne?...

— Je n'ai pas dit ça, ma tante.

— Et hypocrite avec ça! — Qui va-t'en dire partout que je souillonne les robes de mes nièces. — Tu ajouteras peut-être aussi que je les laisse mourir de faim!

Une pause.

Tout d'un coup se tournant vers moi, d'une voix qui était vraiment celle du sang, dans laquelle on sentait mourir la tante et ressusciter la mère.

— Jacques, fit-elle, mon fils, viens embrasser ta mère......

Tant d'amour, de tendresse, cette explosion, ce cœur qui tout d'un coup battait au-dessus du sein qui m'avait porté, tout cela me troubla beaucoup et je m'avançai comme si j'avais marché dans de la colle.

— Tu ne viens pas embrasser ta mère! s'écria-t-elle attristée de ce retard en levant les mains au ciel!

Je pressai le pas, — elle m'attira par les cheveux et elle me donna un baiser à ressort qui me rejeta contre le mur où mon crâne enfonça un clou !

Oh ! ces mères ! quand la tendresse les prend ! Ça ne fait rien, le clou m'a fait une mâchure.

Ces mères qu'on croit cruelles et qui ont besoin tout d'un coup d'embrasser leur petit !

Quel coup ! j'ai mal tout de même ! et je me frotte l'occiput.

— Jacques ! veux-tu ne pas te gratter comme ça ! Ah ! tu sais j'ai regardé le fond du grand chaudron, tout à l'heure ; — tu appelles ça nettoyer, mon garçon, tu te trompes ? Il y a deux jours qu'on n'y a pas touché, je parie !

— Ce matin, maman !

— Ce matin ! tu oses !...

— Je t'assure.

— Allons c'est moi qui ai tort, c'est ta mère qui ment.

— Non ! m'mam.

— Viens que je te gifle !

Ça m'a fait moins de mal que le clou.

Chère Marianne, depuis ce jour-là, elle fut bien malheureuse. Elle écrivit à sa mère qui l'aimait bien, et lui demanda de retourner tout de suite au village.

Mais à la lettre qui vint de Farreyolles, ma mère répliqua :

« Veux-tu donner raison à ta fille contre moi ? Crois-tu ta sœur une menteuse ? Crois-tu, comme elle l'a dit, que je souillonne, ! Crois-tu,... — Si tu le crois, — c'est bien ! »

C'est moi qui mis les virgules et les pluriels.

On n'osa pas reprendre Marianne tout de suite, et elle resta un mois encore.

Elle souffrit beaucoup pendant ce mois-là, mais moi, comme je fus heureux !

Elle était blonde, avec de grands yeux bleus, toujours humides, un peu froids, qui avaient l'air de baigner dans l'eau. — Ses cheveux étaient presque couleur de chanvre, et ses joues étaient saupoudrées de rousseurs ; mais la peau du cou était blanche, tendre et fine comme du lait caillé.

Je l'ai revue longtemps après, dans le fond d'un couvent, à travers une grille : elle s'était faite religieuse.

— Si j'étais restée à Saint-Etienne, murmura-t-elle en baissant les paupières, je ne serais peut-être jamais venue ici.

— Le regrettez-vous ?

Elle éloigna du guichet sa tête pâle encadrée dans la grande coiffe blanche des sœurs de la Miséricorde et ne répondit rien, mais je crus voir deux larmes tomber de ses yeux clairs, et il me sembla reconnaître un geste de regret.

Elle disparut dans le silence du couloir muet qu'ornait un Christ d'ivoire taché de sang.

Voilà le pupitre noir devant lequel je m'asseyais, qui était si haut ; il fallait mettre des livres sur ma chaise.

Quelles soirées tristes et maussades j'ai passées là et quelles mauvaises matinées de dimanche, quand on exigeait que j'eusse fait dix vers ou appris trois pages avant de mettre ma chemise blanche et mes beaux habits !

Mon père m'a souvent cogné la tête contre le coin, quand je regardais le ciel par la fenêtre au lieu de regarder dans les livres. Je ne l'entendais pas venir tant j'étais perdu dans mon rêve, et il m'appelait « fainéant » en me frottant le nez contre le bois.

C'est sensible, le nez ! On ne sait pas comme c'est sensible.

J'avais fait un jour une entaille dans ce pupitre. Il m'en est resté une cicatrice à la figure. J'avais ébréché mon canif : il avait cassé sa canne.

Voilà plein de vieille vaisselle, un panier rongé !

C'était là que dormait Myrza, la petite chienne que l'ancien censeur, envoyé en disgrâce, nous avait donnée pour en avoir soin. Il n'avait pas d'argent pour l'emporter avec lui ; puis il ne savait pas si, dans le trou où on l'enterrait, il aurait seulement du pain pour sa femme et lui.

Mes parents prétendaient que je l'aimais mieux qu'eux.

Elle mourut en faisant ses petits, et l'on m'a appelé imbécile, grand niais, quand, devant la petite bête morte, j'éclatai en sanglots, sans oser toucher son corps froid et descendre le panier en bas comme un cercueil !

J'avais demandé qu'on attendît le soir pour aller l'enterrer. Un camarade m'avait promis un coin de son jardin.

Il me fallut la prendre et l'emporter devant ma mère, qui ricanait. Bousculé par mon père, je faillis rouler avec elle dans l'escalier. Arrivé en bas, je détournai la tête pour vider le panier sur le tas d'ordures, devant la porte de cette maison maudite. Je l'entendis tomber avec un bruit mou, et je me sauvai en criant : « Mais puisque le tombeau ne coûtait rien ! » C'était une idée d'enfant qu'elle n'eût point la tête entaillée par la pelle du boueux ou qu'elle ne vidât pas ses entrailles sous les roues d'un camion ! Je la vis longtemps ainsi, guillotinée et éventrée, au lieu d'avoir une petite place sous la terre où j'aurais su qu'il y avait un être qui m'avait aimé, qui léchait mes mains quand elles étaient bleues et gonflées, et regardait d'un œil où je croyais voir des larmes son jeune maître qui essuyait les siennes...

XVIII

LE DÉPART.

Quelle joie de partir, d'aller loin !

Puis, Nantes, c'est la mer ! Quoi ! je verrai les grands vaisseaux, les officiers de marine, la vigie, les hommes de quart, je pourrai regarder des tempêtes !

J'entrevois déjà le phare, le clignottement de son œil sanglant, et j'entends le canon d'alarme lâcher son soupir de bronze dans le désespoir des naufrages.

J'ai lu la *France maritime*, ses récits d'abordages, ses histoires de radeau, ses prises de baleine, et, n'ayant pu être marin, par le mensonge de mon père, je me suis rejeté dans les livres, où tourbillonnent les oiseaux de l'Océan.

J'ai déjà fait des narrations de sinistres comme si j'en avais été un des héros, et je crois même que les phrases que je viens d'écrire sont des réminiscences de bouquins que j'ai lus, ou des compositions que j'ai esquissées dans le silence du cachot.

Désespoir des naufrages, soupir de bronze, tourbillonnage des oiseaux : il me semble bien que c'est de Fulgence Girard, mon tempêtard favori. Je me répète ces grands mots comme un perroquet enchaîné au grand mât ; mais, au fond de moi-même, il y a l'espérance du forçat, qui pourra s'évader, cette fois.

A Nantes, je pourrai m'échapper quand je voudrai.

En face de *la grande tasse* ! on se laisse glisser et l'on est dans l'Océan.

Je n'appartiens plus à mon père ; je me cache dans la sainte-barbe, je me fourre dans la gueule d'un canon, et quand on s'aperçoit de ma disparition, je suis en pleine mer.

Le capitaine a juré, sacré — mille sabords du diable ! — en me voyant sortir de ma cachette et m'offrir comme novice, mais il ne peut pas me jeter par-dessus bord ; je suis de l'équipage !

Le voyage par terre, en attendant l'évasion par eau salée est déjà plein de poésie.

Nous avons d'abord la diligence,— l'impériale, — puis nous entrons dans une gare !

Les machines renâclent comme des ânes, ou beuglent comme des bœufs, et jettent du feu par les naseaux. Il y a des coups de sifflet qui fendent l'âme !

Orléans.

Nous arrivons à Orléans la nuit.

Nous laissons les malles à la gare.

Il y a des choses qu'il faut garder avec soi, dit ma mère, et elle a gardé beaucoup de choses ; on les entasse sur moi, j'ai l'air d'une boutique de marchand de paniers, et je marche avec difficulté.

Il s'écroule toujours quelque chose qu'on ramasse aux clartés de la lune.

On ne se décide à rien : on est porté, par l'heure et le calme immense, à un espèce de recueillement très-fatigant pour moi qui ai tout sur le dos.

Il y a bien eu des facteurs et des garçons d'hôtels qui, à la gare, ont voulu nous emmener au Lion-d'Or, au Cheval-Blanc, au Coq-Hardi, — à deux pas. — Voici l'omnibus de l'hôtel !

Aller à l'hôtel, au Cheval-Blanc, au Lion-d'Or, mon cœur en battait d'émoi, mais mes parents ne sont pas des fous qui vont se livrer comme cela au premier venu et suivre un étranger dans une ville qu'ils ne connaissent pas.

Ma mère sait juger son monde, elle a voulu trouver une figure qui lui convint, et elle rôde traînant mon père comme un aveugle, hasardant des regards et lançant des questions qui se perdent dans l'obscurité et le brouhaha.

Elle a si bien fait, qu'à un moment, on s'est trouvé seul comme un paquet d'orphelins.

On éteint les lumières.—Il n'est plus resté qu'un réverbère à l'huile devant la grande porte comme un hibou ; et voilà comment nous errons, muets et sans espoir, sur une place à laquelle nous sommes arrivés en nous traînant,—ma mère disant à mon père :—C'est ta faute ; — mon père répondant : — C'est trop fort ; est-ce que ce n'est pas toi !

—Ah ! par exemple !

Nous avons hélé des isolés qui passaient par là ; nous avons même cru voir une chaise à porteurs, mais nos cris se sont perdus dans l'espace.

Je porte toujours les bagages ; j'en ai jusque sur la tête.

La lune est dans son plein — toutes mes nuits qui *datent*, l'ont eue jusqu'ici pour témoin.

Elle inonde la place de ses rayons, et nous tachons l'espace de notre ombre. C'est même curieux.

J'ai l'air énorme avec mon échafaudage de paquets, et quand mon père ou ma mère courent après un colis qui est tombé, les ombres s'allongent et se cognent sur le pavé, comme des guignols immenses.—Mon père a un nez !

Je ne puis pas rire ; — si je riais, je laisserais encore échapper quelque chose ; — puis, je n'ai pas grande envie de rire.

—Quelqu'un là-bas !

Je me tourne comme une paysanne qui porte un seau, comme un jongleur qui attend sa boule ; j'ai la tête qui m'entre dans la poitrine, les bras qui me tombent des épaules ; j'ai l'air d'un télescope qu'on ferme.

— Quelqu'un !

— C'est une femme ! Je te dis que c'est une femme !

— Sur quoi est-elle montée ?

— Sur quoi ?

— Oui, sur quoi ? — (Ma mère est aigre, très-aigre.)

— Hé ! la bonne femme !

Rien ne bouge que les colls qui ont failli s'écrouler.

. . . .

—Mes amis, nous nous sommes tous trompés...

La voix de mon père a un accent religieux, des notes graves ; on dirait qu'une larme vient d'en mouiller les cordes.

— Tous trompés, reprend-il avec le ton du plus sincère repentir.

Ce que nous avons devant nous n'est pas un homme, n'est pas une femme, c'est la PUCELLE D'ORLÉANS.

Il s'arrête un moment !

— Jacques, c'est la Pucelle !

J'ai entendu parler d'elle en classe ; la vierge de Domrémy, la bergère de Vaucouleurs !

—C'est la Pucelle, Jacques !

Je sens qu'il faut être ému, je ne le suis pas, j'ai trop de paniers, aussi ; puis j'ai une faim... Ça ne fait rien, je sens tout de même quelque chose.

Ma mère a pris dans le ménage le rôle ingrat ; elle a voulu être mère de famille, selon la Bible, et elle n'a guère eu que le temps de fouetter son enfant et de lui faire des polonaises ; elle connaît de réputation Jeanne Darc, mais elle ignore le nom chaste que lui a donné l'histoire.

— Quand tu auras fini de parler de cela à cet enfant !

Les bras lui tombent en voyant que mon père me dit des mots qui ne doivent pas se dire, pendant que je porte des bagages, à deux heures de la nuit, dans une ville de province, que nous ne connaissons pas...

— C'est Jeanne Darc, reprend ce père accusé d'être léger devant son enfant, celle qui a sauvé la France !

— Oui répond ma mère d'un air distrait, et elle ajoute d'un air content : on peut s'asseoir contre.

Nous avons passé la nuit assis contre le socle, — c'était un peu dur, mais on avait le dos appuyé.

Un sergent de ville qui nous a vus s'est approché.

Le sergent de ville nous a pris pour une famille de pèlerins fanatiques, qui étaient venus tomber d'épuisement — avec beaucoup de bagages, par exemple — aux pieds de leur sainte, — il ne nous a pas brusqués, mais, il nous a dit qu'il fallait partir, il s'est offert à nous mener dans une auberge tenue par son beau-frère même, au bout de la rue, près du marché.

— Tu n'as pas faim ? demande mon père, ma mère pendant le chemin.

— Pourquoi aurais-je faim ?

Il faut dire que mon père, dans la soirée, avait parlé de dîner au buffet de Vierzon de peur de manger trop tard si on ne prenait pas cette précaution. Ma mère s'y était opposée et elle n'entendait pas qu'on eût l'air de jeter un reproche sur sa décision en lui demandant si elle avait faim.

Mon père ne dit mot. — Le sergent de ville coule vers ma mère un regard de terreur.

Nous sommes dans l'auberge.

Elle s'éveillait ; un garçon d'écurie rôdait avec une lanterne, on attelait la carriole d'un paysan.

Le sergent de ville appelle son beau-frère en tapant contre une cloison.

Un grognement.

— On y va, on y va !

A travers les fentes, on voit passer une lumière, et l'on entend l'homme qui s'habille en bâillant, ses bretelles qui claquent et ses souliers qui traînent.

— Ces personnes demandent à coucher et un morceau sur le pouce.

Morceau sur le pouce est dit, le visage tourné vers mon père, il se souvient de ce « Pourquoi aurais-je faim ? » de ma mère. Mais elle intervient.

— Coucher seulement, fit-elle ; nous mangerons en nous réveillant.

— Comme vous voudrez, fait l'aubergiste, à qui il importe peu de vendre à manger le matin ou la nuit, et qui préfère même, une fois les voyageurs couchés, se recoucher aussi.

J'entends les boyaux de mon père qui grognent comme un tonnerre sous une voûte ; les miens hurlent ; — c'est un échange de borborygmes ; ma mère ne peut empêcher, elle aussi, de significatifs bâillements ; mais elle a dit, à la station, qu'il ne fallait pas dîner, et l'on ne mangera pas avant demain. On ne man-ge-ra pas.

Elle a pourtant crié à mon père :

— Mange si tu veux, toi !

Mon père a simplement branlé la tête ; il a ouvert la bouche comme une carpe, et il a murmuré :

— Non, non, demain.

Il sait ce que cela signifie, « mange, si tu veux, toi ! »

Cela signifie : Je ne veux pas que tu prennes une miette, que tu grattes un radis, que tu effleures une andouille, que tu respires un fromage !

Mon père va se coucher ; ma mère le suit. On met une paillasse pour moi dans un coin.

Je tombe de fatigue et je m'endors ; mes parents en font autant.

Mais nous nous réveillons tous les trois, par moments, au bruit que font nos intestins ; on dirait qu'il y a des chats sous les draps ; notre faim miaule, nos estomacs glougloutent.

Ma mère est du concert comme les autres, — mais elle ne cédera pas. — C'est une femme de tête, ma mère. Ah ! je l'admire vraiment ! Quelle volonté ! quel esprit de suite ! Quelle différence avec moi ! Si j'avais faim, moi, je le dirais, et même, je mangerais... s'il y avait de quoi !

Nature vulgaire, poule mouillée, avorton ! Regarde donc ta mère, qui, pour être fidèle à sa parole, s'en tenir à ce qu'elle a dit, passe la nuit à se serrer le ventre, et attend le matin pour casser une croûte. Elle fera encore celle qui mange par habitude, sans appétit, tu verras. — Tu as pour mère une Romaine, Jacques ! tu ne tiens pas d'elle, — surtout par le nez, car tu l'as en pied de marmite.

Nous avons déjeuné, — ma mère, du bout des dents ; mais je l'ai vue qui dévorait, dans un coin, du foie de veau qu'elle avait demandé à la cuisine, et qu'on lui avait enfoui dans du pain ; — elle mordait là-dedans !

Mon père a mangé à en éclater, — il en a les oreilles bleues. Moi, j'ai eu un morceau de lard, avec la peau, où il restait des poils ; j'ai mangé le lard et la peau, ce qui fait que l'estomac me gratte ; c'est comme si j'avais avalé une brosse, mais je suis allé boire à la pompe, et je me suis abreuvé d'eau fraîche ; — tout descend, tout passe, — et comme on va mettre les bagages dans une carriole, pour les porter au bateau, repu, débarrassé, je n'ai plus de motifs de tristesse, et je me sens tout heureux.

Mon père ne s'est pas rebiffé cette nuit, parce qu'il a commis, au moment du départ une grande imprudence. Il a confié à ma mère tout l'argent.

Ma mère a dit, sans avoir l'air de rien :

— Mes poches sont plus grandes que les tiennes, l'argent y tiendra mieux ; c'est moi qui paierai en route.

Peut-être ne pensait-elle pas vraiment à toute l'influence que lui donnerait cet or en poche, cet argent détenu ; la fortune de la maison confiée à ses soins. Mon père, lui-même, n'a pas compris tout de suite l'éten-

due de son malheur, la gravité de la faute ; mais au premier relais il a senti la blessure. Il ne lui restait plus rien, pas une pièce d'un franc, pas une pièce de deux sous. Il avait vidé son gousset dans les mains des gens à pourboire, porteurs du roulage ou facteurs des messageries, et il n'avait pas même de quoi prendre un verre de groseille.

Il mourait de soif.

— Donne-moi de l'argent.

— Tu veux de l'argent ?...

— Oui, Jacques a soif...

Ma mère se tourne vers moi.

— Tu as soif ?

Ma foi ! je veux bien soutenir mon père, quand c'est possible ; mais, pourquoi, quand il a soif, dit-il que c'est moi ?

Je ne réponds rien à la question de ma mère, dont les yeux vont avec une ironie froide de son fils à son époux.

— Il peut attendre, bien sûr, dit-elle en se replongeant dans son coin, et ne paraissant pas plus se soucier de mon père que s'il n'existait pas.

Cela a duré trois jours, les demandes d'argent et les refus de versement !

Mon père s'est fâché ; — il y a même eu scandale, d'abord, sur le pas d'une auberge, puis dans un wagon ; et ma mère a eu le dessus ; mon père a demandé grâce.

C'est qu'elle est courageuse et franche. — Elle dit souvent : « Je suis franche comme l'or. »

Et, comme elle est franche, elle reproche tout haut à mon père, devant les hôteliers, devant les voyageurs, d'être un homme sans cœur, un époux sans conduite.

Elle conte son histoire, elle dit les noms tout haut.

— C'est le regret de quitter la Bouteiller qui te talonne. — Ah ! ah ! ah ! — On veut s'empiffrer, pour oublier... Monsieur veut peut-être l'argent pour lâcher sa femme et son fils et retourner chez sa maîtresse.

Mon père qui a demandé cinq malheureux francs ! Ce n'est pas avec cela !

Il est sur des épines, devient blanc, devient bleu, devient rouge, tâche de couper les phrases, de morceler les mots, de détruire l'effet ; mais, ma mère est franche.

— Tu ne me feras pas taire, je pense ! Tu n'as pas besoin de me pousser le coude ; ce que je dis est vrai, tu le sais bien... Heureusement qu'il y a du monde ; tu ne me frapperas devant le monde, peut-être ?...

Tous les gens qui sont là croient que mon père l'a rouée de coups. Il ne l'a jamais touché du bout du doigt ; au milieu de leurs plus terribles colères, il n'a jamais abattu un doigt sur elle ; et c'est ma mère qui a toujours cassé les assiettes, la première ; mon père se contentait de les rattraper au vol, et c'est moi qui ramassais les morceaux.

Au bout d'une journée, mon père s'est rendu.

Il a attendu qu'on lui tendît la gourde de salut, qu'on lui fît l'aumône du viatique; il suit comme un chameau tenu en laisse dans le désert et qu'on éloigne à plaisir des sources.

Vaincu sur la boisson, *tombé* pour le rafraîchissement, il espérait que, sur le chapitre de la faim, on pourrait au moins s'entendre.

Mais cette fâcheuse proposition de Ylerson avait tout gâté, et la peur de soulever un orage, dans le calme d'Orléans, devant Jeanne Darc, et ensuite devant l'aubergiste; la crainte d'un nouveau scandale et d'autres scènes, le fait se tenir coi et dévorer sa douleur, pour tout souper, pour tout potage.

Il s'est tu, mais je vois bien que sa colère est terrible, sa rancune féroce; et, entre deux fureurs qui font trêve, je n'ose glisser un mot, aventurer un regard, faire hum! quand j'en ai envie.

Sur le bateau.

Le bateau m'affranchit, — ma mère se trouve malade heureusement.

Elle est restée trop longtemps sans manger, elle a avalé le foie de veau trop vite — elle n'a pas fermé l'œil de la nuit. —Enfin, la migraine la prend et l'endort.

Mon père reste près d'elle, le temps moral nécessaire pour être sûr qu'elle repose, qu'elle est en plein sommeil, et qu'elle n'a plus la force de fondre sur lui.

Il monte sur le pont...

— Chanlaire!
— Vingtras!

Chanlaire est un ancien pion du Puy, qui, à Nantes a un oncle avec lequel il était brouillé pendant le pionnage; avec lequel il s'est raccommodé, et chez qui il retourne après un voyage à Paris dans l'intérêt de la maison.

Il est heureux, gagne de l'argent.
— Quelle rencontre!
—Nous allons faire la noce,—votre femme n'est pas avec vous?

Il pose cette question, comme on manifeste un espoir, et il semble un peu désappointé quand mon père répond, d'un air triste:
— En bas — et d'un air plus gai: malade.
— Ce ne sera rien.
— Non — non — non.
— Ça n'empêche pas de décoiffer une bouteille de bourgogne, au contraire....
Se tournant vers moi:

— Savez-vous qu'il a grandi, votre gamin? Quelle tignasse et quels yeux! — Garçon!

Il y avait des sous-officiers qui allaient en congé, et avaient aussi rencontré des camarades.

La table de ....abine est couverte de bouteilles de vin et de cruches de bière.

De la gaîté, des rires comme je n'en ai jamais entendu de si francs! On joue aux cartes, on allume des punchs, on boit des bishofs; il y a une odeur de citron.

Voilà qu'on chante, maintenant.

Un fourrier entonne un air de garnison — tous au refrain!

Je m'en mêle, et ma voix criarde se mêle à leurs voix mâles: j'ai bu un petit coup, il faut le dire, dans le verre de mon père, qui a les pommettes roses, les yeux brillants.

Il a conté bravement à Chanlaire — après la troisième tournée,— qu'il a le gousset vide, c'est la bourgeoise qui a le sac!

— Voulez-vous vingt francs, vous me les rendrez à Nantes, nous nous y reverrons, j'espère, et nous y ferons de bonnes parties.... Mais, le dis cela devant le moutard....

— Il n'y a pas de danger.

Non, père, il n'y a pas de danger. Ah! comme il a l'air jeune! et je ne l'ai jamais vu rire de si bon cœur.

Il me parle comme à un grand garçon.
— Allons, Jacques, une goutte!

Puis une idée lui vient:
— Si nous cassions une croûte? Ces pieds de cochon me disent quelque chose; j'ai envie de leur répondre deux mots.

C'est un langage hardi pour un professeur de septième; mais le proviseur de Saint-Etienne est loin; le proviseur de Nantes, n'est pas encore là, et les pieds de cochon tendent leurs orteils odorants.

Oh! j'ai encore le goût de la sauce Sainte-Menehould, avec son parfum de ravigote, et le fumet du vin blanc qui l'arrosa!

On me donne un couvert, comme aux autres, et on me laisse me servir et me verser moi-même. C'est la première fois que je suis camarade avec mon père, et que nous trinquons comme deux amis.

Je m'essuie à la serviette, — tant pis! — je mets ma chaise commodément, encore tant pis!—J'ai de mauvaises manières, je suis à mon aise; on ne me parle ni de mes coudes, ni de mes jambes, j'en fais ce que je veux. C'est un quart d'heure de bonheur indicible! Je ne l'ai pas encore connu; ma jeunesse s'éveille, ma mère dort.

...... Ma jeunesse s'éteint, ma mère est éveillée!

Elle apparaît comme un spectre dans la

cabine, — elle était dans celle du fond, — nous sommes dans celle du devant ; elle vient droit à nous, et va commencer une scène.

Mais bah ! le tapage couvre sa voix. — Les garçons vont et viennent, le cuisinier passe avec ses plats, les sous-officiers rôdent avec des bouteilles sur le cœur ; il y a une farce qui part, une chanson qui éclate, un vacarme, un tohu-bohu ! sa fureur fait long feu.

« Seule de femme, » elle est d'avance sûre d'être vaincue ; puis, elle a vu de l'argent dans la main de mon père, qui paie les pieds de cochon.

— Ah ! nous avons de l'argent, dit mon père, guilleret et narquois, et il crie :

— Une bouteille de ce jaune-là.

— Je n'ai pas soif.

— Mais, moi, j'ai soif. — Jacques a soif aussi ! — As-tu soif ?

C'est la riposte joyeuse au trait de la veille ; il y met de la malice, pas de méchanceté, le vin l'a rendu bon.

— Et vous, madame, fait-il en tendant un verre et la bouteille ?

Il n'y a pas moyen de se fâcher. Ma mère ne s'y frotte pas et sent que le terrain lui manque. Elle dit sans trop de mauvaise humeur :

— Je monte sur le pont. Tu me rejoindras quand tu auras fini. Jacques, viens avec moi.

— Non, il reste avec nous ! Nous allons jouer une partie de dominos, il fera le troisième.

Faire le troisième, à côté des sous-officiers, sur la même table ; écarter les bouteilles pour placer mon jeu, avec les garçons qui me demandent pardon quand ils me bousculent en passant ! Je ne me tiens pas d'orgueil, et c'est moi, moi le fouetté, le battu, le *sanglé*, qui suis là, écartant les jambes, ôtant ma cravate, pouvant rire tout haut et salir mes manches !

La partie de dominos est finie.

— Jacques, va dire à ta mère que nous montons.

Nous l'avions oubliée, et j'en ai, dès que le coup de feu de la première émotion est passé, j'en ai un peu de remords.

Ma mère m'accueille d'un regard dur et d'un mot menaçant ; mon remords s'en va. Il me semble qu'elle aurait dû deviner que je pensais en ce moment à elle ; qu'il y avait un sentiment tendre qui surnageait au-dessus de mon explosion de gaîté, et je lui en veux de son accueil !

J'allais l'embrasser. La petite noce que je viens de faire me rendait ce courage, mon cœur m'en donnait l'envie.

— Tu vas rester ici, et n'en pas bouger ; et elle me désigne une place près d'elle ; elle ajoute entre ses dents :

— Quand nous serons arrivés, tu me paieras tout ça.

Payer quoi ? un moment de gaîté. Ai-je donc fait du mal ? J'ai trempé le bout de mes lèvres dans des verres où il y avait de la mousse, et où je voyais danser le soleil ; je n'ai pas bu trois doigts en tout, mais j'ai respiré avec gaîté ces vapeurs chaudes, et je me suis trouvé riche devant un pied de cochon grillé ; libre et heureux dans ce tapage, insouciant dans cette insouciance. Il faudra payer cela. — Oh ! je ne le paierai jamais trop cher, et, quand je serai arrivé, vous pourrez me battre...

C'est mon jour de chance !

Une dame est venue s'asseoir près de nous et la conversation s'est engagée. Mme Vingtras est toujours aux anges quand une femme bien mise lui fait l'honneur de causer avec elle.

On parle, et les enfants qui viennent de temps en temps rire à leur mère, m'entraînent dans leurs jeux.

— Jacques, reste là.

— Laissez-les s'amuser ensemble, dit avec un air de bonté l'interlocutrice élégante.

— Vous n'avez pas peur qu'ils se noient ?

C'est tout ce que ma mère trouve à dire, mais elle est flattée que son fils soit admis dans un jeu d'enfants de riches, et si je me noie, tant pis !

Je crois vraiment qu'elle a peur que je me noie ! Quand nous approchons d'un feu, elle a peur que je me brûle. Un jour, un ballon partait dans la cour du collège, elle a crié : Il va l'emporter !

Mais elle ne sait donc pas que chaque fois qu'elle a soufflé ou tapé sur ma curiosité, mes envies ont enflé comme ma peau sous le fouet.

C'est plus fort que moi. Je me dis que je ne dois pas être plus poltron que les autres, et je cherche toutes les occasions de m'amuser comme mes camarades s'amusent ; ils ne se noient pas, ils ne se brûlent pas, les ballons ne les emportent pas. Et je n'ai jamais raté un *filage*, je me suis empressé de manquer la classe aussi souvent que j'ai pu pour aller en bateau sur le *Furens*, ou près de la forge, dans la grande usine, dont le père de Terrasson est le contre-maître.

Je suis monté sur le grand arbre du *Clos Pélissier*, et je suis allé jusqu'au bout de la grande branche.

Je me rappelle tout cela en ce moment ; j'ai le cerveau un peu émoustillé. Je me figure que je tiens une bilante, et je pèse ce que je dois faire dans l'avenir. Si on m'empêche d'aller sur le bord de l'eau, de m'approcher des briquetteries ou des ballons, je ne dirai rien. — Je ne veux pas que ma mère ait peur; — mais, à la première occasion, je me rattraperai, j'entrerai dans la rivière jusqu'à la ceinture, et je mettrai mon pied au-dessus des *coulées de fer fondu.*

C'est bien décidé. En attendant, ce soir, comme ma mère m'a laissé libre, je ferai tout pour ne pas me noyer.

Si elle m'avait défendu de jouer, je n'aurais pas pu m'empêcher de me pencher sur la roue, de chercher à prendre de l'écume dans le creux de la main...

Nous courons d'un bout du bateau à l'autre; nous hélons le mécanicien, nous tourmentons l'homme du gouvernail, nous touchons aux cordages, nous tâtons le cabestan, nous essayons de soulever l'ancre, nous dérangeons tout le monde, et tout le monde nous laisse faire.

Nous nous sommes abrités derrière le bastingage! — C'est moi qui appelle ça bastingage, pour avoir l'air d'un connaisseur. — Dame! j'ai failli être marin, et j'en impose à mes compagnons; je le prends d'un peu haut avec eux, qui n'ont pas, j'en suis bien sûr, essayé d'aller à Toulon, et de mettre dedans les argousins.

Mais quelle journée, depuis le déjeuner avec les soldats jusqu'à la causerie avec les amis nouveaux près du canot de sauvetage!

Nous nous laissons prendre comme des hommes par la mélancolie du crépuscule; les jours froides, avec un frisson dans le cou, r a grands cheveux secoués par le vent, nous regardons le sillon d'écume que creuse le bateau dans sa marche, nous fixons les premières étoiles qui tremblent au ciel, et nous suivons dans l'eau moirée les traînées de lune.

La machine fait poum, poum! C'est la cloche qui parle à présent; nous approchons du pont.

Nous voici à Tours.

M. Chanlaire connaît un hôtel, pas cher. Nous irons tous, si l'on veut. C'est entendu. Et dix minutes après le débarquement, nous arrivons au *Grand Cerf.*

Nous dînons à la table d'hôte.

Il y a des commis voyageurs, une Anglaise, un prêtre; tout le monde fait honneur à la cuisine, qui sent bon, et une certaine moutarde de Dijon a un succès qui profite à la cave. Son piquant donne soif.

J'ouvre des yeux énormes, j'écarte les narines et je dresse les oreilles. Quel luxe!

Combien de réchauds d'argent! Dix plats! On bavarde, on dévore.

— Passez-moi le civet. — Voulez-vous du saumon?

Il me semble que je suis à un repas des Mille et une nuits.

Je suis profondément étonné de voir que tout le monde foule aux pieds les préceptes que m'a inculqués ma mère, sur la façon de se tenir en société. Le curé lui-même a les coudes sur la nappe et sa chaise tout près de la table, comme j'étais moi-même, ce matin, dans la cabine, en face du pied de cochon grillé et du petit vin jaune.

Ma mère est à côté de la dame de Paris, qui nous a placés à sa droite, ses fils et moi.

Je suis presque libre, je prends de tout. Ma mère ne s'en plaint pas, et même elle se fâche à un moment parce que je refuse de quelque chose.

— Comme si on voulait le faire mourir de faim! C'est bien à prix fixe, n'est-ce pas? demanda-t-elle à M. Chanlaire.

— Oui, deux francs par tête.

— Jacques, crie-t-elle aussitôt, mange de tout.

C'est jeté comme un cri des croisades, comme une devise de combat :

Mange de tout!

Cela s'entend par-dessus le bruit des cuillers et des fourchettes, et fait rire tout un coin de table.

Elle ne peut s'empêcher de s'occuper de moi, de la place où elle est, et veille toujours sur son enfant.

— Jacques, on ne fait pas des tartines de moutarde. — Jacques, tu sais bien que je ne veux pas qu'on suce ses doigts. — Veux-tu b'en ne pas faire ce bruit en te mouchant! — Jacques, tu as déjà mangé deux croûplons!

Je la vois en ce moment qui ramasse en cachette et glisse dans sa poche des provisions qui traînent. On la remarque, j'en meurs de honte pour elle. J'en deviens rouge.

— Jacques, veux-tu bien ne pas rougir comme cela!

Ah! elle m'a gâté mon plaisir... Je m'aperçois parfaitement que les voisins se moquent d'elle, et les maîtres de l'hôtel la regardent de travers! Puis j'aurais voulu avoir l'air d'un homme, en redemander aux garçons : Passez-moi ce plat-là! — m'essuyer la bouche avec un serviette, en me renversant en arrière, et dire en finissant : « En voilà encore un que les Prussiens n'auront pas. »

M. Chanlaire se lève :

— Mesdames, messieurs et gamins, j'offre du champagne.

— Jacques, tu boiras dans mon verre, dit

ma mère, du ton dont elle dirait : « On ne m'enlèvera pas mon fils. »

— Non, il boira dans le sien, et c'est lui qui aura l'étrenne de cette bouteille, dit M. Chanlaire en pressant le bouchon, qui part comme une balle ; les enfants les premiers !

Il remplit mon verre, qui déborde, et dit :

— Vide-moi ça !

Ma mère me lance des yeux terribles, et tape de petits coups sur la table, qui veulent dire : regarde-moi donc !

Je n'ose la regarder ni boire, ce qui me donne un air niais.

— Tu es là comme un empoté, voyons !

Empoté ! M. Chanlaire dit cela tout haut, j'en ai le cœur qui se fend, la main qui tremble, et je renverse la moitié du champagne sur une robe d'à côté.

— Nigaud ! dit l'inondée...

« Empoté ! Nigaud ! » C'est ma mère qui est cause que j'ai été si bête.

Elle me sermonne encore après, en renchérissant sur les autres. Il m'en vient des larmes de honte aux yeux, et des bouffées de rage contre elle, dans le cœur.

Je vais me coucher désespéré, honteux.

Au moment où je suis au bout du corridor, disant adieu à la dame de Paris et à ses fils, qui m'ont fait tout le soir des amitiés, ma mère m'appelle !

— Jacques, les cabinets sont en bas.

Il y a l'accent du commandement dans la voix — de la sollicitude aussi — elle prend des précautions auxquelles son enfant, avec l'imprudence de son âge, ne songe pas.

— En bas, à gauche, entends-tu ?

Mes camarades sourient, leur mère rougit, la mienne salue.

Aujourd'hui encore dans mes rêves, dans un salon quelquefois, au milieu de femmes décolletées, à table, dans un bal, j'entends, comme Jeanne Darc, une voix : « Jacques ! les cabinets sont en bas ! »

Le lendemain matin nous reprenons le bateau et mon bonheur recommence.

La dame de Paris est encore avec ma mère et je suis avec ses fils.

Ils sont plus remuants que moi et ne s'arrêtent pas au milieu du pont, les lèvres entr'ouvertes et le nez frémissant, pour respirer et boire le petit vent qui passe ; brise du matin qui secoue les feuilles sur les cimes des arbres et les dentelles au cou des voyageuses. Le ciel est clair, les maisons sont blanches, la rivière bleu ; sur la rive, il y a des jardins pleins de roses, et j'aperçois le fond de la ville qui dégringole tout joyeux !

Là-bas, un pont sur lequel passent des paysannes qui rient et un vieillard qui va lentement, avec un chapeau à grandes ailes et des cheveux gris, sans barbe, une redingote comme en ont les prêtres.

— C'est lui ! c'est lui !

— Quelqu'un a donné un nom à cet homme qui passe et on l'a reconnu. C'est le chantre des *Gueux*, Jacques, c'est Béranger.

Mon père me dit cela, comme il m'a dit : c'est la Pucelle !

Il a ôté son chapeau, je crois, et il a pris un air grave, comme s'il faisait sa prière. Il est plein de respect pour les gloires, mon père, et il s'enrhumerait pour les saluer. Il n'a pas encore réussi à m'inspirer cette vénération, et tandis qu'on regarde Béranger sur le pont, je regarde au loin, dans un champ, des oiseaux qui font des cercles autour d'un grand arbre ; puis, s'abattent et plongent dans l'argent des trembles et dans l'or des osiers.

Dans ma géographie, j'ai vu qu'on appelait ce pays le Jardin de la France.

Jardin de la France ! oui, et je l'aurais appelé comme ça, moi gamin ! C'est bien l'impression que j'en ai gardée ! — ces parfums, ce calme, ces rives semées de maisons blanches, et qui ourlent de vert et de rose le ruban bleu de la Loire !...

Il se tache de noir, ce ruban ; il prend une couleur glauque, par endroits, et il semble qu'il roule du sable sale, ou de la boue. C'est la mer qui approche, et vomit la marée ; la Loire va finir, et l'Océan commence.

Nous arrivons, voici la prairie de Mauves. — Je suis resté tout le jour sous l'impression calme du matin. — J'ai peu joué avec mes petits camarades, qui s'étonnaient de mon silence.

L'espace m'a toujours rendu silencieux.

Nous sommes près du pont en fil de fer, je lis au loin *Hôtel de la Fleur*. — Nous sommes à Nantes.

Nantis.

Ma mère a tanné monsieur Chanlaire pour lui demander où nous ferions bien d'aller en débarquant, et elle s'y est prise si bien qu'il l'a envoyée au diable — tout bas, — et qu'il s'esquive aussitôt qu'on arrive. — Il jette son adresse à mon père, sa valise à un portefaix, et le voilà loin.

La dame de Paris s'en va de son côté. Nous nous serrons la main avec ses enfants, et voilà monsieur Vingtras, professeur de sixième au collège de Nantes, debout, sur le pavé de la ville, avec ses malles, sa femme et son garçon.

Notre spécialité est d'encombrer de notre présence et de gêner de nos bagages la vie des cités où nous pénétrons. Pour le moment, nous avons l'air de vouloir demeurer sur le verçant du quai, et l'on croit que nous allons allumer du feu et faire la soupe. Nous sommes un obstacle au commerce, nous dérangeons les lois de la navigation, les déchargements se font mal. — A nous trois, nous tenons plus de place qu'il n'est permis dans un port marchand; et déjà il se forme des rassemblements autour de notre colonie.

Ma mère a *entrepris* mon père.

— Tu ne pouvais pas demander à M. Chanlaire...

— Puisque c'est toi qui t'en étais chargée.

— Moi!

Elle a la note aiguë, et qui fait retourner les passants. On s'attroupe.

Un portefaix s'approche.

— Combien? dit ma mère, pour emporter nos bagages?

— Trois francs,

— Trois francs!

— Pas un sou de moins.

— Je vais en trouver un moi, laisse faire, qui ne demandera pas trois francs, dit ma mère, confiant ses paquets, ses châles et une boîte à mon père et allant à un malheureux en guenilles qui traînait par là.

Il a à peine le temps de répondre que le portefaix arrive, montre sa médaille, fond dans le tas, accable le déguenillé de coups et la famille Vingtras d'injures.

Dans la bagarre, les boîtes s'écroulent et roulent vers la rivière.

— Jacques, Jacques!

Je cours après un paquet, ma mère en poursuit un autre; elle pousse des cris, le déguenillé aussi; les gendarmes arrivent vers mon père. Je remonte pour le secourir; on nous cerne. Voilà notre entrée à Nantes.

Nous sommes installés, ce n'est pas sans peine.

Nous avons passé huit jours dans une auberge dont le propriétaire s'appelait Houdebine, je m'en souviens, je ne l'oublierai jamais.

Nous avons eu naturellement des discussions avec lui, et ma mère a trouvé moyen de mettre la maison sens-dessus-dessous : histoires de corridors, disputes d'escalier, piques avec des femmes de voyageurs. On a discuté sur la note; la bonne a réclamé un pourboire. On nous a chassés; nous nous sommes trouvés un beau jour, à midi, sur le pavé, M. Vingtras, son épouse et son rejeton.

Heureusement, M. Chanlaire est arrivé au moment où nous montions la garde encore une fois autour des malles. Moi, j'avais les paquets pour pouvoir me mettre en route, comme une division sac au dos, dès qu'on saurait où se diriger.

Nous étions déjà connus dans le quartier qui avait remarqué nos querelles avec les portefaix, et ce nouveau déballage en pleine rue, cet entassement de caisses qui, une fois de plus, interrompait le mouvement des affaires dans la ville, ma tournure, les cris de ma mère, l'embarras de mon père, tout avait fait sensation et, après avoir inspiré la curiosité, commençait à inspirer la défiance.

Que j'aurais donc voulu être sur un navire, pendant une bataille navale, la hache d'abordage à la main, sous les boulets! — loin des bagages.

Nous étions dans la rue, — ma mère d'un côté, moi de l'autre, mon père en éclaireur morne — quand M. Chanlaire vint par hasard, il est notre providence décidément.

Il nous mène — comme une bande de prisonniers dans un logement qu'il connaissait : je crois que des agents nous suivirent. — Ils se demandaient ce que voulait cette famille.

Mon père n'avait pas voulu dire qui il était, l'auberge étant indigne de sa situation, et il planait, par conséquent, du mystère sur nos têtes.

Mon père est entré en fonctions le lendemain même de notre emménagement, et il a fait peur aux élèves, tout de suite : cela lui garantit la tranquillité dans sa classe, pour toujours, et des leçons particulières, en quantité. — Il a l'air si chien, — on prendra des répétitions!

Tout va bien! — Voyons maintenant la ville!

Toutes mes illusions, sur la mer envolées; tous mes rêves de tempêtes tombés dans l'eau douce, car c'était de l'eau douce!

Point de vaisseaux avec des canons qui tendent la gueule, et des officiers à chapeau de commandement; point de salves d'artillerie ni de manœuvres de guerre; pas de faces de corsaires ni de soute aux poudres; point de répétition de branle-bas; pas d'exercice d'abordage; des odeurs de goudron, point de parfums de poudre. J'eus une espérance, on me parla de *têtes de mort* entassées sur un trois-mâts; c'étaient des fromages de Hollande.

Comme la vie de marin me paraît bête!

Il y a une petite buvette en bas de notre maison; j'y vais chercher du vin en chopine pour notre dîner, et j'y coudoie des matelots. Ils ne parlent jamais de combats, ils ne savent pas nager; ils ne plongent donc pas, du haut du grand mât, « dans la vague écumante », ils ne luttent pas « contre la fureur des flots... » Non, s'ils tombaient à l'eau, ils se noieraient. Il n'y a pas cinq matelots sur dix capables de traverser la prairie des Mauves. Ah bien! merci!

Il faut dire que nous demeurons au haut de la ville et que les grands vaisseaux sont au bas, sur la Fosse; mais je ne fais pas grande différence entre les navires marchands et les bateaux. Vu cette absence de canons et d'uniformes, je confonds le matelot et le marinier dans un même mépris; j'enveloppe dans mon dédain, je confonds dans ma désillusion le loup de mer et l'ameneur de fromages.

Mon professeur.

J'ai pour professeur un petit homme à lunettes cerclées d'argent, au nez et à la voix pointue, avec un brin de moustache, des bouts de jambes un peu cagneuses, — elles ne l'empêcheront pas de faire son chemin, — insinuant, fouilleur, chafoin, furet, belette, taupe: il arrive de Paris, où il a été reçu comme Turin, un des premiers à l'agrégation; il y a laissé des protecteurs que son esprit de gringalet amuse; il en a rapporté une femme amusante, jolie, et qui doit trouver tous ces provinciaux bien bêtes.

M. Larbeau, c'est son nom, se fiche un peu de ses élèves, — il est caressant avec les fils des influents qu'il ménage, et auprès de qui il a conquis une popularité parce qu'il les traite comme de grands garçons, mais il n'est pas *rosse* pour les autres. Pourvu qu'on rie de ce qu'il dit! — Il fait des calembours et lâche quelquefois des charades; on l'appelle le Parisien.

Je crois qu'il me trouve un peu bête, — parce que ses blagues ne m'amusent pas; puis, il a entendu dire par un camarade qui prend des répétitions avec lui, que j'ai voulu être cordonnier, et que maintenant j'aimerais être forgeron. Je lui semble commun; ma mère d'ailleurs lui paraît vulgaire, et mon père lui fait l'effet d'un pauvre diable. Mais il ne me tourmente pas, il a l'air de me croire, même quand je dis que j'ai *oublié* mes devoirs, ou que je me suis *trompé* de leçon.

À la fin de l'année, aux compositions de prix, il nous lit des romans de Walter-Scott.

Arrive la distribution des prix; — je n'ai rien — ou j'ai quelque chose, — il me semble bien que je rapportai une ou deux couronnes, et que je fus embrassé sur l'estrade — par un homme qui empoisonnait. Toujours donc!

Mais je n'avais pas la foi, et je me moquais d'avoir des prix ou de n'en avoir pas, du moment que mon père ne me tourmentait pas.

La Maison.

Nous demeurons dans une vieille maison replâtrée, repeinte, mais qui sent le vieux, et quand il fait chaud, il s'en dégage une odeur de térébenthine et de fonte qui me cuit comme une pomme de terre à l'étouffée; pas d'air, point d'horizon!

Je passe là, les dimanches surtout, des heures pénibles. Pas de bruit, que celui des cloches, et ma tristesse d'ailleurs, même en semaine, est plus lourde dans ce pays, sous ce ciel clair que sous le ciel fumeux de St-Étienne.

J'aimais le bruit des chariots, le voisinage des forgerons, le feu des brasiers; et il y avait une chronique des malheurs de la mine et des colères des mineurs.

Ici, dans les quartiers que nous habitons du moins, il n'y a pas d'usines à étincelles et d'hommes à yeux de feu, comme presque tous ceux qui travaillent le fer et vivent devant les fournaises.

Il y a des paysans aux cheveux longs et rares, tristes et sales: ils vont muets derrière leurs chariots à travers la ville et ont l'air terne et morne des sourds. Pas de gestes robustes, point l'allure large, la voix forte! La lèvre est mince ou le nez est pointu, l'œil est creux et la tempe en front de serpent, — ils ne ressemblent pas, comme les paysans de la Haute-Loire, à des bœufs, — ils ne sentent pas l'herbe, mais la vase; ils n'ont pas la grosse veste couleur de vache, ils portent une camisole d'un blanc sale comme un surplis crotté. Je leur trouve l'air dévot, dur et faux, à ces fils de la Vendée, à ces hommes du Bocage.

Le cours Saint-Pierre me paraît si vide — avec ses quelques vieux qui viennent s'asseoir sur les bancs! Il y a aussi les ombres qui glissent comme des insectes noirs du côté de l'église...

Je me sens des envies de pleurer!

On ne me bat plus! C'est peut-être pour ça! J'étais habitué à la souffrance ou à la colère, — je vivais avec un peu de fièvre toujours.

On ne me bat plus. Le proviseur a entendu parler d'un de ses professeurs qui appliquait la même méthode que mon père sur les reins de son fils; — il l'a fait venir.

« Vous irez rosser vos enfants ailleurs, si cela vous tient trop, a-t-il dit, mais si j'apprends que vous continuez ici, je demande votre changement et j'appuie pour votre disgrâce. »

La nouvelle est arrivée aux oreilles de mon père et a protégé les miennes.

Il m'abandonne comme un polichinelle cassé, mais dont il ne faut pas vider le son, et je traîne dans les coins, sans ressorts, étonné de ce silence, gêné de cette tranquillité. Je m'ennuie plus que quand on me faisait saigner.

Ma mère a fait connaissance de la femme d'un professeur, qui est bossue.

On va se promener tous les soirs quand il fait beau.

J'ai l'air d'un prisonnier qu'on sort un peu. Je marche devant, avec ordre de ne pas m'écarter, de ne pas courir, et je ne puis même pas me baisser pour ramasser une branche ou un caillou, — cela ferait craquer mon pantalon.

Il est arrivé qu'une de mes culottes a craqué un jour, et Mme Boireau, qui n'y voit pas clair, a cependant été très-offusquée. On m'a défendu de me baisser jusqu'à ce qu'on m'ait fait une culotte large.

On me l'a faite, il n'y a plus de danger — j'y flâne à l'aise — mais j'ai l'air d'un canard dont le derrière pousse, ça fait une pointe avec la forme d'une queue de cocotte en papier, et cela me donne aussi des airs de monstre marin qui a une queue en gouvernail.

Je vois bien qu'on me regarde, et les mariniers m'entourent, mais ils me respectent comme l'inconnu ! Les camarades qui me connaissent me font des niches, tirent cela en passant comme la queue d'un chien, — on y met du sel aussi, — on m'appelle Circé.

Caméléon.

Le supplice à propos de ma toilette recommence.

Beaucoup de personnes me croient légitimiste. — J'ai une cravate qui fait trois fois le tour de mon cou, comme en portaient les Incroyables, comme en avaient les royalistes sous la Restauration. — Cependant, les espérances que ce parti a pu concevoir à mon propos, ne tardent pas à s'évanouir. Ma mère a trouvé à côté d'un collier de chien, dans le fond d'une malle, un col en crin ; et je le mets. On crie « au bonapartisme » cette fois ! C'est le signe de ralliement des brigands de la Loire, la cravate des duellistes du café Lemblin.

Suis-je venu pour chercher querelle aux membres du club blanc, qui est justement là, sur la place ? On se perd en conjectures, mais l'étonnement devient bien autre, quand un dimanche on me voit apparaître sur le cours, vêtu comme *le meilleur des républiques.*

J'ai une redingote marron, un parapluie vert, et un chapeau gris.

C'est mon costume de demi-saison. Ma mère voit que je grandis, et elle a voulu m'habiller comme un homme des classes moyennes, qui a de l'étoffe, ne vise pas au freluquet, et a pourtant son cachet à lui. J'ai du cachet—mais je suis modeste, et je

préférerais vivre dans l'obscurité, ne pas donner aux partis des espérances étouffées le lendemain ; — avec cela que j'étouffe aussi ! cette redingote est si lourde, et les manches sont si longues que je ne puis pas me moucher.

Légitimiste aujourd'hui, bonapartiste demain, constitutionnel après-demain, c'est ainsi qu'on pervertit les consciences et qu'on démoralise les masses !

Puis les camarades sont toujours là, — on m'appelle Louis-Philippe. C'est même dangereux par ce temps de régicide. Je ne pourrais pas tomber avec grâce. C'est impossible avec ces basques !

Les jours de *classe moyenne,* quand je suis en *bourgeois citoyen,* je rentre brisé, — las comme un hercule qui a abusé de ses forces, cette couronne à gros poils m'écrase, cette lévite me tue !

Nos bonnes.

Nous avons une bonne, — il paraît que mon père gagne de l'argent.

Il donne la répétition *en tas* ; il prend six ou sept élèves qui lui valent chacun vingt-cinq francs, et il leur dit pendant une heure des choses qu'ils n'écoutent pas ; — à la fin du mois il envoie sa note, — et il se fait avec cette distribution de participes entre les deux classes une assez jolie somme par trimestre.

Les répétés ont moins de pensums et flânent pendant ces va-et-vient dans les corridors. C'est pendant ce temps-là que s'écrivent ou se dessinent sur les murs ou sur les tableaux, des farces contre les professeurs, ou les pions, — le nez de celui-ci, les cornes de celui-là, avec des vers de haute graisse au furain. On en met de raides, et la femme du censeur est gênée quand elle passe.

Nous la regardons à travers des trous, des fentes : elle est bien jolie, bien fraîche ; une Parisienne, dit-on, qui a épousé le censeur parce qu'il avait quelque sous, puis qu'il sera proviseur un jour, — c'est ce que j'ai entendu marmotter à ma mère qui ajoute aussi qu'elle s'habille mal.

« Si c'est ça la mode de Paris, j'aime encore mieux celle de *cheuz nous.* »

Cela est lancé à la payzanne, d'un ton bon enfant, avec un petit rire qui a sa portée. Moi je n'aime pas mieux celle de cheuz nous !

Bien désintéressé dans la question, — puisque j'étonne même les tailleurs du pays, et que je ne suis vêtu à aucune mode connue depuis l'antiquité jusqu'à nos jours ! mannequin inconscient d'une politique que je ne comprends pas, caméléon sans le vouloir, — je puis apporter mon témoignage, — si les commandements de l'Église le permettent.

Eh bien, je préfère l'écharpe rose que la femme du censeur entortille autour de sa taille souple, au châle jaunâtre, dont ma mère est maintenant si fière. Je préfère le chapeau de la Parisienne, à petites fleurs tremblotantes, avec deux ou trois marguerites aux yeux d'or, à la coiffure que porte celle qui m'a donné ou fait donner le sein, — je ne me rappelle plus, — où il y a un petit melon et un oiseau qui a un trop gros ventre.

On est donc heureux à la maison.

Ça m'ennuie que l'on ait pris une bonne, car j'étais occupé au moins, quand j'allais chercher de l'eau, quand je montais du bois, lorsque je déplaçais les gros meubles. J'aimais à donner des coups de marteau, des coups d'épaule et des coups de scie. Je me sentais fort, et je m'exerçais à porter des armoires sur le dos et des seaux pleins d'eau à bras tendus. Je ne dois plus toucher à rien, et si je suis pressé, je ne puis même pas décrotter mes souliers.

Il y a de la boue autour !

C'est l'affaire de la bonne, cela !

Avec la grosse brosse seulement !

Nous avons une bonne, ce n'est pas pour qu'elle reste à bâiller toute la journée. »

Elle n'a pas le temps de bâiller la pauvre fille ! comme on la brusque, comme on la traite ! Ah ! ma mère à l'œil !

Ce n'est pourtant pas son enfant, ni sa nièce ! Pourquoi donc lui montrer les mêmes égards qu'à moi ? Elle fait pour les étrangers ce qu'elle faisait pour Jacques. Elle ne fait pas de différence entre sa domestique et son fils. Ah ! je commence à croire qu'elle ne m'a jamais aimé !

La pauvre fille ne peut plus y tenir. On la nourrit bien, cependant. Ma mère lui donne tout ce dont nous n'avons pas voulu.

— Ce n'est pas moi qui épargnerais le manger à une bonne !

Et elle met sur un rebord d'assiette les nerfs, les peaux, le suif cuit.

C'est bon pour son tempérament, ces choses-là. Et les boulettes froides, voilà qui fortifie !

Pauvre Jeanneton ! Si elle n'était pas soignée si bien, comme elle dépérirait ! Car même avec ce régime, elle se porte mal, elle n'est pas grasse, tant s'en faut !

Je crois m'apercevoir que Jeanneton n'est pas folle de ma mère, et qu'elle s'applique à la contrarier.

— Voulez-vous un verre de cidre, Jeanneton ?

— Merci, madame.

— Merci oui, ou merci non.

— Non, madame.

— Vous n'aimez pas le cidre ?

Jeanneton rougit, balbutie.

— Comme vous voudrez, ma fille ! Et elle ajoute d'un air dépité : « Je mets le verre là, vous le prendrez tout à l'heure si vous voulez ; vous le laisserez s'éventer, si cela vous amuse. »

Le cidre ne s'éventera pas, il y a bon temps qu'il l'est. Il y a deux jours qu'il traîne dans une bouteille que mon père a repoussée parce qu'elle sentait l'aigre et qu'on a oublié de boucher. — Il est tombé un cafard dedans. Mais ma mère l'a retiré tout à l'heure, avec grand soin, comme elle aurait fait pour elle, et c'est parce qu'elle a senti le cidre qu'elle s'est décidée à l'offrir à Jeanneton.

— Le cidre neuf, le cidre frais a un sel de qui est mauvais pour les femmes faibles... Rappelle-toi cela, mon enfant.

Je me le rappellerai. Si jamais j'ai les poumons faibles, je prendrai du cidre comme celui-là, qui *n'a pas d'acide*, qui sent l'aigre et le moisi. Faudra-t-il mettre un cafard dedans ?

Ma mère m'avait vu regarder ce cafard en réfléchissant.

— C'est signe que le cidre est bon. S'il était mauvais, il n'y serait pas allé. Les insectes ont leur jugeotte aussi.

Ah ! les malins !

Encore une observation dont je tiendrai compte. Quand il y a des insectes dans quelque chose, c'est que ce quelque chose est bon. Et moi qui ne voulais par manger de fromage parce qu'il y avait des vers, et qui aimais mieux qu'il n'y eût pas de mouches dans l'huile !

Jeanneton est partie en refusant encore un verre de vin que ma mère lui offrait en signe d'adieu.

— Jacques, m'avait-elle dit, va chercher la bouteille qui était pour faire du vinaigre, tu sais, qui avait des *fleurs ?*

Jeanneton a refusé.

On remplace Jeanneton par Margoton.

Mais la maison est connue maintenant pour les distributions de nerfs, de peaux et de gras cuit. Margoton fait ses conditions en entrant.

— Moi, je n'ai pas les poumons faibles, dit-elle, et elle se donne un coup de poing dans l'estomac, un gros estomac qui danse dans sa robe d'indienne ; je n'ai pas les poumons faibles et j'aime la viande ; je veux manger chaud.

Margoton joue gros jeu.

Mais Margoton vient de la part de la femme du proviseur, et l'estomac de Margoton est protégé comme les reins du petit Vingtras. L'autorité veille dans le corsage de la bonne comme dans la culotte de l'enfant. On ne destituera pas M. Vingtras parce qu'il flanquera en passant une roulée à son rejeton, ou parce qu'il étouffera sa bonne avec des chicots de boulettes ou du gras de mouton; mais il fera bien tout de même de ne pas déplaire au grand chef à propos de son môme et de sa domestique.

Ah! quelle faute on a commise en s'adressant à la femme du proviseur! par genre, pour avoir l'air de demander avis!

On n'ose pas renvoyer la grosse recommandée, malgré les prétentions qu'elle affiche, et elle entre en place.

Ma mère a toujours la main sur le gigot et un pied dans la tombe, à propos de cette bonne.

Elle n'est pas forte, et ça la fatigue de couper. Couper une tranche pour son mari, pour son enfant, c'est son devoir d'épouse, c'est son rôle de mère; elle n'y faillera pas!

Mais quand il faut servir Margoton!...

— Vous avez encore faim?

— Oui, madame.

— Comme cela?

— Encore un petit morceau, si vous voulez.

Ma mère en mourra, je le vois bien, je le vois aux sons douloureux qu'elle étrangle quand elle reprend le couteau, à l'expression de ses yeux quand elle ajoute du jus, et elle est si large au dessert, qu'elle est forcée de mettre les cerises dans l'assiette de la bonne, une par une, comme avec un déchirement.

Marguerite en redemande toujours.

Il y a une fin à tout.

Ma mère renaît à vue d'œil. Mon Dieu! mon Dieu! soyez béni!

Elle renaît, redevient espiègle, reprend des couleurs. Elle est entrée un jour dans le cabinet de mon père, toute joyeuse.

— Antoine! — et elle lui a parlé à l'oreille.

— Tu es sûre, a répondu mon père avec stupeur et en dérangeant son bonnet grec.

Elle se contente de hocher la tête en souriant.

— Il ne s'agit plus que de les surprendre..

Elle enlève le bonnet grec et dépose d'un geste à la fois langoureux et hardi, sur le front d'Antoine, son époux, mon père, un baiser furtif.

On a surpris quelque chose ce matin, je ne sais pas quoi, mais ma mère a mis son châle jaune, et son beau chapeau — celui au petit melon et à l'oiseau au gros ventre. Elle va chez la femme du proviseur.

Elle en revient en se frottant les mains, et en balançant joyeusement la tête à en faire tomber l'oiseau et le melon.

Dix minutes après, je vois Margoton qui fait ses paquets et à qui on règle son compte. Elle a laissé de la viande dans son assiette: qu'y a-t-il?

Les larmes lui sortent des yeux comme des gouttes de bouillon.

— Madame, c'était pour le bon motif!

— Pour le bon motif!... dans une cave!...

Qu'est-ce que c'est que le bon motif? On ne m'en dit rien, mais quelques jours après, ma mère parlant à mon père cause de Margoton:

— Heureusement, nous avons eu cette occasion de la renvoyer sans que le proviseur se fâche.

Je ne comprends pas!

Il est décidé qu'on ne prendra plus de bonnes qu'on nourrira: ça fatigue trop ma mère!

Je vois arriver un matin une grosse fille, rouge, mais rouge avec des taches de rousseur, courte et ronde, — une boule! des yeux qui sortent de la tête, et de l'estomac qui crève sa robe! Il nous vient beaucoup d'estomac à la maison.

Elle doit venir faire la vaisselle, l'ouvrage sale, et accompagner ma mère au marché pour porter les provisions. Ma mère veut même qu'elle sorte avec moi, pour montrer que nous avons toujours une bonne, qu'il y a une domestique attachée à ma personne. J'obéis, en allant un peu en avant ou en arrière de Pétronille, c'est son nom. Elle a malheureusement la manie de parler, et elle s'accroche à moi; on nous voit ensemble.

On nous voit, et il arrive qu'un matin, en entrant au collège, on m'appelle suçon. Sur les murs des classes, je vois le portrait de mon père avec suçon au bas, et l'on ne nous appelle plus que les Suçons.

Voici pourquoi:

Pétronille occupe ses heures de loisir à vendre des sucres d'orge dans les rues, et les élèves la connaissent bien. On s'est demandé en me rencontrant avec elle, quel lien mystérieux me reliait à elle, et le bruit se répand que nous fabriquons des sucres d'orge la nuit, que mon père a ajouté cette branche d'industrie au professorat.

On dit même qu'ils sont moins bons depuis qu'il est associé à Pétronille.

Comme je m'ennuie! — Je trouve mal qu'on ne me permette pas de rester à la maison, comme je l'ai demandé si souvent, au lieu de me forcer à sortir pour marcher, sans avoir le droit de ramasser des fleurs. On m'en fait ramasser quelquefois, mais c'est comme si je m'appelais Munito — comme si les fleurs étaient des dominos, que j'ai à aller chercher sur un coup d'œil qu'il faut prendre comme ceci, puis placer comme cela là! Munito!

Je me pique dans les orties, je m'enfonce les épines sous la peau, c'est une corvée, un embêtement! J'en arrive à haïr les fleurs, à détester les bouquets, à confondre les fleurs nobles et les fleurs comiques.

Je dois faire de très-grands pas, c'est plus *homme*, puis ça use moins les souliers. Je fais de grands pas et j'ai toujours l'air d'aller relever une sentinelle, rejoindre un guidon, d'être à la revue. Je passe dans la vie avec la raideur d'un soldat, et la rapidité d'une ombre chinoise.

Et toujours cette petite queue d'étoffe par derrière !

Je voudrais être en cellule, être attaché au pied d'une table, à l'anneau d'un mur; mais ne pas aller me promener avec ma famille, le soir.

J'ai marché ce matin pieds nus, sur un *choso* de bouteille. (Ma mère dit que je grandis et que je dois me préparer à aller dans le monde, elle me demande pour cela de châtier mon langage, et elle veut que je dise désormais : fond de bouteille, et quand j'écris je dois remplacer par un trait.)

J'ai marché sur un fond de bouteille et je me suis entré du verre dans la plante de pieds. Ah ! quel mal cela m'a fait ! le médecin a eu peur en voyant la plaie.

— Vous devez souffrir beaucoup, mon enfant ?

Oui, je souffre, et il m'est tombé malgré moi de grosses larmes des yeux ; mais à ce moment le vent a entr'ouvert ma fenêtre ; j'ai aperçu dans le fond le coin du faubourg, le bout de banlieue, le bord de campagne où l'on m'emmène tous les soirs. Je n'irai plus de quelque temps. J'ai le pied coupé. Quelle chance !

Et je regarde avec bonheur ma blessure qui est laide et profonde.

Mon entrée dans le monde.

Ma mère ne se contente pas de me recommander la chasteté pour les mots, elle veut que je joigne l'élégance à la pudeur.

Elle a eu l'idée de me faire donner des leçons de « comme il faut. »

Il y a M. Soubasson qui est maître de danse, de chausson et professeur de « maintien. »

C'est un ancien soldat, qui boit beaucoup, qui bat sa femme, mais qui nage comme un poisson et a une médaille de sauvetage. Il a retiré de l'eau l'inspecteur d'académie qui allait se noyer. On lui a donné cette chaire de chausson et de danse au lycée en manière de récompense et de gagne pain. Il y a adjoint son cours de maintien, qui est très-suivi, parce que M. Soubasson a la vue basse, l'oreille dure, aime à téter, et qu'en lui portant aux lèvres un biberon plein de *tord-boyaux*,

on est libre de faire ce qu'on veut dans son cours.

Dieu sait ce qu'on n'y fait pas !

Mais moi, j'ai des leçons particulières en dehors du lycée. M. Soubasson vient à la maison. Il amène son fils, que mon père saupoudre d'un peu de latin, et en échange, M. Soubasson me donne des répétitions de maintien.

Ma mère y assiste.

— Glissez le pied, une, deux, trois, — la révérence ! — souriez !

— Tu entends, Jacques, souris donc ! mais tu ne souris pas !

Je ne souris pas ? Mais je n'en ai pas envie.

Il faut essayer tout de même, et je fais la bouche en — de poule.

Ma mère, elle, minaude devant la glace, essaie, cherche, travaille et trouve enfin un sourire qu'elle me présente comme une grimace.

— Tiens, comme cela !

Je dois aussi tenir le petit doigt en l'air, — ça me fatigue !

— Attention à l'auriculaire, dit toujours M. Soubasson qui s'est fait indiquer les noms scientifiques des doigts de la main, et qui trouve que le latin est une bien belle chose, vu que c'est toujours avec ce petit doigt qu'il se fouille l'oreille. Il se la fouille un peu trop à mon idée.

Ce que ma mère me dit de choses blessantes pendant la leçon de maintien, ce que je la fais souffrir dans ses goûts d'élégance, cette femme, à quel point je suis commun et j'ai l'air d'un paysan, non ce n'est pas possible de le dire ! Je ne puis pas arriver à glisser mon pied ni même tenir mon petit doigt en l'air !

— Je te croyais fort, dit ma mère, qui sait que je pose un peu pour le *mognon*, et qui veut me blesser dans mon orgueil.

Je ne suis pas fort, il paraît, puisque au bout de dix minutes, l'auriculaire retombe énervé, demandant grâce, crispé comme une queue de rat empoisonné ! Rien que d'y penser il se tord encore aujourd'hui et j'en ai la chair de poule.

Au bout de deux mois, c'est à peine si je suis en état de faire une révérence à trois glissades ; en tous cas, je suis incapable de parler en même temps. Si je parlais, il me semble que je dirais : *J'avons jarnigué, moussu le maire*, parce que je salue comme les villageois dans les pièces. Il me prend des envies quand je répète avec ma mère de l'appeler « Nanette » et de lui crier que je m'appelle « Jobin, » ce qui est faux, on le sait, et ce qui est mal, je le sens bien !

Il faut pourtant que tout ce temps-là n'ait pas été perdu, et que je mette en pratique tôt ou tard, mes leçons d'élégance, et que je fasse plus ou moins honneur à M. Soubasson, à ma mère.

— Jacques, nous irons samedi voir la femme du proviseur. Prépare ton maintien!

J'en serre l'auriculaire avec frénésie, je fais et refais des révérences, j'en sue le jour, j'en rêve la nuit!

Le samedi arrive, nous allons chez le proviseur en cérémonie.

— Pan, pan!

— Entrez!

Ma mère passe la première, je ne vois pas comment elle s'en tire, j'ai un brouillard devant les yeux.

C'est mon tour!

Mais il me faut de la place, je fais machinalement signe qu'on s'écarte.

La compagnie stupéfaite se retire comme devant un faiseur de tours.

On se demande ce que c'est: vais-je tirer une baguette, suis-je un sorcier? Vais-je faire le saut de carpe? On attend!

J'entre dans le cercle et je commence:

Une — je glisse.

Deux — je recule.

Trois — je reviens, et je fends le tapis comme avec un couteau.

C'est un clou de mon soulier.

Ma mère était derrière modestement et n'a rien vu.

Elle me souffle:

— Le sourire, maintenant!

Je souris.

— Il rit encore, murmure indignée la femme du proviseur.

Oui, et je continue à éventrer le tapis.

— C'est trop fort!

On se rapproche, on m'enveloppe, je suis fait prisonnier. Ma mère demande grâce.

Moi j'ai perdu la tête et je crie: Nanette! Nanette!

—Mon avancement est fichu pour cinq ans, dit mon père, le soir en se couchant.

On renvoie M. Soubasson le lendemain, comme un malotru, et nous en faisons tous trois une maladie. Je retourne aux mauvaises manières; je n'en suis pas fâché pour mon petit doigt qui se détend, reprend sa forme accoutumée. Je préfère avoir de mauvaises manières et n'avoir pas l'auriculaire comme une queue de rat empoisonné.

Je n'ai plus de souffrances aiguës, j'ai des tortures mesquines, telles que les visites avec ma mère dans les magasins, où elle fait déployer vingt pièces, sous prétexte de me choisir une jaquette, et d'où elle sort sans avoir acheté un bouton, suivie de la malédiction de toute la bande des employés et des patrons. On me trouve l'air bête: je crois bien!

« Qu'est-ce qu'elle veut donc lui mettre sur le dos à ce chimpanzé? »

Il y a aussi les conférences avec le tailleur du *Pauvre Diable*, qui est chargé de m'habiller, et à qui ma mère donne des conseils, indique des retouches, commande des coupes qui le désespèrent.

Il s'arrache les cheveux et il crie:

— Vous voulez donc me déshonorer?

Sa douleur fait pitié à cet homme, qui est forcé de mettre en lettres d'or sur un ruban l'étiquette de la maison et qui se voit perdu si jamais je me mets en bras de chemise! On n'aura qu'à lire l'étiquette et l'on dira: « C'est lui qui habille le fils Vingtras, » On verra que cette redingote sort de ses mains.

— Rasé pour la question!

Il offre sa démission au patron, qui demande des explications, se rend sur les lieux et m'observe.

Je suis attiré le soir dans un piège — on prend des complices; — Un de mes camarades est sondé, il accepte, se vend. Il m'offre un gloria et m'emmène dans un petit café— où il y a un billard.

— Trente points?

— Je n'ai pas d'argent.

— J'en ai.

On joue, il fait chaud. L'ami ôte sa redingote.

— Tu ne fais pas comme moi, tu n'ôtes pas ta redingote?

Je crève de chaleur, mais j'ai justement le pantalon à gouvernail, les basques cachent cette monstruosité; si j'ôte mon paletot, je me trahis.

J'y arrive tout de même, pourtant — dans le feu du jeu.

C'est le signal!

A ce moment un homme qui est seul dans un coin paraît agité et se lève. Il se dirige vers mon vêtement.

Une minute après l'étiquette, était coupée, l'honneur du coupeur sauvé!

Mais on ne m'habillera plus.

— Madame, vous pouvez aller faire envelopper votre fils ailleurs!

La rumeur court de bouche en bouche, de coupeur en coupeur, et on ne veut plus de ma pratique nulle part. Je deviens impopulaire, on m'exilerait, si l'on pouvait, et je retourne aux vêtements de famille, j'achève la garde-robe paternelle, dans laquelle je me retire comme un lézard dans une fente, comme une vipère dans une meule; j'y resterai jusqu'à ma majorité sans doute, à moins d'événements inattendus: sortant de temps en temps la tête, montrant une patte, mais retombant bien vite, suant et écrasé sous le poids des culottes trop épaisses, des redingotes trop longues, et des coiffures trop poilues.

J'ai une *veine* dans mon malheur.

Ma blessure au pied était mal guérie. Elle se rouvre de temps en temps, et je mène un peu d'ailleurs pour avoir le droit de ne pas sortir, sous prétexte que je ne puis marcher. Je la gratte même, et je la gratterais encore davantage, mais ça me chatouille.

Ce fond de bouteille (je vous obéirai, ma mère) m'a rendu un fier service. Je reste à la maison et je ne rôde pas dans des chemins vides bordés d'arbres, auxquels je ne puis pas grimper, ourlés d'herbe sur laquelle je ne puis pas me rouler, et dans la poussière desquels je traîne, comme un insecte estropié dans la boue.

Je reste devant une table où il y a des livres que j'ai l'air de lire, tandis que je fais des rêves qu'on ne devine pas.

Mon père travaille de l'autre côté et ne me gêne pas, excepté quand il se mouche avec trop de fracas. Il a bien soin de son nez.

Je n'ai pas besoin de travailler beaucoup pour le collège, je suis toujours le premier et je n'ai qu'à faire claquer les feuilles du dictionnaire pour que mon père croie que je cherche des mots, tandis que je cours après des souvenirs de Farreyrolles, du Puy, de Saint-Étienne.

Je trouve une drôle de joie à regarder dans ce passé !

On nous donne quelquefois un paysage à traiter en *narration*. J'y mets mes souvenirs.

— Vous avez fait un mauvais devoir aujourd'hui, me dit le professeur, qui n'y retrouve ni du Virgile, ni de l'Horace, si ce sont des vers; ni des guenilles de Cicéron, si c'est du latin; ni du Thomas, ni du Marmontel, si c'est du français.

Est-ce qu'il faudra toujours rester un enfant et copier les autres pour être toujours premier, pour faire bien ses devoirs, pour avoir le prix aux distributions ?

Mais je vais arriver à être le dernier un de ces matins !

Je me sens grandir, j'oublie les *anciens*. Je songe pas plus à ce que je deviendrai qu'à ce qu'est devenu l'empereur romain. Ma *sensibilité*, mon imagination s'évanouissent, meurent, sont mortes !!! (Bossuet, oraison funèbre de la duchesse d'Orléans.)

Un M. David, qui est président de l'Académie poétique de Nantes, donne de grandes soirées. Il invite les professeurs et leurs femmes à venir danser chez lui.

C'est dans un grand salon nu où il y a le buste de Socrate sur la cheminée. Une jeune dame le regarde et dit :

— C'est donc si vilain que ça, un philosophe ?

Ma mère vient avec mon père, *naturellement*, et même on m'a amené au commencement.

Notre arrivée est annoncée avec plaisir et accueillie avec faveur.

Mon père est, comme toujours, sec, maigre, le nez en corne, le front comme un toit sur des yeux gris; on dirait deux chats sous une gouttière. Il a l'air dur.

Ma mère !... hum !... ma mère !... Elle a une robe raisin avec une ceinture jaune, aux poignets, des nœuds jaunes aussi, un petit bouffants, comme des nœuds de paille à la queue troussée d'un cheval. Rien que ça comme toilette. *Être simple*, c'est sa devise.

Une fois seulement, elle a ajouté l'oiseau de son chapeau en broche, le bec en bas, le reste en l'air. Une fantaisie, un essai ! Comme la Metternich mit un serpent en bracelet.

— Qu'est-ce que cet oiseau fait là, demande-t-on ?

Il y en avait qui auraient préféré le bec en l'air, le reste en bas.

Ma mère faisait la mignonne, agaçant le bec de la bête comme s'il était vivant.

— Ti, ti,... le joli petit-z-oiseau, c'est mon *z-oiseau* !

Mon père a obtenu qu'elle laissât l'oiseau sur le chapeau, — le joli *z-oiseau* !

Mais pour les nœuds, comme il avait voulu y toucher une fois :

— Antoine, avait répondu ma mère, suis-je une honnête femme ? Oui ou non ! Tu hésites, tu ne dis rien ! Ton silence devient une injure !...

— Ma chère amie !

— Tu me crois honnête, n'est-ce pas !... Jamais tu n'as pu soupçonner que Jacques, notre enfant, provenait d'une source impure, était un fruit gâté, avec un ver dedans ?

— Avec un ver dedans ? reprend-elle. Eh bien, aie confiance. Ta femme a un soupçon de coquetterie, peut-être, — nous sommes filles d'Ève, — que veux-tu ? Mais aie confiance, Antoine. Si j'allais trop loin, — je suis ignorante, moi ! — tu aurais le droit de me faire des reproches ! mais, non !... Et ne prends pas pour les hommages d'une flamme coupable, les politesses qu'on fait à un brin de toilette et de bon goût.

Elle tape sur sa jupe et taquine un des nœuds jaunes, puis donne un petit coup sec sur la main de mon père !

— Vilain jaloux !

On danse.

—Vous ne dansez pas, madame Vingtras?

—Nous sommes trop *vieux*, dit mon père avec avec un sourire et en saluant.

—Trop *vieux*! C'est pour moi que tu as dit cela? crie ma mère.

La scène se passe dans un coin où elle a acculé Antoine, derrière un rideau.

—Ce ne peut-être que pour moi, puisque ce monsieur est plus jeune que sa femme. Antoine, écoute-moi...

—Parle moins haut.

—Je parlerai sur le ton qu'il me plaît.

Elle élève encore plus la voix.

—Oh! tu ne me feras pas taire! Non. Si tu veux m'insulter, je n'ai pas envie de l'être, entends-tu. Trop *vieux*! (Elle le toise des pieds à la tête.) Trop *vieux*! parce que je n'ai pas l'âge de la Bouteiller, n'est-ce pas?

Je suis sur des épines, et je fais un peu de bruit avec mes pieds, un peu du bruit avec ma bouche. Pour couvrir leurs voix, j'imite dans mon coin des instruments à vent, au risque d'être calomnié.

Enfin, on s'apaise derrière le rideau.

Je ne m'amuse pas dans les soirées du proviseur! On me trouve trop triste. — Je suis habillé de noir. «Toujours du noir pour les hommes; pas certainement du casimir comme pour ton père—mais du noir.» Seulement on a choisi une drôle d'étoffe. J'ai l'air d'être dans un bas de laine, c'est terne, à côtes, mais si terne!

Comme ça déteint, je fais des taches aux habits des autres.

On s'écarte de moi. Ma mère elle-même ne me parle que de loin comme à un étranger presque, — oh! mon Dieu!

—Je danse, ai, a-t-elle dit) et elle danse. Elle embrouille le quadrille, marche sur quelques pieds, mais, bah! elle sauve tout par de petites plaisanteries et des petits airs;

—Une véritable écolière, je vous dis!

Au galop final une idée lui vient, celle de faire partager à son enfant les joies ardentes de Terpsichore, et s'éloignant du galop une seconde, elle me saisit et m'attire dans le tourbillon. Le galop est fini que je saute encore, et elle a l'air d'un Savoyard qui fait danser une marionnette.—Ça me fait si mal sous les bras!

Depuis quelque temps elle est rêveuse.

—Ta mère a quelque idée en tête, fait mon père du ton d'un homme qui prévoit un malheur.

Elle s'enferme toute seule, et on entend des bruits, des petits cris, des tressaillements de plancher; on l'a surprise à travers la porte, qui faisait des grâces devant un miroir, en s'appuyant le front.

A l'une des soirées chez M. David, la femme du professeur d'histoire, qui est d'origine espagnole, a esquissé un fandango assez leste, oh! eh! quoique revu et corrigé comme les morceaux choisis par l'archevêque de Tours.

La femme du professeur d'allemand, une Alsacienne, chante aujourd'hui un *tit la tiou, la tiou la la*, en valsant une valse du pays.

C'est fini. Elle se repose sur la banquette et le cercle où l'on vient de danser est vide!

On entend un petit cri.

Eh youp! eh youp!

Mon père, qui est en face de moi, a l'air frappé d'un coup de sang, et je vais *voir dans ses bras.*

Eh youp! eh youp! la Catharina! eh youp!

En même temps une tache rouge passe dans le salon et tourne avec des taches jaunes sur le parquet.

L'apparition chante:

Ché la bourra la la!
Oui la bourra, fouchtra!

Et la voix devenant énergique, presque biblique, dit tout d'un coup:

—Anyn, mon homme!

Cet homme, c'est Antoine qui au premier youp! youp! avait pressenti le danger, — c'est mon père qui est entraîné comme je le fus le jour des marionnettes.

—Anyn, mon homme, anyn!

Et ma mère le plante devant elle en le gourmandant de sa *molléchi*—à la *chetupsfacchion* de l'assistance, qui n'a pas été prévenue.

—Eh chante! chante donque!

J'ai peur qu'on *chonge* à moi aussi, et je disparais dans l'escalier.

«Il y a quelqu'un!...»

La nuit me trouva harassé, vide!

Je sortis enfin quand la dernière lampe fut éteinte, et je revins au logis, où on ne pensait pas à moi.

Ma mère seule avec mon père murmurait à son oreille:

—Eh bien! — Est-ce que la bourrée ne vaut pas le fandango?

Et elle ajouta d'une voix un peu tremblante:

—Dis-moi ça!

C'était la mutinerie dans la fierté, l'espièglerie dans le bonheur!

Tout se gâte.

Mon père — Antoine — n'a plus voulu aller dans le monde avec ma mère.

La soirée de la bourrée lui a complète-
ment tourné la tête, elle s'est grisée avec
son succès; restant dans la veine trouvée,
s'entêtant à suivre ce filon, elle parle *chara-
bia* tout le temps, elle appelle les gens *mouchu*.

Ceux qu'on appelle *mouchu* ne disent trop
rien, mais ils ne sont pas contents.

Mon père à la fin lui interdit formellement
l'auvergnat.

Elle répond avec amertume:

—Ah! c'est bien la peine d'avoir reçu de
l'éducation pour être jaloux d'une femme
qui n'a pour elle que son *esprit naturel*! Mon
pauvre ami, avec ta latinasserie et ta gre-
caillerie, tu en es réduit à défendre à ta femme, qui est de la campagne, de *s'éclipser*!

Les querelles s'enveniment.

—Tu sais, Antoine, je t'ai fait assez de
sacrifices, n'en demande pas trop! Tu as
voulu que je ne dise plus *statue*, je l'ai fait.
Tu as voulu que je ne dise plus *ormoire*, je
ne l'ai plus dit, mais ne me pousse pas à
bout, vois-tu, ou je recommence.

Elle continue:

—Et d'abord ma mère disait *statue*... elle
était aussi respectable que la tienne, sache-
le bien!»

Mon père se trouve menacé de tous côtés,
entre *statue* et *mouchu*.

Il met les pieds dans le plat et défend l'un
et l'autre.

Ma mère se venge en l'injuriant; elle cherche des mots qui le blessent: *escargot* — *es-
pectacle*! *estomac* — *esquelette*! Ces diph-
tongues entrent profondément dans le cœur
de mon père. Le samedi suivant il s'habille
sans moi dire et va en soirée sans elle.

Le samedi d'après, même jeu, mais à minuit ma mère vient me réveiller.

—Lève-toi! Tu vas aller attendre ton père
à la porte de chez M. David, et quand il sor-
tira tu crieras: *La la fouchtra*! J'arriverai,
tu nous laisseras.

J'ai crié: *La la fouchtra*! J'ai eu tort.

Elle lui fait une scène devant tout le monde, tout haut, disant qu'il laisse mourir sa
famille de faim pour courir les bals.

—Il a une bien grosse face, pour un enfant qui meurt de faim, dit quelqu'un.

—Oui, répète ma mère, il nous laisse mourir de faim!

Nous avons mangé une grosse soupe à dîner, puis des andouilles; pour finir, il y a
eu du mouton. Moi, je ne meurs pas de faim;
elle a beaucoup mangé aussi.

Ma mère crie toujours.

—Mon enfant n'a pas une chemise à se
mettre sur le dos, voyez comme il est mis!
Je ne suis pas en noir aujourd'hui, je suis

en habit gris, pantalon gris; j'ai l'air d'un
infirmier.

Le monde s'amasse, mon père veut glisser
sous une voiture, s'égare entre les jambes
des chevaux. Il faut le tirer de là-dessous.

Il reparaît enfin, son chapeau de soirée est
écrasé et a l'air d'un accordéon. Ma mère lui
prend le bras comme le ferait un sergent de
ville.

—Viens, mon enfant, ajoute-t-elle, en me
parlant avec des larmes. Viens, dis-lui que
tu es son fils!

Il le sait bien; est-ce qu'il ne m'a pas reconnu? Est-ce que je suis changé depuis
sept heures?

Tout le long du chemin, je tâche de trouver à la porte des modistes ou des tailleurs
une glace pour voir quelle figure j'ai depuis
que je meurs de faim.

Tu, vous.

La maison est redevenue muette, presque
autant que jadis du temps de Mme Bouteiller,
quand c'était si triste. Mon père ne va plus
en soirée, il va je ne sais où.

Ma mère, un soir, m'a ordonné de le suivre
en me cachant. Mais mon père est arrivé au
même moment.

Je me tenais devant elle, tout craintif,
tout honteux, me disant tout bas: Est-ce
que c'est bien d'espionner son père?

—Est-ce que vous voulez faire un policier
de votre fils? a-t-il dit. J'ai entendu ce que
vous lui recommandiez.

Ce *vous*-là la fit pâlir. Jamais elle ne m'en
reparla depuis.

Elle essaie de rattraper par quelque bout
le terrain qu'elle perd; on le sent à l'accent,
on le voit au geste.

—C'est que, dit-elle, ce n'est pas gai d'ê-
tre éveillé tous les soirs quand *tu* rentres.

—Je ne *vous* réveillerai plus, répond mon
père.

Le soir de ce jour-là, mon père alla chercher un matelas et un pliant dans le grenier.

—Je coucherai dans ma chambre maintenant, dit-il.

On n'entendit plus de bruit dans la maison.
Nous vivions chacun dans notre coin, et on
se parlait à peine.

Les bonnes au bout de huit jours partaient,
disant qu'on jaunissait dans cette baraque.

—*Comme c'est triste là dedans*! C'était le
proverbe du quartier.

Il n'est question que d'enfer et de douleur
— c'est toujours des désolations dans ces
livres d'église.

Il y a longtemps que cela dure. Ma mère
m'oblige à lui tenir compagnie le soir, et je
lui lis des choses saintes, dans sa chambre,

à la lueur d'une mauvaise chandelle, près d'un feu sans flamme.

Une scène !

Mon père, en retournant une vieille malle, a découvert quelque chose de lourd, de sonnant.

C'est un bas plein jusqu'à la cheville de pièces de cent sous.

Il est en train de s'étonner, quand ma mère entre comme une furie et se jette sur le bas pour le lui arracher.

— C'est à moi cet argent-là. Je l'ai économisé sur ma toilette.

Mon père ne lâche pas, ma mère crie :

— Jacques, aide-moi !

Moi je ne sais que crier et dire en allant de l'un à l'autre :

Papa ! Maman !

Mon père reste maître du sac et l'enferme dans son armoire.

Ils se sont raccommodés !

Ma mère est venue tout simplement trouver mon père et lui a dit :

— Je ne puis plus vivre comme cela, j'aime mieux partir — retourner chez ma sœur, emmener mon enfant.

C'est moi qui voudrais bien retourner à Farreyrolles !

Mais elle ne veut pas s'en aller, et elle finit par le dire tout haut, par l'avouer à Antoine, à qui elle confesse qu'elle a eu tort — et lui demande d'oublier.

Il en a assez lui aussi, sans doute, et il ne se défend que pour la forme. Il se fait un peu tirer l'oreille ; il est flatté qu'on lui demande grâce ; c'est le fond de sa nature qu'on s'agenouille devant lui, et maintenant qu'il est sûr d'être maître, qu'elle a lâché pied, il préfère s'évader de la gêne où le mettait tant de tristesse et de silence.

— Faut-il reporter le pliant et le matelas au grenier, dis, papa ?

J'ai regret de ce que j'ai dit, je les vois embarrassés.

— Jacques, dit mon père, tu peux aller jouer avec le petit du premier.

XIX

LOUISETTE

M. Bergougnard a été le camarade de classe de mon père.

C'est un homme osseux, blême, toujours vêtu de noir.

Il était le premier en dissertation, mon père n'était que le second, mais mon père redevenait le premier en vers latins. Ils ont gardé l'un pour l'autre une admiration profonde, comme deux hommes d'État qui se sont combattus, mais ont pu s'apprécier.

Ils ont tous les deux la conviction qu'ils sont nés pour les grandes choses, mais que les nécessités de la vie les ont tenus éloignés du champ de bataille.

Ils se sont partagé le domaine.

— Toi, tu es l'Imagination, dit Bergougnard, une imagination brûlante…

Mon père se rengorge et se donne un mal de diable pour se mettre un éclair dans les yeux, — il jette un regard un peu troublé dans l'espace, et il se dépeigne en cachette.

— Tu es l'Imagination folle…

Mon père joue l'égarement, et fait des grimaces terribles.

— Moi, reprend Bergougnard, je suis la Raison froide, glacée, implacable ! et il met sa canne toute droite entre ses jambes.

Il ajuste en même temps, sur un nez jaunâtre, piqué de noir comme un dé, il ajuste une paire de lunettes blanches qui ont l'air de lentilles solaires, et me font peur pour mon habit un peu sec.

On croit qu'elles vont faire des trous. Je me demande même quelquefois si elles ne lui ont pas cuit les yeux, qui ont l'air d'une grosse tache noire, là-dessous.

— Je suis la Raison froide, glacée, implacable…

Il y tient. Il dit cela presque en grinçant des dents, comme s'il écrasait un dilemme et en mâchait les cornes.

Il a été dans l'Université aussi, ça se voit bien ; mais il en est sorti pour épouser une veuve, — qui crut se marier à un grand homme et lui apporta des petites rentes avec lesquelles il put travailler à son grand livre *De la Raison chez les Grecs.*

Il y travaille depuis trois ans ; toujours en ayant l'air de grincer des dents ; il tord les arguments comme du linge, il veut raisonner serré, lui, il ne veut pas d'une logique lâche, — ce qui lui *resserre* l'estomac, il paraît, et lui donne de grands maux de tête.

— Le cerveau, vois-tu, dit-il à mon père en se tapotant le front avec l'index…

— Pas le cerveau, dit le médecin, qui croit à une affection du gros intestin ; si bien qu'il ne sait pas au juste si M. Bergougnard est philosophe parce qu'il a des crampes d'estomac ou s'il a des crampes parce qu'il est philosophe.

On en parle ; il s'élève quelques petites discussions aigres à ce propos dans les cafés ; le cerveau a ses partisans, le gros intestin ses fanatiques.

Ma mère s'était d'abord prononcée contre le cerveau.

Mon père, un certain jour, avait eu l'idée

de prendre M. Bergougnard comme orateur et de le dépêcher à elle, solennel, les dents menaçantes, venant, avec l'arme de la raison, essayer de la convaincre qu'elle s'écartait quelquefois, vis-à-vis de son mari, des lois de la logique telle que les anciens et les modernes l'ont comprise, en lui faisant des scènes dont on n'avait pas l'équivalent dans les grands classiques.

— Je viens vous poser un dilemme.

— Vous feriez mieux de vous mettre des sinapismes sur l'estomac.

Il était parti, et il ne serait jamais revenu si ma mère n'avait surmonté ses répugnances à cause de moi.

Elle mit sa réponse un peu verte sur le compte d'une gaieté de paysanne qui aime à rire un *brin*, et elle qui ne faisait jamais d'excuses, en avait fait pour que M. Bergougnard revînt — dans mon intérêt — par amour pour son fils.

C'est pour son Jacques qu'elle s'abaissait jusqu'à l'excuse, et faisait encore asseoir près d'elle, —autant que s'asseoir se pouvait, — cette crampe d'estomac.

Pour moi, oui ! parce que M. Bergougnard m'apprenait, me montrait dans les textes, me prouvait, livre en main, que les philosophes de la vieille Grèce et de Rome battaient leurs fils à tour de bras ; il rossait les siens au nom de Sparte et de Rome, — Sparte les jours de glûtes, et Rome les jours de fessées.

Ma mère, malgré son antipathie, par amour pour son Jacques, s'était rejetée dans les bras horriblement secs de M. Bergougnard, qui avait les entrailles embarrassées, comme homme, mais qui n'en avait pas comme philosophe, et qui mouillait des chemises à appliquer les principes de la philosophie sur le dos de ses enfants — comme on cloue une enseigne, comme on grave une légende, comme on plante un drapeau.

Ma mère avait deviné que je n'avais pas la foi cutanée.

— Demande à M. Bergougnard ! vois M. Bergougnard, regarde les côtes du petit Bergougnard !

En effet, après avoir passé quatre ou cinq fois la tête dans le ménage de M. Bergougnard, je trouvais ma situation délicieuse à côté de celles dans lesquelles les petits Bergougnard étaient placés journellement, tantôt entre les jambes de leur père, qui, du même coup, les étranglait un peu et le fouettait commodément ; tantôt en face, enlevés par les cheveux et époussetés à coups de canne, mais à fond, —jusqu'à ce qu'il n'y eut plus de cheveux ou de poussière.

On entendait quelquefois des cris terribles sortir de là-dedans.

Des hommes du pays montraient la Villa Bergougnard à des illustrations.

— C'est là que demeure le philosophe, disaient-ils en étendant les bras vers la villa, — c'est là que M. Bergougnard écrit : *De la raison chez les Grecs...* C'est la maison du sage.

Tout d'un coup ses fils apparaissaient à la fenêtre en se tordant comme des singes et en rugissant comme des chacals.

Oui, les coups qu'on me donne sont des caresses à côté de ceux que M. Bergougnard distribue à sa famille.

M. Bergougnard ne se contente pas de battre son fils pour son bien — le bien de Bonaventure ou de Barnabé, — et pour son plaisir à lui Bergougnard.

Il n'est pas égoïste et personnel, — il est dévoué à une cause, c'est à l'humanité qu'il s'adresse, en relevant d'une main la chemise de Bonaventure, en faisant, signe de l'autre à l'humanité qu'il va exercer son système.

Il donne une fessée comme il tire un coup de canon, et il est content quand Bonaventure pousse des cris à faire peur à une locomotive.

Il aurait apporté aux rostres le dos saignant de son fils ; en Turquie, il l'eût planté comme une tête au bout d'une pique, et enfoncé à la grille devant le palais.

Moi je ne suis qu'un isolé, un déclassé, un inutile — je ne sera à rien, — on me bat, je ne sais pas pourquoi ; tandis que Bonaventure est un exemple et entre d'*reculons*, mais profondément dans la philosophie.

Je ne plains pas Bonaventure.

Bonaventure est très-laid, très-bête, très-méchant. Il bat les petits comme son père le bat ; il les fait pleurer et il rit. Il a coupé une fois la queue d'un chat avec un rasoir et on la voyait dégoutter comme un bâton de cire à la bougie ; il faisait mine de cacheter les lettres avec les gouttes de sang. Une autre fois, il a plumé un oiseau vivant.

Son père était bien content.

— Bonaventure aime à se rendre compte, Bonaventure aime la science...

Depuis qu'il a coupé la queue du chat, depuis qu'il a plumé l'oiseau, je le déteste. Je le laisserais écraser à coups de pierre comme un crapaud. Est-ce que je suis cruel aussi ? L'autre jour il tordait le poignet d'un petit, je l'ai bourré de coups de pied et tapé le nez contre le mur.

Mais sa petite sœur ! — ô mon Dieu !

Elle était restée chez une tante, au pays. La tante est morte, on a renvoyé l'enfant. Pauvre innocente, chère malheureuse !

Mon cœur a reçu bien des blessures, j'ai

versé bien des larmes ; j'ai cru que j'allais mourir de tristesse plus d'une fois, mais jamais je n'ai eu devant l'amour, la défaite, la mort, des affres de douleur, comme au temps où l'on tua devant moi la petite Louisette.

Cette pauvre enfant, cette petite fille, qu'avait-elle donc fait ? On avait raison de me battre, moi, parce que, quand on me battait je ne pleurais pas — je riais quelquefois même parce que je trouvais ma mère si drôle quand elle était bien en colère, — j'avais des os durs, du *moignon*, j'étais un homme.

Je ne criais pas pourvu qu'on ne me cassât pas les membres — parce que j'aurais besoin de gagner ma vie.

— Papa, je suis un pauvre, ne m'estropie pas !

Mais la petite Louisette qu'on battait, et qui demandait pardon, en joignant ses menottes, en tombant à genoux, se roulant de terreur devant son père qui la frappait encore, toujours...

— Mal, mal ! Papa, papa !

Elle criait comme j'avais entendu une folle de quatre-vingts ans, crier en s'arrachant ses cheveux blancs, un jour qu'elle croyait voir quelqu'un dans le ciel qui voulait la tuer !

Le cri de cette folle m'était resté dans l'oreille, la voix de Louisette, folle de peur aussi, ressemblait à cela !

— Pardon, pardon !

J'entendais encore un coup ; à la fin je n'entendais plus rien, qu'un bruit étouffé, un râle.

Une fois je crus que sa gorge s'était cassée, que sa pauvre petite poitrine s'était crevée tout à coup, et j'entrai dans la maison.

Elle était à terre, son petit visage tout blanc, le sanglot ne pouvant plus sortir, dans une convulsion de terreur, devant son père froid, blême, et qui ne s'était arrêté, que parce qu'il avait peur, cette fois, de la tuer.

On la tua tout de même. Elle mourut de douleur à dix ans.........................

De douleur !... comme une personne que le chagrin tue.

Et aussi du mal que font les coups !

On lui faisait si mal, et elle demandait grâce en vain.

Dès que son père approchait d'elle, son brin de raison tremblait dans sa petite tête d'ange.........................

Et on ne l'a pas guillotiné, ce père-là ! on ne lui a pas appliqué la peine du talion, à cet assassin de son enfant, on n'a pas supplicié ce lâche, on ne l'a pas enterré vivant à côté de la petite morte !

« — Veux-tu bien ne pas pleurer, » lui disait-il, parce qu'il avait peur que les voisins entendissent, et il la cognait pour qu'elle se tût : ce qui doublait sa terreur, et la faisait pleurer davantage.

Elle était gentille, toute rose, toute gaie, toute contente — quand elle arriva — tendant ses petits bras, donnant son petit sourire.

Au bout de quelque temps elle n'avait plus de couleurs déjà, et elle avait des frissons comme un chien qu'on bat quand elle entendait rentrer son père.

Je l'avais embrassée en caressant ses petites joues chaudes, aux Messageries, où nous avions accompagné M. Bergougnard, pour la recevoir — comme un bouquet.

Dans les derniers temps (ah ! ce ne fut pas long, heureusement pour elle !) elle était blanche comme la cire ; je vis bien qu'elle savait que toute petite encore elle allait mourir, — son sourire avait l'air d'une grimace. — Elle paraissait si vieille, la pauvre petite Louisette, quand elle mourut à dix ans, — de douleur, vous dis-je !

Ma mère vit mon chagrin le jour de l'enterrement.

— Tu ne pleurerais pas tant si c'était moi qui étais morte ?

Ils m'ont déjà dit ça quand le chien est crevé.

— Tu ne pleurerais pas tant.

Je ne dis rien.

— Jacques ! quand ta mère te parle, elle entend que tu lui répondes... — Veux-tu répondre ?

Je n'écoute seulement pas ce qu'ils disent ; je songe à la petite morte qu'ils ont vu martyriser comme moi, et qu'ils ont laissé battre, au lieu d'empêcher M. Bergougnard de lui faire du mal ; ils lui disaient à elle qu'elle ne devait pas être méchante, faire de la peine à son papa !

Louisette, méchante ! Cette miette d'enfant, ce sourire, ces menottes... pauvre innocente !

Voilà que mes yeux s'emplissent d'eau, et j'embrasse je ne sais pas quoi, un bout de fichu, je crois, que j'ai pris au cou de la petite morte.

— Veux-tu jeter cette saleté !

. . . .

Ma mère se jette sur moi. Je serre le fichu contre ma poitrine, elle se cramponne à mes poignets avec rage.

— Veux-tu le donner ?

— C'était à Louisette...

— Tu ne veux pas ? — Antoine, vas-tu me laisser traiter ainsi par ton fils ?

Mon père m'ordonne de lâcher le petit fichu.

— Non, je ne le donnerai pas.

— Jacques, crie mon père furieux.

Je ne bouge pas.

— Jacques! Et il se jette à son tour sur moi.

Ils me prennent ce bout de soie que j'a-vais de Louisette.

— Il y a encore une saleté dans un coin que je vais faire disparaître aussi, dit ma mère.

C'est le bouquet que me donna ma cousine.

Elle l'a trouvé au fond d'un tiroir, en fouillant un jour.

Elle va le chercher, l'arrache et le *tue*. Oui, il me semble qu'on *tuait* quelque chose en déchirant ce bouquet fané...

J'allai m'enfermer dans un cabinet noir pour les maudire tout bas; je pensais à Ber-gougnard et à ma mère, à Louisette et à la cousine...

Cela sortait de ma poitrine comme un san-glot et je le répétai longtemps dans un *fris-son* nerveux......

Je me réveillai, la nuit, croyant que Louisette était là, assise, avec son drap de morte, sur mon lit. Il y avait son petit bras qui sortait, avec des marques de coups!...

XX

MES HUMANITÉS.

Comme mon professeur de seconde est bête!

Il sort de l'École normale, il est jeune, un peu chauve, porte des pantalons à sous-pieds et fait une traduction de Pindare. Il dit *arakné* pour araignée, et quand je me baisse pour rentrer mes lacets dans mes souliers, il me crie: « Ne portez pas vos extrémités di-gitales à vos *cothurnes*. » De beaux cothur-nes, vrai, avec des caillots de crotte et de dorures de fumier.

Je vais toujours rôder dans une écurie, qui est près de chez nous, et où je connais des palefreniers, avant d'entrer en classe, et je n'ai pas seulement du crottin aux pieds, j'en dois avoir aussi dans mes livres.

Il dit *cothurnes* et *arakné* avec un bout de sourire, pour qu'on ne se moque pas trop de lui, mais il y croit au fond; cela se voit, il aime ces allusions antiques, *je le sais* (imité de Bossuet.)

Il m'aime, parce que je trousse des vers latins!

— Quelle imagination il a, et quelle faci-lité! Minerve est sa marraine!

— Tante Agnès, dit ma mère.

— Tantagnès, Tantagnétos, Tantagnéteion.

— Vous dites, fait Mme Vingtras, qui sem-ble effrayée par une de ces consonnances, et a rougi du génitif pluriel!

— Quelle imagination, répète le profes-seur, pour se sauver.

Et je laisse dire que je suis intelligent, que j'ai *des moyens*.

JE N'EN AI PAS!

On nous a donné l'autre jour comme sujet,
— « Thémistocle haranguant les Grecs. » —
Je n'ai rien trouvé, rien, rien!

— J'espère que voilà un beau sujet, hé! a dit le professeur en se passant la langue sur les lèvres, — une langue jaune, des lèvres crottées.

C'est un beau sujet certainement, et, bien sûr, dans les petits collèges, on n'en donne pas de comme ça; il n'y a que dans les collèges royaux, et quand on a des élè-ves comme moi!

— Qu'est-ce que je vais donc bien dire?

— Mettez-vous à la place de Thémistocle.

Ils me disent toujours qu'il faut se mettre à la place de celui-ci, de celui-là, — avec le nez coupé comme Zopyre? avec le poignet ôté comme Scævola?

C'est toujours des généraux, des rois, des reines!

Mais j'ai quatorze ans, je ne sais pas ce qu'il faut faire dire à Annibal, à Caracalla, ni à Torquatus, non plus!

Non, je ne le sais pas!

Je cherche aux adverbes, et aux adjectifs du *Gradus*, et je ne fais que copier ce que je trouve dans l'*Alexandre*.

Mon père l'ignore, je n'ai pas osé l'avouer.

Mais lui, lui-même! (oh! je vends un se-cret de famille!) j'ai vu que ses exercices à lui pour l'agrégation, étaient faits aussi de pièces et de morceaux. — Sommes-nous une famille de crétins?...

Quelquefois on lui donne un sujet où il faut faire parler une femme. — Les plaintes d'Agrippine, Aspasie à Socrate, Julie à Ovide.

Je le vois qui se gratte le front et il touche sa barbe avec horreur, — il est Agrippinus, Aspasios, il n'est pas Aspasie, il n'est pas Agrippine, — il se tord les poils et se les mord désespéré!

Je sens toute l'infériorité de ma nature et j'en souffre beaucoup.

Je souffre de me voir accablé d'éloges que je ne mérite pas, on me prend pour un fort, je ne suis qu'un simple filou. Je vole à droite, à gauche, je ramasse des *rejets* au coin des livres. Je suis même malhonnête quelque-fois. J'ai besoin d'une épithète; peu m'im-porte de sacrifier la vérité! Je prends dans le dictionnaire le mot qui fait l'affaire, quand même il dirait le contraire de ce que je voulais dire. Je perds la notion du juste! Il me faut mon spondée ou mon dactyle, tant pis! — la *qualité* n'est rien, c'est la *quantité* qui est tout.

Il faut toujours être près du Janicule avec eux.

Je ne puis cependant pas me figurer que je suis un Romain.

Je ne puis pas !

Ce n'est pas dans les latrines de Vitellius que je vais, quand je sors de la classe. Je n'ai pas été en Grèce non plus ! Ce ne sont pas les lauriers de Miltiade qui me gênent, c'est l'ognon qui me fait du mal. Je me vante dans mes narrations de blessures que j'ai reçues par devant, *adverso pectore*; j'en ai bien reçu quelques-unes par derrière.

— Vous peindrez la vie romaine comme ci, comme ça...

— Je ne sais pas comment on vivait, moi ! je fais la vaisselle, je reçois des coups, j'ai des bretelles, je m'ennuie pas mal ; mais je ne connais pas d'autre consul que mon père, qui a une grosse cravate et des bottes ressemelées; et en fait de vieille femme (*anus*), la mère Gratteloux qui fait le ménage des gens du second !

Et l'on continue à dire que j'ai de la facilité.

C'est trop d'hypocrisie. Oh ! le remords m'étouffe !...

Il y a M. Jaluzot, le professeur d'histoire, que tout le monde aime au collège. On dit qu'il est riche *de chez lui*, et qu'il a son franc parler. C'est un bon garçon.

Je me jette à ses pieds et je lui dis tout.

— M'sieu Jaluzot !

— Quoi donc, mon enfant ?

— M'sieu Jaluzot !

Je baigne ses mains de mes larmes.

— Qu'avez-vous, mon ami ?

— J'ai, m'sieu, que je suis un filou !

Il croit que j'ai volé une bourse et commence à rentrer sa chaîne.

Enfin j'avoue mes vols dans *Alexandre* et tout ce que j'ai révalé de *rejets*, je dis où je prends le derrière de mes vers latins.

— Relevez-vous, mon enfant ! D'avoir ramassé tout cela et fait vos compositions avec, vous n'êtes au collège que pour cela ! pour mâcher, remâcher ce qui a été mâché et remâché par les autres.

— Je ne me mets jamais à la place de Thémistocle !

C'est l'aveu qui me coûte le plus.

M. Jaluzot me répond par un éclat de rire, comme s'il se moquait de Thémistocle. On voit bien qu'il a de la fortune !

Pour la *narration française*, je réussis aussi par le relapage, regrattage et rassemblage, par le mensonge et le vol.

Je dis dans ces narrations qu'il n'y a rien comme la patrie et la liberté pour élever l'âme.

Je ne sais pas ce que c'est que la liberté, moi, ni ce que c'est que la patrie. J'ai été toujours fouetté, giflé, — voilà pour la liberté ; — pour la patrie, je ne connais que notre appartement où je m'embête, et les champs où je me plais, mais où je ne vais pas.

Je me moque de la Grèce et de l'Italie, du Tibre et de l'Eurotas. J'aime mieux le ruisseau de Farreyrolles, la bouse des vaches, le crottin des chevaux, et ramasser les pissenlits pour faire de la salade.

Récitation classique et débit.

— Plus fort, mon enfant !

C'est ma mère qui parle, elle a bien de la douceur aujourd'hui ! « Plus fort » est dit comme par une sœur d'hôpital à un malade dont on tient le front brûlant ; « plus fort ! là ! du courage ! c'est bien ! »

Je retombe exténué sur un fauteuil, les bras pendants et mous comme un lapin mort; j'ai même, comme le lapin assassiné, une goutte de sang au bout du museau ; puis tout autour la peau est rougeâtre et lisse comme une pelure d'ognon, lisse, lisse !... Si j'avais quelques petits poils qui faisaient les fous, ils sont partis, noyés, tant il m'a passé d'eau dans les narines depuis ce matin !

C'est qu'aujourd'hui on compose en *récitation classique et débit*, et ma mère veut que j'aie le prix.

Pour cela, il faut non-seulement savoir, mais *bien dire* ; et un nez bien clarifié permet d'avoir la voix claire.

On m'a clarifié le nez.

Ma mère l'a pris et mis dans l'eau ; il est resté là longtemps, longtemps ! oh ! les minutes étaient des siècles ! Enfin elle l'a retiré bien proprement et m'a dit :

— Renifle, mon enfant ! Renifle !

Je ne pouvais plus, — c'était mou, mou !

— Fais un effort, Jacques !

Je l'ai fait.

Seringue molle, mon nez a tiré et craché l'eau pendant une demi-heure, peut-être plus, et il me semble qu'on m'a vidé et que ma tête tient à mon cou comme un ballon rose à un fil, le vent la balance. J'y porte la main. « Où est-elle ? — Ah ! la voilà ! »

Il n'y a que le nez qui compte ; il me cuit comme tout et il flambe comme un bouchon de carafe.

Je m'y attache, je le prends par le bout, moi-même, et je me conduis comme cela, sans me brusquer, jusqu'à mon pupitre, où je repasse ma leçon.

Quelquefois le but est manqué, il dégoutte dans tous les sens, il en tombe des perles d'eau comme d'un torchon pendu, et je dis :

« Baban. »

BABAN, pour appeler celle qui m'a donné le jour.

Oh! *baban, ba bère!* pour dire: Maman, ma mère.

En classe, quand je récite le premier chant de l'*Iliade*, je dis: *Bemin aeïdé! — atchiou! Dheïd Beleïadio, — atchiou!*

Je traîne dans le ridicule le vieil Homère! Atchoum! atchoum! Zim, maïa ya, boum, boum!

Quelquefois le rhume ne vient pas, et je parle simplement comme un trombone qui a un trou — où j'ai le nez, — Je représente bien l'homme tel qu'un philosophe l'a dépeint, un tube percé par les deux bouts.

Rien de meilleur pour une tête d'enfant, dit le proviseur parlant de l'exercice de purification nasale dont ma mère lui a parlé, rien de meilleur, pour en faire une pâte, oui.

Je suis malgré ou *àlgré* tout — avec ou sans *atchiou, atchoum,* — d'une force énorme en récitation. Ma mémoire prend ça comme mon nez prend l'eau, et je renifle des chants entiers de l'Iliade et des chœurs d'Eschyle, du Virgile et du Bossuet, — mais ça part comme c'est venu. J'oublie le Bossuet comme on oublie l'aloès bienfaisant.

Les mathématiques.

« — Il a une imagination de feu, cet enfant! »

C'est acquis. Comme j'en ai la réputation, j'en porte la couronne, je suis un petit volcan, dont la bouche sent fort le chou: on en mange tant à la maison!

« Une imagination de feu, je vous dis! ah! ce n'est pas lui qui sera fort en mathématique! »

On a l'air d'établir qu'être fort en mathématique c'est bon pour ceux qui n'ont rien là.

Est-ce qu'à Rome, à Athènes, à Sparte, il est question de chiffres une minute? Justement je n'aime pas faire des soustractions avec des zéros, et je ne comprends rien à la preuve de la division, rien, rien!

Je suis toujours dans les six derniers.

Mon père en rit, le professeur de lettres aussi.

Mais un beau jour, une nouvelle se répand.

Grand étonnement. Rumeur dans la cour, sous les arcades.

J'ai été premier en géométrie.

Le professeur de lettres me fait un peu la mine. Suis-je un volcan — ou n'en suis-je pas un?...

Le coup est tellement inattendu qu'on se demande si je n'ai pas pillé, copié, truqué, et l'on m'appelle au tableau pour voir si je m'en tirerai la craie à la main.

Je m'en tire, et j'ajoute même à la leçon! Je me tourne vers mes camarades et je leur explique le problème en faisant des gestes, en prenant des livres, en ramassant des bouts de bois; je roule des cornets, je bâtis des triangles, et je ne m'arrête que quand le professeur me dit d'un air blessé:

— Est-ce que vous avez bientôt fini votre manège. Est-ce vous qui faites le cours ou moi?

Je remonte à ma place au milieu d'un murmure d'admiration.

A la fin de la classe, on m'interroge:

— Comment as-tu donc fait? Quand as-tu appris?

— Tu veux le savoir? Viens avec moi.

Il y a dans une petite rue une maison bien triste avec quelques carreaux cassés qu'on a emplâtrés de papier; une cage noire pend à la fenêtre du second au-dessus d'un pot de fleur qui grelotte au vent.

Là demeure un pauvre, un Italien proscrit, un Romain.

La première fois que je le vis, je frissonnai, j'étais ému. Tout le passé de mes versions était là en chair et en os, représenté par un homme qui s'était baigné dans le Tibre: Tacite, Tite-Live, le cheval de César, la chèvre de Septimus, la torche de Néron!...

Mais comme son logement est triste!

Une petite lampe qui brûle sur une table chargée de vieux livres, un chien qui me regarde en faisant les yeux blancs, et un homme à cheveux gris, avec de grosses lunettes, qui raccommodait une culotte en guenilles. C'était le Romain.

— Je viens de la part de mon père, monsieur Vingtras...

Je lui remis une lettre qu'on m'avait chargé de porter.

Il lut; je le suivais des yeux.

Quoi! il venait de Rome? Il était du pays des gladiateurs, ce vieux tout gris, qui avait l'air d'un hibou dans une échoppe de savetier et qui mettait un fond à son pantalon.

C'était son *vexillum* à lui, et cette aiguille était son épée. Où donc son casque et son bouclier? Il a un tricot de laine...

En regardant, je vis qu'il lui manquait trois doigts à la main; c'était laid, des bouts d'os ronds, et les autres doigts qui restaient avaient l'air de deux cornes.

Il trembla un peu en refermant la lettre.

— Vous remercierez bien votre père, dit-il.

Il me sembla qu'il avait une tache brillante, une goutte d'eau dans les yeux.

Il pleurait; — mais est-ce que les Romains pleuraient?

Je commençais à croire qu'on s'était trompé

ou qu'il avait menti, quand il me demanda d'une voix un peu cassée si j'aimais les mathématiques, et il me tendit un petit livre.

— C'est moi qui l'ai fait, dit-il. Aimez-vous les mathématiques ?

— Il vit que non à mon air.

— Non ! — Eh bien ! mon livre vous plaira peut-être. Tenez il y a une boîte avec.

Il me conduisit jusqu'à la porte, tenant toujours sa culotte, et relevant ses lunettes avec ses cornes ; je l'entendis qui disait à son chien.

— C'est une leçon de quarante sous ; on aura de la pâtée.

Il avait été adressé à mon père, par hasard, et mon père lui avait trouvé une répétition ; c'était l'objet de la lettre.

« Aimez-vous les mathématiques ? »

Il ne voyait donc pas tout de suite que j'étais un *volcan* ? Est-ce qu'il les aimait, lui ? Est-ce que c'était une âme de teneur de livres, ce descendant de Romulus ? Il n'avait vraiment rien du *civis* et du *committito*, avec son pantalon et ses lunettes !

Qu'y avait-il donc dans sa boîte ?
Des plâtres en tranches.
Et dans ce livre ? Des mots de géométrie.

Le lendemain, un dimanche, au lieu d'aller chez un camarade, comme mon père me l'avait promis, je passai ma journée avec ce livre et ces plâtres.

C'est le samedi suivant que j'étais premier.

J'allai tout joyeux en faire part à cet homme, qui me raconta son histoire.

Il avait failli mourir sous les coups des agents du roi de Naples, qui étaient venus pour l'arrêter comme conspirateur, et contre lesquels il s'était défendu pour sauver des papiers qui compromettaient d'autres gens. Il avait pu se traîner dans un coin ; on l'avait ramassé, sauvé, et il était passé en France.

— Conspirateur ! Vous étiez conspirateur ?

— J'étais maçon, heureusement. J'ai profité de ce que je savais de mon métier pour faire ces modèles de géométrie. — A propos ! Vous avez compris mon système, il paraît.

— Il n'y a qu'à regarder et à toucher. Tenez, voulez-vous que je vous explique ?

Prenant des plâtres que je trouvais sous la main, je refis ma démonstration.

— C'est ça ! c'est ça ! disait-il en hochant la tête. On veut apprendre aux enfants ce que c'est qu'un cône, comment on le coupe, le volume de la sphère, et on leur montre des lignes, des lignes ! Donnez-leur le cône en bois, le triangle en plâtre, apprenez-leur cela, comme on découpe une orange ! — De la théologie, tout leur vieux système ! Toujours le bon Dieu ! le bon Dieu !

— Qu'est-ce que vous dites du bon Dieu ?

— Rien, rien.

Il eut l'air de sortir d'une colère, et il me reparla de la géométrie avec des fils et du plâtre.

Les mathématiques venaient de m'apparaître sous un jour tout nouveau, — non plus comme un écheveau à débrouiller, comme une devinette à chercher ; mais comme une chose que j'avais en main, que je voyais sous mes doigts se disjoindre ou se rajuster ; qui se métamorphosait en figures saisissables et utiles, dont je pouvais déranger les mouvements, contrôler le jeu. Je ne mâchais plus de l'air, je n'enfourchais pas des rayons, et je retenais ce que j'avais vu, parce qu'il y avait un mécanisme, et que j'avais obtenu des résultats — CELA RESSEMBLAIT À UN TRAVAIL D'OUVRIER.

XXI

MADAME X...

— Monsieur Vingtras, quand Jacques sera premier, je l'emmènerai au théâtre avec moi. — Voulez-vous ?

C'est madame Davinol qui demande cela. Elle a un fils dans la classe qui est un cancre et un *boursier*. Si M. Davinol n'était pas un personnage influent, riche, on aurait mis le moutard à la porte depuis longtemps.

Mais sa mère est distinguée, un peu trop brune peut-être, les yeux si noirs, les dents si blanches. Elle vous éclaire en vous regardant. Elle vous serre les mains quand elle les prend. C'est doux, c'est bon.

— Pourquoi deviens-tu rouge ? me demande-t-elle brusquement.

Je balbutie, et elle me tape sur la joue en disant :

« Voyez-vous ce grand garçon !... Oui, je l'emmènerai au théâtre chaque fois qu'il sera premier. »

Cela flatte mon père qu'on me voie dans la société d'une si importante personne, mais elle étonne beaucoup ma mère.

— Vous n'avez pas peur qu'il vous fasse honte ?

— Honte ! — Mais savez-vous qu'il a de la tournure, votre fils, un petit militaire, et qui marche comme un soldat !

— Heuh ! — Mais il a un bien gros ventre. On ne le dirait pas... mais Jacques a beaucoup de ventre.

Moi, du ventre ? Je fais des signes de protestations.

— Oui, oui, c'est comme ça, peut-être moins maintenant, mais tu as eu le carreau, mon enfant! (Se tournant vers Mme Davinol.) Mais je dissimule ça par la toilette.

Mme Davinol sourit en me regardant.

— Moi! il me plaît comme il est. Veux-tu prendre ton chapeau, mon ami, et m'accompagner?

— Quel chapeau? Le gris? Celui des classes moyennes?

Ma mère consent à me laisser sortir avec ma casquette. Madame Davinol dit : — C'est bien bon.

J'ai par hasard un habit assez propre, gagné à la loterie. Il y avait une tombola au profit des pauvres. Une maison de confection avait offert un costume; ma mère avait pris un numéro au nom de son enfant.

Le numéro est sorti.

— Tu le vois, mon fils, la vertu est toujours récompensée.

— Et ceux qui n'ont pas gagné?

— Les desseins de Dieu sont impénétrables. Ce n'est pas tout laine, par exemple.

Mme Davinol m'emmène.

— Donne-moi ton bras, pas un petit bout de rien du tout... comme ça, là; très-bien! Je puis m'appuyer sur toi, tu es fort.

Je ne sais pas comment je n'éclate pas brusquement, d'un côté ou d'un autre, tant je gonfle et raidis mes muscles pour qu'elle sente la force du biceps.

— Et maintenant, dis-moi, il y a donc une histoire sur ce chapeau gris? Et puis, tu as eu le *carreau*; tu as bien des choses à me conter.

Je perds contenance, je rougis, je pâlis; ma foi, tant pis! je lui conte tout.

Elle rit, elle rit à pleine bouche, et elle se trémousse à mon bras en disant :

— Vrai! la *polonaise*, le gigot!

Et ce sont des ah! oh! sonores et gais comme des grelots d'argent.

Je lui ai dit mes malheurs.

J'ai jeté mon chapeau gris par-dessus les moulins, et je lui ai dévidé mon chapelet avec un peu de verve; je crois même que je l'ai tutoyée à un moment, je croyais parler à un camarade.

— Ça ne fait rien, va, a-t-elle dit en s'apercevant de ma peur. Je te tutoie bien, moi. Vous voulez bien qu'on vous tutoie, monsieur? C'est que je pourrais être ta maman, sais-tu?

Fichtre! comme j'aurais préféré ça.

— Je suis une vieille; me trouves-tu bien vieille, dis?

Elle me regarde avec des yeux comme des étoiles.

— Non, non.

— Tu me trouves jolie ou laide? Tu n'oses pas me répondre? C'est que tu me trouves laide alors, trop laide pour m'embrasser.

— Non... mais non...

— Eh bien! embrasse-moi donc, alors...

Elle me mène au spectacle chaque fois que je suis premier, comme c'est convenu.

Il y a un mois que nous nous connaissons.

— Tu aimes à venir avec moi? me demande-t-elle un jour.

— Oui, madame, moi j'aime bien le théâtre, je me plais beaucoup à la comédie.

Une fois, à Saint-Étienne, on m'avait mené voir les *Pilules du Diable*, j'étais sorti fou, et je n'avais fait que parler pendant deux mois de Seringuinos et de Babylas. C'était des drames, maintenant, quelquefois de l'opéra. Il n'y avait plus tant de décors! Mais, comme je prenais tout de même à cœur la misère des orphelins, les malheurs du grand rôle! Et les *Huguenots*, avec la bénédiction des poignards! La *Favorite*, quand Mlle Masson chantait : « O mon Fernand! »

Elle dénouait ses cheveux, tordait ses bras.

O mon Fernand, tous les biens de la terre!

Elle disait cela avec son âme, et comme si elle était une de ces chrétiennes dont on nous racontait le martyre au collège. Mais ce n'était pas le ciel qu'elle priait, c'était un grand brun, qui avait une moustache noire, des bottes molles.

Ce n'était donc pas pour le bon Dieu seulement qu'on soupirait fort et qu'on tournait les yeux!

Oh! viens dans une autre patrie!
Viens cacher ton bonheur...

Mes jambes tremblaient, et mon col se mouillait sur ma nuque; — la mère Vingtras disait que ces soirées, c'était la mort du linge.

Même avant que le rideau fût levé, je me sentais grandi et pris d'émotion.

J'ouvrais les narines toutes grandes pour humer l'odeur de gaz et d'oranges, de pommades et de bouquets, qui rendait l'air lourd et vous étouffait un peu. Mais comme j'aimais cette impression chaude, ces parfums, ce demi-silence!... ce bruit de soie aux *premières*, ce bruit de pieds au *paradis*! Les dames décolletées se penchaient nonchalamment sur le devant des loges; les voyous jetaient des lazzis et lançaient des programmes. Les riches mangeaient des glaces; les pauvres croquaient des pommes; il y avait de la lumière à foison!

J'étais dans une île enchantée, et devant

ces femmes qui tournaient la traîne de leurs robes, comme des sirènes dans nos livres de mythologie tournaient la queue, je pensais à Circé et à Hélène.

Il y avait le gémissement du trombone, le pleur du violon, le *pshhh* des cymbales, en notes sourdes comme des chuchotements de voleur, quand les musiciens entraient un à un à l'orchestre, et essayaient leurs instruments.

Lorsque Mlle Masson était en scène, j'oubliais que Mme Devinol était là.

Elle s'en apercevait bien.

— Tu l'aimes plus que moi, n'est-ce pas?

— Quand elle chante, oui.

Mme Devinol était venue me prendre un peu plus tôt, certain jour, pour faire un tour, et nous flânions près du théâtre.

Nous croisons une dame en chemin.

— La reconnais-tu?

— Oui?

— Cette dame, là-bas, qui passe près du café, avec un mantelet de soie.

Je regarde.

— Mlle Masson?

Je ne suis pas encore bien sûr.

— Oui, mon *Fernand*, —fit Mme Devinol en riant.

C'était une femme un peu lourde. Elle avait presque la figure d'un homme, puis trop de choses au cou, un fichu, une dentelle, un boa, —je ne sais quoi aussi en poil ou en laine, qui pendait à sa ceinture, trop gros, et elle relevait mal sa jupe.

— Eh bien! me dit Mme Devinol.

A ce moment même, le directeur du théâtre passa et salua l'actrice, qu'il vit la première, Mme Devinol ensuite.

Elles répondaient à son salut, l'actrice comme tout le monde, Mme Devinol avec une inclinaison de tête, et un jeu de paupières qui lui donnèrent une petite mine de religieuse, mais si jolie, et un petit air fier, mais si fier!

Le directeur disparu, elle s'appuya de nouveau sur mon bras.

— Eh bien! l'aimes-tu toujours mieux que moi?

— Oh! non! par exemple!

— Il dit cela de si bon cœur! grand gamin, va. On m'aime mieux alors?

Quand je suis dans sa baignoire, elle me fait asseoir près d'elle, tout près.

— Encore plus près. Je te fais donc peur?

Un peu.

Comme je bûche mes compositions, maintenant!

Quelquefois je rate mon affaire tout de même. Je ne suis pas premier.

— Oh! une fois!

On nous avait donné à faire la mort d'un perroquet. J'ai dit tout ce qu'on pouvait dire quand on a à parler d'un malheur comme celui-là: que jamais je ne m'en consolerais, que Caron en voyant passer la cage— cercueil aujourd'hui, — en laisserait tomber sa rame, que d'ailleurs j'allais l'ensevelir moi-même!

— *Triste ministerium*, — et que nous verserions des fleurs. *Manibus date lilia plenis.*

Dans un vers ingénieux, j'avais même dit: «Maintenant, hélas! vous pouvez planter du persil sur la tombe!»

Le professeur a fait grand éloge de ce dernier trait, mais je ne dois passer qu'après Bresslair, dont l'émotion s'est montrée plus vive, la douleur plus vraie. Il a eu l'idée comme dans les cantiques de mettre un refrain qui revient.

Psittacus interiit jam fugit psittacus, eheu!

Eheu, quatre fois répété! Je ne puis pas crier à l'injustice. Oh! c'est bien!

Je ne suis que second, et je n'irai pas au théâtre. C'est à s'arracher les cheveux! et je m'en arrache. Je les mets même de côté. Qui sait?

Ils sont gras comme tout, par exemple! Car je me pommade, maintenant. J'ai soin de moi. Je me rase aussi. Je voudrais avoir de la barbe.

Mon père cache ses rasoirs. J'ai pris un couteau que je fourre sous mon matelas, parce qu'il a le fil tout mince et tout bleu. Je l'ai usé à *force* de frotter sur la machine.

Le matin, au lever du soleil, je le tire de sa retraite, et je me glisse, comme un assassin... dans un lieu retiré.

Je ne suis pas dérangé. Il est trop tôt!

Je puis m'asseoir.

J'accroche un petit miroir contre le mur, je bats mon savon, je fais tous mes petits préparatifs, et je commence.

Je racle, je racle, et je fais sortir de ma peau une espèce de jus bleuâtre, comme si on battait un vieux bas.

J'attrape des entailles terribles.

Elles sont souvent horizontales, ce qui fait beaucoup réfléchir le professeur d'histoire naturelle, qui est au second, et qui me prend la tête quand il a le temps.

— Où cet enfant se penche de côté exprès, pour que le chat puisse l'égratigner, ce qui n'est pas dans la nature humaine...

Se tournant vers moi:

— Te penches-tu pour qu'il t'égratigne?

— Quelquefois.

— Pas toujours ?

— Non, m'sieu.

— Pas toujours ! — C'est donc les mœurs du chat qui changent... Après avoir été donné pendant des siècles de haut en bas, le coup de patte est donné maintenant de droite à gauche. — Bizarrerie du grand Cosmos ! métamorphose curieuse de l'animalisme !

Il s'éloigne en branlant la tête.

Nous allions au théâtre. Mme Devinol me dit :

— Tu as l'air tout drôle aujourd'hui. Qu'as-tu donc ? Tu est fâché...

Fâché ! elle croit que je peux être fâché contre elle, moi qui ai quinze ans, des lacets de cuir, qui ai un pensum à faire pour demain, et qui suis si laid !

Je ne suis pas fâché. Je me suis l'autre jour presque coupé le bout du nez en me rasant, et j'ai une petite place rose comme une bague.

Je dirai tout de même : Je suis fâché !

C'est commode comme tout. J'ai un prétexte pour lui tourner le dos. Je suis fâché, na !

Je m'arrangeai pour n'être pas premier, tant que la cicatrice fit anneau, et pour n'être pas là quand elle venait à la maison. Enfin, il ne resta qu'une petite place blanche d'un côté. Je pus lui parler de profil.

Quelles soirées !

Nous revenons du théâtre ensemble et tout seuls quelquefois. Son mari ne s'occupe point d'elle, il est toujours au Café des acteurs, où l'on fait la partie après le spectacle. C'est un joueur.

Elle s'appuie sur moi en croisant les mains, elle pèse un peu. Je sens depuis son épaule jusqu'à ses hanches. Il y a toujours une de ses mains qui me touche la main, le bout de ses doigts traîne sur mon poignet entre ma manche et mon gant.

Arrivés à sa porte, nous revenons sur nos pas et nous recommençons ce manège jusqu'à ce qu'elle dégage elle-même mon bras d'un geste lent et sans me lâcher.

— Tu me retiens toujours si longtemps...

Moi ! mais je ne l'ai jamais retenue. J'ai même été si étonné le jour où, au lieu d'entrer tout de suite, elle a voulu se promener encore. Nous avons rôdé sur le trottoir, où sonnaient ses bottines ; elle relevait sa robe et je voyais le chevreau qui moulait sa cheville en se fronçant quand elle posait son petit pied ; elle avait un bas blanc, d'un blanc doré, comme de la laine, un peu gras comme de la chair.

Elle s'arrêta deux ou trois fois.

— Est-ce que je n'ai pas perdu mon médaillon ?

Elle cherchait dans son cou mat, et elle dut défaire un bouton.

— Tu ne le vois pas ? dit-elle. — Oh ! il aura glissé !

Ses doigts tournaient dans sa collerette, comme les miens dans ma cravate quand elle serre trop.

— Aide-moi !...

Au même moment le médaillon jaillit et brilla sous la lune.

On aurait dit qu'elle en était fâchée.

— Tu as perdu quelque chose aussi, fit-elle, d'une voix un peu sèche, en voyant que je me baissais.

— Non, je lace mes souliers.

Je lace toujours mes souliers parce que les lacets sont trop gros et les œillets trop petits, puis il y a une boutonnière qui a crevé.

— Jacques, si tu es premier pour le second samedi du mois, je t'emmènerai à Aigues-la-Jolie. Je dirai à mon mari que je vais chez la nourrice de Joséphine, et nous partirons pour la campagne tous les deux, *en garçons*. Nous mangerons des pommes vertes dans le verger, et puis des truffes dans le restaurant.

Des truffes ? Ah ! j'ai besoin de lacer mes souliers !

J'ai entendu parler de truffes une fois par un ami de mon père.

Je suis premier, parbleu !

J'ai fait sur le coq une pièce de vers latins qui a soulevé de l'admiration.

— Ne croirait-on pas entendre le gallinacé, a dit le professeur.

Il s'agissait encore d'un oiseau, — d'un coq. Et j'avais fait un vers qui commençait : *Caro, cara ca*.

J'ai presque envie de le lui dire, à elle.

Nous irons donc à la campagne, comme c'était convenu.

Nous nous trouverons dans la cour de l'auberge où est la diligence pour Aigues. Le conducteur achève d'habiller les chevaux.

Je m'étais caché au coin de la rue pour *la* voir venir, et je ne suis arrivé qu'après elle ! J'avais peur de rester là tout seul. Si l'on m'avait demandé : « Qui attendez-vous ? »

Elle m'a dit qu'il faudrait l'appeler « ma tante » devant le monde. Elle m'a dit cela hier, et elle me le répète aujourd'hui, en montant dans la voiture.

Il arrive une goutte d'eau, comme un crachat, sur la vitre du coucou.

— De l'orage, — dit quelqu'un.

Le ciel devient sombre — un coup de tonnerre au loin, — la pluie à torrents.

Un voyageur de l'impériale demande si on

peut lui donner asile. On n'ose lui refuser, mais chacun se fait gros pour ne pas l'avoir à son côté.

Ma *tante* seule se fait mince et montre qu'il y a de la place à sa gauche.

Elle est bonne et se sacrifie ; elle appuie à droite, elle est presque assise sur moi.

A chaque coup de tonnerre, elle fait un saut et paraît avoir bien peur. Je crains qu'elle ne voie la petite cicatrice qui fait anneau, et je ne sais où mettre mon nez.

Dans l'auberge.

Nous sommes arrivés , il pleut toujours.

C'est elle qui rit, sous le porche, pendant qu'on dételle la diligence dont la bâche ruisselle, et que j'étire mes jambes moulues.

— Il n'y a pas moyen d'avoir une voiture ?

— Une voiture, pour aller aux Aigues, avec des chemins larges d'un pied, et des ornières comme des cavernes ! Vous plaisantez, ma petite dame !

— Dis-donc, Jacques ! Qu'allons-nous devenir ?

Elle me regarde, et elle rit encore.

— S'il y avait une chambre où s'abriter en regardant l'orage.

— Nous en avons une, dit l'aubergiste !

— Ah !   .

Dans la chambre.

— Je me sens toute mouillée, sais-tu...

Comment ! le temps d'aller de la voiture sous le porche !

— Toute mouillée. — J'ai de l'eau plein le cou. Ca me roule dans la poitrine. Oh ! c'est froid... Il faut que j'ôte ma guimpe... tu permets ?... Tu permets !... Je vous fais peur monsieur ?

Des cris, une explosion de cris !

On m'appelle...

— Vingtras ! Vingtras !

Ils sont dix à demander Vingtras.

C'est la seconde étude qui est venue en promenade de ce côté et qui s'est précipitée dans l'auberge.

Je vois cela à travers le rideau.

Mme Deribol saute sur la porte et la ferme à clef ; puis elle se ravise.

— Non, sors plutôt ; va, va vite !

Je cherche mon chapeau, qui n'y est pas.

— Avez-vous vu mon chapeau ?

— Sors donc, que je referme.

— Oui, oui ; mais qu'est-ce que je dirai ?

— Tu diras ce que tu voudras, IMBÉCILE !

Voici ce qui s'était passé.

En entrant dans l'auberge on avait vu sur une table un pardessus bizarre, c'était le mien, et mon chapeau ! à gros poils.

On m'avait reconnu !...

Epilogue.

Je suis forcé de quitter la ville. On a jasé. Pourquoi ?

Le proviseur conseille à mon père de m'éloigner.

— Si vous voulez, mon beau-frère le prendra à Paris, à prix réduit, comme il est fort, dit le professeur de seconde. Voulez-vous que je lui écrive ?

— Oui, mon Dieu ! oui, dit mon père, qui a envie d'aller faire un tour à Paris. C'est une occasion.

On fixe le chiffre. Je me jette dans les bras de ma mère ; je m'en arrache, et, en route !

Nous courons sur Paris.

DEUXIÈME PARTIE.

XXII

LA PENSION LEGNAGNA

Je suis à Paris.

J'y suis arrivé avec une fluxion. Legnagna, le maître de pension, m'a accueilli avec étonnement. Il disait à sa femme : Ce n'est pas un élève, c'est une vessie.

Enfin, cela n'empêche pas d'avoir des prix au concours.

— Vous travaillerez bien, n'est-ce pas ?

Et moi, dont la lèvre tient toute la joue, je réponds :

— Boui, boui.

Il m'a trouvé moins fort qu'il ne pensait. Je mets du mien dans mes devoirs.

— Il ne faut pas mettre du *vôtre*, je vous dis.

Il me parle haut ; me fait sentir que je paie moins que les autres.

Legnagna me l'a rappelé dès le second jour. Il y avait des épinards. Je n'aime pas les épinards, et voilà que je laisse le plat.

Il passait.

— Vous n'aimez pas ça ?

— Non, monsieur !

— Vous mangez peut-être des ortolans, chez vous ? Il vous faut sans doute des perdrix rouges ?

— Non ; j'aime mieux le lard !

Il a ricané en haussant les épaules, et s'est en allé en murmurant : — Paysan !

Il donne des soirées le dimanche ; on m'invite.

Je dis toujours « Sacré mâtin ! » C'est une habitude entre camarades ; elle me suit jusque dans son salon fané.

— *Monsieur* Vingtras, me crie-t-il d'un bout de la table à l'autre, où avez-vous été élevé ? Est-ce que vous avez gardé les vaches ?

— Oui, monsieur, avec ma cousine !

Il en perd la tête et devient tout rouge.

— Croyez-vous, madame ! dit-il à une voisine.

Et se tournant vers moi :

— Allez au dortoir !

Je suis dans la classe des grands, qui se fichent de moi tout le temps, mais sans que ça me gêne ; qui ont l'air de faire les malins, et que je trouve bêtes, mais bêtes !... Il y a une gloire, un prix de concours ; il est maigre, vert, a comme la danse de Saint-Guy, se gratte toujours les oreilles, et cherche constamment à s'attraper le bout du nez avec le petit bout de sa langue.

Il y a une demi-gloire, — Anatoly.

Il est pour les bons rapports entre les élèves et les maîtres ; il voudrait qu'on s'entendît bien, — pourquoi donc ?

J'ai l'air bien *mastoc* ; on me trouve lourd quand je joue aux barres, on me blague comme provincial. Anatoly me protége.

« Il se fera, ne l'embêtez pas ! Dans un ans, il sera comme nous ; dans deux, vous verrez ! »

Oh ! on ne m'embête pas beaucoup ! Je suis solide, et je n'ai pas mon père pour me rendre timide, honteux, capon. Ça m'est à peu près égal qu'on me blague, je ne suis pas ébloui par les copins.

Ah ! je me faisais une autre idée de ces forts en latin ! Je trouvais la province plus gaie, moi !

Ils parlent toujours, mais toujours de la même chose, — de celui-ci qui a eu un prix ; de celui-là qui a failli l'avoir ; il y a eu un barbarisme commis par Gerbidon, un solécisme par....

« Chez Labadens, tu sais, le petit qui devait avoir le prix de version grecque, il n'est pas venu parce que son père était mort le matin. Labadens a été le chercher en lui promettant qu'il le ramènerait en voiture à l'enterrement. Il n'a pas voulu et est resté à pleurer. » Ils ont l'air de trouver ça drôle.

Le mardi, on a le droit de rester pour fignoler sa composition, et je reste jusqu'à ce que le professeur ait eu le temps de tourner la rue ; alors, je m'échappe aussi. J'ai devant moi une grande heure, au bout de laquelle j'irai porter chez son concierge la copie qu'on me croit en train de finir.

Je flâne dans les rues pleines de femmes en cheveux ; elles sont gaies et si jolies avec leurs grands sarreaux d'atelier ! Je les suis des yeux, je les écoute fredonner, et je les regarde à travers les vitres déjeuner à côté de ciseleurs en blouses blanches et d'imprimeurs en bonnets de papier. C'est tout ce que je regarde dans Paris.

Je n'ai pas envie de voir les monuments, quoiqu'il n'y ait plus de bagnes pour m'en empêcher ; je trouve que toutes les pierres se ressemblent, et je n'aime que tout ce qui marche et qui reluit.

Je ne connais donc rien de Paris, rien que les alentours du faubourg Saint-Honoré, le chemin du lycée Bonaparte, la rue Miromesnil, la rue Verte ; place Beauvau ; j'y rencontre beaucoup de domestiques en gilet rouge et de femmes de chambre en coiffe dont les rubans volent.

Le dimanche, nous allons en promenade.

Le plus souvent, c'est aux Tuileries, dans l'allée du Sanglier.

Ce *Sanglier* ! il me taquine encore, par-dessus les années, de son groin de pierre.

Je m'ennuie beaucoup ! Un peu moins cependant, quand Chaillu devient notre pion.

Il n'a pas la foi, lui ; il nous laisse nous éparpiller le dimanche, à condition qu'à six heures nous soyons là.

Nous, nous filons sur les *Hollandais*, au Palais-Royal. C'est le café des Saint-Cyriens et des volailles. On appelle *volailles*, ceux qui se destinent aux écoles à uniforme et en ont un déjà, à bande orange, à collet saumon, avec des képis à visières dures, à galons d'or ou d'argent.

Quoique *des lettres*, je suis bien avec les volailles, surtout avec les Lauriol. Malheureusement, je n'ai que des semaines de dix sous, et je suis forcé d'y regarder à deux fois avant de trinquer.

Un jour j'ai eu une fière peur. Nous avions joué et j'avais perdu trente sous. A partir de la première partie, je voulais me lever ; je n'ai pas osé.

— Allons, allons, reste là !

Sueur dans le dos, frissons sur le crâne.

Je joue mal, et je laisse voir mes dominos ; Tout est fini, j'ai la culotte !...

Par bonheur on se battit. Il s'éleva une querelle entre une volaille jaune et une volaille rouge, entre des nouveaux et des anciens de Saint-Cyr, et les carafons se mirent à voler.

Ce fut une mêlée, je m'y jetai à corps perdu.

Je comptais sur quelque coup qui me mettrait en pièces, mais pas de chance! je donne beaucoup et ne reçois rien.

Je n'en fus pas moins sauvé tout de même.

On nous jeta à la porte, tout un lot, pour se débarrasser de nous, et je partis vers le *Sanglier*, devant trente sous aux *Hollandais* mais j'avais jusqu'à l'autre dimanche, et j'étais sauvé d'une *humiliation*.

Je vendis un discours latin à la composition du mardi — vingt sous comptant.

Je faisais ce commerce quelquefois, je procurais ainsi une bonne place à quelqu'un qui attendait un oncle, ou qui voulait avoir plus pour sa fête, ou qui avait un intérêt quelconque à être *dans les dix*, quoi!

Je retournais aux *Hollandais*, mes trente sous dans le creux de ma main. On ne voulut même pas de mon argent. C'est la caisse de Saint-Cyr ou une souscription des volailles qui avait réglé la *casse* et les consommations.

J'eus de l'argent devant moi, et en plus une réputation de friand du coup de poing.

N'importe, je reviens toujours pensif de cet estaminet de riches! Et la nuit, dans mon lit d'écolier, je me demande ce que je deviendrai, moi que l'on destine à une école dans laquelle j'ai peur d'entrer, mais qui n'ai pas, comme ces volailles, ma volonté, mon but, et qui n'aurai pas de fortune.

Ma vie des dimanches change tout d'un coup.

Il y avait au collège un élève modèle nommé Flottard.

Flottard vient rester à Paris. Mon père lui a donné une lettre qui l'autorise à me faire sortir tous les dimanches.

Mais je suis libre désormais, — à partir de une heure tous les dimanches.

Flottard n'est libre qu'à ce moment-là. J'ai bien assez de ma demi-journée, — nous ne savons que faire jusqu'à cinq heures; nous ne voulons pas aller au café pour ne pas dépenser notre argent. Nous le gardons pour le soir.

Nous tuons mal l'après-midi. — C'est ennuyeux, je trouve, de se promener quand tous les autres se promènent aussi, et qu'on a tous l'air bête. Ah! si c'était comme en semaine! On verrait grouiller le monde! Aujourd'hui, on ne fait pas de bruit; on glisse comme des prêtres.

Il faudrait aller à Meudon! Là on rit, on s'amuse.

Mais, c'est *dix sous* de Paris à Meudon! Attendons qu'on ait fait fortune!

« Ça fait du bien de marcher par ce froid-là, » dit Flottard, — qui veut me faire croire qu'il s'amuse, — en grelottant comme un lustre qu'on époussette.

J'aimerais mieux me plus mal porter et avoir plus chaud.

Les dimanches de pluie nous allons dans les musées.

— On apprend toujours quelque chose, dit Flottard, en entrant dans les galeries.

— On apprend quoi?

— Tu vois de beaux tableaux, de beaux marbres!

— Et après?

Flottard m'appelle positif, et me dit avec amertume:

— Toi qui as fait de si beaux vers?

C'est vrai, tout de même!

Flottard me voit ébranlé et continue:

— Tu renies tes dieux, tu craches sur ta lyre!

— Messieurs, crie le gardien en habit vert, en étendant sa baguette et nous montrant du son, si vous voulez cracher, c'est dans le coin.

Cinq heures arrivent enfin! Je ne suis pas fou des chefs-d'œuvre et des monuments, décidément.

C'est à cinq heures que Lemaître nous rejoint. Lemaître est *calicot* et Flottard le tient en petite estime; il ne comprend que les professions nobles. Cependant, comme Lemaître connaît des douillards et des rigolots, il l'accueille à bras ouverts. —

Il arrive et l'on va prendre l'absinthe à la Rotonde, en plein air, où l'on espère rencontrer Grassot! Oh! voici Sainville! Non! si!

L'absinthe une fois sirotée dans le demi-jour de six heures, nous filons du côté du Palais-Royal, où l'on doit trouver les amis chez Tavernier. Ils se mettent toujours dans la grande salle, à la table du coin.

Nous dînons à trente-deux sous.

Les calicots, camarades de Lemaître, sont avec leurs petites amies, bien chaussées, toutes gentilles, et qui rient, qui rient, à propos de tout et de rien...

Et comme c'est bon ce qu'on mange!

Purée Crécy, côtelettes Soubise, sauce Montmorency. À la bonne heure!

Voilà comment on apprend l'histoire!

Ça vous a un goût relevé, piquant, ces plats et ces sauces!

M. Radigon, le loustic de la bande, n'est pas pour toutes ses blagues-là.

— Garçon, un bifteck nature ou un pied de cochon grillé.

Moi, je ne dis rien, j'écoute.

— Votre ami est muet, monsieur Flottard?

Je fais une grimace et pousse un son, pour établir que je n'appartiens pas aux disciples de l'abbé de l'Epée. On me discute au coin de la table.

— Une tête — Des yeux — Mais il a l'air trop *couenne!*

Je me rattrape par les tours de force. J'abaisse les poignets, j'écrase les doigts, je soulève la soupière avec les dents, je reste 50 secondes sans respirer à la grande peur des gens d'à côté, qui voient mes veines gonfler; les yeux me sortent de la tête.

— Je n'aime pas qu'on fasse ça près de moi quand je mange, dit un voisin.

Radigon lui-même en a assez.

— Ah! c'est qu'il nous embête à la fin, avec sa respiration!...

Après le dîner il faut que je parte.

Les autres élèves à la pension, ont jusqu'à minuit. Legnagna — par méchanceté, exige que je sois là à huit heures.

Je quitte la *société* et je redescends du côté du faubourg Saint-Honoré.

Il me reste un quart d'heure à assassiner avant de revenir à la pension, mais j'aurais l'air de n'avoir pas su où dépenser mon temps si je reparaissais avant l'heure.

J'aimerais mieux être rentré. Je ne crains pas la solitude de ce dortoir où j'entends revenir un à un les camarades. Je puis penser, causer avec moi, ce sont mes seuls moments de grand silence. Je ne suis pas distrait par le bruit de la foule où ma timidité m'isole, je ne suis pas troublé par les bruits de dictionnaires, ni les récits de grand concours.

Je me souviens de ceci, de cela, — d'une promenade à Vourzac, d'une moisson à Farreyrolles! — et dans le calme de cette pension qui s'endort, la tête tournée vers la fenêtre d'où j'aperçois le champ du ciel, je rêve!

On m'appelle un jour chez Legnagna.

Il me délivre un paquet que ma mère m'envoie; il a l'air furieux.

— Vous emporterez cela aussi, me dit-il.

Il me glisse en même temps un pot et me reconduit vers la porte.

Je n'y comprends rien, je déplie le paquet. J'y trouve une lettre:

« Mon cher fils,

» Je t'envoie un pantalon neuf pour la fête, c'est ton père qui l'a taillé sur un de tes vieux, c'est moi qui l'ai cousu. Nous avons voulu te donner cette preuve de notre amour. Nous y ajoutons un habit bleu à boutons d'or. Par le même courrier, j'envoie à M. Legnagna un bocal de cornichons pour le disposer en ta faveur.

» Travaille bien mon enfant et relève tes basques quand tu t'assieds. »

Il y avait une lettre de mon père aussi.

Je lui avais écrit que Legnagna essayait de m'humilier, que je voudrais quitter la pension, vu que je souffrais d'être ainsi blessé tous les jours.

Mon père m'a répondu une lettre qui m'a tout troublé. Fait-il le comédien? Est-il bon au fond!

« Prends courage, mon ami! Je ne veux pas te dire que c'est par ta faute que tu es à Paris... Aie de la patience, travaille bien, paye avec tes prix ta pension, puis tu pourras lui dire ses vérités. »

Pas une allusion au passé, rien! Pas un reproche, presque de la bonté, un peu de tristesse!... Je lui aurais sauté au cou s'il avait été là.

Je ferai comme il l'a dit: j'attendrai et j'essayerai d'avoir des prix.

Et cependant comme ce latin et ce grec sont ennuyeux! Et qu'est-ce que cela me fait à moi les barbarismes et les solécismes!

Et toujours, toujours le grand concours!

Le professeur s'appelle D...

Il a une petite bouche pincée, il marche comme un canard, il a l'air de glousser quand il rit, et sa perruque est luisante comme de la plume. Il a eu pour la troisième fois le prix d'honneur au concours général; l'an passé, on l'a décoré. Il a une crête rouge. Il parle un peu comme un incroyable, il dit: « Cicé-on, discou-e, Alma pa-ens. »

Il est le professeur de latin; il a un français à lui.

Quand des élèves ont manqué la classe pour aller au café ou au bain et qu'il aperçoit des bancs vides, il dit:

— Je vois ici beaucoup d'élèves qui n'y sont pas.

Le professeur de français s'appelle N... c'est le frère d'un académicien qui a deux morales au lieu d'une; abondance de bien ne nuit pas.

Il est long, maigre et rouge, a une redingote à la prêtre, des lunettes de carnaval, une voix cassée, flûtée, sifflante. De cette voix-là il lit des tirades d'*Iphygénie* ou d'*Esther*, et quand c'est fini, il joint les mains, regarde le plafond plein d'araignées et crie:

— A genoux! à genoux! devant le divin Racine!

Il y a un nouveau qui, une fois, s'est mis à genoux pour tout de bon.

Et chassant le bouquin qu'il a devant lui, d'un geste de dédain le professeur continue:

— Il ne reste plus qu'à fermer les autres livres.

Je ne demande pas mieux.

— Et à s'avouer impuissant!

C'est son affaire.

J'ai commencé par avoir de bonnes places en discours français, mais je dégringole à chaque composition.

De second, je tombe à dixième, à quinzième!

Ayant à parler de paysans qui, pour fêter leur roi, trinquent ensemble, — j'avais dit :

Et tous réunis, ils burent un BON *verre de vin;*

— UN BON! — Ce garçon-là n'a rien de fleuri, c'est sec; je ne serais pas étonné qu'il fût méchant. UN BON! Quand notre langue est si fertile en tours heureux pour exprimer l'opération accomplie par ceux qui portent à leurs lèvres le jus de Bacchus, le nectar des Dieux!

Et que ne se souvenait-il de Boileau?

Boire un verre de vin *qui rit dans la fougère!*

C'est que je n'ai jamais compris ce vers-là, moi! Boire un verre qui se tient les côtes dans l'herbe, sous la coudrette!

Je suis sec, plus sec encore qu'il ne croit, car il y a un tas de choses, que je ne comprends pas davantage.

— Bien peu là-dedans, fait le professeur en mettant un doigt sur son cœur?

Il s'arrête un moment!

— Mais rien là-dedans, bien sûr, ajoute-t-il en se frappant le front, et secouant la tête d'un air de compassion profonde. Il a une fois réussi, parce qu'il avait lu Pierrot, — mais allez, c'est un garçon qui aimera toujous mieux écrire fusil, *qu'arme qui vomit la mort.*

C'est que ça me vient comme cela à moi! nous parlons comme cela à la maison; — on parle comme cela dans celles où j'allais. — Nous fréquentions du monde si pauvre!

Je me rejette sur le vers latin, et le vers latin me réussit.

Il était temps.

Je sentais le moment où ce misérable Legnagna, dans son dépit de me voir sans succès, me porterait trop de coups sourds. Je lui aurais, un beau matin, cassé les reins.

J'avais même songé une bonne fois à filer pour tout de bon, non pas pour aller flâner aux Champs-Elysées ou devant les saltimbanques, comme je faisais quand je manquais la classe, mais pour lâcher la pension du coup, et me plonger, comme un évadé du bagne, dans les profondeurs de Paris.

Qu'aurais-je fait? Je l'ignore.

Mais je me suis demandé souvent s'il n'aurait pas autant valu que je m'échappasse ce jour-là, et qu'il fût décidé tout de suite que ma vie serait une série de combats? Peut-être bien.

Ma résolution était presque prise. C'est Anatoly, le pacifique qui la changea, parce qu'il crut bon d'avertir Legnagna.

Celui-ci me fit venir et me dit qu'il savait ce que je voulais faire. Il ajouta qu'il avait prévenu le commissaire, et que si je m'échappais, j'appartenais à la police. Ce mot me fit peur.

C'est sur ces entrefaites que je fis une pièce de vers latins qui fut, paraît-il, une révélation. J'aurais le prix si je versifiais comme cela au concours.

Le prix au concours, je voudrais bien! Ce serait pour payer ma dette, et en sortant de la Sorbonne, en pleine cour, je prendrais les oreilles de Legnagna et je ferais un nœud avec.

Le jour du concours arrive.

Nous nous levons de grand matin. On nous donne un *filet* qui est un des trophées de la maison, et on y met du vin, du poulet froid. Legnagna me tend la main. Je ne puis pas lui refuser la mienne, mais je la tends mal, et ce geste de fausse amitié est pire que l'hostilité et le silence.

— Distinguez-vous...

Il rit d'un rire lâche.

Nous partons, Anatoly et moi; il fait un petit froid piquant.

Nous arrivons presque en retard.

Je n'ai jamais vu Paris par le soleil frais du matin, vide et calme, et je me suis arrêté cinq minutes sur le pont, à regarder le ciel blanc et écouter couler l'eau. Elle battait l'arche du pont.

Il y avait sur le bord de la Seine un pauvre en chapeau qui lavait son mouchoir. Il était à genoux comme une blanchisseuse. Il se releva, tordit le bout du linge et l'étala une seconde au vent. Je le suivais des yeux. Puis il le plia comme une crêpe et le mit sécher dans sa redingote, qu'il entr'ouvrit et reboutonna d'un geste de voleur.

Il ramassa quelque chose que j'avais remarqué par terre. C'était un livre.

Anatoly me tira par les basques. Il fallait partir; mais j'eus le temps de voir une face pâle, tout d'un coup au-dessus des marches.

Elle est encore dans mes yeux, et toute la journée elle fut entre moi et le papier blanc. Je ferais mieux de dire qu'elle a été devant moi toute ma vie.

C'est que dans la face de ce laveur de guenille, plus blanc que son mouchoir mal lavé, j'avais lu sa vie!

Ce livre me disait qu'il avait été écolier aussi, lauréat peut-être. Je m'étais rappelé tout d'un coup toute l'existence de mon père, les proviseurs bêtes, les élèves cruels, l'inspecteur lâche, et le professeur toujours humilié, malheureux, menacé de disgrâce!

— Je parierais que ce pauvre que je viens de voir sous le pont est bachelier dis-je à Anatoly.

Malheureusement je ne me trompais pas.

Au moment même où on nous appelait pour entrer à la Sorbonne, *un de Saint-Louis* avait dit, montrant une ombre noire qui montait la rue.

— Tiens, l'ancien répétiteur de Jauffret !

C'était la face pâle, l'homme au mouchoir, le pauvre au livre.

On dicte la composition.

Vais-je la faire ? A quoi bon !

Pour être répétiteur comme celui-là, puis devenir laveur de mouchoirs sous les ponts ? Quelle est son histoire à cet homme qui obsède ma pensée ?

Je ne sais. Il a peut-être giflé un censeur, pas même giflé, blagué seulement.

Il a peut-être écrit un article dans l'*Argus de Dijon* ou le *Petit homme gris* d'Issengeaux, et pour cela on l'a destitué.

Pas de ce métier-là, non, non !

Il faut cependant que je me conduise honnêtement, il faut que je fasse ce que je puis !

Je ne trouve rien, rien — j'ai du dégoût comme une fois où j'avais, tout petit, mangé trop de mélasse.

Voilà pourtant quarante alexandrins de *tournés*. C'est ma copie.

— Tu as fini, me dit mon voisin.

— Oui.

— Moi aussi. Veux-tu que nous fassions cuire des petites saucisses ?

Il tire un petit fourneau à esprit-de-vin et se cache entre les dictionnaires, puis il sort un bout de poêle.

— Ça va crier, prends garde !

Le professeur qui surveillait était Deschanel; c'était un garçon d'esprit — Il entendit cuire les saucisses — On avait le droit de manger cru dans la longue séance — Il pensa qu'on pouvait manger cuit. Tant pis pour celui qui tenait la casserole au lieu du dictionnaire dans la bataille !

— Le café, maintenant. J'aime bien mon café, et toi ?

Celui de Charlemagne fit le café.

Il manquait la goutte. On vendit des morceaux de composition, des tranches de copie à des *bouche-trou* de Stanislas et de Rollin qui avaient des faux-cols droits, des rondins de drap fin, et de l'argent dans leur gousset. Nous eûmes une bonne rincette et une petite consolation. Pour finir, je me chargeai spécialement du *brûlot*.

— Ton brouillon ? fit Anatoly le Pacifique, dès que je rentrai à la pension.

Legnagna arriva et ils l'épluchèrent ensemble.

Je sais que ma composition est ratée, et maintenant que le souvenir de la face pâle est moins vif, et que les fumées de notre banquet sont évanouies, je me sens chagrin, j'éprouve comme des remords.

Legnagna ne me dit pas un mot. Il me jette un regard de haine.

Le résultat est connu. — Je n'ai rien !

Mais Anatoly n'a rien non plus, la classe n'a rien, le collège n'a pas grand'chose. C'est un désastre pour le lycée.

Les bûcheurs et les malins n'ont pas fait mieux que moi, ma conscience est plus calme.

La distribution des prix arrive. J'y assiste obscur et inglorieux ! *Fractis occumbam inglorius armis* !

Et chacun s'en va....

Moi je reste.

J'attends une lettre de mon père, et des instructions. Rien n'arrive. On me laisse ici à la merci de Legnagna qui me hait.

Nous sommes quatre dans la pension.

Un qui n'a pas de parents et dont le tuteur envoie la pension — un créole des Antilles qui ne sort que par hasard, et un petit Japonais qui ne sort jamais.

Ils paient cher, ceux-là, moi, je paie pour une demi-ration, et je devais avoir des prix. Je n'ai rien eu, et je mange beaucoup.

J'ai écrit. Si mes parents ne viennent pas demain, si je n'ai pas de réponse, je quitte la maison et je pars.

Legnagna me laissera filer, par économie, sans aller chez le commissaire, cette fois.

Oh ! ces lettres attendues ! ce facteur guetté ! mes supplications dont mon père et ma mère se rient !

J'ai presque pleuré dans mes phrases, en demandant qu'on vînt me chercher, parce que Legnagna me traite comme un mendiant.

« C'était bien assez de me nourrir pendant l'année, il faut qu'il me nourrisse encore pendant les vacances ! »

Mais un jour c'est pire : mon père est en jeu. Legnagna arrive échevelé.

— Quoi ! me dit-il en écumant, je viens d'apprendre que monsieur votre père gagne de l'argent, *s'est fait huit mille* cette année; je viens d'apprendre que j'ai été sa dupe, que je vous ai fait payer comme à un gueux, quand vous pouviez payer comme un riche. C'est de la malhonnêteté cela, monsieur, entendez-vous ?

Il frappe du pied, marche vers moi.

Oh ! non, halte-là ! Gare dessous, Legnagna !

Il le devine et s'échappe en déchargeant sa colère contre la porte avec laquelle il soufflette le mur.

Une fois parti, le bruit de ses injures tombé, je réfléchis à ce qu'il vient de dire, et je lui donne raison, à ce pauvre homme.

— Oh! mon père, vous pouviez m'éviter ces humiliations!

Est-ce bien vrai que vous n'êtes pas un pauvre?

C'est vrai. — Celui qui a averti Legnagna est son beau-frère le Chafoin, arrivé de Nantes la veille.

Après la scène, Legnagna est venu à moi dans la cour.

— Je n'aurais rien dit, fait-il, si votre père vous avait retiré à la fin des classes, mais voilà huit jours qu'on vous laisse ici sans nouvelles; cela a l'air d'une injure, vous comprenez!

Je balbutie, et ne trouve rien à répondre; je pense comme lui.

— Mon père payera ces huit jours.

— Il le peut. Votre père a plus gagné que moi cette année, et il n'avait pas besoin de venir demander une remise de 300 francs sur votre pension.

C'est pour 300 francs que j'ai souffert comme cela.

Il m'en restera au cœur une cicatrice, peut-être une maladie; pas une raie blanche, mais un *trou*.

XXIII

MADAME VINGTRAS A PARIS

— Jacques!

C'est ma mère! Elle s'avance, et, mécaniquement, me prend la tête. Le petit Japonais rit, le créole bâille, — il bâille toujours.

Ma tête a été prise de côté, et ma mère a toutes les peines du monde à trouver une place convenable pour m'embrasser.

On nous a fait entrer dans une chambre où l'on voit à peine clair, c'est le soir, et la bougie que le concierge apporte ne jette qu'une faible lumière.

— Comme tu es grand! comme tu es devenu fort!

C'est son premier mot. Elle ne me laisse pas le temps de parler; elle me tourne, retourne, et vire sur ses petites jambes.

— Embrasse-moi donc comme il faut; va, ne sois pas méchant pour ta mère.

C'est dit d'assez bon cœur. Elle crie toujours:

— Tu es si grand, si beau! Je t'ai apporté un habit à la française; je te ferai faire des bottes! Mais fais-toi donc voir: de la moustache! tu as des moustaches!

Elle n'y peut plus tenir de joie, d'orgueil. Elle lève les mains au ciel et va tomber à genoux.

— C'est que tu es beau garçon, sais-tu!

(Elle me dévisage encore.)

— Tout le portrait de sa mère!

Je ne crois pas. J'ai la tête taillée comme à coups de serpe, les pommettes qui avancent et les mâchoires aussi, des dents aiguës comme celles d'un chien. J'ai du chien, j'ai aussi de la touple, le teint jaune comme du buis.

« Quant à ses yeux, prétendait la mère Allard, la lingère, qui me demanda une fois si je la trouvais potelée quant à ses yeux, il ne peut pas cacher qu'il est Auvergnat; on dirait deux morceaux de charbon neuf. »

— Tu as l'air sérieux aussi, sais-tu?

« Peut-être bien. Cette année-là a été la plus dure. J'ai été humilié pour de bon, sans gaieté pour faire balance.

J'ai aussi un dégoût au cœur. Ma désillusion de Paris a été profonde.

Je vois l'horizon bête, la vie plate, l'avenir laid. Je suis dans la grande Babylone! Ce n'est que cela, Babylone!

Les gens y sont si petits! Je n'ai entendu que parler latin!

Dimanche et semaine, j'ai été à la merci de ce Legnagna qui est né faible, envieux, capon, et que l'insuccès a encore aigri.

Ces dix derniers jours surtout m'ont pesé comme un supplice.

— Pourquoi ne m'écrivais-tu pas?

— Je m'attendais à partir d'un jour à l'autre, dit ma mère.

C'était pour épargner un timbre.

Je lui parle des reproches de pauvreté qu'on me faisait, des humiliations que j'ai bues.

— C'est lui qui parle de notre pauvreté! Quand il aura gagné ce qu'a gagné ton père cette année, il pourra dire quelque chose.

— Mais alors, si mon père a gagné de l'argent, pourquoi ne pas lui avoir payé sa pension au prix des autres, quand je vous ai écrit qu'il m'insultait et que j'étais si malheureux?

— Des insultes, des insultes, — eh bien après? Est-ce que tu t'en portes plus mal, dis, mon garçon? Nous aurons toujours épargné 300 francs, et tu seras bien content de les trouver après notre mort. Il y a 300 fr. et plus, tiens là-dedans... Ce n'est pas lui qui les aura!

Elle rit et tape sur sa poche.

— Il faut faire comme ça dans le monde, vois-tu, maintenant que tu es grand, tu dois le savoir. Crois-tu par hasard qu'il a pris pour tes beaux yeux et pour nous faire la charité? Non, on t'a pris comme une bonne vache, tu ne vêles pas comme ils veulent, tu n'as pas des prix à leur grand concours. Il fallait choisir mieux, qu'ils te tâtent avant que tu commence. Je vais lui dire son affaire, moi, attends un peu, va !

Je souffre de la voir se fâcher ainsi. Ce pauvre diable que je croyais haïr, voilà qu'il me fait de la peine !

Tout en m'annonçant ses intentions de le *sabouler* d'importance, ma mère dit :

— Fais tes paquets !

Nous étions déjà dans le corridor — le concierge y était aussi.

— Madame, rien ne peut sortir de la maison.

— Les affaires de mon fils ! — Je n'aurai pas le droit de prendre son linge ? Les chaussettes de mon enfant !.... C'est votre *Legnagna* qu'a dit ça ?

— Non. C'est le propriétaire, à qui M. Legnagna doit, et qui a donné la consigne.

Il y a le boulanger aussi qui a une note, puis le boucher...

Pauvre homme, oui ! Pauvre homme, il bousculait les pauvres, car il n'y avait pas que moi qu'il traitait mal. Tous ceux qui étaient abandonnés ou à prix réduit recevaient ses crachats, et les petits même recevaient des coups.

Il est bête — on parle de son *gnagnanisme* entre pension. On en a fait un mot pour dire cuistre, bêtât et un peu cafard.

Le raisonnement que vient de me tenir ma mère, l'argument de la vache, m'a ôté des scrupules, m'a frappé !

Cette vache.... c'est vrai ! Ils ne m'ont pas pris pour mes beaux yeux, bien sûr !

— Non, va, tu peux être tranquille, a repris ma mère, qui lisait mes réflexions dans mon silence et mon regard.

Je le plains tout de même, ce malheureux. J'obtiens de ma mère qu'elle ne fasse pas de scène, et nous obtenons du propriétaire qu'il laisse sortir mon trousseau.

On quitte la pension, je ne sais comment. On prend un fiacre qui va rejoindre les malles que ma mère a laissées au bureau de la diligence.

Elle murmure toujours des injures contre Legnagna, — ce sont des ricanements, des cris, elle le blague et le bouscule de la voix, du geste, comme s'il était là :

— Voulez-vous bien vous taire ! Ah ! si vous m'aviez dit ce que vous lui avez dit ! (se tournant vers moi :) — Tu n'as pas eu de cœur de t'être laissé traiter ainsi ! Ah ! tu n'es pas le fils de ta mère !

Suis-je un enfant du hasard ? Ai-je été fouetté par erreur pendant treize ans ? Parlez, vous que j'ai appelée jusqu'ici *genitrix*, ma mère, dont j'ai été le *cara soboles*, parlez !

— Et où allons-nous, maintenant ?

Ma mère me pose cette question quand les malles sont reprises et mises sur l'impériale. Le cocher attend.

— Nous n'allons pas coucher dans le fiacre n'est-ce pas ? Voilà un an que tu es à Paris, et tu ne sais pas encore où mener ta mère, tu ne connais pas un endroit où descendre ?

Je connais la Sorbonne ? — Le Sanglier ?

— Est-ce qu'on lui ferait un lit aux *Hollandais* ?

— Allons, c'est moi qui vais te conduire Ah ! les enfants.

— Appelle le cocher ?

— Cocher !

Il arrête et se penche.

— Connaissez-vous l'Ecu-de-France ?

— C'est à Dijon, ça, ma bourgeoise !

— Dans toutes les villes, il y a un hôtel qui s'appelle l'Ecu-de-France.

— Connais pas ici !

Relevant son châle sur ses épaules, prenant son sac de voyage d'une main, elle empoigne la portière de l'autre.

— Je ne resterai pas une minute de plus dans cette voiture.

— Comme vous voudrez, mes enfants ; j'aime pas trimballer du monde qui est si bête que ça ! Payez l'heure, et voilà vos malles.

Nous payons, — et l'histoire d'Orléans et de la place de la Pucelle, de Nantes et du quai, recommence. Nous sommes debout devant des malles et des cartons à chapeau qui s'écroulent. Ma mère ne peut pas entrer dans une ville sans embarrasser la voie !...

Elle me donne des coups de parapluie.

— Mais remue-toi donc !

Je remue ce que je peux, il faut que je veille aux cartons, je n'ai pas grand'chose de libre sur moi, tout est pris, il me reste un doigt.

— Arrête un autre cocher.

Je fais signe à un nouvel automédon, mais l'équilibre a des lois fatales qu'il ne faut pas violer, et ce signe me perd ! La montagne de colis s'écroule. — Ma mère pousse un cri ! Les voitures s'arrêtent, des sergents de ville accourent, — toujours ! toujours !

Que serions-nous devenus sans des philanthropes qui passaient par là.

Ils ne nous demandèrent rien qui pût attenter à nos convictions politiques ou religieuses ! Non, rien. Ils nous aidèrent de leurs conseils, sans exiger ni transaction de conscience ni lâcheté. Ce n'est pas les jésuites qui auraient fait ça !

Ils nous conseillèrent d'aller en face « juste en face, où il y a un écriteau » et ils nous apprirent que les *chambres meublées* étaient pour les gens qui n'en avaient pas.

— Tu ne savais pas cela, Jacques ! dit ma mère. C'est les vers latins qui l'auront rendu comme ça ! ou peut-être un coup. Tu n'es pas tombé sur la tête, dis ?

— Non, sur le dos seulement,

Ma mère paraît un peu plus tranquille.

— Nous sommes installés : une chambre et un cabinet,

Des cris dans la chambre de ma mère...

— Jacques, Jacques !

— Me voilà.

A peine 'ai le temps de passer mon pantalon mais j'ai tout le mal du monde pour le garder.

Elle m'a attrapé par le fond, et elle m'attire à elle, à rebours.

— Es-tu mon fils ?

Je commence à être sérieusement inquiet. Elle me l'a déjà demandé une fois.

Je vois, éparpillées sur la table, deux culottes et deux vestes que j'ai portées toute cette année.

Elle me fait tourner brusquement et me fixe comme si elle soupçonnait toujours que je lui ai présenté un étranger à ma place.

Enfin presque sûre que je ne me suis pas trompé, avertie d'ailleurs par la voix du sang, elle laisse échapper sa douleur.

— Jacques, mon Jacques ! dit-elle, Jacques sont-ce là les culottes, sont-ce là les vestes, est-ce l'habit bleu barbeau que je t'ai envoyés ? Je sais comme un habit est tout de suite sali avec toi, je le sais, mais je ne puis pas croire que tu aies mangé la couleur pour t'amuser, et puis ce que je t'ai envoyé était plus large ! Il y avait une ressource dans le fonds, du flottant, de l'air, de la place ! Ici, rien ! rien !

Elle a l'air d'Hécube.

— Jacques, nous l'avons cousu ensemble, ton père et moi ! Je te l'ai écrit, tu le savais ! Qu'ont-ils fait de mon fils ?

C'est la troisième fois qu'elle a l'air de me prendre pour un autre !

— Mais explique toi, imbécile !

Oh non, elle m'a bien reconnu.

J'avais usé les habits que je portais en arrivant. Ceux qu'on m'a envoyés, taillés par mon père, cousus par ma mère, étaient trop larges ; il aurait pu tenir quelqu'un avec moi dedans. Je ne connaissais personne !

J'avais enfin trouvé Rajoux qui était deux fois gros comme moi et qui avait, lui, des habits trop petits.

Il m'a demandé si je voulais changer, que j'avais une si drôle de tournure avec fonds trop abondants. Ça inquiétait beauc[oup] de gens de me voir marcher avec difficul[té] Que ne disait-on pas ?

Nous avons signé le marché un jour dortoir, il m'a donné ses habits, j'ai pri[s les] siens et j'ai pu jouer aux barres, de n[ou]veau.

Ma mère ne disait rien. J'attendais ac[ca]blé ; enfin elle sortit de son silence.

— Ah ! ce n'est pas du mauvais drap Mais il ne devait rien y connaître, ton [bi]joux, tu aurais pu demander quelque chose retour, un gilet de flanelle, un bout de ca[le]çon. Ah ! si ç'avait été moi ! va ! Ou[i] le drap est bon, Seulement nous n'avons de pièce (examinant un fond rayé) ; pour fond-là je ne vois que le tapis de ma cha[m]bre. Je pourrai arranger cette doublure a[vec] mes vieux rideaux.

Diable !

— Tu ne peux pas faire des conquêtes a[vec] ça, par exemple. Et moi j'aime bien homme qui a un peu de coquetterie dans toilette, — une redingote verte, — un pan[ta]lon à carreaux... Oh ! je ne voudrais [pas] qu'on en abuse ! Plaire, mais non pas lancer dans le vice, parce qu'on est b[ien] mis, ne pas rouler dans la vie dorée, n[on] mais, tu diras ce que tu voudras, un b[rin] d'originalité ne fait pas de mal, et je ne [m']aurais pas voulu si on s'était retourné p[our] te regarder à mon bras dans la rue. [Qu']est-ce ce qui se retournera pour te garder, personne ! Tu passeras inaper[çu] Enfin, si tu es modeste !... (Il y a un peu [d'i]ronie et de désappointement dans l'acce[nt] mais c'est du bon, je ne dis pas que ce n[e soit] pas du bon. Et ton chapeau ?

Ah ! oui, celui que mon père m'av[ait] planté sur la tête ! Mon chapeau !

Un ivrogne qui passait me l'a pris et pas voulu me le rendre.

— C'est trop lourd pour vous, disait-il bégayant !

Les premiers jours que je suis sorti a[vec] ce chapeau-là, les habits qu'elle m'avait [en]voyés, et mon pantalon vert, le portier Bonaparte n'a pas voulu me laisser entr[er] C'est un brave homme qui a une consigne qui l'exécute avec fermeté, mais sans ar[ro]gance.

— C'est un collège, on ne vend pas d'e[au] de Cologne ici, mon garçon.

Comme je paraissais insister :

— Vous êtes le fils Miette, n'est-ce pas Pas de brusquerie, par exemple ; je vou[s] dit ça bien gentiment, allez-vous-en b[ien] gentiment aussi !

— Prends-lui-en un flacon, va ; lui dit [la] femme du fond de la loge.

Legnagna avait tout vu, il sait bien que je ne suis pas le fils Miette, il a préféré ne rien dire.

— Où me mènes-tu dîner?

Elle dit ça presque comme Mlle Herminie le disait à Radigon, en le câlinant.

Ça me fait bien plaisir, cet air bon enfant, et je lui parle tout de suite de Tavernier à trente-deux sous.

— Je voudrais aller une fois aux Frères-Provençaux où chez Véfour; — pour une fois, on n'en meurt pas, va; puis ton père a fait une si bonne année!

J'ai eu toutes les peines du monde à éviter Véfour. Elle était disposée à ne pas lésiner; s'il fallait dix francs on les mettrait! « Ah! tant pis! on fait la noce! »

Dix francs, diable! — j'entrevis la note montant à un louis, ma mère les appelait voleurs. Je sais le prix de la viande, moi! Vous ne m'apprendrez pas ce que c'est qu'un rognon! Vingt sous pour un fromage!

Je mentis un peu, je dis qu'il y avait des amis qui y avaient dîné, et qu'ils m'avaient dit que les côtelettes coûtaient trente sous.

— On s'est moqué de toi, mon garçon! Ah! tu ne t'es pas plus déluré que ça dans ton Paris! Tu ne me feras pas croire qu'on demande trente sous pour une côtelette. Mais avec trente sous on peut avoir un petit cochon dans nos pays!

— Ce n'est pas si bon qu'on le dit! (je hasarde cela timidement)

— Si c'est mauvais, je leur en donnerai pour leurs dix francs, sois tranquille!

Je ne l'étais pas et je reprends:

— Essayons de Tavernier d'abord, crois-moi. Nous allons chez Tavernier.

Elle a commencé par dire en entrant:

— C'est trop beau ici pour qu'ils donnent bon, tout ça c'est du flafla, vois-tu?

Elle disait cela tout haut, comme chez elle, et j'étais tout rouge en voyant la dame *du comptoir des desserts* qui entendait.

Pour trouver une place, nous avons fait trois fois le tour de la salle.

On commence à dire que nous passons bien souvent; enfin ma mère paraît fixée.

— Nous serons bien ici... — non de ce coté-là. Vas-t'en voir si nous ne pourrions pas nous mettre près de la fenêtre au fond.

Je traverse le restaurant; rouge jusqu'aux oreilles.

Nous interrompons la circulation des garçons de salle et la délivrance des menus. Il m'arrive deux ou trois fois de m'opposer absolument au passage d'une sole et d'un œuf sur le plat. Le garçon prenait à gauche, moi aussi! à droite, il me trouvait encore; il allait droit, halte-là!

Des paris s'engagent dans le fond.
Passera, passera pas!
Ma mère disait: C'est mon fils!
— *Je vous en félicite, madame!*

Je parvins à la rejoindre, le garçon m'a filé sous le bras, aux applaudissements des spectateurs. Ceux qui ont perdu à cause de moi, règlent leurs paris en louchant de mon côté, en me regardant d'un air courroucé.

Nous sommes plus forts à deux; ma mère ne veut plus me quitter.

— Restons, ensemble, dit-elle!

Nous nous portons sur un point stratégique qui nous paraît le plus sûr, et nous tenons conseil.

On nous regarde beaucoup.

— Tu as faim? mon pauvre enfant!

Pourquoi m'appelle-t-elle son pauvre enfant, devant tout ce monde-là?

Une scie s'organise.

— *Va rincer l'pau...*

— *Consoler l'pau...*

— *Remplir l'pau... vre enfant!*

Mais on est allé avertir le patron, qui mettait du vin en bouteille. Il arrive avec sa serviette qui frémit sous son bras.

— Etes-vous venus pour dîner? voyons!

Je réponds « non », audacieusement.

Etonnement de cet homme, — murmure de la foule.

J'ai dit non, parce qu'il avait l'air si furieux.

— Vous n'êtes pas venu pour dîner? Pourquoi faire donc?

— Monsieur, je m'appelle madame Vingtras, j'arrive de Nantes, — il s'appelle Jacques, lui!

On crie bravo, dans la salle! — *Ecoutez, écoutez! laissez parler l'orateur!*

Mes oreilles tintent. Je n'entends plus. Je distingue seulement que le patron dit: il faut en finir!

On vint à bout de nous; on nous accula dans un coin.

J'avouai à la fin que nous étions venus pour dîner.

On nous servit en se tenant sur la défensive.

— Je connais ça, disait un des garçons, un vieux, ce sont des frimes, ils font les bêtes pour avoir du foin.

— J'aime autant un autre restaurant; et toi? demande ma mère.

— Moi aussi, oh! oui, moi aussi. Je n'aime pas la chanson: Rincer l'pau..., vider le pau...

Nous irons chez Pressay, il est à deux pas justement, et ce n'est que 22 sous.

Ma mère s'installe.

— Qu'allez-vous me donner, monsieur le garçon?

— Maman, on ne dit pas monsieur le garçon.

— Ah ! tu es devenu impoli, maintenant, il ne faut pas être si fier avec les gens, on ne sait pas ce qui peut arriver, mon enfant !

Le garçon n'a pas répondu à la question polie de ma mère, il est occupé avec un monsieur, à qui il dit :

— Nous avons une tête de veau, n'est-ce pas ?

Le monsieur fait signe que oui, il ne nie pas, il a bien une tête de veau.

Le garçon revient à nous.

— Voyons, que nous conseillez-vous, dit ma mère.

— Je vous recommande le fricandeau.

— Je ne suis pas venue à Paris pour manger de ce que je puis manger chez moi, — non ; — que mangeriez-vous, vous-même, dites-nous ça.

Elle compte qu'il lui parlera comme un ami. « Là, voyons, qu'y a-t-il de bon ? De quel pays êtes-vous ?

Il propose un plat, elle a l'air d'accepter, mais, non, non, elle a réfléchi.

— Jacques, rappelle-le !

— Garçon !

Je dis ça timidement, comme on sonne à la porte d'un dentiste. J'espère qu'il ne m'entendra pas.

— Tu ne vois donc pas qu'il s'en va ; cours après lui, cours donc !

Je rattrape le garçon qui, les pieds en l'air, la tête en bas, crie d'une voix de Stentor dans l'escalier.

— ET MES TRIPES ?

Il se retourne brusquement :

— Qu'y a-t-il ?

— Ce n'est pas un rôti qu'il faut.

— Qu'est-ce qu'il faut, alors !

Ma mère, du fond de la salle : Une bonne côtelette, pas très-grasse, si elle est grasse il n'en faut pas, avec une assiette bien chaude, s'il vous plaît !

— La côtelette... enlevons !

— Je vous ai dit : pas grasse !

— Ce n'est pas gras, ça, madame !

— Voyons, mon ami, si vous êtes franc...

Le garçon a disparu.

Ma mère tourne et retourne la côtelette du bout de sa fourchette ; elle finit par accoucher de cette proposition :

— Jacques, va-t-en demander à la cuisine si on veut te la changer.

— Maman !

— Si on ne peut pas avoir ce qu'on aime avec son argent ! ne dirait-on pas que nous demandons la charité, maintenant ! (d'une voix tendre) : Tu voudrais donc que je mange quelque chose qui me ferait du mal ! Va demander qu'on la change, va, mon ami.

Je ne sais où me fourrer ; on ne voit que moi, on n'entend que nous ; je trouve un biais, et d'un petit air boudeur (je crois même que je mords mon petit doigt) :

— Moi qui aime tant le gras !

— Tu l'aimes donc, maintenant ? Qu'est-ce que je te disais, quand j'étais forcée de te fouetter pour que tu en manges ? que tu en serais fou un jour. Tiens, mon enfant, régale-toi.

Je déteste toujours le gras, mais je ne vois que ce moyen pour ne pas reporter la côtelette, puis je pourrai peut-être escamoter ce gras-là. En effet, j'arrive à en fourrer un morceau dans mon gousset et un autre dans ma poche de derrière.

Ma mère me prend à part ; elle a à me parler sérieusement :

— Ce n'est pas tout ça, mon garçon, il faut savoir ce que nous allons faire maintenant. Voilà huit jours que nous courons les théâtres, que nous nous gobergeons dans les restaurants, et nous n'avons rien décidé pour ton avenir.

Chaque fois que ma mère va être solennelle, il me passe des sueurs dans le dos. Elle a été bonne femme pendant sept jours, le huitième elle me fait remarquer qu'elle se saigne aux quatre veines, que j'en prends bien à mon aise. « On voit bien que ce n'est pas toi qui gagnes l'argent. Le restaurant, ce n'est que 22 sous pour un, mais pour deux c'est 44 sous, sans compter le garçon. Tu as voulu qu'on lui donnât trois sous ! Je les ai donnés, c'est bien, quand deux auraient suffi parfaitement ; si c'était moi, je ne donnerais rien, pas ça ! »

Elle a une façon de souligner les plaisirs qu'elle m'offre qui les gâtent un peu.

Quand nous sommes allés au Palais-Royal, par exemple, il faut que je rie pendant deux jours — pour bien montrer que ça n'a pas été de l'argent perdu. — Si je ne me tords pas les côtes, elle dit : — C'était bien la peine de dépenser 4 francs !

Je ris autant que je puis ! Dès qu'elle tourne la tête, je me repose un peu, mais ça fatigue tout de même !

Elle m'a mené voir l'Hippodrome — nous sommes revenus à pied. Elle aime marcher, moi pas. J'ai des souliers trop durs ; j'ai l'air mélancolique.

— Monsieur fait le triste, maintenant ! Tu ne faisais pas le triste quand tu étais assis sur une bonne *seconde* !

— C'est pas tout ça, donc ! Que va-t-on faire de toi ?

— Je n'en sais rien !

— As-tu une idée.

— Non.

— Il faut finir tes classes.

Je n'en vois pas la nécessité.

Je ne dis point ça tout haut, c'est à moi que je parle. Mais ma mère devine le fond de ma pensée.

— Je parie, — oui, je parie ! — qu'il consentirait à ce que les sacrifices qu'on a faits pour lui soient perdus. Il accepterait de quitter le collége, tenez ! Il laisserait ses études en plan !...

Pour ce que ça m'amuse et pour ce que ça me servira... (c'est en dedans toujours que je fais ces réflexions),

— Mais répondras-tu, crie ma mère, me répondras-tu ?

— A quoi voulez-vous que je réponde ?

— Que comptes-tu faire ? As-tu une idée, quelque chose en tête ?

....

— Oui, j'ai une idée et quelque chose en tête. J'ai l'idée que le temps passé sur ce latin, ce grec, ces blagues, est du temps perdu ; — j'ai en tête que j'avais raison étant tout petit, quand je voulais apprendre un état. J'ai hâte de gagner mon pain et de me suffire.

Je suis las des douleurs que j'ai eues et las aussi des plaisirs qu'on me donne. J'aime mieux ne pas recevoir d'éducation et ne pas recevoir d'insultes. Je ne veux pas aller au théâtre dimanche, pour que lundi on me reproche de m'y avoir conduit ; je sens que je serais malheureux toujours avec vous, tant que vous pourrez me dire que je vous coûte un sou !...

Voilà ce que je pense, ma mère !

J'ai à vous dire autre chose encore ; malgré moi je me souviens des jours où, tout enfant, j'ai souffert de votre colère. Il me passe parfois des bouffées de rancune, et je ne serai content, voulez-vous le savoir, que le jour où je serai loin de vous !...

C'est parti comme cela, ça m'est sauté du cœur !

Ma mère en est devenue pâle.

— Oui, je veux entrer dans une usine, je veux être d'un atelier, je porterai les caisses, je mettrai les volets, je balaierai la place, mais j'apprendrai un métier. J'aurai 5 fr. par jour quand je le saurai. Je vous rendrai alors l'argent du Palais-Royal, et les trois sous du garçon !

— Tu veux désespérer ton père ! Malheureux !

— Laissez-moi donc avec vos désespoirs ! Ce que je veux, c'est ne pas prendre sa profession, un métier de chien savant ! Je ne veux pas devenir bête comme N***, bête comme D***. J'aime mieux une veste comme mon oncle Joseph, ma paie le samedi et le droit d'aller où je veux le dimanche.

....

— Et tu voudrais ne plus nous voir, tu dis ?

Elle a oublié toutes les autres colères qui blessent son orgueil, dérangent ses plans, déconcertent sa vie, pour ne se rappeler qu'une phrase, celle où j'ai crié que je ne les aimais pas, et ne voulais plus les voir !

Son air de tristesse m'a tout ému ; je lui prends les mains.

— Tu pleures ?

Elle n'a pu retenir un sanglot, et avec un geste si chagrin, comme j'en ai vu dans les tableaux d'église, elle a laissé tomber sa tête dans ses mains.

Quand elle releva son visage, je ne la reconnaissais plus ; il y avait sur ce masque de paysanne toute la poésie de la douleur, et elle était blanche comme une grande dame, avec des larmes comme des perles dans ses yeux.

— Pardon !

Elle me prit la main, je demandai pardon encore une fois ; je pleurais aussi.

— Je n'ai pas à te pardonner... j'ai à te demander seulement, vois-tu, de ne plus me dire de ces mots durs.

Elle baissa la voix et murmura :

— Surtout, si je les ai mérités, mon enfant...

— Non, non, dis-je, à travers les larmes.

— Peut-être, fit-elle ; je veux être seule ce soir, tu peux sortir... Laisse-moi. Laisse-moi !

Elle me fit descendre la clef « pour qu'il puisse rester jusqu'à minuit, » avait-elle dit à M. Molay.

Je pris le premier chemin qui s'ouvrit devant moi, je me perdis dans une rue déserte. Il faisait un temps sec, je me rappelle... et je pensai, tout le soir, à l'accent de tendresse, aux paroles touchantes que venait de prononcer ma mère !

— Jacques ? est-ce que tu veux nous accorder cette grâce d'aller encore au collège ?

— Oui, mère.

Je ne l'appelai plus que « mère » à partir de ce jour jusqu'à sa mort.

— Ah ! tu me fais plaisir ! Merci, mon enfant ! Vois-tu ! J'aurais tant souffert de voir qu'après avoir fait toutes tes classes tu t'arrêtais avant la fin. C'est pour ton père que ça me faisait de la peine. Tu te contenteras, tu seras bachelier, et puis après... après, tu feras ce que tu voudras... puisque tu serais malheureux de faire ce que nous voulons.

Il a été décidé le lendemain du jour où

elle avait pleuré que l'on ne parlerait plus de l'École normale, et que je travaillerais à préparer mon baccalauréat.

J'ai accepté, heureux d'essuyer avec cette promesse, et de laver avec ce sacrifice les yeux de la pauvre femme !

Elle ne me parle plus comme jadis.

Elle est si grave, et a si peur de me blesser.

— Je t'ai fait bien souffrir avec mes ridicules, n'est-ce pas. Nous ne retournerons plus chez Bessay. Je ne veux pas. Je suis une paysanne, vois-tu, et ça reparaît toujours.

Ma mère ajoute avec émotion :

C'est toi qui me gronderas maintenant. Tu auras la bourse, d'abord. Ne dis pas non, j'y tiens, je le veux. Puis je suis une vieille femme, tu dois t'ennuyer d'être avec moi tout le temps comme ça. Moi, je puis très bien rester à causer avec Mᵐᵉ Molay. Elle me mènera voir les belles choses aussi bien que toi. Je veux que tu aies tes soirées, au moins. Reçois tes amis, tes camarades ; va chez Flottard.

Flottard est un de mes anciens camarades de Nantes, qui est à Paris et qu'elle connaît.

J'ai rejoint Flottard dans une chambre du quartier latin, où il demeure avec un homme qui a dix ans de plus que lui, qui est jacobin et qui écrit dans un journal républicain. Il fait une histoire de la Convention.

Flottard écrit sous sa dictée.

Ils étaient en train de causer gravement. On m'a fait bon accueil, mais on a continué la conversation.

Leurs phrases font un bruit d'éperons :

« Un journaliste doit être doublé d'un soldat, » — « Il faut une épée près de la plume, » — « Être prêt à verser dans son écritoire des gouttes de sang. » — « Il y a des heures dans la vie des peuples. »

Flottard et son ami le journaliste, comme nous l'appelons, m'ont prêté des livres que j'ai emportés jeudi. Le dimanche suivant, je n'étais plus le même.

J'étais entré dans l'histoire de la Révolution.

On venait d'ouvrir devant moi un livre où il est question de la misère et de la faim, où e voyais passer des figures qui me rappelaient mon oncle Joseph ou l'oncle Chadenas, des menuisiers avec leur compas écarté comme une arme, et des paysans, dont les fourches avaient du sang au bout des dents.

Il y avait des femmes qui marchaient sur Versailles en disant que madame *Veto* affamait le peuple, et la pique à laquelle était embrochée la miche de pain noir — un drapeau — trouait les pages et me crevait les yeux.

C'était de voir qu'ils étaient de pauvres gens comme mes grands parents et qu'ils avaient les mains couturées comme mes oncles ; c'était de voir les femmes qui ressemblaient aux pauvresses à qui nous donnions un sou dans la rue, et d'apercevoir avec elles, des enfants qu'elles traînaient par le poignet ; c'était de les entendre parler comme tout le monde, comme le père Fabre, comme la mère Vincent, comme moi ; c'était cela qui me faisait quelque chose et me remuait de la plante des pieds à la racine des cheveux.

Ce n'était plus du latin, cette fois. Ils criaient : « Nous avons faim ! Nous voulons être libres ! »

J'avais mangé du pain trop amer, chez nous, j'avais été trop martyr à la maison pour que le bruit de ces cris ne me surprît pas le cœur.

Puis je déchirais, en idée, les habits si mal faits que j'avais toujours portés et qui avaient toujours fait rire ; je les remplaçais par l'uniforme des *bleus*, je me glissais dans les haillons de Sambre-et-Meuse.

On n'était plus fouetté par sa mère, ni par son père, on était fusillé par l'ennemi, et l'on mourait comme Barra. *Vive le peuple !*

C'étaient des gens en tablier de cuir, en veste d'ouvrier, et en culottes rapiécées, qui étaient le peuple dans ces livres qu'on venait de me donner à lire, et je n'aimais que ces gens-là, parce que seuls les pauvres avaient été bons pour moi, quand j'étais petit.

Je me rappelais maintenant des mots que j'avais entendus dans les veillées, des chansons que j'avais entendues dans les champs, les noms de Robespierre ou de *Buonaparte* au bout de refrains en patois, et un vieux, tout vieux, avec des cheveux blancs, qui vivait seul au bout du village et qu'on appelait le fou. Il mettait quelquefois sur ses cheveux blancs un bonnet rouge et regardait les cendres d'un œil mort.

Je me rappelais celui qu'on appelait le *sans-culotte* et qui ne *tolérait* pas les prêtres. Il était sorti de la maison le jour où sa femme, avant de mourir, avait demandé le *bon Dieu.*

Je me souvenais aussi de gestes qu'on avait faits, devant moi, en tapant sur la crosse d'un fusil, ou en allongeant le canon, avec un regard de colère, du côté du château.

Et tout mon sang de fils de paysanne, et de neveu d'ouvriers bondissait dans mes veines de savant malgré moi !

Il me prenait des envies d'écrire à l'oncle Joseph et à l'oncle Chadenas... « Soyez sûrs que je ne vous ai pas oubliés, que j'aurais même aimé être avec vous à la charrue ou à l'étable, qu'être dans la maison au latin.

Mais si vous marchez contre les aristocrates, appelez-moi ! »

— Tu as l'air tout exalté depuis quelque temps, dit ma mère.

C'est vrai — j'ai sauté d'un monde mort dans un monde vivant. — Cette histoire que je dévore, ce n'est pas l'histoire des dieux, des rois, des saints, — c'est l'histoire de Pierre et de Jean, de Mathurine et de Florimond, l'histoire de mon pays, l'histoire de mon village ; il y a des larmes de pauvres, du sang de révolté, de la douleur des miens dans ces annales-là, qui ont été écrites avec une encre qui est à peine séchée.

Comme je profite avec passion de la liberté que me laisse ma mère, j'arrive tous les soirs rue Jacob pour mettre le cœur dans les livres qui sont là, ou pour entendre le journaliste parler du drapeau républicain engagé sur les ponts, et défendu par les brigades au cri de « *Vive la nation* ! — *A bas les rois* ! — *La liberté ou la mort.* »

Être libre ? Je ne sais pas ce que c'est, mais je sais ce que c'est d'être victime, je le sais, tout gamin que je suis.

Nous nous imaginons quelquefois avec Flottard que nous sommes en campagne, et chacun fait ses rêves.

Il voudrait lui, le chapeau de Saint-Just aux armées, les épaulettes d'or et la grande ceinture tricolore.

Moi je me vois sergent, je dis : *Allons-y* ! *Eh* ! *mes enfants.* On est tous du même pays, autour du même feu du bivouac, et l'on parle de la Haute-Loire.

Je rêve l'épaulette de laine, le baudrier en ficelle.

Je voudrais être du bataillon de la Moselle. Avec des paysans et des ouvriers. L'oncle Joseph serait capitaine et l'oncle Chadenas, lieutenant.

Nous retournerions faire de la menuiserie, ou moissonner les champs « après la victoire. »

J'aurais peut-être une blessure qui ne m'aurait pas tout à fait estropié, et m'aurait valu une pension, — de quoi avoir du pain en attendant de savoir comment on le fait pousser.

Rue Coq-Héron.

Le journaliste nous mène un soir à l'imprimerie, dans le rez-de-chaussée noir où le journal se tire ; il est l'ami d'un des ouvriers imprimeurs.

La machine roule, avale les feuilles, et les vomit, les courroies ronflent. Il y a une odeur de papier humide et d'encre fraîche.

C'est aussi bon que l'odeur du fumier. Ça sent aussi chaud que dans une étable. Les travailleurs sont en manches de chemise, en bonnet de papier. Il y a des commandements comme sur un navire en détresse. L'apprenti, comme un mousse, regarde le conducteur, qui surveille comme un capitaine.

Un accident est arrivé, une roue du vapeur,... non, un rouleau de la machine est cassé. — Ohé ! — oh !

On arrête, — et, cinq minutes après, la bête de bois et de fer se remet à souffler.

J'ai trouvé le métier que je ferai.....

J'aurai, moi aussi, le bourgeron bleu, et le bonnet de papier gris, j'appuierai sur cette roue, je brusquerai ces rouleaux, je respirerai ce parfum, — c'est grisant, vrai comme du gros vin.

Compositeur ? Non. — Imprimeur ; à la bonne heure ! Le beau métier où l'on entend siffler, gémir une machine, où l'on a à viser la feuille de papier blanc, comme une aile d'oiseau pour la cribler.

Il faut être fort, — de grands gestes, — des coups de reins. — Il y a du fer, du bruit, j'aime ça. On gagne cent sous par jour, et l'on lit le premier le journal.

Je n'en parle pas ; je garde pour moi mon projet. Je sens que c'est une force d'être muet, quand ce que l'on veut est ce que les autres ne veulent pas ? Je ne dirai rien, mais quelle joie !

Il y a un peu de vanité cruelle dans cette joie-là.

Je pense que je vais être et supérieur aux camarades qui mènent la vie de bohème — il n'y a pas à dire — parce qu'ils n'ont pas d'ouvrage sûr, — tandis que moi, je me ferai mes cinq francs par jour — vaille que vaille — en ne fatiguant que mes bras.

Je ne dépendrai de personne, et la nuit je lirai, le dimanche j'écrirai. — Je serai d'une société secrète, si je veux. — J'aurai mangé quand j'irai, et je pourrai encore donner quelque chose pour les prisonniers politiques ou pour acheter des armes...

Vivre en travaillant, mourir en combattant !

— Jacques, j'ai reçu une lettre de ton père, qui décide que nous retournerons à Nantes pour que tu prépares ton baccalauréat avec lui.

Je n'y pensais plus. J'étais dans la révolution jusqu'au cou, et j'aimais Paris maintenant. Cette imprimerie !... Puis nous avions été manger des *ordinaires* dans des crèmeries, où il venait des ouvriers qui avaient appartenu aux *Saisons* et qui avaient été mêlés à des émeutes.

Leur blouse et la redingote s'asseyaient à la même table et l'on trinquait.

Le dimanche nous allions dans une goguette, la *Lyre chansonnière* ou les *Enfants du Luth* ; je ne sais plus bien.

Je m'ennuyais un peu quand on chantait des gaudrioles ; mais on disait tout à coup : « C'est Festeaux, » c'est Gille. Et il me semblait entendre dans le lointain la batterie sourde d'un tambour républicain, puis la batterie était plus claire, Gille entonnait, et cette musique tirait à pleines volées sur mon cœur.

Je ne sais pas cependant, si je ne préfère pas aux chansons qui parlent de ceux qui vont se battre et mourir, les chansons de batteur de blé ou de forgeron, qu'un grand mécanicien, qui a l'air doux comme un agneau, mais fort comme un bœuf, chante à pleine voix. Il parle de la poésie de l'atelier, — le grondement et le brasier, — il parle de la ménagère qui dit : Courage, mon homme, — travaille — c'est pour le moutard.

A un moment, l'homme baisse la voix. — Fermez la fenêtre, dit quelqu'un. — Voici maintenant :

Le drapeau qu'en juillet le peuple sut défendre.

Il y a de la révolte au bout des vers. — Moi j'en mets du moins, moi qui, hier, ai ouvert l'*Histoire de dix ans*, qui n'en suis plus à 93. J'en suis à Lyon, et au drapeau noir. Les tisseurs se fâchent, et ils crient du pain ou du plomb.

— Jacques, c'est lundi que nous partirons pour Nantes.

Un coup de couteau ne me ferait pas plus de mal.

Il y a un mois, je serais parti content, et j'aurais peut-être craché sur Paris en passant la barrière, tant j'avais été étouffé là-dedans, tant j'avais eu des désillusions en voyant mes camarades, mes maîtres ; tant mes semaines de dix sous m'avaient laissé pauvre et coupé les bras !

Mais depuis un mois il y a eu les larmes de ma mère, et au lendemain de cette scène, la liberté pleine, — de l'argent — 40 sous ! pour souper — d'un peu de cochon avec des amis, et le dimanche d'un bœuf braisé à Ramponneau.

J'ai été mêlé à la foule, j'ai entendu rire en mauvais français, mais de bon cœur. J'ai entendu parler du peuple et des citoyens, on disait *liberté* et non pas *libertas*.

J'ai entendu parler de la pauvreté toute ma vie, j'ai vu mon père humilié parce qu'il était pauvre, je l'ai été aussi, et voilà qu'au lieu des discours de Caton, de Cicéron, des gens en o, onis, us, i, orum ; je vois qu'o se réunit sur la place publique pour discuter la misère, et demander du travail ou l[a] mort.

— Hé ! Jean Marie — puisqu'il n'y a pas de miche à la maison vaut-il pas mieux passer le goût du pain ?

Retourner là-bas ?
A qui parlerai-je de république et de révolte !
Est-ce qu'on s'est jamais soulevé à Nantes ? Ah ! si c'était à Lyon !
Oh ! si je n'avais promis à ma mère ! — si elle n'avait pas pleuré !
Si elle n'avait pas pleuré, mais j'aurais dit : « Je ne veux pas. » Le puritain m'aurait fait entrer comme garçon de bureau, comme homme de peine, dans un des journaux. Il y a justement (c'était une chance !), il y a une place au *National*, on donne 30 fr. par mois pour tenir la copie, pour lire à l'homme qui corrige. Je vivrais avec ces 30 francs-là. Ma besogne faite, je descendrais dans l'imprimerie sentir l'encre et le papier, et je demanderais aux ouvriers de m'apprendre.
Si j'en parlais à ma mère ?

Je lui en parle.
— Tu m'avais dit, cependant...
— C'est vrai, oui.
Je vais dire adieu au journaliste et à Flotard.
Le journaliste me donne du courage.
— Vous reviendrez, mon cher.
— Écrivez-moi.
— Oui. Même, dit-il en souriant, si c'est pour vous appeler à l'assaut des Tuileries.
— Surtout dans ce cas.

XXIV

LE RETOUR

Ah ! que la route est triste !
Ma mère voit bien ma tristesse et essaie de me consoler, ce qui m'irrite, et je suis forcé de me retenir pour ne pas la brusquer. Je m'en veux de paraître accablé : je n'ai donc pas de courage !
Non, je n'en ai pas, les noms de stations criées à la gare m'entrent dans la poitrine comme des coups de bélier.
Beaugency ! Amboise ! Ancenis !
On signale un château, une ruine ; mais c'est tout près de Nantes cela !
— Jeune homme, nous n'en sommes pas à plus de cinq lieues.
— Oh ! mon Dieu !
— Nous y sommes.

Comme les rues ont l'air désertes! Sur le quai où nous demeurons, il y a deux ou trois personnes qui passent — pas plus. Je reconnais un ancien capitaine sur le banc où pendant deux ans je l'ai vu en allant en classe, un nègre en guenilles qui avait des enfants à qui on faisait la charité.

Quel silence! on dirait qu'on est dans une campagne.

Je lève les yeux vers la fenêtre de notre appartement.

Mon père est là, maigre, l'air chagrin, immobile.

Il me repoussait quand j'étais petit, et qu'on me jetait dans ses bras pour un baiser.

Aussi chaque fois qu'il y a la solennité d'un départ ou d'une *retrouvée*, est-ce un embarras pour nous deux!

Il m'offre à embrasser, cette fois, une face pâle, un front de pierre.

Je n'ose pas.

Ma mère nous pousse un peu, j'avance le cou, il tend le sien. C'est glacial. — Mes cheveux l'aveuglent et sa barbe me pique, nous nous grattons d'un air de rancune tous les deux.

On monte les escaliers sans dire un mot.

Mon père arrive par derrière on dirait une *exécution* à la Tour de Londres.

Si l'on exécutait tout de suite, — mais non — mon père n'est pas naturellement *rigolo*.

C'est le latin. — C'est le souvenir des pères qui assassinent leurs fils dans l'histoire: Caton, Brutus. Il ne pense pas à m'assassiner, mais au fond, je suis sûr qu'il se trouve lâche, et il voudrait que son fils, que *Brutuculé* lui en sût gré, et chaque fois que je fais un geste, ou que je dis un mot un peu vif, il fronce les sourcils, serre les lèvres (ça doit le fatiguer beaucoup, ce digne homme!) et il semble me dire : « Tu oublies donc que tu ne vis que par charité, et que je pourrais te donner un coup de hache, te livrer au licteur? »

Il reste antique jusqu'à ce que le nez ne lui chatouille, ou qu'il ne puisse plus y tenir.

Il s'épuise à la fin, à force de vouloir paraître amer, et il est forcé de se desserrer la mâchoire de temps en temps.

Jamais il n'a été si Brutus qu'aujourd'hui.

Il a rejeté le gland de son bonnet grec, comme s'il y avait de la faiblesse dedans, et il se tient dans le fauteuil comme si c'était une chaise curule.

— Vous êtes mon fils, je suis votre père.

« Oh! oui, tu peux en être sûr, Antoine », a l'air de dire ma mère.

— Il y avait à Rome une loi (m'écoutez-vous, mon fils?) qui donnait au père déshonoré, dans la personne d'un des siens, le droit de faire mourir ce... ce... ce sien.

Il s'embrouille.

Mon âme.

— Tu feras ta philosophie jusqu'à Pâques, et à Pâques tu te présenteras au baccalauréat.

Telle est la décision adoptée.

On me regarde un peu quand j'entre dans la cour des classes. On m'entoure, et l'on me dévisage. Un garçon qui vient de Paris... jugez!...

Le professeur est un jeune homme qui, sorti le premier de l'école normale, a été reçu à l'agrégation le premier; qui arrive toujours le premier au cours, et qui se présente toujours le premier à l'économat pour toucher ses appointements. Il loge au premier, dans une maison au fond d'une rue lugubre. Au théâtre, il va aux premières, et au premier rang.

C'est sa mère qui a fait cette combinaison.

— Je veux que tu sois partout, partout, *le premier.*

Ce professeur me traite assez bien. Il compte sur moi pour faire le péripatéticien chez lui, dans son jardin.

Il avait du monde autrefois, mais il faisait tirer de l'eau à ses disciples pour arroser son potager; il n'a plus personne.

Il pense que moi, fils de collège — qui suis d'Eleusis aussi, — j'ai l'étoffe d'un disciple et d'un tireur d'eau.

Je ne sais comment il a été nommé à ce poste-là.

Je trouvais mes professeurs de rhétorique ennuyeux à Paris, mais j'avais rencontré des professeurs de philosophie qui raisonnaient, qui pensaient, qui avaient l'air d'avoir la tête pleine.

Une fois même, il y en avait un qui était venu serrer la main du *journaliste*, quoique ce journaliste fût républicain.

J'avais grande idée de ces chercheurs de vertu.

Mais celui-ci est vraiment comique!

En classe.

— Monsieur Vingtras, quelles sont les preuves de l'existence de Dieu?

Je me gratte l'oreille, je ne sais pas encore.

— Vous ne savez pas?

Il paraît étonné, il a l'air de dire : « Vous qui arrivez de Paris, voyons. »

— Gineston, les preuves de l'existence de Dieu?

— M'sieu, je ne sais pas, il manque des pages dans mon livre.

— Badigeot ?

— M'sieu, il y a le *consensus omnium* !

— Ce qui veut dire ?... (Le professeur prend les poses de Socrate accouchant son génie.)

— Ce qui veut dire... — Pitou, souffle-moi donc !

— Ce qui veut dire (continue le professeur aidant le malade), que tout le monde est d'accord pour reconnaître un Dieu !

— Oui, m'sieu !

— Ne sentez-vous pas quelque chose qui vous dit qu'il y a un être au-dessus de nous ?

Badigeot regarde attentivement le plafond !

Rafoin y a lancé le matin un petit bonhomme en papier qui pend à un fil au bout d'une boulette de pain mâché.

— Oui, m'sieu, il y a un *bonhomme* là-haut !

— Bonhomme, bonhomme, dit le professeur qui est myope et n'a pas vu ce qui pend au plafond), mais c'est aussi le Dieu de la Bible. Sa droite est terrible !

Le mot ne lui a pas déplu, cependant.

— J'aime cette familiarité, tout de même, disait-il en sortant de la classe.— « Il y a un *bonhomme* là-haut ! »

Il en a parlé en haut lieu.

— Qu'en dites-vous, monsieur le proviseur ? N'est-ce pas l'enfant qui ne sait rien, parlant comme le vieillard qui sait tout ? Oui, il y a un *bonhomme* là-haut !

A la classe suivante il s'adresse de nouveau à Badigeot et commence en lui rappelant le mot :

— Il y a un bonhomme là-haut ?

— Non, m'sieu, il n'y est plus.

Il tenait mal et il est tombé.

Mon âme.

Il m'a mis aux *facultés de l'âme*.

Les autres n'y sont pas encore, il fait cela pour moi.

Ce n'est qu'après Pâques qu'on sait comment l'âme est faite dans ce collège-ci.

Il y a sept facultés de l'âme.

— Comptez sur votre pouce, c'est plus facile, me dit le professeur.

On annonce à Nantes, l'arrivée d'un professeur de faculté célèbre, M. Chalmot. Chalmot lui-même est dans nos murs.

Il a connu mon père par hasard au moment de l'agrégation.

Ils dînaient à côté l'un de l'autre, dans un restaurant à prix fixe. M. Chalmot sortit le premier oubliant un manuscrit, que mon père prit. Il y avait l'adresse, et il put rapporter le paquet à son propriétaire désespéré.

— Quand vous aurez besoin de moi, dit le philosophe, je suis là.

Il était là, en chair et en os, par hasard, et par hasard aussi il y avait un appartement meublé dans notre maison, ce qui fit de lui notre voisin.

M. Chalmot dormait sur le même carré que nous.

Il dormait peu, et la nuit il parlait tout haut. Je l'entendais qui disait : « Il y en a HUIT, HUIT ! Oui, il y en a HUIT. »

Il voulut me faire un cadeau.

Il nous prit à part mon père et moi, il nous parla à cœur ouvert.

— Mes amis, dit-il (il m'honorait moi-même de ce nom), je désire vous payer du service que vous m'avez rendu jadis, en sauvant mon manuscrit. Je n'ai pas de fortune, mais je vous donnerai ce que j'ai, le résultat de vingt ans de réflexions et de travail !

Mon père semble dire : « c'est trop. »

— Non, non ! Écoutez-moi bien.

Nous retenons notre souffle, on aurait entendu voler une mouche.

— On vous dit qu'il y a sept *facultés* de l'âme ? *Il y en a huit* ! Ne le dites à personne. que le jour de l'examen.

On me trompait donc ? On me volait d'une ? Pourquoi ? Que signifie ?

— Oui, oui, c'est comme ça, et M. Chalmot me montrait ses cinq doigts de la main droite et deux seulement couchés dans la main gauche.

Il a ajouté avec bonté :

— Servez-vous de la découverte, je vous y autorise — on l'ignore encore, dans deux mois seulement ce sera dans mes livres (1).

Rennes.

Je suis arrivé ce matin. Demain la version. Mon père voulait me suivre à Rennes, mais il est forcé de rester avec ses pensionnaires. J'ai des lettres de recommandation.

— Une pour un monsieur qui connaît le professeur de mathématiques ; — l'autre de M. Chalmot pour le professeur de philosophie.

— Il est de mon école, dit-il à mon père, il sait bien qu'il y en a huit, lui !

J'aurais parié qu'il n'en avait que cinq pour son compte, tant il a l'air d'un méchant animal !

Je suis le second en version.

J'ai traduit encore trop près du texte, sans cela j'aurais été le premier.

Cette après-midi l'examen.

(1) Le livre a paru. Dans ce livre M. Chalmot (levons les voiles), accusait publiquement huit facultés de l'âme au lieu de *sept*. Cette révélation fit grand bruit dans le temps.

Je repasse, je repasse, comme si je pouvais avaler le Manuel en trois bouchées.

— Monsieur Vingtras !

C'est mon tour.

On tire les boules.

— Traduisez-moi ceci, traduisez-moi cela.

Je traduis comme un ange.

— On voit, dit publiquement le doyen, non-seulement que vous avez été bercé sur les genoux d'une tête universitaire, mais encore que vous vous êtes abreuvé aux grandes sources, que vous avez passé par cette belle école de Paris, à laquelle nous avons tous appartenu. (Se ravisant.) Ah ! non, pas tous ; il y a notre collègue M. Gendrel.

M. Gendrel est le professeur de philosophie. Il est licencié de *province*, docteur ès-lettres de *province* ; il n'a pas bu aux fortes sources comme eux, comme moi, et, comme c'est un *cafard*, à ce qu'on dit, le doyen le pique chaque fois qu'il le peut. Il m'a pris pour prétexte à l'instant.

M. Gendrel jaune, jaune comme du coing, avec des lunettes comme celles de Bergougnard.

Je passe par le professeur de mathématiques avant d'arriver à lui.

e sais pas un mot de ce qu'on me demande, mais l'éloge qu'on vient de m'adresser publiquement engage le professeur à être indulgent.

— Qu'est-ce que le pendule compensateur ?

— C'est un pendule qui compense.

— Bien, très-bien !

Se penchant à l'oreille du doyen :

— Il est intelligent.

Se retournant vers moi :

— Et la machine pneumatique, quel est son usage ?

— La machine pneumatique ?...

— Oh ! je ne vous demande pas grands détails ; c'est pour faire le vide, n'est-ce pas ? et si on met des oiseaux dedans, ils meurent. Bien, très-bien !

Il reprend :

— Vous avez en géométrie la section d'un cône ?

Oui, mais il me faut un chapeau pour faire une bonne démonstration, comme avec les plâtres du vieil Italien, et je la fais à la bonne franquette.

Prenant un chapeau qui me tombe sous la main, et d'où je retire un vieux mouchoir, je coupe mon cône.

On rit dans la salle parce que la coiffe est très grasse ; les examinateurs me regardent de l'œil, avec un sourire de bonne humeur.

Le professeur de mathématiques, qui décidément veut faire sa cour au doyen (il doit épouser sa fille), me parle à son tour :

— Monsieur, on voit que vous préférez Virgile à Pythagore, mais comme le disait si bien monsieur le doyen tout à l'heure, vous avez bu aux grandes sources, et Pythagore même en a profité.

Murmure flatteur !

Encore un coup à Gendrel.

C'est à lui que j'ai affaire maintenant.

Il me regarde, ses lunettes flambent comme des pièces de cent sous toutes neuves.

Il lui prend l'envie de se moucher.

Il cherche son mouchoir, c'est lui que j'ai retiré tout à l'heure et remis dans la coiffe si grasse.

C'était le chapeau de Gendrel.

Je suis perdu !

Il m'en veut pour les allusions que le doyen a lancées contre lui sous mon couvert et pour la coiffe et le mouchoir. Il sait que je suis un protégé de Chalmot, donc son disciple sans doute. Il va en profiter pour se venger.

Il ne me laisse pas le temps de me reconnaître.

— Mons..ur, vous avez à nous parler des facultés de l'âme ?

(D'une voix ferme) : — Combien y en a-t-il ?

Il a l'air d'un juge d'instruction qui veut faire avouer à un assassin, ou d'un cavalier qui enfonce un carré avec le poitrail de son cheval.

— Je vous ai demandé, monsieur, combien il y a de facultés de l'âme ?

Je sais qu'il y en a huit, il le sait aussi, mais on n'en avoue que sept ordinairement.

Si je déplaisais aux autres ? Mais, bah ! ils ne peuvent pas me refuser, après tous les compliments qu'ils m'ont adressés.

— Non, toute réflexion faite, flattons Gendrel !

(D'une voix claire) : — Il y en a HUIT.

. . . .

Stupeur dans l'auditoire, agitation au banc des examinateurs.

Il y a un revirement général, comme il s'en produit quelque fois dans les foules, et l'on entend : *huit, huit, huit,* comme si on entendait le chant d'un oiseau : pi... *uit !*

J'attends l'opinion de Gendrel. Il me regarde bien en face.

— Vous dites qu'il y a huit facultés de l'âme. Vous ne faites pas honneur à la *source des hautes études* à laquelle monsieur le doyen vous félicitait si généreusement de vous être *abreuvé,* tout à l'heure. Dans le collège de Paris où vous étiez, il y en avait peut-être huit, monsieur. Nous n'en avons que sept *en province.*

Les examinateurs qui lui en veulent ne

peuvent cependant accepter ma *théorie des huit* publiquement, et je vais porter la peine d'avoir lancé à un examen une franchise qui avait besoin de volumes et d'hommes célèbres pour la faire accepter.

Le doyen rentre et dit sèchement : « Monsieur Vingtras est appelé à se présenter à une autre session. »

La foule se retire en se demandant qui je suis, ce que je veux, et où l'on en arriverait si l'on jouait ainsi avec l'âme. Je renverse les bases sur lesquelles repose la conscience humaine.

Je n'y tiens pas du tout, moi, c'est la faute à M. Chalmot, qui m'a dit qu'il y en a huit. Je ne suis pas un instrument aux mains d'une secte ou d'une faction.

J'ai dit ce qu'il m'a dit !

Il n'y a donc que sept facultés de l'âme : j'en perds une, — je m'en fiche, — mais je suis forcé de me représenter devant la Faculté de Rennes, — et je ne m'en fiche pas. Je suis bien triste...

Mon père me reçoit les lèvres serrées, le front dur, l'œil gelé.

C'est qu'il n'est pas seulement blessé dans ma personne, il l'est dans son propre orgueil !

Un élève qui lui en veut a retourné le poignard dans la plaie.

Le soir du même jour où l'on savait que j'étais refusé, on lisait sur notre porte :

A LA BOULE NOIRE

AUBERGE DES RETOQUÉS.

Agrégation et baccalauréat.

(On porte tout de même ses participes en ville.)

On porte tout de même ses participes en ville ! c'est-à-dire qu'on donne des répétitions tout de même et qu'on demande 25 fr. par mois, tout comme si on avait été reçu d'emblée, comme si on avait passé des agrégations du premier coup, et comme si le fils de la maison avait jonglé avec des blanches !...

— Jacques, il vaut mieux que tu ne te mettes pas à table avec ton père !

Ma pauvre mère ne vit plus. Elle assiste chaque jour à des scènes pénibles.

Mon père me reproche le pain que je mange.

Ma mère m'apporte des provisions dans ma chambre, comme à un homme qui se cache !

— Oh ! je ne veux plus de cette vie ! Je veux repartir pour Paris.

— Dans ces habits dit ma mère en regardant mes hardes ?

Avec ces habits, c'est vrai !...

Je serai donc toujours écrasé par mon costume !

Ah ! je partirai tout de même.

Mon père a eu vent de ce propos.

— S'il part, dis-lui que je le ferai arrêter par les gendarmes !

Legnagna me menace de la police, — voilà maintenant les gendarmes !...

Vous voulez faire de moi un gibier de prison, mon père ?

Il a donc le droit de me faire prendre, il a le droit de me traiter comme un voleur, il est maître de moi comme d'un chien...

— Jusqu'à ta majorité, mon garçon !

Il a dit cela avec emportement, en tapant sur un livre qui s'appelle le Code, je le retrouve le soir dans un coin, ce vieux livre. Je le lis en cachette à la lueur du réverbère qui éclaire ma chambre.

« *Pour être enfermé, sur l'ordre de ses parents.* »

Il peut donc me faire arrêter ? — Pourquoi ?

Parce que je ne veux pas qu'il dise que je ne gagne pas la pâtée que je mange, — parce que je ne veux pas qu'il s'amuse à me frapper, moi qui pourrais le casser en deux, — parce que je veux avoir un état, et que ça l'humilie de penser que lui, qui a tant lutté pour avoir une *toge* roussie, il aura un fils qui aura une cotte, un bourgeron !

Il me fera arrêter, mettre les menottes peut-être et ordonner aux gendarmes de serrer dur si je résiste. Parce que ? — Parce que je ne veux pas être professeur comme lui.

Je comprends. C'est que j'insulte toute sa vie en disant que je veux retourner au métier comme mes grands parents. Car dire que je veux aller à l'atelier, c'est dire qu'il a eu tort de lâcher la charrue et l'écurie.

Il me ferait donc conduire de brigade en brigade ; si ce n'est pas ce soir, ce sera demain, le moins dans un mois ou deux, jusqu'à vingt et un ans, il le peut.

On a pensé à moi pour une leçon.

Mes succès de collège m'ont fait une réputation, et puis quelques personnes devinant peut-être le drame muet qui se joue chez nous veulent me montrer de l'amitié.

L'une de ces personnes s'adresse à ma mère, c'est une dame qui veut que j'apprenne un peu de latin à son fils. Ma mère a répondu :

— Madame, je serais bien contente s'il pouvait gagner un peu d'argent, parce qu'il se disputerait moins avec son père. Ils sont bons tous deux, dit-elle, mais ils se disputent toujours. — Il faudrait, par exemple, que vous parliez à M. Vingtras pour qu'il achète une culotte à Jacques, si vous ne voulez pas (essayant un sourire) qu'il aille chez vous tout nu — sauf votre respect. Je vous dis ça comme une paysanne; c'est que je suis partie de bas. — J'ai gardé les vaches, voyez-vous !

J'entends cela de la chambre où je suis ! Pauvre mère !

La personne qui venait chercher la leçon s'en va, ayant peur de recevoir une carafe à la tête, quelque bouteille égarée de son chemin, — si mon père rentrait et que nous nous prissions aux cheveux. Puis elle ne se sent pas le courage de parlementer pour ma culotte. En un mot, on a gardé des animaux dans notre famille, et elle vient chercher un professeur et non pas un berger !

Ma mère attend une réponse. (On doit lui écrire.)

— Je lui ai pourtant dit ce qu'il fallait dire, fait-elle en croisant les bras, oh ! ces riches, ces riches !...

Ah ! cette paysanne !

Ma réputation de fort en thème me fait retrouver pourtant une leçon — et mon père ne me laisse même pas prendre dans sa garde-robe — pas une culotte ! afin de m'humilier.

Je suis forcé de m'asseoir de côté.

Je tremblai si fort un jour où l'on me dit :

— Donnez donc votre leçon dans le jardin, monsieur Vingtras et ôtez votre paletot. Il fait si chaud, — vous suez à grosses gouttes.

— Oh ! non au contraire, merci.

Je ruisselle.

— Il a l'air timide, un peu inquiet votre fils, dit-on à ma mère qu'on n'attendait pas, mais qui est venue un jour pour demander si on était content de moi et pour parler en ma faveur.

— Ne vous y fiez pas ! — et si vous avez des demoiselles qui ont de beaux yeux, ne les laissez pas trop courir, quand il est là. Il y a déjà eu des histoires ! Il est Parisien pour ça, allez ! et avant même d'aller à Paris, il avait (elle fait des cornes sur son front avec ses doigts) oui, oui, comme je vous dis !...

On me chasse le lendemain.

Mais j'étais engagé pour un mois, et l'on me paye le mois entier. — Cinquante francs.

Avec cet argent-là, je vais me commander des habits. Ma mère intervient.

— Je te les ferai moi-même, nous achèterons du drap.

— Oh ! non, par exemple, non !

— Mon fils ne m'aime plus, dit-elle, le soir, à une voisine qui a sa confiance. — S'il me laissait choisir le drap encore !

J'achète un costume tout fait. Le premier que je choisis de ma vie.

Ma mère me suit en cachette et pendant que je choisis elle demande à parler en particulier au patron de l'établissement et lui conte mon histoire.

« Donnez-lui du solide, dit-elle les larmes aux yeux ! »

Je vois un peu plus de monde, maintenant que je suis propre. Ma mère me prie de l'accompagner chez des gens qu'elle connaît.

Elle en est si contente et si fière !

Mais au milieu d'une conversation elle dit tout-à-coup :

— Comme ça fronce ! — Et comme on voit qu'il n'y a qu'une demi-doublure ! Si tu te tenais comme ça au moins, ça cacherait ! (et elle me tire mon gilet pour le faire aller, elle tripote ma cravate.)

Claquant la langue tristement, elle dit :

— Tu peux te vanter d'avoir choisi du saligaud ! Et il n'a seulement pas demandé de morceaux !

Je meurs de tristesse, il faut que je retourne à Paris à tout prix.

Qu'ai-je besoin de vivre ici, j'aime mieux mourir !

Mon père voit que je suis ulcéré, et un jour où il me voyait pâlir, il eut peur de mon désespoir.

— Ton fils a voulu s'empoisonner, dit-il à ma mère?

Il en est à croire cela.

La pauvre femme reste muette, glacée.

Il est d'ailleurs las lui-même de la vie que nous menons, sous le même toit. La maison a l'air d'une maison maudite.

— Dis-lui de m'écrire ce qu'il veut.

C'est le dernier mot qu'il adresse à ma mère, après cette souleur du suicide.

C'est affreux de prendre cette grande feuille de papier vide pour écrire à son père. Il faut mettre « vous. »

Je dis vous pour la première fois.

Je ne vois pas bien avec la chandelle.

— Mère, donne-moi donc une bougie?

— Ça n'éclaire pas mieux, va, c'est un peu plus propre, mais ça éclaire moins bien, et c'est beaucoup plus cher, vois-tu !

J'écris à mon père ! je rature, et je rature !

Tout en écrivant, il m'est venu de la sensibilité, j'ai peur de paraître faible.

Je recommence, c'est dur, trop dur.

Ah ! ma foi, non, et je déchire encore.

Je vais mettre deux lignes seulement, — pas deux lignes, — quatre mots ! Ça m'évitera ce « vous » et ce que je veux dire y sera tout de même. J'écris simplement ceci :

JE VEUX ÊTRE OUVRIER.

— Ton père a ri, m'a dit ma mère, en lisant ce papier.

Il me rencontre dans un corridor :

— Tu te f...., de moi, dis...?

Il lève la main, et j'ai cru qu'il allait m'écraser.

L'abîme est creusé, — il va arriver un malheur.

XXV

LA DÉLIVRANCE.

Le malheur est arrivé!

Je sors quelquefois, le soir, bien rarement. Que dirais-je aux gens que je rencontrerais? Je n'ai pas le sou pour aller au café où les collégiens vont. Je ne veux pas me laisser offrir et ne pas payer : je suis trop pauvre pour cela. C'est quand j'ai de l'argent dans ma poche que j'accepte, parce que je sens que l'on ne me fait pas l'aumône et que c'est moi, si l'on veut, qui puis régaler.

Mais il y a longtemps que je n'ai plus rien — même un sou.

J'avais fait un peu d'argent avec mes livres de prix. La *Poésie au 16e siècle*, par Sainte-Beuve, un Bossuet et les œuvres de M. Victor Cousin.

Ma mère trouvant cinq francs dans ma poche m'avait demandé où je les avais pris. Elle avait l'air de croire que c'était le produit d'un vol ou d'un assassinat. « Il se sera laissé entraîner par les mauvais conseils. Ce sont les mauvais conseils qui perdent les jeunes gens. »

Et qui me donnerait des conseils? Des copins? Je suis plus vieux qu'eux, même s'ils ont mon âge : on ne les a pas battus tant que moi. Ils n'ont pas connu Legnagna et la maison muette. — Des vieux? les collègues de mon père? — Ils ont bien assez affaire de nouer les deux bouts, et puis ils ne savent que ce qui se passait chez les anciens, et n'ont pas le temps, — à cause des répétitions, de juger ce qui passe autour d'eux.

J'avais dit à ma mère d'où venaient ces cinq francs!

Elle avait levé les mains au ciel.

— Tu as vendu tes livres de prix, Jacques!...

Pourquoi pas? Si quelque chose est à moi, c'est bien ces bouquins, il me semble! Je les aurais gardés, si j'avais trouvé dedans ce que coûte le pain et comment on le gagne; je n'y ai trouvé que des choses de l'autre monde!

— tandis qu'avec l'argent, j'ai pu acheter une cravate — qui n'était pas ridicule — et aller aussi prendre un gloria aux Mille-Colonnes. J'y lis la *feuille* de Paris, qui sent encore l'imprimerie, quand le facteur l'apporte.

Mais je me suis trouvé un soir face à face avec mon père qui passait. Il m'a insulté, d'un mot, d'un geste.

— Te voilà, fainéant!

Et il a continué son chemin!

Fainéant? Ah! j'avais envie de courir après lui et de lui demander pourquoi il m'avait jeté entre les dents, et sans me regarder en face, ce mot qui me faisait mal!

Fainéant! — Parce que, dans le silence glacial de la maison, le travail de bachot, cet acharnement sur les morts m'ennuie, parce que je trouve les batailles des Romains moins dures que les miennes, et que je me sens plus triste que Coriolan! Oh! il ne faut pas qu'il m'appelle fainéant!

Fainéant!

Si mon père était un autre homme, j'irais à lui, et je lui dirais :

— Je te jure que je vais travailler, bien travailler, mais n'aie plus vis-à-vis de moi ce front de pierre et cet œil gelé!

Il me renverrait comme un menteur! J'ai bien vu cela, quand j'étais plus jeune.

Deux ou trois fois quand il allait m'humilier ou me battre, je lui promis, s'il ne le faisait point, de tenir n'importe quelle parole il voudrait. Il avait fait fi de mes engagements, et je lui en avais voulu, tout enfant que je fusse, de si peu croire au courage de son fils.

Aujourd'hui encore il me rirait au nez et il croirait que je caponne!

Allons! je resterai à côté de lui comme à côté d'un garde chiourme, et je travaillerai tout de même! C'est dit.

Mais le lendemain soir, ma mère venait me dire, toute effrayée, que mon père ne voulait plus que je fisse dans les rues et que je courusse les cafés comme un vagabond. Il fallait être rentré à huit heures, ou sinon je couchais dans la rue.

J'y ai couché.

C'est long, une nuit à assassiner, et vers deux heures du matin il a plu. J'étais trempé jusqu'aux os, j'avais les pieds glacés, et je me cachais sous les auvents des portes. J'avais peur aussi des sergents de ville! J'ai tourné, tourné, autour de la maison. A dix heures elle avait été fermée, suivant la menace. J'avais trouvé le verrou.

Demain encore, je le trouverai tiré si mon père a autant de courage que moi.

Je ne tiens pas à rôder dans les rues, à aller au café; il me reste quatre sous! J'aimerais mieux être dans ma chambre, mais on a l'air de me *menacer*. Je ne veux pas avoir l'air d'avoir peur, et je grelotte, et mes dents claquent.

Comme c'est froid, quand le soleil se lève!

Je ne suis rentré que quand mon père devait être au collège, à huit heures et demie du matin.

Il n'y était pas. C'est la première fois, depuis la scène sanglante avec ma mère, qu'il a manqué la classe.

M'avait-il vu et m'attendait-il? Etait-il malade de fureur?

La porte était à peine poussée qu'il se jette sur moi. Il était blanc comme un mort.

— Gredin, dit-il, je vais te casser les bras et les jambes!

Dans la maison, une heure après.

— Qu'y a-t-il?
— Il y a le fils Vingtras, qui a voulu assassiner son père!

Je n'ai pas essayé d'assassiner mon père. C'est lui qui m'aurait volontiers estropié; il répétait:

— Je te casserai les reins et les jambes.

— Eh bien, non! Vous ne casserez les bras ou les reins à personne. Oh! je ne vous frapperai pas, mais vous ne me toucherez point. C'est trop tard; je suis trop grand.

Malie-là!

Minuit.

Mon père me fera arrêter bien sûr.

La prison demain, comme un criminel.

Ma vie sera une vie de bataille. C'est le sort de celles qui commencent comme cela. Je le sens bien.

Je ne resterais en prison qu'une semaine, pas plus, que je serais tout de même montré au doigt pour longtemps.

L'idée m'est presque venue d'en finir.

Si je me tuais cette nuit, pourtant, ce serait mon père qui m'aurait assassiné!

Et qu'ai-je fait de mal? des fautes de quantité et de grammaire, voilà tout. Puis j'ai, sur un faux renseignement, dit qu'il y avait huit facultés de l'âme quand il n'y en a que sept.

Voilà pourquoi je me pendrais à cette fenêtre?

Je n'ai pas un reproche à me faire pourtant.

Je n'ai pas même une bille *chippée* sur la conscience. Une fois mon père me donne 30 sous pour acheter un cahier qui en coûtait 20; je gardai le sou. C'est mon seul vol. Je n'ai jamais *rapporté*, oh! non! ni *sané* quand il fallait se battre.

Allons! du courage!

Si c'était à Paris, encore! rien ne se sait, rien ne s'entend; puis le *journaliste* menacerait peut-être d'écrire là-dessus. Enfin, en sortant de prison, on me serrerait la main tout de même. Ici, point!

Eh bien! *je ferai mon temps ici*, et j'irai à Paris après, et quand je serai là, je ne cacherai pas que j'ai été en prison; je le crierai.

Je demanderai si les pères ont liberté de vie et de mort sur le corps et l'âme de leurs fils; si M. Vingtras a le droit de me martyriser parce que j'ai eu peur d'un métier de misère, et si M. Bergougnard peut encore crever la poitrine d'une Louisette.

Paris! oh! je l'aime!

J'entrevois l'imprimerie et le journal, la liberté de se défendre, la sympathie aux révoltés.

L'idée de Paris me sauva de la corde ce jour-là. Je tourmentais déjà ma cravate.

Encore des cris, des cris! C'est deux jours après.

Ma mère, éperdue, entre dans ma chambre.

— Jacques, viens, viens!

On était en train d'insulter mon père! Il avait, quelques jours auparavant, frappé un de ses élèves, et voilà que dans la maison où la veille il avait failli me tuer, un père venait défendre son enfant calotté en passant. Il voulait que mon père fît des excuses, demandât pardon, et comme mon père balbutiait, on lui mettait le poing sous le nez.

Ils étaient deux, le père et le frère aîné, un vieux et un jeune.

— Qu'y a-t-il?
— Il y a, disait le jeune, que votre père s'est permis de gifler mon frère. S'il n'était pas si vieux, c'est moi qui le giflerais.

— Malheureux!

Je l'ai pris à bras-le-corps. Ah! il ne pèse pas lourd! et le vieux aussi, par la porte, allons! Un peu plus, ils étaient en morceaux.

Ils amassaient du monde dans la rue.

— Viens donc, me crie le frère aîné écumant.

— Eh! je viens!

On nous a séparés à grand'peine. Il a vingt ans, c'est un saint-cyrien, il est courageux mais je le *règle*. Je le tiens comme j'ai vu l'oncle Chastenal tenir des cochons. Je ne veux pas lui faire de mal maintenant qu'il est à terre, mais il bouge encore. On me tire par les cheveux.

On me l'a à peine ôté des mains qu'il me jette une carte par dessus la foule.

— Si c'était devant une épée, tu ferais moins le fier. C'est l'épée qui est mon arme, à moi, et il gesticule, et il en dit!...

L'imbécile !...

— Dis donc, Massion, veux-tu aller lui dire que s'il ne se tait pas, je vais le *casser* de nouveau! et que s'il se tait, je me battrai à l'épée avec lui.

Prairie de Mauves, 6 h du matin.

Ça s'est arrangé sans que chez nous on n'en sait rien. Tout le collège en parle, par exemple, mais mon père est au lit avec la fièvre, — le médecin a même ordonné qu'on n'approchât point, — ce qui me laisse ma liberté.

J'ai trouvé dix témoins pour un, tous ceux de mes anciens condisciples qui ont un brin de moustache et veulent entrer à Saint-Cyr ou à la Navale s'offrent pour *régler* la chose.

— Vous êtes bien jeune, dit quelqu'un mêlé aux pourparlers.

— J'ai vingt ans.

Je mens de trois ans, voilà tout.

On se demande tout bas si au dernier moment je ne *fouinerai* pas devant Saint-Cyr!

Ils ne savent pas que j'ai failli me pendre, que la vie m'embête, qu'un duel est pour moi un paletot neuf non choisi par ma mère, que c'est la première fois que je fais acte d'homme. C'est que j'en ai envie; nom d'un tonnerre ! Si le saint-cyrien ne voulait plus, je l'y forcerais.

Je suis ému tout de même! Je n'ai pas tenu un fleuret de ma vie. Je vais peut-être avoir l'air si bête. Mais je me ferai tuer, tout de suite si on rit.

Nous sommes sur le terrain.

— Avancez, messieurs !

Les témoins sont plus inquiets que nous, et puis ils ont peur de rater le cérémonial.

L'autre ne vient donc pas ? Il a engagé le fer, puis a fait un bond en arrière et il me laisse là.

J'ai l'air d'un chien qui a perdu son maître. Mais au fond, comme je suis content ! Ils sont cinq qui s'occupent de moi, et il y a même deux bateliers qui regardent.

Il ne vient pas, j'avance.

Cri du médecin !

— Quoi donc ?

— Vous êtes blessé.

— Moi ?

— Vous avez la cuisse pleine de sang.

Mais je ne sens rien.

— Recommençons, recommençons-là !

Si croyant que c'est le grand genre de bondir en arrière comme a fait l'autre, je bondis.

— Mais c'est un saltimbanque, dit le chirurgien !

Enfin on m'amène à lui. Je ne sais pas encore pourquoi.

— Le gras de la cuisse traversé !

— Vous croyez ?

— Et quinze jours sans marcher !

— C'est embêtant !

Oh ! je n'ai pas grand endroit où aller !

Je suis donc blessé, il paraît. En effet, ça saigne. Le saint-cyrien me serre la main et me dit : « Je regrette »!

Moi, je ne regrette pas. C'est un quart d'heure de passé, et j'ai vu que ça ne me faisait pas plus qu'un cautère sur une jambe de bois.

J'avais laissé un mot à ma mère le matin : « Je suis chez un camarade. »

Elle a même fait cette remarque.

— C'est mal pendant que ton père est malade.

Je suis revenu en voiture. Ça a encore coûté de l'argent, cette voiture, je n'en avais pas. Il a fallu demander trente sous à ma mère qui m'a cru fou.

— Il prend des voitures, maintenant !

L'escalier est noir.

J'ai monté en me tenant la jambe, mais sans rien dire et sous prétexte de migraine (on croit que j'ai bu) je suis allé me fourrer dans mon lit.

Mais une voisine, — à peine étais-je dans les draps, — lui a conté toute l'histoire. Elle lâche le chevet de mon père pour le mien.

— Jacques! tu *as été en duel* !

Et un moment après, comme si elle entendait une voix d'en haut.

— On va te couper la jambe !

— Qui t'a dit ça.

— La voisine! tu es blessé, je le sais, fais voir.

— Le médecin a dit qu'il ne fallait pas y toucher.

— Oh mon Dieu, mon Dieu ?

— Et qu'il fallait du repos.

— Dors, alors, dors, — Et tu n'as pas eu peur, dis ?

— Non... Et mon père, comment va-t-il ?

Il est dans la chambre à côté de la mienne depuis ce matin. Le médecin a dit qu'il y avait plus d'air.

Ma mère, sur mon mensonge, croyant que je dors, retourne à lui.

Je ne ne comprends pas bien ce qu'ils disent, mais on parle de moi, elle raconte le duel. Je saisis des bribes.

Un bruit qui se faisait dans l'escalier s'éteint et j'entends tout.

C'est mon père qui parle avec émotion !

— Oui, quand il sera guéri il partira.

— Pour Paris ?

— Pour Paris. — Il n'est pas blessé grièvement, n'est-ce pas ? Ce n'est rien, au moins !

— Je t'ai dit que non.

Un silence.

— C'est pour moi qu'il s'est battu, après la scène de la veille!...

Il semble que sa voix tremble.

— Oui, oui... il vaut mieux que nous nous séparions. De loin, nous ne nous querellerons pas. De près, il me haïrait!... Il me hait peut être déjà! Mais c'est plus fort que moi! Ce professorat a fait de moi une vieille bête qui a besoin d'avoir l'air méchant et qui le devient à force de faire le croquemitaine et les yeux creux... Ça vous tanne le cœur. On veut avoir l'air romain... On est cruel. J'ai été cruel.

— Comme moi... Mais je le lui ai dit un jour à Paris, je lui ai presque demandé pardon, et si tu avais vu comme il a pleuré!

— Toi, tu as su lui dire, moi je ne saurais pas. J'aurais peur de *blesser la discipline*. Je craindrais que les élèves, je veux dire que mon fils rie de moi. J'ai été pion et il m'en reste dans le sang. Je parlerai toujours à mon fils comme à un écolier, et je le confondrai avec les gamins qu'il faut que je punisse pour qu'ils me craignent et qu'ils n'attachent pas des rats au collet de mon habit... Il vaut mieux qu'il parte.

— Tu l'embrasseras avant de partir.

— Non. Tu l'embrasseras pour moi. Je suis sûr que j'aurais encore l'air d'être dur malgré moi. C'est le professorat, je te dis!... Tu l'embrasseras... et tu lui diras, en cachette, que je l'aime bien... Moi, je n'ose pas.

— Madame, madame!
— Quoi donc!
— Il y a les gendarmes en bas!
— Les gendarmes!

Il y a, en effet, un bruit de sabres dans l'escalier, et j'entends parler.

— Nous venons pour emmener votre fils.
— Parce qu'il s'est battu?

Elle court vers mon père.

— Plus bas, plus bas, mon amie, c'est moi qui avais écrit pour qu'on se tînt prêt à l'arrêter, depuis huit jours déjà!... J'avais signé après cette scène... Oh! j'ai honte... Il n'entend pas, dis, au moins, à travers la cloison?

....

J'entends.

Quel bonheur que j'aie été blessé et que je sois couché dans ce lit! Je n'aurais ja- mais su qu'il m'aimait et je l'aurais haï.

Ah! je crois qu'on eût mieux fait de m'aimer tout haut! Il me semble qu'il me restera toujours de ma vie d'enfant, des trous de mélancolie, des plaies sensibles dans le cœur!...

Mais aussi j'entre dans la vie d'homme, prêt à tout, plein de force, bien honnête. J'ai le sang pur et les yeux clairs pour voir le fond des âmes; ils sont comme cela, ai-je lu quelque part, ceux qui ont un peu pleuré.

Il ne s'agit plus de pleurer, il faut *vivre*.

Sans métier, sans argent, ce sera dur; mais on verra. Je n'aime pas non plus beaucoup qu'on m'humilie. Mon père avait le droit de frapper... Malheur à qui me touche! Ah! oui! malheur à celui-là!

Je me parle ainsi, la cuisse tendue dans mon lit de blessé.

Huit jours après, le chirurgien vient, défait le bandage et dit:

— Grâce à mon pansement, — un nouveau système, — vous êtes guéri; vous pouvez vous lever aujourd'hui et vous pourrez sortir demain.

Ma mère remercie Dieu!

— Oh! j'ai eu si peur!... S'il avait fallu te couper la jambe! — Je vais te dire une nouvelle maintenant...

Elle me conte tout ce que je sais, ce que j'ai entendu à travers la cloison.

— Tu vas me quitter! dit-elle en sanglotant.

— Je veux me lever tout de suite pour ramasser un peu mes livres, faire ma petite malle, et je lui demande mes habits.

Ce sont ceux du duel.

Ma mère les apporte. Elle aperçoit mon pantalon avec un trou et taché de sang.

— Je ne sais pas si le sang s'en ira... la couleur partira avec, bien sûr...

Elle donne encore un coup de brosse, passe un petit linge mouillé, fait ce qu'il faut, — elle a toujours eu si soin de ma toilette, — mais finit par dire en hochant la tête:

— Tu vois, ça ne s'en va pas... La prochaine fois, Jacques, mets au moins ton vieux pantalon.

FIN DE JACQUES VINGTRAS.

ᴊ. **Gréville.**

LA BERGERIE

La petite pluie fine qui rayait le ciel depuis le lever du jour cessa enfin ; un rayon d'or jaune enfilant le sombre couvert des hêtres pénétra au fond de la grande bergerie. Les béliers enfouis jusqu'au jarret dans la haute litière, que, tout en broutant la provende matinale, ils avaient recouverte de trèfle vert arraché aux crèches, levèrent la tête vers le rayon et poussèrent un bêlement d'appel.

A ce signal, les brebis pleines et nourrices se levèrent précipitamment en ployant leurs genoux, et, d'un seul bond, la moitié du troupeau se présenta à la claire-voie qui ferme la bergerie. Les derniers venus grimpaient sur les autres pour aspirer la tiédeur du soleil, et les maîtres béliers durent repousser d'un coup de frontal plus d'un indiscipliné sorti des rangs.

— Eh oui ! fit le valet de ferme en s'approchant lentement de la porte, on va vous lâcher dans les clos ! Vous avez bien le temps, l'herbe est encore mouillée ! Jean, le maître veut voir les agneaux. La porte de la cour est-elle fermée ?

— Oui ! répondit une voix lointaine. Et l'on entendit la lourde barrière retomber de tout son poids contre le montant de pierre avec le cliquetis ordinaire du crochet de fer sur le granit.

— Allez ! dit le valet de ferme de sa voix paresseuse et lente.

Il retira la traverse qui assujettissait la claire-voie, puis ôta la claire-voie elle-même et recula un peu pour n'être pas renversé.

Effrayés de la liberté subite, les béliers restèrent immobiles sur le seuil étroit en bas, regardant devant eux et craignant un piége. Une bouffée de vent tiède leur apporta l'arome des falaises humides des buées de la mer, l'odeur de l'herbe courte et grasse, tondue jusqu'au sol par leurs dents tenaces et patientes, et soudain, la tête levée, comme poussés par un fouet invisible et résistant encore à l'instinct qui les appelait, les superbes animaux se précipitèrent dans la grande cour qu'ils franchirent en quelques bonds. L'abreuvoir, entouré de pierres moussues, abrité par les épines noires, ne les tenta point ; ils passèrent outre et s'arrêtèrent, le nez sur la barrière qui menait à la liberté.

Tout le troupeau avait suivi, les vaillants en tête, les mères pleines plus lentes et plus lourdes, et enfin les nourrices, encourageant les agneaux nouveau-nés encore chétifs et tremblants sur leurs jambes d'un jour. La masse entière s'arrêta immobile, résignée, et pourtant frémissante devant la grande barrière qui ne voulait point s'ouvrir.

— Eh ! sont-ils pressés ! dit le valet en traversant de son pas ferme et lent la cour boueuse où ses lourds sabots de hêtre remplis jusqu'au bord de paille fraîche laissaient de larges empreintes. On dirait qu'ils n'ont pas vu d'un mois le ciel du bon Dieu !

— Laisse-les aller ! dit une voix forte derrière lui.

Le fermier venait de sortir ; sur le seuil de la porte, les bras croisés, la tête couverte du chapeau à larges bords, il dénombrait son troupeau et le trouvait en bon état; son œil de propriétaire satisfait allait des brebis pleines aux agneaux gras, s'arrêtant avec complaisance sur les nobles béliers, si redoutables quand ils tenaient tête aux chiens du voisinage.

Longeant le mur de terre, le valet se fraya à grand'peine un passage jusqu'à la barrière et d'un geste de menace écarta la troupe pusillanime. Ils reculèrent tous, excepté les trois grands béliers qui continuèrent à regarder la route d'un air méchant. Un second geste ne les effroucha pas davantage, et ils rallièrent le troupeau d'un bêlement d'appel.

— C'est bête, ces animaux-là, grommela le valet de ferme en prenant par les cornes le plus voisin de lui; ils ne comprennent pas qu'une barrière ça ouvre en dedans, exprès pour les faire rentrer quand ils sont dehors, et pour les empêcher de sortir quand ils sont rentrés!

Le bélier se débattit et menaça pendant un instant, mais de sa main libre, le valet avait repoussé la barrière qui s'écarta, grinça sur ses gonds et alla battre le mur; toute la bande, d'un élan prodigieux, se précipita sur la route.

Ils prirent leur course au grand galop, se culbutant contre les haies et se passant sur le corps sans plus; puis le parfum des lychnides roses, abreuvées de pluie et déjà chauffées par le soleil, tenta leur gourmandise, et lentement, faisant l'école buissonnière, les moutons se dirigèrent vers la falaise.

Quand le piétinement du troupeau sur la route eut cessé de frapper l'oreille d'un bruit régulier, le fermier se décroisa lentement les bras, regarda le ciel devenu bleu, et poussa un soupir. L'horloge de la salle, derrière lui, dans la maison, frappa lentement neuf coups, avec un formidable bruit d'échappement, puis le silence se fit, mesuré par les battements égaux et sourds du balancier.

Quelques gouttes de pluie tombaient l'une après l'autre du toit de chaume neuf, et faisaient un petit clapotis mélancolique dans l'ornière pleine qui marquait la ligne d'avancement du toit tout autour de la maison; l'une d'elles effleura le fermier qui avait fait un pas en avant; il l'essuya sur sa joue d'un geste machinal et poussa un second soupir, comme si cette larme de sa maison avait remué en lui toutes les larmes de son cœur.

— Marie, dit-il, en se tournant vers l'intérieur, voilà qu'il fait beau, vous pouvez sortir le petit.

Une vieille servante parut, tenant dans ses bras, avec autant de soin et de respect que si c'eût été un Enfant-Jésus de cire, un petit être pâle et frisé, dont les grands yeux bleus errants autour de lui, cherchaient

pour s'y reposer, un objet qui lui fût agréable.

— Promenez-le le long de la haie, il n'y a pas trop de soleil, et il y a de la chaleur, fit le père en couvrant le petit garçon d'un regard aussi triste et plus profond que celui de l'enfant lui-même. Il approcha son visage du petit visage pâle et l'embrassa avec tendresse; le garçonnet lui passa doucement une main sur la bouche, mais sans sourire, et le père navré, recula un peu pour ne pas laisser voir à la servante le chagrin que lui causait l'état de son fils unique.

Soudain les yeux du petit s'éclairèrent, il leva son bras débile indiquant un objet qui satisfaisait son regard et prononça lentement ce nom court facile:

— Vevette!

Le père suivit ce mouvement et la jeune fille qui passait de l'autre côté de la cour, se sentant regardée pressa le pas en rougissant.

— Vevette! répéta l'enfant prêt à pleurer.

— Le petit te veut, viens un peu ici, cria le fermier de sa voix mâle et sonore.

Vevette traversa la cour et s'approcha du groupe. Le petit lui tendit les bras; elle le prit et il se mit aussitôt à jouer avec les cheveux frisés et indociles, avec le petit bonnet de toile, avec les oreilles mignonnes de la fillette. Elle se prêtait à ce jeu, lui donnant de petits noms d'amitié, faisant coucou avec lui derrière l'épaule de la vieille servante, et transfusant en cet être frêle et soucieux toute la joie de sa propre jeunesse.

— Il n'aime guère que toi, dit tristement le père, pendant que l'enfant, qui avait commencé par sourire, finissait par rire aux éclats aux caresses de son amie.

— Oh! notre maître, et puis vous! Et il vous aime plus que moi, et c'est bien juste, puisque vous êtes son père! fit la jeune fille avec un sentiment de délicatesse qui amena sur sa joue une nouvelle rougeur. Voyez comme il vous regarde!

Elle présenta au père ému l'enfant qui continuait à sourire. Le père ouvrit les bras, et le petit garçon tendit les siens. Vevette le remit au fermier et s'éloigna aussitôt du côté de la bergerie. En la voyant disparaître, le petit visage se contracta, la bouche pleureuse se gonfla et le pauvre orphelin répéta plaintivement: — Vevette!

— Pauvre petit! murmura le fermier, ce n'est pas Vevette, c'est la mère qu'il te faudrait. Mais ni ton chagrin ni le mien ne feront revenir la pauvre âme!

Il rendit l'enfant à la bonne et s'en alla de son pas ordinaire voir les veaux nouveau-nés à l'étable.

Laurent avait perdu sa femme dix-huit mois auparavant, et la joie d'être père avait été assombrie par la mort prématurée de la jeune mère. Non qu'il l'eût aimée d'un amour très-profond, mais l'habitude d'être ensemble, la douceur de la pauvre créature, souvent malade et toujours patiente, lui avaient inspiré un attachement plein de pitié. Elle désirait si ardimment un fils, — moins pour elle que pour le fermier; ceux qui possèdent la terre savent seuls quel chagrin cruel ressent le propriétaire à la pensée de mourir sans héritier direct. A quoi bon l'ordre et l'épargne, si le patrimoine séculaire, augmenté de tout ce que peut y joindre une vie de travail, doit aller enrichir des collatéraux? Avec quel courage, au contraire, n'ensemence-t-il pas, celui qui dans l'avenir voit mûrir les moissons des fils de son fils? Elle sentait qu'elle mourrait de sa maternité, la pauvre jeune femme, peu faite pour l'existence grossière des champs, et pourtant elle avait demandé un fils dans toutes ses prières. Il était venu, cet enfant désiré, et la mère était partie, sans même avoir le temps d'apprendre que la vie de l'héritier semblait un miracle, tant il était frêle. Depuis, l'époux esseulé, le père inquiet, devenait de jour en jour plus triste dans la maison riche et désolée, où il y avait de tout en abondance, — sauf du bonheur.

Laurent avait beau vouloir détourner son esprit vers les choses pratiques, il ne pouvait secouer la mélancolie de ses souvenirs.

Qu'est-ce qu'une maison sans maîtresse, sinon un corps sans âme? Les armoires de chêne, hautes et luisantes avec leurs appliques de cuivre découpé, sont tristes à voir lorsque la fermière n'y range pas elle-même les piles de linge parfumé d'une bonne odeur de lessive; ce silence même de la demeure bien ordonnée est triste et lourd; ne vaudrait-il pas mieux mille fois y entendre résonner la voix de la maîtresse, dût-elle donner des ordres et réprimander les filles négligentes?

Pendant qu'on promenait l'enfant, des poules aux lapins, puis aux canards, puis dans le jardin, plein d'un fort bruissement d'abeilles affairées autour des touffes de thym en fleurs, puis aux ruches qui portaient encore un lambeau d'étoffe noire, en deuil de la fermière, Laurent faisait partout sa visite accoutumée. Depuis les greniers pleins de fourrages jusqu'à l'humble tet à porcs, il inspectait chaque jour les moindres coins de son domaine, et c'est cette surveillance active sans tracasserie qui lui permettait d'être un maître généreux, tout en faisant de lui-même un homme riche.

Il s'assura que les portes des granges étaient closes, que personne n'avait touché à la clé du cellier, plein de grandes futailles de cidre en bel ordre; ensuite il entra dans les écuries et ramassa un collier tombé de son clou, puis dans l'étable, où tout était à souhait, et enfin, passant devant la berge-rie, vide à cette heure, il s'arrêta pour voir si rien n'y était dérangé.

Il croyait n'y trouver personne; il resta immobile sur le seuil en apercevant Vevette assise sur une pierre, dans le jour qui venait de la porte, un agneau sur les genoux et une tasse de lait à la main. Son tablier de toile bleue et blanche à petits carreaux, ourdi et tissé à la ferme, protégeait contre le courant d'air venu de la porte, la bestiole encore frêle et presque nue.

— Qu'est-ce que tu fais? dit Laurent surpris.

— C'est un agneau de la semaine dernière, répondit la jeune fille, levant vers lui son doux visage qui rougissait si facilement; sa mère a eu deux jumeaux; elle nourrit l'autre et ne veut pas de celui-ci; j'ai essayé dix fois de le faire téter, — elle le tuerait d'un coup de pied si je n'étais pas là; elle n'en a que pour l'autre. Pauvre petit! Ce n'est pourtant pas sa faute? Il est si doux et si mignon!

Elle trempa dans la tasse de lait une sucette de mie de pain dans un chiffon, comme celles qu'on donne aux nourrissons pour les empêcher de crier, la fit entrer dans la bouche de l'agneau qui se mit à sucer avec avidité, et tout en rejetant sur lui son tablier, elle continua:

— C'est drôle, n'est-ce pas, notre maître, que des mères n'aiment qu'un enfant et pas l'autre? Ce pauvre petit, il m'a fait peine, quand je l'ai vu resté là, l'autre jour; la mère ne veut pas qu'il la suive au clos; il grelottait dans la paille. Alors je l'ai mis à part et je le nourris. Il pourra bientôt manger un peu d'herbe, car il devient fort.

— Et tu le gardes sur tes genoux tout de même? fit Laurent en souriant.

Vevette fit un mouvement d'épaules plein de compassion et rougit encore.

— C'est pour qu'il ait chaud et qu'il soit content, notre maître, dit-elle en souriant, mais en baissant la tête pour cacher son embarras; je me figure que cela lui fait plaisir et qu'il croit avoir une mère.

Elle écarta un peu son tablier et laissa voir l'agneau repu, endormi, blotti dans son giron, avec la pose abandonnée d'un être heureux et réchauffé.

Laurent regarda la jeune fille, puis la bestiole, et troublé lui-même, il ne savait par quelle émotion bizarre et nouvelle, il promena son regard autour de la bergerie.

Elle était grande et haute, chaude en hiver, fraîche en été, avec une petite fenêtre à l'ouest, faisant face à la porte à l'est, qu'on pouvait ouvrir pour aérer l'asile. La paille jaune foulée et brisée avait un ton doux à l'œil, et les brins de trèfle vert épapillés formaient çà et là des taches sombres, surtout près des crèches; une bonne odeur de laine et de verdure mêlées imprégnait les murailles et provoquait à une sorte de mollesse aussi douce que les toisons floconneuses qui y trouvaient abri la nuit.

Malgré lui, le regard de Laurent revenait toujours à la jeune fille qui restait immobile et comme assoupie dans la chaleur du soleil déjà haut.

— Il y a longtemps que tu es chez nous ? demanda-t-il.

— Quatre ans à la Madeleine, répondit Vevette réveillée en sursaut de sa rêverie.

— Quel âge as-tu ? dit le fermier, sans savoir pourquoi il faisait cette question.

— J'ai eu dix-huit ans aux Rois, notre maître, répondit-elle en levant la tête par déférence, mais en tenant ses yeux toujours baissés.

— Aux Rois,, mais tu n'es pas allée voir ta famille aux Rois ? Les autres domestiques y sont tous allés.., et toi, pourquoi es-tu restée ?

— Je n'ai pas de famille, dit la jeune fille sans changer de voix ni de visage. Vous savez bien que je n'ai plus ni père ni mère.

— Tu as des tantes, là-bas, du côté de la lande ?

Vevette ne répondit pas.

— Est-ce qu'il serait arrivé malheur chez elles ? reprit Laurent avec un intérêt soudain pour Vevette et les siens.

Elle secoua doucement la tête.

— Il n'est rien arrivé, notre maître, dit-elle, de sa voix douce et un peu attristée ; mais la famille, c'est tout bon ou tout mauvais ; quand on ne s'aime pas, on se déchire, et moi j'aime la paix.

— Elles ne sont pas bonnes pour toi ? insista Laurent.

— Pour cette famille-là, reprit Vevette, j'aime mieux rester ici. Elles ne m'aiment pas, mes tantes, il faudrait y aller les mains pleines, et je n'ai rien.

— Tu n'as vraiment rien, Vevette ? demanda le fermier attendri.

— J'ai la maisonnette et le jardin de mes pauvres parents, mais cela ne rapporte rien puisque je n'ai pas pu les renter à loyer ; de fait, j'ai mes gages que vous me donnez, mon maître, répliqua la fillette. Mais il leur faudrait autre chose, elles aiment à bien manger. Et puis, elles seraient autrement que j'aimerais encore mieux rester ici que d'aller les voir. Je me plais mieux ici que partout ailleurs.

Elle voulut se lever, mais l'agneau poussa un gémissement et elle reprit sa première posture.

— Tu es une bonne fille, Vevette, dit le fermier, surpris de se sentir touché jusqu'au fond de l'âme par ces paroles si simples. Veux-tu que j'augmente tes gages ? Je suis prêt à te donner ce que tu demanderas ; tu es la meilleure servante de la maison, et puis ma défunte t'aimait.

Vevette détourna légèrement la tête, et avec un tremblement dans la voix, elle répondit :

— Vous ferez comme vous voudrez, mon maître, ce n'est pas pour de l'argent que je vous sers fidèlement, c'est par grand amour pour la défunte et pour son joli *fieut*, votre petit garçon.

Laurent rougit à son tour, un peu de honte, et il fit un mouvement pour sortir, mais il se ravisa.

— Si l'agneau en réchappe, Vevette, dit-il, je te le donne ; tu l'auras bien gagné. Tu n'as pas besoin de le vendre si tu veux le garder ; il sera nourri avec les autres. C'est un mâle ?

— C'est une brebis.

— Elle est à toi, et les petits qu'elle pourra avoir aussi. À tantôt, Vevette.

Laurent disparut de la porte, et le soleil entra. Mais il ne sembla pas causer de joie à la jeune fille ; elle continua à passer sa main doucement sur la tête fine et veloutée de l'agneau. Les paroles de son maître lui avaient fait à la fois plaisir et peine, elle ne savait pas pourquoi. Il avait eu tort de parler de gages ; à quoi bon les gages, quand elle avait l'asile et le couvert ? Cette maison était celle où elle voulait vivre et mourir. Enfin, elle inclina ses lèvres jusqu'au front de la bestiole et l'embrassa à deux reprises. C'était sa propriété désormais ; pour la première fois de sa vie elle avait reçu un présent ; elle était très-contente ; cependant, à côté de ses deux baisers, elle laissa tomber une larme. Soulevant l'agneau endormi elle le plaça doucement dans une crèche pleine de paille, et sortit de la bergerie pour vaquer à ses autres devoirs.

En traversant la grande cour, elle aperçut l'enfant du fermier ; soutenu par les bras de la vieille servante, il essayait ces premiers pas si gauches et si gracieux, si comiques qu'ils font éclater de rire, et si touchants qu'ils font pleurer les mères. Averti par quelque instinct secret, le petit garçon tourna la tête de son côté, et l'appela du geste et de la voix.

Vevette savait que le maître ne dirait rien pour quelques instants dérobés au travail en faveur de son fils ; d'ailleurs, eût-elle dû être grondée, elle ne pouvait résister au plaisir de voir sourire ce petit garçon et de sentir le baiser de ses lèvres fraîches ; elle se dirigea vers lui. À une courte distance, elle se baissa, lui tendant les bras ; avec un sourire plein de triomphe et de confiance, l'enfant s'échappa des mains qui le retenaient, fit quelques pas en trébuchant et vint tomber dans le tablier de la jeune fille, rouge de plaisir et d'orgueil.

— Il a marché, seigneur Jésus ! il a marché tout seul ! s'écria la vieille servante en levant les mains au ciel. Reviens à moi, mon *fieut*, et montre que tu es un grand garçon !

Mais l'enfant ne voulait pas quitter sa

petite amie, et détournait obstinément la tête.

La voix grave de Laurent se fit entendre.

— Il a marché tout seul! C'est la première fois!

— Va voir ton père, mon *fissel*, va vite, dit Yevette avec douceur.

Le petit leva en hésitant les yeux sur son père, puis soutenu par la main, encouragé par la voix de la jeune fille, il traversa la courte distance qui le séparait de fermier; — soudain, Yevette retira sa main, et l'enfant cherchant un appui alla tomber dans les bras de Laurent, fier et ému, qui le souleva jusqu'à son visage, puis le remit sur ses jambes.

— Yevette, répéta l'enfant au moment où ses petits pieds touchaient la terre. Et, encore appuyé sur le genou de Laurent, il étendit sa menotte vers son amie.

Mais elle avait disparu, ne voulant pas usurper les caresses dues au père.

— Yevette, cria Laurent, qui eût voulu la voir rester. La présence de la jeune fille auprès de son fils lui semblait une sauvegarde. Quand elle était là, jamais de pleurs ni de cris; elle devinait ses désirs, et pourtant elle savait réfréner ses caprices. Seule, elle lui parlait le langage de la raison, et seule elle obtenait sa soumission. Mais elle avait disparu, comme elle faisait toujours, après ces courtes scènes. On l'eût dite honteuse de son empire et désireuse de le faire oublier. La servante emporta le petit garçon pour le distraire, mais non sans résistance de sa part, et ses cris de colère et de regret se firent entendre au loin plus d'une fois dans l'après-midi.

Laurent prit à travers les clos pour aller voir ses génisses, parquées à l'autre extrémité de la propriété. Il marchait la tête baissée, comme font le plus souvent les habitants de la campagne habitués à chercher leur bien dans le sol, les mains derrière le dos, penché en avant; il pensait, il ne savait pourquoi, mais avec une persistance singulière, à la petite servante que son fils chérissait.

C'était vrai; à proprement parler Yevette n'avait pas de famille, puisque celles qui lui appartenaient ne se souciaient pas d'elle. Son père était un honnête homme, mais un cultivateur inhabile; loin de prospérer, son modeste patrimoine s'était fondu dans ses mains et le chagrin l'avait miné avant le temps. La mère avait survécu quelques années, filant pour vivre le fil le plus fin de la contrée, puis elle était morte aussi, et l'orpheline s'était placée, pour gagner son pain. Laurent la revoyait encore à l'assemblée de la Madeleine, où se louent pour l'année les serviteurs à gages. Avec son petit bonnet blanc, ses yeux pleins de larmes, son mince paquet sous le bras, elle regardait tristement dans la foule, cherchant un visage bienveillant, se choisissant un maître par la pensée, redoutant celui-ci, acceptant

plus volontiers celui-là, mais le cœur bien gros d'être obligée de vivre chez les autres. Elle avait fermé le matin sa petite maison de pierre grise, dont elle était, hélas! seule propriétaire; après avoir fait en pleurant le tour du jardinet, elle avait mis la clef dans sa poche, et maintenant elle craignait de ne pas trouver ce maître d'abord redouté. Voudrait-on d'elle, avec ses petits bras débiles, sa stature mignonne, ses mains rouges mais fluettes... Si on allait la trouver trop chétive, lui faudrait-il s'en retourner à la maison déserte, si triste, où le pain manquait? Faudrait-il mendier de village en village ce pain qu'elle eût préféré devoir au travail?

C'est alors que la femme de Laurent s'était approchée, et, trouvant à cette enfant un visage honnête, l'avait louée pour soigner les veaux et les agneaux et donner du grain aux poules. Depuis, la figure candide et les yeux pleins de bonté de la fillette s'étaient toujours tournés vers la fermière comme vers le soleil levant. Marchant dans l'ombre de ses pas, elle avait appris tous les devoirs du ménage sans bruit et sans fracas. Quand les forces avaient manqué à la jeune femme, c'est Yevette qui, sans mot dire, avait pris sa part d'ouvrage et l'avait ajoutée à la sienne, trouvant le temps de tout faire, sans cesser de sourire.

Laurent se rappelait ces choses, et bien d'autres. Il revoyait la mourante s'appuyant sur Yevette pour respirer avec effort l'air qui n'entrait plus dans ses poumons, — il voyait la jeune fille, pâle de fatigue, soutenir courageusement dans ses bras la pauvre femme qui se débattait contre la mort; il voyait encore, alors que tout le monde, brisé de lassitude s'était endormi dans la maison, — lui-même comme les autres, — Yevette veiller auprès de la défunte, renouveler la bougie funéraire et lisser les draps du lit, comme si sa maîtresse eût pu la voir.

Et l'enfant! de quelle tendresse ne l'avait-elle pas entouré! Que de nuits n'avait-elle pas passées à le promener dans ses bras autour de la chambre en lui chantant de ces refrains du pays qui n'ont plus ni âge, ni sens, ni origine, mais dont les paroles incompréhensibles ont une musique qui berce les rêves et fait oublier le mal! Était-ce étonnant que le petit la préférât à tout, lorsqu'elle avait été tout pour lui?

Pendant qu'il évoquait tout ce passé, Laurent sentait une tendresse profonde s'élever en lui pour Yevette. C'était elle qui avait adouci leur deuil, et il n'avait rien fait pour elle. Plein de regret de son ingratitude, il donna un coup d'œil à ses génisses, puis revint lentement par le même chemin.

Il passa devant le grand abreuvoir, creusé de temps immémorial au bord d'une haie, à l'ombre, dans un grand clos, où l'herbe haute et grasse, toujours tondue, repoussait avec une vigueur extraordinaire. Depuis l'enfance de Laurent, l'abreuvoir était là; — son grand-père, qu'il se rappelait avoir connu, lui avait dit que personne n'avait jamais vu là autre chose que l'abreuvoir; une petite source s'échappait entre les racines d'un saule, remplissait la mare, aux bords en pente, foulés deux fois chaque jour par les pas des bestiaux, puis s'enfuyait muette sous les cressons et portait la fraîcheur dans le clos voisin. Laurent s'arrêta pensif. Les sources coulent sans qu'on s'en occupe, et abreuvent pendant des générations les bœufs qui se succèdent les uns aux autres; pourquoi, alors que la terre est clémente et donne aux bêtes l'herbe et l'eau fraîche, les enfants restent-ils sans mère et les agneaux sans nourrice?

Le soleil dardait entre des nuages gris qui changeaient lentement de place, jetant des ombres tantôt ici, tantôt là. Laurent se trouvait dans un rayon qui lui brûlait le front sous son chapeau de feutre et les épaules sous sa blouse; il avisa une haie double, un de ces terres plantés de hauts arbres qui séparent les clos et permettent en même temps d'aller à pied de l'un à l'autre, souvent de traverser toute une propriété sans passer par les champs, où l'on pourrait endommager les récoltes. L'ombre était tentante; la terre, protégée par l'épais couvert des arbres, était sèche. Le fermier s'assit entre deux aubépines, s'adossa à un hêtre fourchu et se mit à méditer en regardant devant lui.

La langueur de l'air et la chaleur du jour portèrent Laurent au sommeil. Sans s'en rendre compte, il ferma les yeux, et s'endormit. Il continua pourtant à voir en rêve les pâturages et les bêtes qui l'avaient occupé pendant sa veille, mais ses champs étaient plus vastes, les troupeaux plus nombreux, les bœufs et les vaches peuplaient à perte de vue des espaces immenses qui descendaient en pente douce jusqu'au bord de la mer.

L'Océan fraîchissait, comme disent les marins, et les vagues blanches qui couronnaient les grandes ondulations de la mer d'un bleu intense et profond ressemblaient à ses moutons, qui auraient dû paître la falaise. Inquiet, il cherchait le troupeau, mais il n'y avait de moutons que sur la mer; il jetait un cri d'appel, rien ne lui répondait; ses bestiaux eux-mêmes avaient disparu, et de tous côtés, il ne voyait que l'herbe et la mer agitée, de plus en plus couverte des moutons redoutables du vent d'ouest.

Dévoré d'angoisse, Laurent dans son rêve se dirigea à grands pas vers la ferme, où sans doute le troupeau venait de rentrer; mais le village lui paraissait vaste et désert; personne sur le seuil des maisons, personne devant les granges; pas une poule, pas un chien, — rien qui parlât de vie et d'habitation humaine.

Le cœur de plus en plus serré, il entra dans la cour de sa ferme; elle était déserte aussi. Poussé par l'instinct, il courut à la bergerie. Qu'elle était grande, et haute, et sombre! Le jour semblait n'y avoir jamais pénétré qu'à regret; plein de colère contre la négligence de ses serviteurs, Laurent pénétra plus loin, et à mesure qu'il avançait, la bergerie s'étendait de plus en plus, déroulant à perte de vue son toit noir d'ombre, la litière de paille froissée et ses crèches vides. Soudain, à l'autre extrémité, un point lumineux se dessine, et de tous côtés, les agneaux cachés dans les coins, sous les crèches, dans la litière, se dressèrent en bêlant vers cette clarté. Les têtes fines et suppliantes se tournèrent toutes du même côté, et mille bêlements résonnèrent à la fois. Laurent vit alors que ce troupeau n'avait point de nourrices, et que tous ceux qu'il voyait là étaient des nouveau-nés.

— Que vont-ils devenir? pensa le fermier, s'agitant dans son rêve; qui nourrira cette horde d'agneaux? Ils sont, autant dire, perdus!

Il vit alors dans la clarté qui venait à lui se dessiner la forme de Veyette. Elle tendait aux bestioles le creux de ses mains pleines de lait; et à cette source intarissable, ils se désaltéraient à longs traits; des brins d'herbe sortaient de son tablier à demi-relevé, et ceux qui avaient assez bu, la suivaient, tirant avec leurs lèvres les longues branches du trèfle rose, brillant et embaumé. La lumière émanait de la jeune fille elle-même, sortant de ses cheveux blonds, de son petit bonnet, de ses mains roses, où buvaient les agneaux, et surtout de son sourire, si modeste et si tendre, qu'elle répandait comme un parfum sur tous ces orphelins pressés autour d'elle. Laurent sentit à son approche qu'il pouvait être en paix, et que le troupeau avait trouvé sa providence. Mais la clarté de Veyette, devenue trop vive, l'aveuglait, et portant sa main à ses yeux avec un geste de souffrance, il s'éveilla.

Le soleil passait à travers une trouée dans les branches du hêtre, et frappait en plein sur son visage; encore mal éveillé, il se souleva regarda autour de lui; il vit qu'il était seul.

Il eût voulu continuer son rêve; la vision qui l'avait hanté lui laissait un vague désir de la revoir, de savoir la fin, comme disent les enfants... mais il était bien seul, et loin de la ferme. Il en reprit le chemin à pas lents, songeant plus que jamais à la petite servante que son fils chérissait.

Il trouvait une douceur singulière à se reprocher ses torts envers l'orpheline; son cœur débordant de remords battait dans sa poitrine comme il n'avait jamais battu, et une étrange quiétude le remplissait pourtant; il arriva dans sa cour sans avoir pu démêler d'où lui venait cette joie, au moment où il eût dû être honteux et troublé. Au lieu de suivre ses valets au travail, après le repas de midi, il s'enferma dans sa chambre, et passa la journée à mettre en ordre ses papiers d'affaires. Tout allait bien, ses granges étaient pleines, il ne devait rien à personne, on lui devait quelque argent. Il se sentit content — fier d'être riche — et toujours le trouble revenait à la pensée de son ingratitude envers Vevette.

Le soir approchait; ramenés de bonne heure, pour éviter la rosée, les moutons étaient enfermés dans la bergerie; la claire-voie était posée, et le troupeau lassé, grisé d'air pur et d'herbe tendre, s'était couché dans la bonne litière sèche; les dos arrondis, les flancs laineux faisaient de petits monticules jaunâtres, doux à l'œil. Un rayon de soleil couchant se glissait par la fenêtre à l'ouest et se posait sur la pierre qui servait de banc. Poussé par un désir secret de retrouver au moins l'image de son rêve, Laurent vint jeter un coup d'œil sur le troupeau rentré au bercail, et dans le rayon de soleil, il aperçut la jeune fille assise à la même place que le matin, nourrissant son agneau de la même façon.

Emu plus qu'il ne voulait se l'avouer à lui-même, Laurent tressaillit. Le bruit de ses souliers à gros clous fit lever la tête à la petite servante.

—Te voilà encore! dit Laurent avec douceur, il est donc bien gourmand, ton nourrisson?

— Depuis que je l'ai nourri, vous avez dîné, notre maître, et vous allez encore souper; il faut bien qu'il soupe aussi! fit la jeune fille en souriant, enhardie par le ton enjoué du fermier.

Les cris perçants du petit garçon traversèrent l'air du soir. Il se lamentait de toutes ses forces depuis plus d'une heure, et rien ne pouvait le calmer.

— Il souffre, le pauvre petit, il s'ennuie, murmura tristement Vevette, en tournant la tête du côté de la cour.

Laurent la regarda indécis, il ne comprenait pas bien ce qu'il éprouvait. Ses yeux tombèrent sur l'agneau repu prêt à s'endormir, et il lui parut que de la jeune fille émanait une paix profonde, presque solennelle. Il se rappela les images de la Charité qu'il avait vues dans les livres de prières, et se demanda pourquoi, au lieu d'enfants, on

ne leur avait pas mis des agneaux dans les bras. Bien sûr, elles ressemblaient à Vevette.

— Tu aimes les petits? dit le fermier en s'approchant de la jeune fille.

— Oui, notre maître, tous les petits! Les petits oiseaux, les petits agneaux, les petits enfants. Ils ont tous besoin de bonne nourriture et d'amitié, les chers petits!

Elle avait rougi en parlant; tout son joli visage respirait la tendresse et la chaleur d'une âme maternelle.

Laurent la regardait toujours troublé, inquiet, sentant monter à ses lèvres il ne savait quel flot de paroles qu'il n'avait jamais dites et ne savait comment dire.

— Voyez-vous, notre maître, reprit la jeune fille, il faut plus d'amitié que de richesse pour nourrir et élever tous ces petits là. Ce qu'il leur faut, c'est qu'on comprenne ce qu'ils veulent, et quand on les aime, on comprend toujours.

Les cris du petit garçon redoublaient au dehors; le rayon de soleil avait disparu, et dans la bergerie toute grise, le bonnet et le mouchoir de Vevette formaient seuls deux petites taches blanches. Le sommeil et la paix reposaient sur tout le troupeau, sur la jeune fille, sur son agneau.

Laurent sortit en courant, chose qu'il n'avait pas faite depuis qu'il n'allait plus à l'école, et revint aussitôt, portant dans ses bras son fils, qui se débattait en jouant des pieds et qui criait à tue-tête. Sans mot dire, il le déposa sur les genoux de Vevette, qui étonnée, mais contente, arrondit son bras autour de lui. L'enfant satisfait et l'agneau repu se blottirent côte à côte dans le creux de la jupe de laine, et le silence régna dans la bergerie.

Le souffle égal des moutons remplissait la haute voûte, le petit garçon serré contre le sein de cette vierge qui comprenait si bien la maternité, se sentait heureux et ne demandait plus rien. L'obscurité croissait toujours, et Vevette troublée se disait qu'elle aurait dû s'en aller, qu'il fallait remettre l'agneau dans la crèche et préparer le souper. Mais Laurent restait immobile devant elle, les bras croisés, regardant le groupe sans mot dire. Elle baissait la tête et rougissait sous ce regard qui n'était pas celui d'un maître.

La voix du père, grave et très-douce, s'éleva dans l'ombre.

— Tu aimes les petits, — garde le mien, Vevette, — il ne veut que toi; il a raison. Tu seras sa mère.

FIN DE LA BERGERIE.

Albert Marie.

LE KAISERLICK

C'était un jeudi. Il faisait beau. Je descendis au jardin en sautant les marches à pieds joints. Luigi en blouse et en sabots bêchait un carré. Il me dit :

— Un fameux temps pour les champignons ! Viens-tu faire un tour au bois des Trois-Fontaines ?

— Ça y est.

— Va demander à ta mère. Je file par les jardins, et je t'attends aux Grands-Prés.

Je le rejoignis cinq minutes après, le long du ruisseau qui bouillonnait parmi les cailloux, entre deux files de peupliers verts et or. Rajeunie par les récentes ondées, la prairie étalait au soleil ces fleurs violettes, de nuances un peu sombres, qui sont l'adieu de la belle saison. Nous avions soin de suivre la ligne d'arbres et de roseaux, les sentiers couverts, car le costume de Luigi n'était pas précisément d'ordonnance et il lui en eût coûté cher d'être rencontré par un officier du détachement. Luigi était un kaiserlick !

Les kaiserlicks ! 1815 ! On s'en souvient encore à Saint-Bié.

Aux veillées, à la lueur des oribus grésillant sous le manteau de la grande cheminée, les bonnes gens dont le menton branle, font de ce temps-là de lamentables récits. Les habits blancs, dans nos campagnes, furent d'une insolence, d'une brutalité odieuse, et les officiers aussi bien que les soldats ; ils ne valaient pas mieux les uns que les autres.

Il n'y eut qu'une exception : Luigi, brave cœur, biceps formidable ; il préserva ma pauvre famille des vexations de deux escogriffes allemands, grossiers et bêtes, qu'on avait logés chez nous en même temps que lui.

Il était Italien ; il y avait dans le régiment un petit nombre de soldats de ce pays ; personne plus cordialement que lui n'envoyait au diable l'uniforme qu'il avait sur le dos. C'était du reste un garçon bizarre qui avait sur certains sujets des idées à lui, des idées que tout le monde ne comprenait pas et qu'il n'exprimait que rarement.

On savait l'italien à la maison. Nous n'habitions Saint-Bié que depuis peu de temps. Nous venions d'un village de la frontière où l'on parle les deux langues. Cette possibilité de converser avait été le point de départ de nos bons rapports avec Luigi. Le pauvre garçon se croyait par instants dans sa famille, là-bas, à San-Avito.

J'ai retenu le nom. — Il y a là des vignes et des figuiers, des maisonnettes blanches à terrasse entourées de treilles ; le soir, les ménagères filent la laine devant leur porte, et de longues causeries commencent, pendant que les dernières clartés du jour dorent la tour carrée de la vieille église, et que, sur la colline en face, un château de mine revêche fait luire ses fenêtres, pareilles à des yeux rouges plongeant dans la vallée.

Luigi avait laissé au village une mère âgée et infirme et trois frères et sœurs encore enfants.

Je marchais à côté du kaiserlick, à grandes enjambées, secouant en cadence le double couvercle du panier que j'avais au bras. Des champignons, il n'en manquait pas sur notre route ; çà et là apparaissaient de blanches constellations ; mais, comme le héron, nous avions des ambitions plus hautes ! Fi de ces fades agarics des prés, gonflés d'eau ! Il nous fallait des cèpes, de ces précieux bolets à chair savoureuse, comme il en pousse sous bois, au pied des vieux chênes. Nous traversions maintenant des chaumes. A droite et à gauche, dans le feuillage som-

bre, taché de rouille, des noyers, de petites
métairies montraient leurs toits rouges. On
commençait à labourer. La charrue traçait
de profondes lignes brunes dans le jaune
des friches. Les bergeronnettes voletaient
autour du laboureur, qui gaîment claquait
son fouet.

A chaque instant je m'arrêtais aux buissons noirs de mûres et je picorais avec entrain. Alors la grosse figure de Luigi se re-
tournait et m'appelait vaillard. Le soleil
était déjà haut, il fallait se presser. Nous en-
tendons enfin derrière un bouquet de trembles, le tic-tac du moulin Belton ; nous
gagnons un chemin creux ; nous voilà en
plein bois. Les hêtres filant droit vers le ciel ;
les frênes enroulés de lierres et de vignes
folles qui pendent tumultueusement du
bout des branches ; les chênes majestueux
potentats, laissant tomber autour d'eux dé-
daigneusement la pluie d'or de leurs glands,
tous ces arbres mêlent leurs feuillages di-
versement colorés par l'automne, à travers
lesquels on voit scintiller l'argent des sources qui se précipitent en cascades au milieu
des rochers gris et moussus. On appelle ce
coin de bois l'ermitage. L'ermite qui l'ha-
ta jadis n'est autre que le patron du village,
le fameux saint Blé, un saint dont les Bollan-
distes ont oublié le nom.

Luigi avait prévu juste. Chanterelles, mo-
rilles, monserons, dessinant autour des arbres des cercles fantastiques comme des ron-
des de nain ; escouades de bolets au casque
de cuivre, orgueilleuses, prongées déployant
leur pourpre impériale ; je m'écriais d'aise en
emplissant mon panier. Luigi présidait au
choix ; il m'enseignait les bonnes espèces,
et dans le bon il triait le meilleur. Il connaissait tout, ce Luigi. Il était chasseur, pê-
cheur. Que de jolies parties nous fîmes ensemble ! quel d'amusantes pipées ! quelles
brochettes ! quelles fritures ! Comme il savait choisir le lieu, l'heure, le temps qui
convenait ! Nous l'aimions de tout notre
cœur ; — je parle des enfants, — car les parents ne pouvaient oublier à quel titre, hélas ! il était notre hôte. De ses tournées dans
les champs, Luigi rapportait toujours quelque jouet rustique, de petits paniers d'herbe
collante, des couronnes, des parures de baies
multicolores pour nos petites sœurs, des canons de sureau, des flûtes, des trompettes
pour les petits garçons.

Durant la cueillette, un orage éclata brusquement. Nous courûmes nous abriter dans
une grotte toute tapissée de plantes grim-
pantes, peut-être la grotte de saint Blé. C'é-
tait un point élevé d'où l'on dominait une
partie du bois ; les cimes des arbres se dé-
menaient comme un océan dans la tourmente ; il tonnait, il éclairait incessamment.

Nous restâmes là près d'une heure. Luigi
avait allumé sa pipe, une pipe de bois qui
faisait mon admiration ; il l'avait creusée
lui-même, sculptée de figures drôlatiques,
mêlées à des enroulements de pampres et
de lianes.

Pour passer le temps, je lui contais la légende de saint Blé, une fière légende. Ce
saint-là, qui était boiteux, faisait tous ses
miracles avec sa béquille. Le pays était dé-
solé par un serpent de dimensions prodi-
gieuses : « Quand sa tête buvait à la rivière,
sa queue était à la Chappe (à une demi-
lieue). Saint-Blé le tua d'un seul coup.

Le kaiserlick riait de bon cœur. Je le vois
encore : une tête énorme, crépue, très-brune,
pas de barbe, le sang montant aux joues à la
moindre émotion, des yeux dont l'éclat noir
était tempéré d'une grande douceur, une
taille et une carrure de Titan qui contras-
taient singulièrement avec le sourire un peu
enfantin qu'il avait presque continuellement
sur les lèvres.

Il riait en montrant ses dents blanches.
Tout à coup sa physionomie s'altéra ; un
éclair sombre, violent, jaillit de ses yeux.

— Est-ce que tu vois le serpent ? demandai-je en riant.

Il ne répondit pas. Je me penchai comme
lui en dehors, suivant la direction de son
regard.

La pluie avait cessé. Au milieu des fla-
ques d'eau qui miroitaient sur le chemin
au pied des roches, un officier de kaiserlicks avançait, sautant de pierre en pierre ;
il s'arrêtait parfois, regardait autour de lui,
jurant et agitant convulsivement dans sa
main un scion de coudrier ; son uniforme
de grande tenue était tout maculé de boue.
C'était un jeune homme grand et mince, le
teint gris et terne, le nez recourbé sur de
longues moustaches à la tartare, le menton
avalé, l'œil verdâtre, une méchante figure.

— Le capitaine Wolfgang ! m'écriai-je.

J'avais vu ce personnage quelques jours
auparavant. Une après-midi, mon père travaillait sur son établi de tailleur. Auprès de
lui, en bras de chemise, Luigi jouait aussi
de l'aiguille et des ciseaux pour donner un
échantillon de ses talents, car il avait fait son
apprentissage dans la partie. Ma mère allait
et venait par la chambre, soignant son dîner.

Un coup de pied ouvrit la porte. Un officier autrichien entra.

— Le lieutenant Wurtz ! n'est-ce pas ici
qu'il est logé ? dit-il d'une voix brutale.

Mon père le regardait les dents serrées,
sans répondre. Luigi avait vivement couvert
son pantalon de soldat, de l'étoffe sur laquelle il travaillait, et il baissait la tête pour
ne pas être reconnu. Ma mère montra à l'officier la maison en face.

En manière de remercîment, l'officier lâcha un juron obscène et sortit.

— Le nom de ce joli monsieur ? demanda mon père.

— C'est le baron Wolfgang, répondit le kaiserlick. Il n'est pas seulement mon capitaine, il est le fils du seigneur de mon village. Ainsi je lui dois doublement respect et obéissance.

Il prononça ces paroles sur un ton très-singulier. Je le regardai. Il me fit peur. Il était pourpre et avait une flamme dans les yeux. Il continua pourtant son travail sans ajouter un mot.

C'était ce même regard, cette même expression de haine que je revoyais en ce moment dans la physionomie du soldat.

— Le capitaine est égaré, repris-je.

Luigi rentra dans l'intérieur de la grotte.

— Qu'il se retrouve ! répondit-il. Les affaires de ce monsieur ne sont pas les nôtres. Viens là qu'il ne te voie pas.

Un instant après, nous entendîmes la voix stridente du capitaine Wolfgang crier en mauvais français :

— Hé ! là bas, l'arrêteras-tu, drôle ?

A une cinquantaine de pas, dans les arbres, se dessinait la silhouette d'un paysan qui s'éloignait, en courant, dans un sentier transversal.

— Gredin de Français ! tu m'entends, pourtant !

Le paysan s'arrêta comme à regret et s'approcha.

Un pauvre vieux tout cassé, qui aidait sa marche d'un bâton ; une figure brûlée, presque noire, encadrée de mèches blanches, crevassée de rides innombrables.

— Ne vous fâchez pas, monsieur l'officier je suis un peu sourd, dit-il d'une voix essoufflée, son chapeau rond à la main ; — et puis, c'est que je suis bien pressé, voyez-vous. Qu'y a-t-il pour votre service ?

— Il y a que, si pressé que tu sois, tu vas pourtant me conduire tout de suite au château de Moncé.

— Le château, monsieur l'officier ? Vous y tournez tout justement le dos ; vous en êtes à une demi-heure. Redescendez le sentier ; vous trouverez une grande allée que vous suivrez à main gauche ; vous arriverez à des Ormes...

— Est-ce de cela qu'il s'agit ? vieux coquin, allons ! je t'ai ordonné de me conduire ! En marche ! et vivement !

— Impossible, monsieur l'officier !

— Hein ?

— Je vais à Navell, quérir M. Pielle le médecin ; ma pauvre femme est à la mort.

— Ce n'est pas vrai ! Tu mens ! cria Wolfgang furieux. Eh bien, voilà qui te dédommagera !... En route !

Un écu était tombé aux pieds du vieillard.

Il regarda le jeune homme de ce regard noir et profond du pauvre, où se lisent, comme au fond d'un gouffre, des siècles d'oppression, de souffrances, d'outrages silencieusement dévorés et une sombre invocation à un avenir vengeur. Puis, remettant son chapeau, il tourna les talons et repartit sans mot dire.

Le baron s'élança en blasphémant à sa poursuite, mais le pied lui tourna malencontreusement ; il tomba la main en avant dans la boue. Il se releva hors de lui, rattrapa le vieillard en quelques enjambées et l'empoigna si furieusement par le collet de la blouse qu'il le renversa presque.

— Canaille de Français !

Il suffoquait. Il leva sa baguette et en cingla cette tête blanche.

Le misérable allait redoubler ; soudain son bras fut arrêté, retenu en arrière, happé comme par la mâchoire d'un étau. La baguette lui fut enlevée comme une plume de la main d'un enfant.

Il se retourna. C'était Luigi.

Face horriblement convulsée, aux veines gonflées et noires, yeux saillant de l'orbite, sanglants, — l'apparition était si effrayante que le baron eut par tout le corps un tremblement et que ses dents s'entrechoquèrent.

Et pendant quelques moments les deux hommes restèrent ainsi muets, les yeux dans les yeux, confondant leurs souffles.

Wolfgang reconnut enfin le kaiserlick.

— Brigand ! bégaya-t-il !

Il se tordait sans pouvoir se dégager.

— Je te ferai fusiller, chien !

Luigi répéta ce mot lentement :

— Fusiller !

Brusquement il lâcha son homme, qui trébucha avant de reprendre son équilibre.

— Vous vous trompez, mon capitaine, on ne fusille pas pour si peu !

Il dit cela d'une voix basse qui sifflait entre ses dents serrées ; il y eut une pause, — puis ce rugissement sortit de la poitrine du soldat :

— Tenez, voici pourquoi l'on fusille !

Et la frémissante baguette s'abattit violemment sur la face livide du baron, qu'elle coupa d'un trait de sang.

Cette scène n'avait pas pris plus d'une demi-minute. Le paysan avait disparu au coude feuillu du sentier. Seul je fus témoin de ce qui se passa ensuite.

Comme une toupie sous le fouet, le baron avait pirouetté d'abord sur lui-même, battant l'air de ses bras. Puis ce fut un jet de flamme dans un tourbillon. L'épée à la main, il se rua sur Luigi à corps perdu.

Je fermai les yeux. — Quand je les rouvris, Luigi debout tenait l'épée sous son pied. L'officier désarmé était adossé à un arbre, hagard, le visage meurtri ; les pointes de sa moustache pleuraient du sang. Du sang aussi coulait le long du pantalon de toile bise de Luigi, mais ses blessures ne paraissaient pas l'occuper. Maintenant il était très-calme. Il regardait Wolfgang fixement, et dans son regard se lisait une sentence implacable. Sans mot dire, il ramassa l'épée, entra dans le taillis, ficha l'arme en terre et de son couteau coupa une forte branche de chêne qu'il dépouilla de ses feuilles.

Quand il eut terminé, il revint, tenant le bâton et l'épée.

Le baron avait repris haleine. Les bras croisés, hautain, méprisant, la bouche cerclée d'un pli de rage, il dit au soldat :

— Assassine-moi. Qu'attends-tu ?

Luigi répondit :

— Je ne suis pas un assassin !

Il jeta l'épée devant le baron et continua gravement :

— J'offre de vous donner satisfaction.

Wolfgang le considéra quelques instants sans répondre, visiblement stupéfait. Puis il eût un ricanement.

— Un duel ? De toi à moi... chien !

Luigi secoua la tête.

— Soyez tranquille ; vous ne dérogerez pas. Je sais comment les choses se passaient au bon temps, quand un paysan était admis à l'honneur de se battre contre un gentilhomme. L'épée au noble ; un bâton au manant. nous resterons dans les traditions, monsieur le baron. Voici mon arme.

Il montra son gourdin.

Et comme Wolfgang continuait à ricaner, il frappa le sol et dit doucement :

— Etes-vous prêt ?

Mais Wolfgang resta immobile.

— Veux-tu un conseil ? fit-il, assassine-moi.

— Ramassez votre épée ! cria l'Italien.

— Si je ramasse mon épée, dit le baron, je t'en préviens, je ne te tuerai pas..., je te saignerai seulement. Sais-tu pourquoi, chien ?

— Assez parlé. Défends ta peau !

Et Luigi marcha résolument sur son adversaire en brandissant son arme. Il fallut se décider, le baron saisit l'épée et le combat s'engagea.

Ce que je voyais, était-ce réel ? Je me disais, je rêve, c'est un cauchemar ! Je ne pouvais remuer ni bras ni jambes ; les cris s'étranglaient dans ma gorge ; j'étais cloué là, les mains à terre, les yeux dilatés et fixes. Autour des deux combattants, des arbres rouges se penchaient, se renversaient des contorsions étranges, hideuses. Le tonnerre grondait dans l'éloignement ; de là éclairs, par moments, illuminaient le tableau de lueurs sinistres.

On eût dit un taureau luttant contre un serpent, — celui-ci se tordant, rampant, se dressant comme un ressort d'acier, se lançant sur l'énorme bête tantôt d'un côté, tantôt d'un autre. Luigi porta plusieurs formidables coups dans le vide. Wolfgang voltait avec une rapidité inouïe, et, à travers les moulinets du lourd bâton, son épée souvent trouvait jour. En moins d'une minute, l'Italien fut trois fois touché, mais non grièvement.

— Tu vois, je te ménage ! cria Wolfgang.

Et il éclata de rire.

— Tu ne mourras ni d'un coup d'épée, ni d'un coup de fusil. Je veux que tu sois pendu. Entends-tu, chien ?... Pendu ! pendu !

Sa tête à profil de vipère avait un rayonnement féroce. Son épée, autour de Luigi, semblait une mouche de feu qui tournoyait. Le colosse en était ébloui. Sa massue assommait la terre ; à chaque instant il recevait de nouvelles blessures. Et désormais sûr de la victoire, j'entendais la voix de crécelle du baron répéter :

— *Impiccato ! impiccato ! (pendu ! pendu !)*

C'en était fait de Luigi. Sa blouse bleue était devenue violette ; tout son corps ne semblait qu'une plaie. Très-pâle, la respiration saccadée, il ne perdait pourtant pas courage ; il s'appliquait avec une attention extrême. Enfin, un premier coup atteignit le baron à l'épaule. Dès lors, celui-ci, cessant de rire, renonça à sa dédaigneuse tactique et visa franchement à en finir. Prenant bien son temps, il fournit à son adversaire un coup droit en pleine poitrine. Luigi chancela, étreignit de la main gauche la lame enfoncée dans son corps, mais le bras droit était levé, et, pour la dernière fois, à toute volée, le terrible gourdin s'abattit et brisa le crâne du baron.

Ils tombèrent ensemble d'un même bloc, dans la mare rouge qui s'était formée autour d'eux.

. . . .

Luigi ne fut pas pendu : trouvé quelques heures après, vivant encore à côté du cadavre de Wolfgang, transporté à Saint-Dié, interrogé, il avoua le meurtre par des signes de tête, car il ne pouvait proférer une parole. On le fusilla sur la place contre le mur de l'église. Il trouva encore la force de se tenir sur ses pieds. Il mourut debout, la tête haute.

FIN DU KAISERLICK.

A NOS ABONNÉS.

PUBLICATIONS DE LA LIBRAIRIE DU SIÈCLE.

Œuvres complètes de Voltaire (édition du *Siècle*), annotées par G. AVENEL. — 9 beaux volumes in-4° de 1000 pages à 2 colonnes. — Prix : 3 fr. le volume broché. Ajouter 1 fr. 75 par chaque volume pour les recevoir par la poste. Port de l'ouvrage complet, par la poste, 15 fr.; par les messageries, 7 fr. 50.

Correspondance de Proudhon. — Quatorze beaux volumes in-4°. — Prix, 20 fr. — Pour les recevoir par la poste, 27 fr.; par les messageries, 21 fr. 50.

La Révolution, par EDGARD QUINET. — Deux grands volumes in-8°. — Prix, 7 fr. 50 au lieu de 15 fr. — Par la poste, 9 fr. 50.

Histoire de France, par J. MICHELET. — 17 beaux volumes in-8°. L'ouvrage pris dans nos bureaux, 51 fr. au lieu de 102 fr.; envoyé par la poste, 61 fr.; par les messageries, 55 fr. 50.

Histoire de la Révolution Française, par J. MICHELET. — 6 beaux volumes in-8°. — Prix, 18 fr. au lieu de 36 fr. — Pour recevoir par la poste, ajouter 60 c. par volume. Port de l'ouvrage complet, par les messageries, 2 fr. 50 c.

Histoire de la Révolution Française, par LOUIS BLANC. — 15 forts volumes, format Charpentier. — Prix, 26 fr. au lieu de 46 fr. 50 c. — Pour les recevoir par la poste, 31 fr.; par les messageries, 29 fr.

Les grands Poëtes français, par ALPHONSE PAGÈS. Un très-beau volume grand in-4° orné de portraits, au lieu de 15 fr. 7 fr. Ajouter 1 fr. 20 pour le recevoir par la poste.

Papiers et correspondances du second Empire (Onzième édition). Imprimée sur papier de belle qualité, elle forme un volume grand in-8° de 443 pages, contenant en outre de nombreux *fac-simile*. Le prix pour Paris est de 2 fr., au lieu de 6 fr., et pour les départements, par la poste, 2 fr. 75.

Cours d'agriculture, par DE GASPARIN, 6 volumes in-8°, avec 233 gravures. Prix, 45 fr. broché; net, 20 fr. Ajouter 5 fr. pour recevoir franco par la poste, 3 fr. 75 par les messageries. — On peut se procurer cet ouvrage par fraction de trois volumes.

Œuvres complètes de Shakespeare, traduction de BENJAMIN LAROCHE. Deux volumes grand in-4°, à deux colonnes, illustrés, 6 fr. au lieu de 13 fr. Ajouter 2 fr. pour les recevoir par la poste, et 1 fr. 75 par les messageries.

Atlas de Géographie moderne, par A. Brué, revu par *Levasseur,* membre de l'Institut, comprenant 21 belles cartes parfaitement gravées. Très bien relié, coûtant 25 fr. en librairie. Prix, dans nos bureaux, 15 fr.; par les messageries, 16 fr. 75 c. Dimensions de l'atlas, 47 c. sur 33 c.

Walter Scott, œuvres complètes en 28 vol. in-8°, avec 120 gravures, coûtant 40 fr.; prix dans nos bureaux, 28 fr.; par la poste, 38 fr.; par les messageries, 33 fr. On peut prendre l'ouvrage par fractions de 7 volumes.

Journal officiel de la Commune. — Collection complète du Journal officiel de la Commune. Un très-beau volume in-4°. — Prix, 4 fr. 50 broché, et 5 fr. 50 cartonné, au lieu de 8 et 10 fr. — 1 fr. 50 en plus pour le port.

Paris — Imprimerie J. Voisvenel, rue Chauchat, 24.

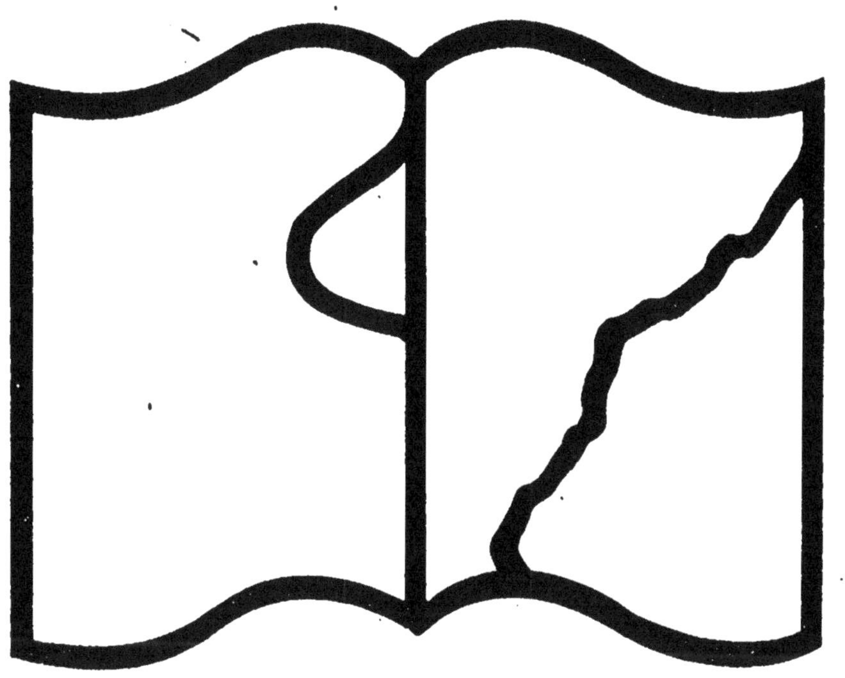

Texte détérioré — reliure défectueuse

NF Z 43-120-11